오상원 중단편선
유예

책임 편집 · 한수영
연세대학교 중어중문학과와 같은 학교 대학원 국어국문학과 졸업(문학박사).
현재 동아대학교 국어국문학과 교수.
저서로『문학과 현실의 변증법』『소설과 일상성』『한국 현대비평의 이념과 성격』『친일
문학의 재인식』등이 있음.

한국문학전집 37
유예
오상원 중단편선

초판 1쇄 발행 2008년 11월 25일
초판 18쇄 발행 2025년 6월 20일

지 은 이 오상원
책임 편집 한수영
펴 낸 이 이광호
펴 낸 곳 ㈜문학과지성사
등록번호 제1993-000098호

주   소 04034 서울 마포구 잔다리로7길 18(서교동 377-20)
전   화 02)338-7224
팩   스 02)323-4180(편집) 02)338-7221(영업)
전자우편 moonji@moonji.com
홈페이지 www.moonji.com

ⓒ ㈜문학과지성사, 2008. Printed in Seoul, Korea

ISBN 978-89-320-1886-7 04810
ISBN 978-89-320-1552-1(세트)

이 책의 판권은 저작권자와 ㈜문학과지성사에 있습니다.
서면 동의 없는 무단 전재 및 복제를 금합니다.

오상원 중단편선
유예

한수영 책임 편집

문학과지성사 한국문학전집 37

| 차례 |

일러두기 • 6

황선지대黃線地帶 • 7
우예猶豫 • 155
균열龜裂 • 171
죽어살이 • 191
모반謀反 • 208
부동기浮動期 • 235
보수報酬 • 256
현실現實 • 282
훈장勳章 • 304
실기失記 • 322

주 • 348
작품 해설
한 전후세대 작가의 전쟁에 관한 기억 / 한수영 • 354
작가 연보 • 371
작품 목록 • 374
참고 문헌 • 377
기획의 말 • 384

| 일러두기 |

1. 이 책에 실린 작품은 오상원이 1955년부터 1966년까지 발표한 작품 중에서 선정한 9편의 단편소설과 1편의 중편소설이다. 각 작품의 정확한 출처는 주에 명기되어 있다.
2. 이 책의 맞춤법은 1988년 1월 19일 문교부 고시 '한글 맞춤법'에 따르는 것을 원칙으로 하였다. 단 작품의 분위기에 영향을 준다고 판단되는 방언이나 구어체 표현, 의성어, 의태어 등은 그대로 두었다.
　　예) 퀴지지한 더벅머리 어린애.
　　　　얼치처럼 피식 웃었다.
3. 원본의 한자는 가급적 한글로 바꾸었으며, 작품 이해에 도움이 될 만한 한자는 그대로 두고 괄호 안에 넣었다. 반복적으로 등장하는 한자어는 최초에만 괄호 안에 한자를 병기하고 후에는 한글로만 표기하였다.
4. 대화를 표시하는 「 」 혹은 『 』는 모두 " "로, 대화가 아닌 강조의 경우에는 ' '로 바꾸었다. 책 제목은 『 』로, 노래 제목은 「 」로 표시하였다. 말줄임표 '…' '…' '……' 등은 모두 '……'로 통일하였다. 단 원문에서 등장인물의 머릿속 생각을 표시하는 괄호는 작은따옴표(' ')로 바꾸었고, 작가가 편집자적 논평을 붙인 부분은 괄호 (( )) 안에 표시하였다.
5. 외래어 표기는 1986년 1월 7일 문교부 고시 '외래어 표기법'에 따라 바꾸었다. 단 작품의 분위기에 영향을 준다고 판단되는 경우에는 원본을 그대로 살렸다.
　　예) 같이 가께오찌를 하자고 서둘러요.
　　　　(현 표기법은 '가케오치')
6. 과도하게 사용된 생략 부호나 이음 부호는 읽기에 편하도록 조절하였다.
7. 책임 편집자가 부가적으로 설명이나 단어 풀이가 필요하다고 판단한 경우에는 미주로 설명을 붙여놓았다.

황선지대 黃線地帶

OFF LIMITS YELLOW AREA. 여기는 전쟁과 함께 미군 주둔지 변두리에 더덕더덕 서식된 특수지대다. 흡사 곰팡이와 같다. 미국 군인이 먹다 버린 한 조각의 치즈, 비스킷 귀퉁이, 빵 껍질에도 빈틈없이 시궁창 속 같은 습기와 함께 곰팡이는 무섭게 번창한다. 곰팡이는 살기 위해선 분간을 하지 않는다. 하찮은 조그만 메뉴통[1] 껍질이라도 그들이 충분히 생명을 붙일 수 있는 밑판이 된다.

또 그들은 햇볕을 싫어한다. 그들은 태어나는 순간부터 그늘진 어둠을 즐겨 사랑한다. 그들은 더럽고 추한 곳일수록 삶의 의욕을 느낀다. 그들에겐 그것이 부끄러울 것도 죄 될 것도 없다. 아니 그들은 구태여 그러한 것을 묻지 않는 것이 습성화되어 있다. 그들에게 허용된 것이 곧 그것뿐이기 때문이다.

큰길 건너 저쪽에는 그 거리의 구조처럼 질서 정연한 도시가 누위 있다. 그곳에는 누구나 불러 험찮은 이름들이 있다. 그러나 큰길 건너 넓은 폐허를 등진 이 변두리에는 이름 대신 약 십 미터 간격으로 담벽 또는 나무판자에 커다란 구형(矩形)^{2}의 표지가 붙어 있다. 노란색과 까만색으로 사선(斜線)이 여러 개 그어진 그 표지. 그 한가운데 하얀 페인트로 로마자가 기입되어 있다.
OFF LIMITS YELLOW AREA.
이 또한 전쟁의 산물이다.
저 도시와 이마를 마주 대고 어제도 오늘도 같은 운명 속에 놓여 있으면서도 이 지대는 저 도시에 스스로 등져야 하는 슬픈 운명을 지니고 있다. 전쟁이 던지고 가는, 꼭 같은 불안과 상처 속에서 서로 무거운 호흡을 나누면서도 그들은 결코 일치할 수 없는 체온과 생리를 갖고 있다.
저 질서 정연한 도시로부터 완전히 배반당한 이 특수지대……

제1화

1

저녁, 비가 지적지적 퍼붓는 속에 절벅거리는 흙탕 구덩이로 기어드는 지렁이처럼 어둠이 느린 걸음으로 몸을 꿈틀거리며 이 곰팡이 지대로 기어들었다. 마치 서족(鼠族)^{3}들이 숨바꼭질하듯이 이리저리 묘하게 뚫린 골목길로 어둠은 느릿느릿 걸음을 옮기며 이 집 부엌, 저 집 창문 틈을 힐끔거렸다.

방과 맞붙은 코딱지만 한 부엌에서 코를 훌쩍거리며 밥을 퍼먹고 있는 퀴지지한 더벅머리 어린애. 어떤 문간에선 술 취한 계집이 흘러내리는 치마를 흙탕물 속에 질질 끌며 술 취한 사내 녀석과 아귀다툼을 하고 있다. 술이 곤드레가 되어 남의 집 판자 담벽 안방에 대고 비틀거리며 사정없이 오줌을 깔기는 놈, 한쪽으로 깊숙이 들어선 골목 속에서 나어린 계집을 끼고 뺨을 비비대며 꼭 같은 말을 되풀이 중얼거리는 친구. 어둠은 그들을 못 본 척하고 슬쩍 지나쳐 간다.

신식으로 말쑥하게 지어놓은 바라크 안에서는 술 취한 녀석들의 왁자지껄하는 고함 소리와 서로 두서없이 뒤얽히는 노랫소리가 요란하다.

바 '블랙 캣(검은 고양이)' 미군 출입 금지 구역, 그러나 그런 곳일수록 으레 있게 마련인 그러한 술집이다.

떠들썩한 가운데 안에서 갑자기 "임아가, 임아아가!' 하고 고함소리가 터져 나왔다. 그리고 문이 탕 하니 밖으로 열리며 술에 곤드라지듯이⁴ 한 친구가 밖으로 튀어나왔다. 문이 열리는 순간 불빛이 환히 밖으로 새어 나왔다. 그때 문 앞에 가로막아 섰던 어둠은 슬쩍 옆으로 자취를 감추었다.

그 친구는 한 손으로 열린 문을 떡 버티고 서서, 술이 줄줄 흘러내리는 턱을 손가락을 모아 사납게 쑥 문질러낸 다음, 어둠에 싸인 골목길을 잠시 성난 짐승처럼 눈을 부라리며 쏘아보았다.

"이 빌어먹을 후레자식을 그래 그냥 둬둘 줄 알아. 당장 모가지를 분질러버릴 테다. 이 똥 구더기 같은 자식!"
 이 친구는 술 취한 말투로 어둠을 향하여 소리를 냅다 지르고 비틀거리며 골목길로 걸음을 옮겼다. 그는 이리 비칠 저리 비칠 하며 골목길을 몇 번이고 꺾어져 철조망이 있는 곳까지 왔다.
 철조망은 이중 삼중으로 쳐 있고, 그 사이는 지그재그 하게 마구 가시줄로 얽혀 있었다. 그는 술기로 붉게 타오르는 눈을 휩뜨고 그 철조망 저쪽을 노리듯 바라보고 있었다. 그쪽은 퀀셋[5]마다 전등불 빛이 휘황찬란하였다. 그러나 그가 등진 곳은 마치 무덤 속처럼 침울한 어둠 속에 잠겨 있었다. 그는 비긋이[6] 시선을 한쪽으로 들었다.
 거기엔 높이 솟은 전주 끝에 고촉 경계등(警戒燈)이 강한 불빛을 철조망 저 끝까지 내리비치고 있었다. 그는 갑자기 쿡쿡 묘한 웃음을 목구멍 속에서 터뜨렸다. 그리고 잠시 있다가 이번에는 소리를 내고 킥킥 한바탕 웃으며 바지 밑 단추를 끄르고 철조망을 향하여 냅다 오줌을 깔겼다. 그는 마치 철조망처럼 지그재그로 오줌을 제멋대로 휘두르며 깔겼다.
 "체, 제깟 놈들이 뭐 잘난 것 있어. 나나 매한가지지. 다만 다르다면, 다르다면 말야. 저놈들은 '달러'를 쓰고 우리는 휴지장이나 다를 배 없는 걸 돈이라 쓰고 있다는 게 다를 뿐이지, 뭐냐 말야. 제기랄! 고, 고놈의 자식을……"
 그는 마지막 오줌을 찔끔 한 번 더 될 수 있는 대로 철조망 위로 후려 깔기고 비틀거리며 어둠 속으로 사라져갔다.

이 친구가 밖으로 사라진 다음에도 바 '블랙 캣'에서는 여전히 왁자지껄하는 소리와 저마다 헷갈리는 노랫소리로 소란하기 짝이 없었다. 담배 연기가 자욱한 속에 가스등 불이 희미ᄒ고 인제 저녁이건만 그들은 모두 취해 있었다.

박스 한 곁에서 술을 마시고 있던 턱이 뾰족한 친구가 도어 쪽을 힐끔 눈짓으로 가리키며 물었다.

"자식 왜 저러는 거야?"

"다 이유가 있지."

수염이 터부룩한 친구가 술잔을 혹 들이켜며 말하였다.

"이거야?"

뾰족한 턱이 의미 있게 눈을 찔끔하며 새끼손가락과 엄지손가락을 슬쩍 붙여 보였다.

"그쯤 됐지."

수염이 대답하였다.

"노래기하곤가?"

"노래기?"

"부대 통역하는 작자 말이야."

수염이 대답 대신 고개를 끄덕였다.

"고년이 글쎄 가마통 같은 엉덩일 몹시 내젓고 다니더라니."

뾰족한 턱이 능글맞게 킥 웃었다.

"쉿!"

수염이 음성을 떨구며 뒤를 돌아보았다.

"자, 그만 술이나 먹어. 잘못하면 곰새끼한테 칼침 맞을라."

한쪽에서는 나이 듬직한 계집을 두고 술 취한 친구들이 희롱을 하고 있었다.

"아줌마, 궁뎅이가 큼직한 게 젊었을 땐 쑥 쑤시기만 하면 그냥 모래밭에서 무 뽑아내듯이 쭉쭉 애새끼들을 뽑아냈겠어."

이쪽 편에서는 젊은 계집의 엉덩이를 마구 뚜드리면서 젊은 한 패가 노래를 부르고 있었다.

반공일과 공일은 양놈 서방 얻었다가
나머지 닷새는 녀석들 계집이 되는구나
에에라 내 팔자 좋기는 하다만……

카운터 한끝에서는 청년이 유리컵 속의 술을 들여다보면서 카운터 안에 서 있는 여자에게 조용히 속삭이고 있었다.

"나는 도대체 어떡하다 이곳에 와버렸을까? 알 수가 없어. 여하튼 꿈같은 얘기야."

"그런 소리 말고 술이나 처먹어. 취하면 되는 거야. 술에 취해서 될 대로 되면 또 하루는 그대로 지나가."

여자는 흥미 없다는 듯이 멋대로 지껄였다. 적이 술에 취해 있었다.

"그래 처먹을 테야. 그 말이 여기선 더 어울려. 한길 건너 저편…… 그곳 술집에선 그런 말을 듣지 못해. '어서 드시죠. 벌써 취하셨나 봐' 거기 여자들은 이렇게 말하지. 왜 그럴까. 불과 길 하나 건너선데 저쪽에선 그렇구, 왜 이쪽에선 이래야 할까. 모를 일이야. 그러나 좋아. 도리어 거세고 쌍스럽지만 그 말이 나에게도 인제 더욱 어울리는 거 같아."

청년은 술을 마시고 유리컵을 박스 앞으로 내밀었다. 그녀는 술을 부었다.

"어쩌다 처음 내가 이쪽으로 굴러들어왔을 때 나는 후회했어. 사내 계집 할 것 없이 모두 얌생이[7]패 아니면 협잡패구, 무지한 싸움, 조고만 잇속 때문에 치고받고 그렇지 않으면 술, 계집, 이게 전부거든. 큰길 저쪽도 매한가지긴 하지만 이렇게 한 뼘도 되지 않는 조고만 땅덩이 위에 이런 것들이 서로 뒤범벅이 되어 들끓는 곳은 처음 봤어. 하지만 그래도 인제 왜 그런지 정이 들어. 사내 계집 할 것 없이 인정머리 없이 서로 술만 먹으면 패고 뜯고 앙당하지만[8] 그래도 뭔가 그들과 자꾸 가까이하고 싶고 마음이 붙어."

청년은 눈웃음을 치며 여인을 쳐다보았다. 여인은 그의 말에는 귀도 기울이지 않는 듯 무표정한 태도로 딴 술좌석을 쳐다보고 있었다. 저쪽에서는 갑자기 언성이 높아지고 있었다. 한 놈이 일어서며 발길질을 하자 한 놈이 땅바닥으로 나가떨어졌다. 다음 순간, 그들은 우르르 서로 멱살을 거머쥐고 박치기를 하며 문밖으로 쏟아져 나갔다. 문밖에서는 쥐어박는 소리, 나가떨어지는 소리가 잠시 요란하였다.

"저런 것이 좋아. 아무 이유도 없이 마치 큰 원수나 진 것처럼 서로 치고받지만 또 술이 깨고 푸시시 내일 아침 일어나면 저마다 상처 난 데를 어루만지며 픽 웃고 말거든. 뭐, 싸움이 끝난 지십 분도 못 가서 또 어깨를 서로 끌어안고 킥킥거리며 다음 술집으로 기어 들어갈 거야. 큰길 건너 저쪽엔 그렇지가 못해. 뭔가 따지는 것도 많고 순서가 복잡하지. 네가 잘했건 내가 못했건 한번 서로 웃고 넘길 수 있는 일에도 그들은 그렇지가 않거든. 그렇게 하기 때문에 그들은 신사가 되는 건지도 몰라. 그러고 보면 여기 사는 사람들은 모두 짐승일 거야. 그러나 나는 좋아. 어쨌든 뭔가……"

그는 말을 하다 말고 피시시 싱겁게 웃었다. 왜냐하면 자기 말을 듣고 있던 여자가 온데간데없이 딴 곳으로 사라져버렸기 때문이었다. 결국 자기 혼자 지껄이고 있었던 것이었다.

그는 참으로 은근히 올라오는 술기운에 기분이 좋을 대로 좋았다. 그는 지금의 자기 기분을 그 누구와도 나누고만 싶었다. 그는 좀더 무언가를 이야기하고 싶었다.

그는 조용히 주위를 둘러보았다. 한쪽에서는 젊은 친구들이 여전히 젊은 계집의 엉덩이를 뚜드리며 노래를 부르고 있었다. 그는 그들이 부러웠다. 그들 속에 끼어들고 싶었다. 그는 술잔을 들고 그들 가까이로 갔다. 그러나 그들은 너무도 술이 취해 있기 때문에 그를 거들떠보지도 않을 뿐만 아니라, 그 또한 술 취한 그들과는 도저히 이야기를 나눌 수 있을 것 같지가 않았다.

그는 술잔을 들고 다시 자기 자리로 돌아왔다. 그때 한 사나이가 그의 눈에 띄었다. 그 사나이는 그와는 반대쪽 박스 한 곁에서 술을 마시고 있었다. 더욱이 혼자였다.

그는 곧 그쪽으로 다가가서 박스 위에 팔굽을 얹으며 나란히 기대었다. 사나이가 그에게로 고개를 돌렸다. 그는 눈인사를 보냈다. 사나이는 그냥 무표정하게 받아넘기고 자기 술잔을 기울였다. 중키에 어깨가 떡 벌어진 게 퍽 체구가 건장하였다. 이마 위에 파인 굵다란 두 줄기 주름살, 무뚝뚝한 턱, 그 사나이는 치즈 조각을 하나 입 안에 넣고 우물우물 씹었다. 몹시 무뚝뚝한 편이었으나 청년은 자기도 모르게 이 사나이가 좋아졌다.

마담이 술을 따르자 그 사나이는 청년을 손짓으로 가리켰다.

"잔을 내시지."

마담이 청년에게 말하였다. 청년은 고개를 저었다.

"그냥 마셔둬요."

마담이 술병을 들고 천천히 타이르듯 말하였다. 청년은 사나이를 다시 한 번 곁눈으로 쳐다보며 씩 웃었다. 그리고 남은 술을 단숨에 마셨다.

"초면에……"

청년은 눈을 껌벅이고 망설였다. 사나이는 잠잠히 시선을 술잔 위에 그대로 떨구고 있다가 힐끗 청년에게 시선을 던졌다. 굵게 빛나는 시선이었다. 믿음직스럽게 부드러우면서도 상대방의 가슴속을 단숨에 꿰뚫는 듯한 강한 시선이었다.

청년은 주춤하였다. 사나이는 다시 술잔 위에 시선을 떨구며 대수롭지 않게 고개를 혼자 끄덕여 보였다. 그러한 태도에 청년은 뭔가 모르게 더욱 그에게로 마음이 이끌렸다.

술잔이 자주 비었다. 청년은 적이 상기되어 약간 지껄였다. 그러나 사나이는 묵묵부답이었다. 청년은 곧 그가 일푼⁹의 여유도 그에게 주지 않고 있다는 것을 깨닫고 마음이 우울하여졌다. 청년은 자기가 공연히 지껄였다고 뉘우쳤다. 그는 더욱 우울하여지려는 기분을 벗어나기나 하려는 듯이 술잔을 급히 죽 들이켜고 내려놓았다.

"아직 이쪽에 낯이 설군."

처음 사나이가 하는 말이었다. 청년은 쓸쓸히 고개를 끄덕였다.

"이름은?"

"고병삼, 군대에 있을 땐 두더지라는 별명이었어."

"구멍을 잘 파는 모양이군."

"그러니까 죽지 않고 살았지."

청년은 입맛이 쓰게 웃었다.

"오래 있었나?"

"한 삼 년."

"또 따로 이름이 있을 테지?"

두 시선이 순간 마주쳤다.

"나도 이곳에 와서 그걸 배웠어."

청년은 쓰게 웃으며 고개를 끄덕였다. 그때서야 사나이 얼굴에도 텁텁한 웃음이 빙긋이 떠올랐다. 사나이는 마담에게 또 빈 청년의 술잔을 눈짓으로 가리켰다.

"군에 있을 땐 사병이었었나?"

"선임 하사였어."

"나하고 같았었군."

청년의 시선이 갑자기 불그레 타올랐다.

"어디에 있었어?"

"육 사단……"

"그래애."

청년의 얼굴에 놀라운 빛이 순간 떠돌았다.

"그런 얘긴 그만 하고, 그런데 어떻게 이런 데로 굴러들어왔지? 설마 무임 숙소 끄나풀로 떨어지지야 않았겠지, 왕년의 용사가 말이야."

사나이는 술잔을 입술 가까이로 가져가며 능글맞게 웃었다. 그 순간 청년의 얼굴 위에 긴장이 확 뒤덮였다. 그리고 돈 그러한 긴장은 경멸적인 조소로 바뀌었다. 청년은 입맛을 쓰게 다셨다. 그 시선 속에는 실망의 빛이 감돌고 있었다.

청년은 곧 사나이로부터 돌아섰다. 그러나 한 걸음 발을 옮겨 딛기도 전에 급히 사나이를 다시 돌아보았다. 어느 사이엔가 사나이의 팔이 자기의 팔을 슬쩍 끼고 있기 때문이었다.

사나이는 청년에게 눈웃음을 한 번 던지고 자기 가까이로 청년을 슬며시 다가세웠다.

"왜 그런지 같이 술을 좀 더 먹고 싶군."

사나이는 말하였다. 그는 이 일대에서 무엇으로나 수가 세기로 이름난 별칭 '때장'이었다. 본명은 정윤, 그러나 그 본명을 아는 사람도 들어본 사람도 없었다. 단 한 사람이 알고 있을 뿐이었다.

그는 지금 청년을 잘 만났다고 속으로 생각하고 있었다. 그러지 않아도 지금 그는 하나의 일을 위하여 사람을 찾고 있는 중이었다.

"군대에 있을 때 별명이 두더지라고 했지?"

정윤은 청년의 어깨 위에 손을 얹으며 말하였다.

그때 한쪽 술판에서 떠들썩하고 소동이 일어났다. 계집의 엉덩이를 뚜드리며 술을 먹던 젊은 패들 중에서였다. 잘못 건드린 모양인지 술에 취한 계집이 치마를 홀랑 벗어 걷어쥐고 속치마 바람으로 그 옆 사내 녀석의 뺨을 마구 성이 나서 후려갈기고 있었다. 그 사내 녀석은 휘어감은 치마로 연방 뺨을 얻어맞으면서도 싱글싱글 웃고 있었다. 그리고 그 곁 또 한 녀석은 그들의 싸움은 아랑곳없다는 듯이 그 계집의 속치마 밑으로 손을 집어넣고 그 허여무레한 허벅다리를 연방 어루만지며 킬킬대고 있었다.

2

"어떻게 이리로 굴러들었느냐구? 말 말어. 나도 생각이 한두 가지가 아니었으. 제대를 했으면 몇 해. 고향이 이북이니 갈 데 올 데 있어? 무허가 싸구려 하숙집을 이리저리 굴러다니다가 거기서 마저 쫓겨났지. 그 할매 어떻게 인정머리가 사나운지 말이야. 내가 홧김에 목을 살짝 한 손아귀로 움켜쥐기만 했어도 눈알이 올롱 밖으로 튀어나와가지고 숨이 꺼졌을 거야. 제대 군인 우대 운운해가지고 신문에 나는 족족 일자리를 찾아가봤지. 취직이 수월하면 뭣 해. 우대는커녕 그 자식들이 우리들을 앞장세워가지고 자기들 잇속만 노리는 판이었어. 재미있는 얘기가 하나 있지. 하루는 기진맥진해가지고 신문 광고에 난 대로 뭐라든가 하는 주간 신문(週刊新聞)사에 찾아갔거든. 그랬더니 '아! 동지, 일선에서 과거에 얼마나 수고했소. 자, 우리 같이 일해봅시다' 하고 선뜻 받아주는 거야. 그 당장에는 코끝이 시큰해지더군. 그러나, 동지? 개 같은 놈 자식들, 그 자식들이 무슨 우리의 동지란 말야, 여하튼 다음 날부터 출근을 했지. 그랬더니 뭔가 하니 잔뜩 신문에다 뭐 관청이다, 회사다, 공장이다 하고 광고를 내놓고 말이야, 그 광고료를 가서 받아 오라는 거야. 그러면서 하는 말이 그야말로 걸작이거든. 아마 사전 승낙 없이 광고를 냈으니 광그료를 지불 못 하겠습니다 하고 나올지도 모를 테니 될 수 있는 대로 군복을 입고 과거에 전투에서 훈장을 탄 것이 있으면 그것을 잔뜩 가슴 패기에다 달고 가서 처음부터 우격다짐으로 들어가라는 거야. 제기랄 놈의 새끼들, 자기네 돈벌이하라고 우리가 훈장 탄 줄 아나. 그러나 하여간 일을 했지. 그런데 한 달이 지나도 이놈 자식들이 봉급을 줘야지. 그래 하루는 그 자식들이 말한 대로 군복을 입고 훈장을 잔뜩 달고 신문사에 나가서 무턱대고 사장실로 들어갔지. 들어가자마자, '이 자식아! 돈을 안 낼 테야? 광고료가 아니라, 이 자식아, 일한 봉급 말야, 응? 알겠어?' 하고 눈에 핏대를 세우고 으르댔지. 참 그때, 그 자식들 꼴좋데. 생각하면 지금도 어처구니가 없어 웃음이 터져 나온다니까. 사실 말하기 시작하면 한두 가지가 아냐. 몇 번 그런 꼴을 당했는지 몰라. 호주머니처럼 뱃속은 비고, 나는 기진맥진해서 거리를 헤매었지. 높은 건물을 볼 때마다 나는 저것이 고지였으면, 적의 고지였으면 했어. 포복,

포복, 나는 죽을힘을 다하여 포복을 하고 싶었어. 참 전투 지구에서 적의 고지를 향하여 최후의 포복을 해 가는 순간처럼 생명이 와들와들 떨리도록 벅찬 순간이란 없었어. 제대하고 사회에 나와 보니 그토록 생명이 떨리도록 벅찬 순간은커녕 날이면 날마다 기진맥진해서 기껏 했대야 먼지나 줏어 먹고 천대나 받는 것뿐이었거든. 이 사회엔 참으로 내가 죽을힘을 다하여 포복을 해 갈 만한 그렇게 생명이 벅찬 적의 고지 같은 목표는 하나도 없었어. 하도 굶주림에 지친 나는 맥없이 떨리는 다리를 간신히 끌며 어느 날 교통이 번잡한 네거리를 건너가고 있었던 거야. 갑자기 요란스레 울리는 교통순경의 호각 소리도 눈앞으로 달겨드는 버스의 차체도 내 눈에는 없었어. 딱 하고 뺨을 후려치는 소리와 함께 정신이 들었을 때 나는 이미 교통순경에게 멱살을 사나웁게 잡히고, 파출소로 끌려 들어가고 있었던 거야. 구경꾼들이 마구 모여들고 내 코에서는 끈덕진 코피가 쉴 새 없이 마구 흘러내리고 있었어. 아! 그때 입 안으로 흘러들어오던 뜨뜻미지근한 피의 감촉과 매카한 피 냄새…… 나는 지금도 그때의 그 감촉을 잊어버릴 수가 없어. 무슨 일이 일어났나 하고 파출소 앞에서 서성거리며 나를 먼눈으로 힐끔거리며 쳐다보던 구경꾼들…… 그들은 나를 더없이 가엾이 생각했을 거야. 아니 최소한 내 꼬락서니가 더없이 우스웠을 거야. 만일 그때 그들이 나를 보고 웃어도 나는 결코 그들에게서 얼굴을 피하지 않았을 거야. 나는 결코 울지는 않았어. 지금 생각해도 울지 않은 게 참 이상하게 생각켜져. 교통 위반, 신분 조사, 그리고 많은 주의를 듣고 나서 시말서를 쓰고 나왔지.

참으로 뭐니 뭐니 질서와 순서가 많은 곳이야. 그것을 지키지 못하는 사람은 그곳에서 살 자격이 없어. 나는 그러한 곳에서 살 수 있는 자격이 없는 놈이었거든."

청년은 싱겁게 웃으며 말을 멈추고 술잔을 매만졌다. 그러고 나서,

"다 그런 거지 뭐."

하고, 말을 덧붙였다.

3

청년과 사나이는 술이 거나하게 취해 있었다. 홀 안은 텅 비었고 박스 한 귀퉁이에 술 주정뱅이가 하나 술잔을 한 손에 든 채 박스 위에 얼굴을 박고 코를 골고 있었다.

청년은 손가락을 펼쳐 넉 사 자를 지어 보였다.

"네 개 쳐야."[10]

말과 함께 청년은 팔뚝을 걷어보았다. 거기에는 사나운 짐승에게 한 덩어리 물어뜯긴 것 같은 흉터가 징그럽게 져 있었다.

"철의 삼각지에서 당한 부상이지. 전우 열세 명이 죽고 내가 이런 부상을 입은 덕택으로 우리 소대장은 훈장을 탔어."

청년은 제법 우습다는 듯이 쿡쿡 혼자 입속으로 웃었다. 그러면서 그는 팔꿈치를 폈다 꺾었다 자유자재로 놀려보았다.

사나이는 청년의 어깨를 가벼이 매만지며 고개를 끄덕였다.

"그런데 자넨 적지(敵地)에 혼자 낙오해본 적이 있었나?"
"응."
"몇 번이나?"
"꼭 한 번."
"한 번 해가지곤 잘 모르지."
"뭣을……?"
"그래 낙오했을 때의 감정이 어땠어?"
"그때는……"

청년은 실눈을 하며 그때를 생각하는 듯 허공에 잠시 시선을 던지고 있다가,

"처음에는 몹시 불안하데. 야, 인제 죽었구나 하고 마구 산길을 타고 남쪽으로 기어 내려왔지."

"그래서……"

"그러다가 기진맥진 지쳐버렸어."

"지쳐버리니까……?"

"그 다음엔 정말 아무렇지도 않데. 정말 아무렇지도 않았어. 처음에 가졌던 그러한 불안도, 공포도, 빨리 아군 진지까지 뚫고 나가야 한다는 생각도 없어지데. 그 다음엔 모든 것이 다 장난 같고 우스워만 졌던 거야. 졸리면 그냥 풀섶에 쓰러져서 자고 배가 고프면 산딸기, 머루, 다래 등 따먹고 또 때로는 공연히 하늘이나 바위를 향해 총도 한 방 쏴보고 싶어지고 말이야. 그런데 왜 그런 말을 묻지?"

"그래 그것뿐이었어?"

"왜, 또 있지. 때때로 나도 모르게 갑자기 부모의 얼굴이, 그리고 나어린 동생의 얼굴이 그리워지곤 하였어. 깊은 산속에 혼자 내버려진 채 그러한 생각이 뭉클 떠오를 때는 뭔가 가슴이 메어지는 것 같더군. 아니 또 있지……"

"……?"

"또 있어."

청년은 사나이를 마주 보며 중얼거리듯 말하였다.

"그 자식 얼굴이 떠오르데. 같은 선임 하산데 말이야, 내, 자식을 죽일라구 했었거든. 아주 고약한 자식이었어. 그러나 그때는 그 자식 얼굴이 참 다정하게만 느껴지데. 그 자식은 지금쯤 어디서 어떡하고 있을까. 혹 그 자식도 지금쯤 이렇게 나를 생각하고 있는 것일까. 재집결되었을 때 내가 행방불명이 된 것을 보고 어떻게 생각하였을까. 어쩌면 지금 전투에 재투입되어 나를 까마득히 잊어버렸을지도 몰라. 내 부하들 얼굴. 몇 놈이나 살아남았을까. 왜 그런지 갑자기 모두가 그리워지데. 어렸을 때부터 지금껏 내가 알아온 사람들이 미웠거나 좋았거나 그때는 참 하나같이 다 그리워만 지더군."

"결국 그것뿐이었군."

"그 이외에 또 무엇이 있어야 해?"

"추운 겨울 한복판에 혼자 낙오되어본 적은 없었나?"

"물론 꼭 한 번이었으니까."

"겨울에 낙오되면 더 재밌는 것이 있지."

"뭔데?"

잠시 침묵이 흘렀다.
"성냥 한 가치가, 담배꽁초 하나가 그리워지지. 그리고 지금 이곳에선 아무것도 아닌 조고만 물건들이, 사람이 쓰는 조그만 물건들이 그리워지지."
사나이는 술컵에 시선을 떨군 채 조용히 말하였다.
흰 눈이 첩첩이 덮인 산길을 걸어야 했다. 길도 눈 속에 파묻혀서 보이지 않았다. 손과 발은 사정없이 얼어들어오고 눈이 녹은 양지쪽 마른 풀잎과 나뭇잎들이 보이면 그는 쭈그리고 앉아 호주머니에서 간신히 성냥을 꺼내어 그어야 하였다. 추위에 마비된 손가락, 성냥개비가 잡히지 않는다. 몇 번이나 손가락을 오므려 성냥알을 집어 든다. 성냥을 긋는다. 불이 일지를 않는다. 손끝이 얼어 말을 듣지 않기 때문에 성냥을 정확히 그을 수가 없는 것이다. 두 번, 세 번, 다섯 번, 잘못하여 성냥알이 떨어진다. 고생 끝에 다시 알맹이를 주워 든다. 두 번, 세 번, 열 번, 스무 번, 고통스러운 반복 속에 드디어 성냥 끝에 불길이 훅 일어난다. 아! 이때의 감격! 그것은 참으로 눈물겨운 것이었다.
마른 풀잎과 나뭇잎 위에 불은 삽시간에 퍼져간다. 가느다란 연기와 함께 타들어가는 구수한 풀 냄새. 코를 스쳐서 굶주린 뱃속으로 스며드는 그 냄새는 참으로 흐뭇한 것이었다. 한 조각의 빵이라도 있었으면…… 하다못해 단 한 모금이라도 피울 수 있는 담배꽁초라도 있었으면…… 따뜻한 물 한 모금이 그처럼 그리워질 때가 없었다.
눈과 눈, 끝없이 뻗어간 눈의 바다. 그는 신문지 한 장이, 불을 피울 수 있는 조그만 휴지 조각 몇 장이 그리웠다. 점점 줄어드는 성냥알, 한 번 불을 피우기 위하여서 반복하여야 하는 수없는 노력과 고통, 죽음보다도 더 무서운 고독, 신체적인 고통과 더불어 받아야 하는 고독은 더 무서운 것이었다.

아직 청년은 이러한 고독과 아무렇지도 않게 사람들이 사용하고 있는 조그만 물건들이 그토록 그리워질 때까지는 모르는 것이었다. 그러나 사나이는 이 청년이 몹시 만족스러웠다.

사나이는 자기의 술컵을 청년의 술컵에 가져다 부딪치며,

"들지."

하고, 술컵을 높이 들었다. 청년은 마주 눈웃음을 치며 술컵을 같이 들었다.

"이쪽에 온 지 열흘 정도밖에 안 되었지만 그러나 인제는 푹 마음이 놓였어. 처음 볼 때와는 달리 하루하루 지나려니까 그 어느 것에나 하나같이 정이 붙기 시작해. 겉보기에는 모두 나쁜 놈 같지만 사실 알고 보니 하나도 나쁜 놈이 없어. 다 좋은 놈들이야. 나를 언제 봤다고 대뜸 이름도 모를 녀석이 같이 일을 하자는 거야. 벌써 두 탕이나 쳤어."

청년은 호주머니 속에서 돈을 한 움큼 꺼내어 박스 위에 놓았다. 사나이는 그냥 빙긋이 웃었다.

"얼만지도 몰라. 인제는 돈을 셀 필요가 없어졌어. 그냥 다 먹어버려도 좋고 네가 가져도 좋아. 큰길 건너 저쪽에 있을 땐 백환짜리 몇 장을 가지고도 몇 번씩이나 세어보곤 하였지. 천환짜리가 손에 들어올 때는 신기하기까지 했어. 어린애같이 이놈이

쪼개져서 두 장이 되어주었으면 한 적도 있었어. 여기에선 인제 그럴 필요가 없어졌어. 이것이 좋은 버릇일지 나쁜 버릇일지 모르지만 하여간 인제는 필요가 없어졌어. 주머니가 텅 비어서도 골목을 지나치노라면 또 낯모를 어떤 녀석과 만나게 되고 천상 그 녀석과 나는 오늘 밤 부득이 친구가 되어버려야 하고 그 녀석 잠자리 곁에 자리를 얻게 될 거야."

청년은 말을 끝마치고 만족스러이 웃었다. 사나이는 말없이 박스 위에 흩어진 돈뭉치를 집어서 청년 호주머니에 넣어주었다. 그리고 청년이 제법 눈이 선 편이나 반면 퍽 아직 순진한 편이라고 혼자 마음속으로 생각하였다.

"혼자 너무 지껄여서 미안하게 됐어."

청년은 사나이를 한 번 마주 보며 말하였다. 사나이는 이마 위에 더욱 굵게 주름을 잡아 보이며 씩 웃고 청년의 어깨 위에 손을 얹었다.

"우리 앞으로 좋은 친구가 될 수 있을 거야. 네가 마음에 들었어."

"나도 그래. 첫눈에 네가 좋아졌어."

청년도 눈을 깜짝거리며 웃어 보였다.

"비가 몇었을까?"

사나이가 물었다.

"나는 왜 그런지 오늘 밤처럼 마음이 가뿐해보기는 처음이야. 앞으로도 이런 기분이 또 있을까 의심스러워. 참, 비가 몇었을까?"

그들이 동시에 문밖으로 시선을 던졌을 때였다. 사나운 발길질과 함께 문이 덜크드럭 하고 열렸다.

"또 술주정뱅이가 한 놈 들어오는군."

청년이 말했다.

"그러나 술주정뱅이가 되는 것도 좋아. 나도 한번은 그렇게 되고 싶은데 생전 그렇게 될 것 같지가 않아. 그런데 참 앞으로 뭐라고 불러야 해, 널 말이야?"

청년은 술컵을 어루만지며 곧 이렇게 덧붙였다.

"……"

그러나 사나이는 대답 대신 쓸쓸히 웃었다.

"왜?"

청년이 다시 대답 않는 이유를 물었다.

"인제 알게 될 거야."

사나이는 그냥 이렇게 말을 받았다.

문을 걷어차고 들어온 주정쟁이는 바로 아까 이 술집을 나가면서 고래고래 소리를 지르던 바로 그 친구였다. 그는 텅 빈 안을 거슴츠레한 눈을 치뜨고 한동안 둘러보고 나서 멍청히 서 있다가,

"체!"

하고, 쓸쓸히 입맛을 다셨다. 그리고 박스에 남아 있는 두 친구를 보자 무엇인지 욕지거리 같은 것을 내뱉으며 그들에게로 다가왔다.

"바로 이 친구야. 내가 처음 만나서 한판 친 게."

청년이 사나이에게 그를 눈짓하며 말하였다. 사나이는 그래도 묵묵히 유리잔 속에 남은 술을 내려다보고 있었다. 금방 들어온 친구는 비틀거리며 두 사람 곁에 와서 박스에 양 팔꿈치를 떡 괴어 세우며,

"술!"

하고 늙은 마담에게 외쳤다. 그러나 마담은 본 체도 하지 않고 카운터 뒷정리를 하고 있었다.

"술!"

그자는 또 한 번 크게 소리쳤다. 하지만 마담의 태도는 역시 마찬가지였다. 그러자 그자는 박스를 꽝 하고 쳤다.

"좀 점잖게 하지 못할까."

그때서야 마담은 일을 그냥 계속하며 태연스러이 말하였다. 그러나 그자는 역시 꽝꽝 하고 또 박스를 냅다 팔꿈치로 쳤다.

"왜 이러지?"

이번에는 마담의 시선이 날카로이 모였다. 그러한 시선에 부딪히자 그자는 갑자기 꽉꽉하게 세웠던 어깨를 힘없이 늘어뜨리며 비시시 웃었다. 그리고 말없이 옆에 있는 친구의 술잔을 슬쩍 보지도 않고 가져다가 단숨에 삼키고 나서 빈 잔을 돌려놓았다. 옆의 사나이는 아무런 동요의 빛도 보이지 않고 묵묵히 빈 술잔을 내려다보고 있었다. 그자는 의당히 걸어올 옆 친구의 시비를 기다리는 눈치였다. 그러나 전연 그러한 반항의 빛이 없음을 알자 그자는 적이 겸연쩍은 태도로 눈곱이 낀 눈을 게름하니 치뜨고 힐끔 옆의 사나이를 곁눈질하였다. 그 순간 그자는 깜짝 놀랐다는 듯이 눈을 껌벅거렸다. 그리고 비죽 웃으며,

"이게 우리 때장이 웬일이야?"

하고 두툼한 손을 사나이 어깨 위에 털썩 얹었다. 사나이는 고개를 들지 않고 빈 유리잔 속을 그대로 내려다보며 빙긋이 웃었다.

"그런데 말이야. 제기랄 것, 술…… 술은 없나?"

갑자기 그자는 힘없이 말을 떨구며 주위를 두리번거리다 청년을 건너다보았다.

"체! 두더지 녀석도 한 다리 끼였군. 언제부터 이렇게 됐어, 응?"

그자는 투정 비슷이 입맛을 두서너 번 다시고 무거운 표정으로 시무룩하니 서 있다가 둘 사이로 끼어들었다. 그리고 청년의 술잔을 덥썩 가져다가 반나마 마시고 다시 돌려놓으며 왼손으로 술기가 묻은 입술을 아무렇게나 쓱쓱 문질렀다.

"그래 날씨가 좀 개었나?"

사나이가 물었다.

"역시 마찬가지야. 어디까지나 흐린 게 비가 내리고 있어."

그자는 힘없이 대답하였다.

"자네 날씨가 말이야."

청년이 옆에서 말을 가로넣었다.

"역시 주룩주룩 비가 내리고 있다니깐."

그자는 약간 짜증 어린 말투로 이야기하고 쓰게 입맛을 다시며 힘없이 한숨을 훅 죽였다. 그리고 금세 남긴 청년의 술잔을 가져다가 홀쩍 삼켰다.

"왜? 뜻대로 안 되던가?"

그자는 또 한숨을 후 내쉬었다.

"하는 수 없었어. 그 대신 냅다 철조망에 대고 오줌을 깔겨주었어. 그렇게밖에 할 수가 없었어. 그게 다야. 그놈 하나 잡아 죽였다고 나에게 끝장이 나겠어? 안 그래?"

사나이는 그냥 고개만 끄덕였다.

"술…… 제기랄 놈의 술이 없나?"

그자는 중얼거리듯 혼자 지껄이며 사나이를 돌아보았다. 사나이가 마담에게 눈짓을 하자, 그녀는 마지못하는 듯 그자에게 술을 따랐다. 그자는 술잔을 들었다가 갑자기 울적해지며 그것을 내려놓았다.

"그러고 보면 사실 나는 마음이 약한 놈이야. 어떻게 해서건 뭔가 끝장을 내야겠어. 한몫 톡톡히 후벼 가지고 어디로 뛰든가 말이야. 술이나 밤낮 처먹고 앙당 아귀다툼이나 하고 이러다간 언제까지 이 몰골로 끝이 날지 모르겠다니까. 그 망할 계집년의 사타구니에 푹 칼끝을 쑤셔 넣고 싶은 생각이 한두 번이 아니었어. 그러나 그것으로서도 끝장은 안 나. 때로는 제기랄 놈의 세상, 할로 오케나 멋대로 줏어 붙이며 되는대로 살다 죽지 하는 생각이 들 때도 있지만 말이야. 그러나 그것도 아니야. 하여간 뭔가 끝장이 나야겠어."

그자는 말을 끝내고 술을 죽 단숨에 들이켰다. 그리고 컵을 힘없이 내려놓으며 말을 이었다.

"어때 그렇지 않아?"

"그래 끝장을 내면 어디로 날을 참이야?"

청년이 물었다.

"어디로?"

그자는 청년을 잠시 쳐다보다,

"어디로……?"

하고, 다시 한 번 이렇게 입속으로 중얼거리며 멍청히 주위를 돌아보고 섰다가 얼치처럼 피식 웃었다.

"어디로 간다……"

그자는 또다시 피식 웃으며 말을 이었다.

"고향? 그러나 고향이 있어야지. 그렇다고 눈이 빠지게 나를 기다려주는 사람도 없구…… 사실 그래. 그러고 보니 끝장이 나도 갈 데가 없어, 갈 데가 없는 거야. 나 같은 놈은 갈 데조차도 없어."

그자는 중얼거리며 눈을 내리감았다. 그 얼굴빛은 몹시도 어두웠다.

"그러나 어디로라도 가고 싶어. 뭔가 끝장이 있어야 할 것만 같아. 얌생이, 할치기, 께먹기, 그렇지 않으면 날이면 날마다 술, 그 망할 놈의 계집은 인제는 보기도 싫고 말이야. 내가 없어지면 얼씨구나 하고 그 녀석하고 잘 붙어먹을 거야. 어쩌면 내가 지금 이렇게 지껄이고 있는 동안에도 어느 뒷방 구석지에서 그 녀석하고 킬킬거리며 붙어 있을지도 몰라. 영어 나부래기나 지껄이며 코 큰 녀석들하고 통역이랍시구 활갤 치며 밀려다니니까 그만 그년이 환장을 했지 뭐야. 양단 치맛자락이 승이 세서 휘젓고 돌아갈 때는 그 끝에 묻은 실밥도 양단 치마 행세를 할랴고 든다니까. 하여간 뭔가 끝장이 나야겠어."

그자는 빈 술잔을 양손으로 움켜쥐고 있었다.

잠시 침묵이 흘렀다.

"끝장……"

그자는 혼자 중얼거렸다.

"뭔가 답이 없을까?"

그자는 초조한 듯이 사나이를 돌아보았다. 그 얼굴에는 뭔가 애원에 가까운 가련한 빛이 넘치고 있었다.

"끝장은 자기가 내려 해서 나는 것도, 또 저절로 그러다 나는 것도 아니야."

사나이가 천천히 말하였다.

"그러면?"

그자는 초조하게 물었다.

"끝장은 이미 나 있어."

"끝장이?"

"누구에게나 저마다 끝장은 이미 다 나 있는 거야. 너에게도 나 있고 나에게도 말이야. 다만 있다면 이미 나버린 그 끝장에…… 즉 끝장이 난 자기를 어떻게 처리하느냐가 문제지. 그것뿐이야, 알겠어?"

"나는 무슨 말인지 도대체 알아들을 수가 없어. 내 끝장이 그래 어떻게 나 있단 말이야?"

그자는 중얼거리듯 투덜투덜 입속에서 말하였다. 그러나 사나이는 대답을 하지 않았다.

"나는 도대체 알 수가 없어. 도대체 무슨 놈의 수작인지."

그자는 매듭진 굵다란 손가락으로 이마의 살결을 한 번 집었다 천천히 놓으며 헛입맛을 다셨다.

"그런 건 모르는 편이 도리어 좋을 거야. 자, 인제 그런 얘기는 고만 하고 뭐 요즘 눈독 들인 게 없어?"

사나이가 묻자 그자는 고개를 저었다.

"그런 것도 다 이제 싫증이 났어. 요즘 난 뭐가 뭔지 모르겠어."

"곰새끼답지 않게 그런 얘긴 관둬."

사나이는 그자의 어깨 위에 손을 얹고 주위를 한 번 슬쩍 살피고 나서 음성을 떨구며 두 사람의 시선을 자기에게로 모았다.

"나는 너희들이 퍽 좋아졌어. 그래 너희들과 함께 일을 하나 하고 싶단 말이야. 곰새끼, 이것 봐. 두더지 너도……"

4

소년은 지적지적 내리는 비를 그냥 맞으며 어두운 골목길을 이리저리 황급히 빠져나가고 있었다. 어깻머리까지 숨이 차서 헐떡거리고 있었다. 얼굴은 창백하게 질리고 입술까지 파랗게 물들어 있었다. 운동화는 흙탕물에 젖어 절버덕거리고 걸음을 옮겨 디딜 때마다 정강이까지 흙물이 튀어 올랐다.

골목을 두셋 돌아섰을 때 어떤 남자와 지나치면서 소년은 혹시나 하고 숨을 들까불면서 우리 아저씨를 못 보았느냐고 물었다.

"못 봤는걸. 또 짜리가 지랄을 하는 모양이구나, 응? 이 근방 술집을 찾아보는 게 빠를 게다. 웬, 쯧!"

그 남자는 지나치는 말투로 이렇게 말하며 어둠 속으로 사라졌다.

소년도 그러리라 짐작하고 있었다. 그는 또 한 번 골목을 돌아서며 불빛이 희미하게 새어 나오는 창문으로 다가가 힘껏 문을 열어젖혔다.

깊숙이 들어앉은 방 이쪽저쪽에서는 술 취한 남녀의 노랫소리와 젓가락 두들기는 소리가 요란하게 흘러나오고 있었다.

소년은 안으로 들어가서 누가 나와주지 않나 하고 초조하게 두리번거렸다. 그러나 안에서는 아무런 인기척도 나지 않았다. 몇 번 소리를 질러보았으나 노랫소리 때문에 들릴 것 같지도 않고 누가 나와줄 것 같지도 않았다. 소년은 더욱 초조한 눈초리로 발을 구르고 있다가 창문을 냅다 흔들었다. 그때서야 안에서 신발 끄는 소리가 들렸다. 술집 여자였다. 그녀는 짙은 화장을 하고 있었다.

"어럽쇼, 어린 도련님이 다 이런 델 오셨구먼."

그녀는 소년을 보자 눈웃음을 치며 덥석 부둥켜안고 쪽 소리가 나도록 입을 맞춰주었다. 그녀의 입술에서는 술기가 확 끼얹고 있었다. 소년은 급히 물러서려 하였다. 그러나 그녀는,

"어디 꼬치 좀 보자. 쓸 만하냐, 어이구, 요것 봐."

하며, 소년의 사타구니 사이로 손을 집어넣었다. 소년은, 그녀의 손을 뿌리치며 옆으로 비켰다.

"우리 아저씨 안 오셨어요?"

"우리 아저씨가 누군데?"

"때장 아저씨 말예요."

그녀는 고개를 저었다.

"간이 요토록 마르는데도 글쎄 안 오는구나. 에따 우리 작은 도

련님하고나 재미 좀 볼까."

소년은 뒤도 돌아보지 않고 그대로 뛰어나왔다. 소년은 또 골목 속으로 뛰기 시작하였다.

아! 아저씨는 지금 어디에 있을까, 뭘 하고 있는 것일까. 술이나 먹고 있겠지. 아! 누나는 지금쯤 어떻게 되었을까. 소년은 마구 울고 싶었다. 아저씨가 한없이 야속스러웠다. 내가 이토록 찾고 다니는 줄도 모르고 때장 아저씨는 지금 어디서 뭘 하고 있는 것일까. 술! 보지 않고 어디서 혼자 또 술을 마시고 있겠지. 왜 어른들은 그렇게 술만 마셔야 하는 것일까. 술을 마시지 않으면 못 사는 것일까. 누나는 지금쯤…… 아! 마구 그 자식한테 두들겨 맞고 있을 거야. 다행히 뒷문으로 도망쳐 나가기나 하였으면 얼마나 좋을까. 왜 누나는 밤낮 뚜들겨 맞으면서도 그런 늠하고 살고 있는 것일까. 만일 피하지 못한다면 누나는 오늘 밤 그놈한테 맞아 죽을지도 모를 거야. 누나! 나 같으면 벌써 그놈하고 안 살 거야. 그런데 아저씨는 지금 어디에 있을까.

소년은 어느 집 앞에서 판자문을 요란스럽게 흔들었다. 핼쑥하게 여윈 얼굴이 어둠 속에서 떠올랐다.

"철이냐?"

"아주머니, 우리 아저씨 안 왔어요?"

아주머니는 고개를 저었다. 눈잔등 위에는 퍼러둥둥하게 멍이 들어 있었다.

"영수 아빤요?"

"고주가 돼서 지금껏 행패를 부리다 막 잠이 들었다."

아주머니는 한숨을 푹 내쉬며 흐트러진 머리카락을 추켜올리고 고개를 설레설레 저었다. 소년은 눈물이 확 터져 나오는 것을 간신히 참았다.
 소년은 다시 걸음을 돌렸다. 남자들이 한없이 미웠다. 그리고 아저씨가 한없이 미웠다. 소년은 흙탕물을 튀기며 걷다가 또 뛰기 시작하였다.

5

 "산다는 것이 힘든 게 아니야. 사람은 아무렇게나 살 수는 있는 거야. 감옥에서 일생을 보낼 수도 있고, 좀도적으로 일생을 마칠 수도 있고…… 아까 뭔가 끝장이 나야 하겠다고 했지? 내 좋은 얘기를 하나 해줄까. 예전에 이런 친구가 하나 있었어. 어떤 인쇄소에 문선공(文選工)으로 있었는데 말이지, 글자를 뽑는 직공 말이야. 밤낮 납[鉛] 덩어리를 매만지고 그놈을 하루에도 몇 번씩 입에 물고, 그래 연독(鉛毒) 탓인지 얼굴빛이 늘 납 덩어리처럼 무겁고 창백했지. 그 친구는 밤낮 '이래서는 안 되겠어, 이래서는 안 되겠어' 하고 입버릇처럼 외고 있었어. 말하자면 죽을 때까지 문선공으로 그치겠느냐 하는 말이야. 그 친구는 일자리를 집어치우고 장사를 시작했어. 장사 역시 마찬가지야. 그는 얼마 안 가 장사를 때려치우고 또 딴 것을 했어. 그것도 역시 며칠을 못 가서 집어치워야만 했어. 다음다음 그 친구는 자꾸자꾸 일을 바꿨던 거야. 끝내 그 친구는 목을 매고 말았지만, 죽기 전날까지 아니 죽는 그 순간까지도 '이래서는 안 되겠어, 이래서는 안 되겠어' 하고 되풀이하고 있었던 거야."

사나이는 말을 끝내고 술컵을 들었다. 그러나 곧 술컵을 내려놓으며,

"내 말이 무슨 말인지 그만하면 알겠지?"

하고, 그자에게 넌지시 말하였다.

"그러나 난 죽지 않아."

그자는 툭 쏘아붙이듯이 이렇게 말하였으나 안색이 몹시 우울해 보였다.

"됐어."

사나이는 그자의 어깨를 힘 있게 한 번 쳤다. 그리고 곧 곁에 인기척을 느끼고 돌아보았다.

바로 곁에 소년이 바싹 다가서서 자기를 쳐다보고 있었다. 소년의 얼굴에는 눈물이 수없이 얼룩져 있었다.

"언제 왔니?"

사나이가 나직이 물었다. 소년은 눈물이 핑 도는 시선을 똑바로 들며 코를 한 번 훌쩍해 보였다. 서러움이 그 내쉬는 입김 속에 담뿍 젖어 있었다.

"그래, 알겠다."

사나이는 달래듯 소년에게 말하였다. 그는 이미 모든 것을 짐작하고 있었다.

"좀 가봐야겠어. 아마 내일 저녁 다시 이곳에서 만나게 되겠

지."

 사나이는 두 동료에게 이렇게 말을 남기고 소년과 함께 밖으로 나왔다. 그는 소년의 어깨 위에 손을 얹었다.

 "내일도 날씨가 갤 것 같지가 않은데…… 옷이 몽땅 젖었구나."

 그는 소년이 얼마나 자기를 찾아 헤매었는가를 곧 알 수 있었다. 그는 마음이 무거웠다. 그는 자기 상의를 벗어 소년의 어깨 위에 덮어주었다.

 "괜찮아요. 나는 비 맞는 것이 도리어 좋아요. 할 수 있다면 밤새도록 비를 맞으며 싸다니고 싶어요."

 "나를 찾노라고 몹시 애썼군, 응?"

 "곧 찾았어요."

 "거짓말."

 그는 이렇게 말하려다 그만두고 소년을 자기 쪽으로 가까이 끌어당겼다. 그처럼 대답하는 소년의 마음이 무언지 모르게 가슴에 뜨겁게 스며들기 때문이었다.

 "그런데 어른들은 왜 그렇게 술을 마셔요?"

 골목길을 두서넛 끼고 돌았을 때 소년이 물었다. 사나이는 그냥 웃어 보였다.

 "왜 그런 걸 묻지?"

 "그저 물어보았어요."

 소년은 약간 눈가에 웃음기를 띠며 대답하였다. 그러나 소년의 마음은 몹시 초조해 있었다. 잠시도 누나가 지금 어떻게 되었을까 하는 생각이 떠나지를 않았다. 그러나 그런 빛을 곁에 내보이고 싶지가 않았다. 자기보다도 그가 더 그것을 염려하고 있다는 것을 소년은 알고 있기 때문이었다.

 골목을 거의 걸어 나와 집 앞에 그들이 이르렀을 때, 안에서 무엇이 부서지는 소리와 함께 무거운 신음 소리가 가냘프게 울려 나왔다. 처음 그들은 섬뜩하고 걸음을 멈추었다가 급히 문 앞으로 다가섰다.

6

 "요것뿐이란 말이지, 응?"
 짜리는 불만스러운 듯이 미군표(美軍票)를 꼬깃꼬깃 말아서는 허리춤 포켓에 집어넣었다. 까무잡잡한 얼굴에 상대의 마음을 떠보는 듯한 그러한 묘한 웃음을 두 눈 끝에 흘리면서 시선을 약간 떨구었다가 천천히 들며 상대편 여자를 다시 쳐다보았다.
 "네 단골 서방인 코 큰 상사 녀석이 담배 보루를 들고 나오는 것을 확실히 내가 보았는데…… 그 녀석이 또 딴 계집을 보고 다닐까? 응?"
 짜리는 싱긋이 웃으며 여자에게로 다가가서 고개를 떨구고 있는 여자의 턱을 들어 자기에게로 향하게 하였다.
 "여전히 눈이 이뻐. 자, 나를 한번 예전처럼 쳐다봐줄 순 없을까? 응? 살며시 말이다."
 여자는 죽은 듯이 눈을 감고 있었다.

"왜? 싫어졌나? 난 예전처럼 너한테 뽀뽀를 보내고 싶은데 말이야."

짜리는 손끝으로 여자의 턱을 약간 정면으로 자기 쪽을 향해 쳐들었다. 다음 순간 철썩하는 소리가 눈앞에서 터지는 것과 함께 여자의 뺨이 모로 돌아가고 머리카락이 휘날렸다.

짜리는 갈겼던 손을 뒤로 천천히 비끼며 흥미 있다는 듯이 흥! 하고 코웃음을 쳤다.

"어때, 맛이? 이만해도 아직 모를까? 뽀뽀 맛이 처음엔 부드럽지만 약간 지나고 나면 쓰게 변하는 법이야. 계집은 처음엔 귀여워해주고 나중엔 때려야 제값을 한다고 나는 이미 코 흘릴 때부터 들어왔단 말야. 우리 어머니란 것도 되게 얻어터지곤 했지. 그럴 때마다 아버지 술값이 움켜쥐었던 어머니 주머니 속에서 기어나오듯, 이쯤 했으면 담배 보루도 나옴즉한데, 응?"

여자는 머리카락이 헝클어진 채로 죽은 듯이 앉아 있었다. 짜리는 손끝으로 여자의 턱 끝을 들어 자기 쪽으로 돌렸다.

"요즘은 왜 이렇게 쌀쌀하지. 장한테 마음이 돌았나, 응? 왜 대답을 안 하는 거야? 내, 대답을 좀 하게 해줄까?"

짜리는 눈을 지그시 한쪽으로 감아 보이며 장난하듯 여자의 옆구리를 꾹 찔렀다. 다음 순간 여자가 윽! 하며 배를 쓸어안았다. 여자의 옆구리를 찔렀던 손이 획 돌아서며 여자의 배를 갈겼기 때문이었다.

신음 소리가 약간 길게 이어갔다.

"인제 입을 열기 시작하는군."

짜리는 혼자 쿡쿡 웃었다. 그리고 입맛을 한 번 다시며,

"때장도 지금은 너한테 잘해주는 척하지만 또 얼마 지나면 나처럼 되는 거야. 알겠어? 너는 지금 잔뜩 그놈하고 한번 붙어봤으면 싶지. 그러나, 이봐."

짜리는 주먹을 휘둘러 보였다.

"네가 그놈하고 붙게 될 때에는 이미 이 주먹에 네 온 몸뚱어리가 고장이 나서 그 짓을 할래도 엉덩이 하나 제대로 흘려대지 못할 때란 말야. 그렇게 돼도 네가 나한테 진 빚은 다 못 갚고 가는 판이란 걸 알아야 해. 처음부터 내가 네년 뱃속이나 째장 뱃속을 못 들여다본 줄 알어? 다 알면서도 그저 응, 응, 해줬던 거야. 네 깐 년 정보(情報)를 믿어? 네깐 년의!"

갑자기 짜리의 음성은 약간 거세게 터져 나왔다. 여인의 얼굴은 그와 동시에 종잇장처럼 창백하게 질리고 입술이 공포로 파랗게 질렸다.

"이 망할 년 같으니!"

여자 몸이 두세 번 충격을 입고 뒤틀렸다. 짜리는 계속해서 주먹질을 퍼부었다. 짜리는 벌겋게 핏대가 서 있었다.

"네년 땜에 내가 어떻게 된 줄 알어, 네년 땜에!"

짜리는 여자의 배를 걷어찼다. 여자는 길게 신음을 하며 나동그라졌다. 그러나 짜리의 발길질은 그치지를 않았다.

"이년아, 이것도 다 네년을 위한 걸로 알아둬! 네 배때기 속에 들어 있을지도 모를 코 큰 놈의 노란 새끼를 떼주노라고 내가 이 고생을 하고 있단 말이야, 이년아!"

짜리는 숨을 흑흑 내쉬면서 마구 계속 여자의 옆구리를 걷어찼다. 그리고 여자가 무거운 신음 소리와 함께 축 늘어지자 발길질을 멈추고 자리를 비켜섰다. 아니 여자가 축 늘어져서 그랬다기보다도 밖에서 문 뚜드리는 소리가 요란스레 나기 때문이다.

짜리는 벽에 기대어 서며 입맛이 쓰게 웃었다. 문 흔드는 소리는 여전히 요란스러웠다.

"누나! 누나!"

하고, 밖에서 목메어 부르는 소년의 음성이 들렸다. 빗장이 부서질 듯이 삐거덕거리며 소리를 내었다.

"기어이 또 나타났군. 어쨌든 동생을 두긴 잘 둔 셈이야."

짜리는 여자를 넌지시 곁눈으로 훑어보며 픽 웃었다. 여자는 벽에 기대며 간신히 몸을 가누고 일어났다.

문 흔들던 소리가 딱 그쳤다. 잠시 긴장 속에 침묵이 흘렀다.

"문을 안 열 테야?"

밖에서 사나이의 음성이 짧게 울렸다. 짜리는 흥! 하고 코웃음을 한 번 치고 잠시 그대로 벽에 기댄 채 서 있다가 벽에서부터 허리를 일으켰다. 그리고 천천히 문 쪽으로 걸음을 옮겼다.

잠시 후 빗장 열리는 소리가 무겁게 깔렸던 주위의 침묵을 깨뜨렸다. 문이 드르륵 소리를 내며 열렸다. 사나이가 쑥 안으로 들어섰다. 정윤이었다. 그 뒤로 소년이 공포에 질린, 눈물 어린 시선을 깜작이며 들어섰다.

살벌한 공기가 잠시 주위를 뒤덮었다. 정윤은 한동안 시선을 밑으로 떨구고 서 있다가 버릇처럼 힐끗 시선을 들며 상대방을 노렸다.

짜리는 어느 사이엔지 한쪽 벽 귀퉁이에 가서 비스듬히 허리를 기대고 이쪽을 노리며 상대의 마음을 떠보는 듯한 그러한 묘한 웃음을 두 눈 끝에 흘리고 서 있었다.

정윤은 방 쪽으로 시선을 돌렸다. 거기에는 창백한 얼굴을 하고 영미(英美)가 간신히 몸을 벽에 기댄 채, 죽은 듯이 서 있었다.

짜리는 한쪽 눈을 한 번 멋없이 끔적해 보이고 기대고 섰던 벽에서 허리를 일으켰다.

"조끔만 일렀더라면 좋은 구경을 했을 텐데 아깝게 놓쳤어. 이번만은 좀 봐뒀던 게 좋았을 텐데. 뭐 또 일거리를 줍으러 왔나? 그러나 별루 신통한 게 없을걸. 그런 게 아니라 아마 딴 일이 있어서 왔겠지, 응? 우리 계집 눈이 유달리 이쁘다니까……"

짜리는 마음을 떠보는 듯한 그 묘한 웃음을 슬쩍 정윤에게 던지며 빈정대듯 말하였다.

"그럼 내 일은 끝났으니 이만 해두고 가볼까."

짜리는 슬쩍 정윤의 태도를 눈가늠하며 옆으로 한 걸음 옮겨 섰다. 정윤은 말없이 그대로 서 있었다. 그러나 짜리는 곧 걸음을 마음대로 떼어놓지 않았다. 확실히 정윤의 취해올 동작을 경계하는 눈치였다. 그러면서도 그러한 눈치를 안 보이기 위하여 짜리는 일부러 어깨를 으쓱이며 하품을 하여 보였다. 정윤도 그러한 짜리를 모르는 바 아니었다. 그도 태연한 자세로, 불안에 싸여 떨고 서 있는 소년의 머리를 쓰다듬으며 누나가 있는 쪽으로 소년을 보냈다. 짜리는 한쪽 눈을 슬쩍 감으며 비죽이 웃고 그때서야 서서히 앞으로 걸어 나왔다. 한편 다리를 약간 절고 있었다.
"자, 그럼 다음에 또……"
이렇게 말하는 짜리의 눈가에는 상대방을 적이 얕보려는 심사가 다분히 떠돌고 있었다. 짜리는 일부러인 듯이 정윤의 어깨를 스치고 문 쪽으로 돌아섰다.
바로 그때였다. 정윤의 한쪽 손이 날쌔게 옆으로 돌아가는 순간 짜리는 쾅 하고 보기 좋게 뒤로 나가떨어졌다. 정윤의 취한 동작이 그리 눈에 뜨일 만큼 큰 것도 아니었는데 어찌 된 노릇인지 알 수가 없었다. 짜리는 허리를 세게 다쳤음인지 한 손으로 허리를 괴어 지르며 꿍 하고 신음을 하였다. 그러다 곧 벽을 의지하며 일어서서 얼굴을 잔뜩 찡그리고 정윤을 노려보며 입맛이 쓰게 웃었다.
정윤은 본래의 그 자세로 다시 우뚝 선 채 묵묵히 짜리의 거동을 노려보고만 있다.
"수가 쎈데."
짜리는 다친 쪽 허리를 손등으로 괴어 짚으며 씁쓸히 말을 뱉었다. 그리고 어느 사이엔지 즈봉 포켓에 집어넣었던 왼쪽 손을 천천히 꺼내었다. 엄지손가락이 움직이는 순간 번쩍하고 무엇인가 손끝에서 빛났다. 잭나이프였다. 짜리는 그것을 가볍게 던져서 오른쪽 손에다 옮겨 쥐었다. 그리고 능글맞게 입가에 웃음을 흘리며 조롱하듯이 한 눈을 지그시 감아 보였다. 올 테면 와보라는 눈치였다. 정윤은 처음과 같은 자세로 묵묵히 눈썹 하나 까딱하지 않고 짜리의 동작만 재고 있었다.

"자네는 조끔 지나친 것 같은데……"

짜리는 영미 쪽을 넌지시 시선으로 가리키며 말을 이었다.

"자네는 아직도 저 계집을 되게 쓸모 있다고 생각하고 있나? 처음 자네는 저 계집년한테 드나드는 듬직한 코 큰 녀석을 걸어 뭐 일거리를 잡아보자는 수작이었지? 나도 처음에는 그렇게 믿었어. 그런데 말이야, 그게 사실이었나? 그렇다면 건 큰 잘못일걸. 그렇지 않고…… 내 말 알아듣겠어? 그렇지 않고 딴 생각이 있어서 그랬다면 모르지만 말야. 어때? 내 말이 약간 빗나갔나. 그건 그렇고, 내가 왜 이토록 이를 갈며 저 계집을 패야 하는지 아직도 모르겠어? 이건 진담인데, 처음 자네 말대로 저년한테 무슨 일거리가 될 끄나풀을 얻자고 지금도 생각하고 있다면 아마 너무 믿어두지 않는 게 좋을 거야. 저년하고 뭐 딴 꿍꿍이수작이라도 혹 있다면 글쎄 또 모르지만…… 자네를 위해 좋을걸. 두 번 다시 말도 않겠지만, 저년 말을 믿은 탓으로 나는 이처럼 그간 송두리째 망쳐지고 말았거든."

짜리는 이리저리 상대방의 마음을 떠가며 절름거리는 다리를 들어 정윤에게 보란 듯이 흔들어 보였다.

"……"

정윤은 묵묵히 그대로 서 있었다. 짜리는 눈을 밑으로 한 번 끔벅하고 떨구었다가 다시 들고 말을 계속하였다.

"저년 말대로 창고를 쳤지. 그러나 있다던 물건이 있긴 뭐 있어? 창고 안은 텅 비어 있었단 말야. 휴지 조각과 먼지와 거미줄만 한가득 있었단 말야. 생명을 걸고 철조망을 뚫고 들어간 결과가 그

거였어. 같이 간 동료들에겐 완전히 따돌리우고 뒤어지게 얻어맞고 거기다가 다리를 다친 끝에, 짜리! 나는 인제 아무것도 할 수 없는 병신이 된 거야. 나는 죽을 때까지 저년을 패주고야 말 거야. 그래 내가 인제 저년이 몸을 판 대가로 코 큰 놈한테 받은 담배 보루나 들고 팔러 다녀야 하겠어? 왜 내가 애초 저년을 내 계집으로 삼았는지 자네는 알 수 있겠지? 그러나 이 모양이야."

짜리는 까무잡잡한 얼굴에 독기를 가득 뿜으며 잭나이프를 가볍게 던졌다 다시 걷어쥐었다. 하시라도 상대방을 향하여 칼을 던질 수 있는 자세에는 빈틈이 없었다.

"그 보수로서 얼마나 요구하나?"

정윤은 묵묵히 침묵을 지키고 서 있다가 몸의 자세를 푹 누그리며 말하였다. 짜리는 멋없이 웃었다.

"흐흥, 그러면 알 만해, 좋아. 백만 환? 그러나 총알도 당해내지 못하던 이 다리가 백만 환의 값어치밖에 안 될까? 어때? 그렇게 생각되나? 만일 자네가 그런 경우라면 자네는 그 값으로 바꾸겠나? 그러기보단 나는 두고두고 저 계집을 마음껏 뚜들겨 패주는 것으로 값을 하고 싶어, 그게 진짜 값이야. 바로 그게야."

짜리는 칼을 한 번 가볍게 던졌다가 받아 쥐고 정윤의 태도에서 싸움기가 완전히 가셔진 것을 보고 그것을 접어 포켓에 넣었다. 그리고 천천히 한쪽 다리를 약간 절름거리며 정윤 앞으로 다가와서 의미 있게 한쪽 눈을 지그시 감아 보이며 말하였다.

"나는 곰새끼와는 조곰 달라. 곰새끼가 왜 요즘 끙끙거리며 지랄을 하고 싸다니는지 아나? 처음에는 자기 여편네를 시켜 통역

하는 노래기 새끼를 좀 이용해보자는 수작이었지. 그러나 홀랑 거꾸로 물렸어. 그러나 일찌감치 얘기해두는데 나는 조금 다르지, 내 말을 알아듣겠어? 저년을 두둔하기보다는 내 마에 맞아 죽게 놔두는 게 자네를 위해서도 날 거야. 그렇지 않을 경우엔 아마 언젠가는 내 꼴이 될 날이 머지않을걸."

짜리는 말이 끝나는 것과 함께 정윤의 어깨를 툭 치고 의미 있게 묘한 웃음을 눈꼬리에 남기며 문을 열고 나갔다.

영미는 몸을 간신히 벽에 기대고 그대로 서 있었다 그녀 얼굴은 창백하게 질리고 눈물기마저 메마른 그 시선은 죽음 앞에 놓인 소녀의 눈동자처럼 싸늘히 식어 있었다.

"미안해요."

정윤이 그녀에게로 다가가자 그녀는 나직이 입속말로 말하였다. 누나의 손을 꼭 붙잡고 있는 소년의 시선에는 눈물이 가득 괴어 있었다.

"이곳을 떠나는 것이……"

정윤은 말끝을 흐렸다.

"……"

그녀는 대답 대신 조용히 고개를 저었다.

"왜?"

정윤은 말 대신 시선으로 그 이유를 물었다.

"……"

그녀는 시선을 밑으로 떨군 채 대답이 없었다.

"누나, 어디라도 좋아. 딴 곳으로 가서 살어!"

잠시 침묵이 흘렀다. 견딜 수 없이 속으로 파고드는 그러한 침묵이었다.

"정선생님……"

영미가 나직이 입속에서 말하였다. 정윤은 조용히 그녀를 마주보았다.

"이곳을 떠나서는 살 수 없을 것만 같아요. 피로워도 이곳에는 뭔가 믿어지는 데가 있어요."

그녀는 입속에서 속삭였다. 그리고 벽에다 이마를 묻고 눈을 내리감았다. 정윤은 시선을 떨구었다. 그녀는 동생의 손을 힘 있게 꼭 움켜쥐고 있었다. 그 손은 떨리고 있었다.

무거운 침묵이 또 흘렀다. 정윤은 이 무거운 침묵 속에 자기만이 점점 갇혀 들어가는 것만 같았다. 그는 말없이 그대로 돌아서 나왔다.

7

종일 두고 지적지적 내리던 비는 멎어 있었다. 그러나 무겁게 깔린 구름은 그대로 이 지대를 질식시킬 것같이 짓누르고 있었다.

정윤은 흙탕 속에 괸 물을 절버덕거리며 캄캄한 골목길을 걸어 나갔다. 그의 걸음걸이는 머리 위를 내리누르고 있는 구름장처럼 무거웠다.

왜 우리는 이렇게 되어야 하였을까. 왜 하필 우리는 이렇게 되어버린 속에서 다시 만났어야 하였을까. 정윤의 마음은 종잡을 수가 없이 여러 갈래로 흐트러져나가고 있었다. 옛날·⋯⋯ 오늘따라 그녀와의 옛날이 다자꾸 머릿속에 떠올랐다. 십여 년 전⋯⋯ 그는 결코 이처럼 그때를 가슴속 깊이 더듬어본 적이 없었다. 십여 년 전⋯⋯ 그렇다. 바로 십여 년 전이다. 그러나 그녀와 그와의 사이를 아는 사람이라곤 이 지대에 아무도 없었다.

 안다면 단둘뿐. 그러나 그들은 그것을 누구에게도 입 밖에 내지 않았다. 냈다고 그것이 무슨 소용이 있을 것인가. 이미 다 될 대로 되어 버려진 그들에게 그것은 아무런 소용도, 구태여 돌이켜볼 필요도 없는 것이었다. 그러나 오늘따라 그는 다자꾸 그때가 머릿속에 떠오르는 것이었다. 그것은 비가 지적지적 내리는 탓인지도 몰랐다.

 십여 년 전⋯⋯ 그녀와 마지막 헤어지던 날도 오늘처럼 비가 지적지적 내리던 밤이었다.
 철 늦게 내리는 비는 몹시도 피부에 차가웠다. 그녀는 자기네 학교 자치회에서 의결한 결의 사항을 그에게 전하러 왔던 것이었다.
 "무언가 두려워져요."
 그녀는 싸늘히 식은 시선을 들어 그를 쳐다보며 말했다. 여학생용 오버코트의 높이 세운 깃 사이로 들여다보이는 하얀 목덜미가 유난히 귀여워만 보였다. 그녀는 미리부터 무엇인가를 예감하고 있는 모양이었다. 그러나 그는 말없이 침묵을 지켰다.

얼마 후 그들은 어깨를 가지런히 그녀의 우산을 받고 어두운 골목길을 걷고 있었다. 그녀는 그의 학생복 어깨 위로 비가 치는 것 같아 다자꾸 그의 쪽으로 우산을 기울였다.

한만(韓滿) 국경선에 가로놓인 소도시.

해방 직후 마구 밀려드는 온갖 정치적 사조 속에 그는 교내 자치회 또는 시내 각급 학교를 망라한 학생 총운영위원회 등을 조직하여 학원 내로 침투하여오는 온갖 정치적 갈등과 맞부딪치면서 시내 전 학생 대표로서 활약하고 있었다.

그들이 큰길로 나섰을 때 중앙통 한복판으로 뻘건 진흙물과 기름기가 얼룩진 군복, 저마다 틀리는 군화를 신고 흙탕물을 튀기면서 역 쪽으로 가고 있는 일대[12]의 소련군이 눈에 띄었다. 역을 경비하러 가는 소련 군인들이었다. 꾹 눌러쓴 학생모 밑에서 정윤의 시선이 무겁게 빛났다. 죽이는 한숨. 어두운 표정으로 그녀는 급히, 역시 어둡게 흐린 그의 표정을 살폈다.

해방과 더불어 거리로 물결처럼 한없이 터져 나오던 환희와 감격, 그것은 너무도 순간적인 것이었다. 지금 이 소도시는 마치 하늘을 덮고 있는 음울한 구름장처럼 우울한 시민의 가슴을 짓누르고 있었다. 누구의 가슴이나 숨이 막힐 듯이 답답하였다. 뭔가 또 하나의 기적이 있어야 할, 무언가가 일어나주어야 할 그러한 상태에 놓여 있었다. 지금 이 두 사람은 이러한 거리의 한복판을 걷고 있는 것이었다. 둘 사이에는 말이 있을 수 없었다. 다만 무거운 침묵뿐, 그리고 걸어가는 두 발길 앞에 한없이 지적지적 어둠을 뚫고 내리는 비처럼 두 사람의 마음속에도 비가 지적지적 무겁게 내리고 있을 뿐이었다.

정윤으로선 그녀에게 하고 싶은 말이 한두 가지가 아니었으나 그것을 이야기하고 싶지는 않았다. 이야기해도 안 되는 것이었다. 문제는 이미 눈앞에 다가와 있는 것이다. 그녀도 모름지기 짐작은 하고 있었다.

본정(왜인들이 밀집하여 살고 있는 거리였다)이 곧 가까이에 이르렀을 때 곧 그들은 일부러 딴 길로 빠졌다.

비가 지적지적 내리는 어두운 본정 한복판에서는 슬 취한 소련 병사들이 서넛 모여서서 비틀거리며 공중에다 대고 오줌을 깔기고 있었다. 그리고 한쪽에서는 서로 떠들썩하며 왜인 가옥 문을 부수고 들락날락 난폭한 짓들을 하며 헤매고 있었다.

그들은 먼눈에 그들 쪽으로 비틀거리며 다가오는 한 소련 병사의 그림자를 보고 옆길로 다시 피했다. 그자는 빈 술병을 바로 바지 그쪽에다 대고 마치 그것처럼 세워가지고 휘두르며 오는 것이었다. 그리고 골목을 돌아서는 도랑 가에는 병사 하나가 한쪽 다리를 그 속에 처박고 술에 곯아떨어진 채 엎어져서 코를 골고 있었다. 낡아빠진 군복은 흙탕물 속에 젖고 헝클어진 머리칼은 수세미가 되어 이루 말이 아니었다.

잠시 후 그들은 맨발로 어둠 속을 울부짖으며 달려오는 왜인 노파를 보고 걸음을 멈추었다. 그 노파는 그들에게 왈칵 달려들며 미친 듯이 울부짖었다. 자기 딸을 소련 병정들이 잡아갔으니 어떡하면 좋으냐는 것이었다. 애걸에 찬 노파의 모습은 참으로 가련하기 짝이 없었다. 그러나 그들은 아무 말 없이 노파에게서 비켜났다. 노파는 허둥지둥 어둠 속으로 달려가며 정신없이 연방 울부짖었다. 둘은 말없이 잰걸음으로 그쪽 길을 빠져나갔다.

"불쌍해요."

얼마 후 입속에서 한숨을 죽이며 그녀가 말하였다. 정윤은 가만히 있었다.

"아무리 일본이 나빴다고 하지만 저 여자들이 저렇게 당하는 것을 보니 불쌍해져요."

잠시 후 그녀는 말하였다.

요 며칠 전…… 정윤은 그때의 일이 눈에 떠올랐다. 이른 아침 역 근처에서의 일이었다. 문짝이 다 떨어지고 지금은 사용치 않는 낡은 대합실 앞에 사람들이 모여 웅성거리고 있는 것이었다. 그는 가까이 다가가서 사람들 어깨 틈 너머로 안을 들여다보았다. 거기에는…… 지금 생각해도 몸에 소름이 끼칠 지경이었다. 불과 16, 7세밖에 안 되어 보이는 일인 소녀가 신음을 하며 손으로 간신히 그곳을 가리고 쓰러져 있었다. 소련 병사들한테 당한 모양이었다. 모여 섰던 사람 중 누가, 몇 놈한테 그렇게 당하였느냐고 물었다. 그 소녀는 왜말로 '다섯 명, 여섯 명, 아니…… 더 더 많았어요' 하고 실신한 사람처럼 중얼거렸다. 허벅다리에서 발꿈치에 이르기까지 낭자하게 피가 흐르고 있었다. 누가 부축을 해주며 집을 묻자 그녀는 간신히 일어나서 그래도 기를 쓰며 집을 찾아가는지 질질 다리를 끌며 어디론가 가버리는 것이었다. 그때 그는 그녀를 가엾게 생각하며 우리에게 그런 일이 없는 것을 다행으로 생각하여 앞으로도 결코 우리에겐 저런 일이 없기를 마음속 깊이 다시금 다시금 빌었던 것이었다. 비단 우리에게만이 아니라 어느 민족, 어느 여자에게도……

 그는 골목길을 걸어 나오다가 생각이 예까지 미쳤을 때 걸음을 멈추었다. 그는 무엇이 심장에 콱 꽂히고 숨이 막히는 것만 같았다. 그는 눈을 꾹 지르감았다가 천천히 들며 구름이 덮인 캄캄한 하늘을 쳐다보았다. 다시 비가 지적지적 내리기 시작하고 있었다.
 그때의 일이 이처럼 새롭건만 그 후 얼마 안 가서 6·25 사변이 터지고 그녀는 꼭 그와 같이 당하고야 말았던 것이었다. 그리고 지금은…… 그는 다시 눈을 내리감고 걷기 시작하였다.

 골목길을 돌아섰을 때 그녀는 천천히 걸음을 멈추고 정윤과 마주 섰다.
 "감사해요. 곧 집이에요."
 그녀는 차갑게 빛나는 눈을 들어 그를 마주 보며 우산을 그의 손에 들려주었다.
 "그대로 받고 가세요."
 그들은 잠시 서로를 마주 보았다. 그녀의 눈빛은 뭔가 불안한 암영(暗影)으로 가득 차 있었다. 그녀는 그의 손을 꼭 쥐어주었다. 이미 어떠한 예감에 사로잡혀 있는 것이었다. 그녀의 손을 고쳐 잡으려 할 때 그녀는 몸을 돌리자마자 뒤도 돌아보지 않고 총총걸음으로 어둠 속으로 뛰어갔다. 그는 우산을 든 채 그대로 어둠 속에 서 있었다. 길 저쪽 편에서 문을 뚜드리는 소리와 문빗장이 열리고 다시 안으로 닫히는 소리를 듣고서도 그는 그대로 어둠 속에 서 있었다.

다음 날 그는 자기의 그림자를 일절 밖에 내보이지 않았다. 동지들과 함께 뒤에서 계획을 착착 진행시켰다.

지금 소련군은 그들의 앞잡이인 공산주의자들을 배후에 끼고 겉으로 내세운 민족주의자들의 거동을 백방으로 거미줄처럼 얽어가면서 암암리에 그들의 제거를 모의하고 비밀리에 검거를 착착 진행해가고 있는 것이었다. 이 사실을 안 시내의 전 학생은 이대로 가만히 있을 수는 없었다.

익일 그들은 정오를 기하여 일제히 공산당의 본거를 중심한 기타 처소를 포위하고 들고일어섰다. 그러나 총탄 앞에 그들의 의도는 삽시간에 부서지고 말았다.

비가 지적지적 내리던 날 밤 골목길에서 그녀가 우산을 든 그의 손을 자기편에서 먼저 꼭 쥐어주었던 것이 그녀와의 마지막이었다. 그것이 오직 서로를 믿었던 마지막 표시였다.

그는 사태가 위급하여지자 그길로 삼팔선을 넘었다. 실망보다도 기대와 꿈이 컸었다. 그러나 그것은 너무도 순간적으로 그쳐버리고 말아야 하는 것이었다. 당시 남한의 정치 정세, 그것은 상상 이외로 말이 아니었다.

항일 투쟁을 통하여 누구나가 우러러보았던 민족의 지도자들이 저마다 정당을 조직해가지고 집권을 위한 정치적 암투와 배반, 공공연한 정치적 집회 석상에서의 감정적 선동과 테러, 그리고 미묘하게 변동을 하는 갈등과, 오늘은 이 광장에서 정치적 배후를 끼고 청년들이 무모하게 충돌을 하였는가 하면 또 날이 밝기 무섭게 저쪽 거리 한가운데서 데모대의 난투극이 벌어져야 하였다. 그러한 한편에서는 중국에서, 만주에서, 일본, 아니 그것보다도 북한에서 밀려 나오는 수많은 피난민들이 창고 또는 미군용 천막 속에 집단적으로 수용되어 가마니 거적을 깔고 왜놈들 철모에 끼니를 끓이면서 떼거지처럼 살고 있었다.

그는 서울에 발이 닿는 그 순간부터 갈 곳 없이 거리를 헤매었다. 실망, 그것은 이루 말할 수 없는 것이었다. 역전 또는 남산 공원에서 신문지를 주워 깔고 그는 잠을 자야만 하였다. 비가 오면 지하도에서 자기처럼 찾아든 사람들과 무릎을 마주 대고 뜬눈으로 밤을 새운 적이 한두 번이 아니었다.

그는 여기까지 생각이 미쳤을 때 고개를 뒤흔들었다. 구태여 그 뒤를 생각하고 싶지가 않았다. 당시 혼란하던 남한에서의 정치적 투쟁, 그러나 실망과 저주 속에 모든 것을 내동댕이치고 한낱 휴지 조각처럼 사회의 구석지에서 구석지로 흘러 다니던 끝에 막바지에 이른 지금 그것들은 하등의 필요가 없었다. 다만 삼 개월 전 그녀와 다시 만나게 된 그것만이 생각의 전부였다.

"삼 개월 전……"

그는 입속에서 중얼거렸다. 그리고 걸음을 멈추고 비가 지적지적 내리는 하늘을 쳐다보았다. 종일 뿌리며 무겁게 구름이 덮인 하늘이 그는 흡사 자기와 그녀와의 현재와 같은 생각이 들었다.

"삼 개월 전……"

정윤은 또 입속에서 중얼거렸다. 그리고 반나마 술이 남은 유리잔 속에 시선을 떨구었다. 그는 영미의 창백하게 식은 얼굴을 그 속에 그리고 있다. 마담이 담배를 붙여 그에게 주었다. 술집 안은 텅 비고 손님 하나 없었다. 그는 술을 약간 들고 잔을 내려놓았다. 그리고 마담이 붙여준 담배를 한 모금 길게 피워 물었다.

우리는 왜 하필 이곳에서 다시 만났어야 하였을까. 모든 것을, 모든 자기를 송두리째 내버린 지금에 와서…… 자기가 내뿜은 담배 연기가 길게 흩어져가는 그 한가운데 시선을 던진 채 그는 또 마음속에서 중얼거렸다.

그러나 이러한 어두운 생각에서 벗어나기나 하려는 듯이 곧,

"마담……"

하고 불렀다. 나이 지긋한 마담이 짙게 화장을 한 이마 위에 잔주름을 수없이 지어 보이며 눈시울을 약간 쳐들고 그를 마주 보았다. 탄력 없이 축 처진 그녀의 눈시울은 허무하였던 지나간 그녀의 생활을 말하고 있는 것만 같았다. 그가 가만히 있으니까 마담은 무슨 말을 하려던 거냐는 듯이 눈을 깜작였다. 그는 사실 아무것도 할 말이 없었다. 그는 쑥스러이 그냥 웃었다. 그럴 수밖에 없었다. 그러나 그는 마담이 자기를 부른 이유를 재차 묻는 것 같은 시선에 다시 부닥쳤을 때 무언가 말을 해야 되겠다는 것을 깨달았다.

"마담을 부른 것은……"

그는 술잔을 만지작거리며 중얼거리듯 말하였다.

"무슨 말을 하려고 한 것이 아니라 너무도 주위가 조용해서 그

냥 한번 불러본 겁니다."

그러면서 그는 텅 빈 주위를 돌아보았다. 스산히 흐트러진 홀, 그 속에, 텅 빈 그 속에 혼자 남은 늙은 마담처럼 모든 것이 적적하였다. 그리고 무언가 허무하였다. 이번에는 마담이 눈을 깜작이며 쑥스러이 웃었다.

"나를 두고 하는 말씀 같은데…… 원래 산다는 게 적적한 게 아니겠어요? 나도 젊었을 땐 그걸 몰랐어요. 그때는 그런 것을 느낀다 해도 다만 때때로 일시적인 기분에서였죠. 그러나 지금은 그것을 마음속에서 느끼게 됐어요."

시든 풀 이파리처럼 메마른 그녀의 음성은 한숨기를 띠고 속없이 쓸쓸하였다.

"마담……"

"……"

마담은 대답 없이 담배를 길게 내뿜었다.

정윤은 조용히 그대로 마담을 지켜보고 있었다. 그의 눈앞에는 다시금 영미의 모습이 떠오르고 있는 것이었다.

처음 그들이 이곳에서 다시 만났을 때, 그들은 누구도 놀라워하지를 않았다. 마땅히 놀라워하여야 할 입장이었다. 그러나 그들은 침묵을 지킨 채 서로를 마주 보았을 뿐이었다. 만일 한쪽이 조금이라도 다른 입장에 놓여 있었다면 놀라워하겼을지도 몰랐다. 그러나 그들은 꼭같이 이미 다 되어버릴 대로 되어버린 그 속에 놓여 있었던 것이다.

그들은 서로의 과거를 묻지를 않았다. 어느 쪽에서나 물을 필요가 없었다. 묻는다는 그 자체가 쑥스러운 것이었다.
"반갑군요."
한동안 무거운 침묵이 흐른 후 그가 한 말이었다.
"반가워요."
그녀도 말하였다. 싸늘히 식은 그녀의 표정, 티끌만 한 동요의 빛도 없었다.
"언제 이곳에?"
"며칠 전……"
"그땐 동생이……"
"애들은 빨리 자라요."
또 무거운 침묵이 둘 사이를 가로질렀다.
"담배를 가지신 게……"
그녀가 먼저 말하였다. 그는 포켓 속에서 담배를 꺼내어 그녀에게 주었다. 그녀는 그가 켜주는 성냥불에 조용히 담배를 붙였다.
"변하셨군요."
"변한 것은 저만이 아니에요."
"이북에선……"
"……"
그녀는 대답 없이 담배를 한 모금 빨고 천천히 열기를 내뿜었다.
"전쟁에 가셨었나요?"
"네."
"그럼 다 짐작 가시겠군요."
그는 그녀를 조용히 마주 보았다. 모든 감정을 잃어버린 듯한 그 표정, 그녀는 담뱃재를 손끝으로 떨었다.

"놀라우셔요?"

"아뇨."

그는 짧게 대답하였다.

"놀라울 것도 못 될 거예요. 전쟁판에선 보통 어디서나 있는 일이니까."

그녀는 담배를 비벼 껐다. 마지막 꺼지는 담배 연기가 줄을 그으며 담배 재떨이 위에서 흐느적거렸다.

"어쨌든 반갑군요."

"반가워요."

"그러고 보니 벌써 십여 년이 지났군요."

"십여 년…… 그래요."

"모두 다 변하였지만 그래도 한 가지만은 변하지 않은 것이 있군요."

"한 가지……"

그녀는 입속에서 중얼거리며 그를 마주 보았다.

"음성만은 그대로 남아 있는 것 같습니다."

"……"

두 시선은 비로소 조용히 마주쳤다. 차가이 식었던 그녀의 눈동자 속에 무언가 흥건한 빛이 떠도는 것 같았다. 그도 자기 눈동자 속에서 무언가 따뜻한 온기를 느끼고 있었다.

"담배를……?"

그는 그녀에게 담배를 권하였다.

"그만 피겠어요."

그는 담배를 입에 물었다. 그녀가 성냥을 그었다. 그는 허리를 약간 굽히며 담배에 불을 붙였다. 그러나 불을 붙이다 말고 고개를 돌려 그녀를 마주 보았다.

마담이 성냥을 그어 담뱃불을 대어주고 있는 것이었다. 그는 비로소 자기가 완전히 그녀와의 생각 속에 빠져 있었던 것을 깨달았다. 머릿속의 생각과 현실이 일치된 순간에 진행되고 있었던 것이었다.

"어떤 생각에 사로잡혀 있었던 모양인데 섭섭한 대로 불이나 붙이세요."

눈치를 챈 모양인지 마담이 눈웃음을 띠며 말하였다.

그는 붙이다 만 담뱃불을 다시 붙이고 쑥스러이 웃었다. 마담은 성냥불을 흔들어 끄고 바닥에 던졌다.

"한번 놓쳐버린 여자는 다시 생각지 말아요. 잊어버리는 게 좋아요."

"……"

"두고두고 후회했댔자 소용없어요. 그쪽에선 벌써 까마득히 이쪽을 잊어버린 지 오래다는 걸 아셔야죠. 내 말이 틀림없어요. 여자들이란 정이 빨리 붙기도 하지만 일단 헤어지면 빨리 식어버리고 마는 거예요."

"그렇지가 않다면……"

그는 무섭게 담배 연기를 내뿜으며 말하였다. 마담은 살풋 눈을 내리깔았다 다시 들며,

"그렇지 않다면…… 그러나 이미 환경이 바뀌었을 거예요. 그럴 때엔 서로가 고통이죠. 고통이고말고요."

마담은 다시 담배를 피워 물었다. 그는 남은 술을 마저 마시고 잔을 엎어놓았다.

"그럴 때에는……"

이렇게 묻는다는 자체가 쑥스럽고 아무 소용이 없는 줄 알면서도 그는 물었다.

"그럴 때엔…… 나도 알 수가 없어요. 나도 그런 경우가 많았지만, 흔히 남자들은 같이 가께오찌[13]를 하자고 서둘러요. 여자들은 흔히 따라가죠. 그러나 결과는 아무것도 없어요. 얼마 안 가 다시 헤어지고…… 안 따라가고 단념해버리면 그것대로 고통스럽고, 그렇다고 결과가 좋은 것도 아니죠. 이런 경우를 해결할 수 있는 기적이라도 가졌다면 나도 지금 이렇게 되지는 않았을 거예요."

제법 마담은 인간 감정을 송두리째 알고 난 듯한 말투였다. 그는 부질없이 웃었다. 사실 그는 다만 자기 감정을 흩어버리기 위하여 쓸데없이 그녀와 지껄인 데 불과하였다.

"감사해요."

그는 마음에 없는 말이나마 이렇게 말하였다. 마담은 만족스러이 웃었다.

잠시 침묵이 흘렀다. 마담은 자기대로의 생각에 잠긴 듯 허공에 비스듬히 한눈을 팔고 흩어지는 담배 연기를 바라보고 있었다.

"마담!"

"……"

마담은 대답 없이 담배를 한 모금 길게 내뿜었다.
"마담이 자꾸 좋아져……"
"내 이마에 주름살이……?"
"주름살뿐이 아니라……"
"술 탓이겠지."
마담은 흩어지는 담배 연기에 시선을 그대로 던진 채 쓸쓸히 웃었다.
"마담!"
"……"
"요전 그 말이 틀림없겠지?"
마담은 눈을 감아 보였다. 그의 생각은 지금 딴 데 있는 것이었다. 그는 돈을 치렀다.
"그럼 내일 또……"
마담이 그의 손을 잡았다. 야속스러운 빛이 잠시 그녀의 눈동자 속에 떠돌았다.

8

다음 날도 비는 그쳤으나 여태까지 무거운 구름이 하늘을 덮고 있었다.
정윤은 둘러친 판자 너머로 창고들이 늘어서 있는 부대 안을 묵묵히 바라보고 있었다. 그의 시선은 철조망에서부터 셋째번인 양철 지붕 창고에 못 박혀 있었다. 그의 마음속에는 지금 하나의 계획이 쭉 짜여져가고 있었다.

철조망에서부터 약 사십 미터 떨어진 이 바라크는 일을 위하여 참으로 좋은 위치에 서 있었다. 그는 처음부터 이 바라크를 독점하고 살고 있었다. 더욱이 밀집한 바라크 촌에서부터 약간 이 집은 떨어져 있기 때문에 일 진행 중 사람들의 눈을 피할 수 있다는 것이 무엇보다도 다행이었다.

파낸 흙의 처리도 곤란한 문제였지만 그것을 해결할 수 있는 길을 그는 곧 찾아내었다.

바라크는 콘크리트로 된 높은 둑 위에 붙어서 있었다. 콘크리트 둑 밑에다 예전 무슨 공사를 위하여 깊숙이 파헤쳤던 널따란 폐허에 비로 인하여 물이 가득 차 있었다. 거무스레하게 흐려 있기 때문에 물속이 전연 들여다보이지가 않았다.

창고 쪽을 쭉 노려보고 있던 그는 시선을 돌려 철조망 일대를 둘러보았다. 키 반이나 되게 높이 둘러친 철조망 가생이에는 경계등이 드문드문 서 있고 보초병이 하나 총을 어깨에다 메고 천천히 왔다 갔다 하고 있었다.

그는 자기가 서 있는 곳에서부터 철조망을 거쳐 셋째번 양철 지붕 창고가 있는 곳까지의 거리를 눈가늠해보았다. 그것은 이미 기하학적(幾何學的)으로 세밀히 계산되어 있었다.

구멍을 잘 판다는 두더지, 그는 어젯밤 술집에서 만난 젊은 친구를 생각하였다. 거기에다 힘이 센 곰새끼, 인원은 충분하였다. 남은 것은 일에 필요한 도구를 준비해놓는 것뿐이었다.

그때 그는 등 뒤에 인기척을 느끼고 돌아섰다.

"아저씨……"

소년이었다.

"어떻게 왔니?"

"어젯밤엔 고마웠어요. 늘 고마워요."

정윤은 그냥 웃으며 앞으로 다가온 소년의 양 어깨에 손을 얹고 그 얼굴을 들여다보았다.

"그런데 아저씬 왜 정신없이 부대 안만 그토록 들여다보고 계세요?"

"그저……"

정윤은 마치 소년에게 자기의 속을 들여다보인 것만 같아 웃으며 소년으로부터 시선을 피하였다.

"온 지 오래되었니?"

"벌써요. 하지만 아저씨가 하도 부대 안에 정신을 팔고 있길래 가만히 보고만 있었어요."

그는 웃었다. 소년도 따라 웃었다. 그들은 나무 의자에 마주 앉았다.

"아저씨?"

"응?"

"아저씨한테 꼭 한 가지 묻고 싶은 게 있어요."

"뭔데?"

소년은 그를 똑바로 마주 보고 있다가 시선을 약간 떨구며 물었다.

"남자들은 왜 여자를 꼭 패야 하나요? 술을 마시면 더해요."

"좋으니까 그러겠지."

그는 어떻게 말을 해야 할지 알 수가 없었다.

"좋은데 왜 때려요? 그럼 아저씨도 여자를 때리는 적이 있어요?"

"그럼."

"그럴 것 같지가 않아요. 거짓말이죠?"

소년은 그를 뚫어지게 쳐다보며 물었다. 그는 그냥 웃었다.

"알 수가 없어요. 자기와 같이 사는 여자를 왜 그렇게 패는지 툭하면 주먹질과 발길질이에요. 우리 옆집 아시죠? 그 집 사내는 매일 저녁 술이 곤드레가 되어 들어와서는 이년 저년 하며 공연히 생트집을 잡아가지고는 뚜들겨요. 아마 그 여자는 틀림없이 멀지 않아 맞아 죽을 거예요. 그러다가도 어떤 때는 사내가 고기를 사들고 들어오면 서로 구워주고 먹으라는 둥 시시덕거리고 밤새 킬킬거리며 야단법석을 치는 거예요. 그러나 뚜들겨 맞는 날이 많아요. 그런 게 사는 건가요?"

소년은 실망스러운 듯이 가늘게 한숨을 내쉬며 물었다.

"……"

그는 대답을 완전히 잃었다. 소년의 관찰과 의문은 너무도 날카로운 것이기 때문이었다.

"큰길 건너 저쪽에서도 그런가요? 그쪽에선 그럴 것 같지가 않아요."

"글쎄……"

"그럼 저쪽도 마찬가진가요?"

"그렇지는 않겠지."

"그럴 거예요."

소년은 자신 있는 듯이 눈을 반짝이며 말하였다.

"그런데 왜 아저씨는 이쪽에서 사시죠?"

"어쩌다가 그렇게 되었지."

그는 소년의 어깨 위에 손을 얹고 어루만졌다. 소년은 몹시 불만스러운 표정이었다.

"왜 어른들은 하나같이 물으면 꼭 같은 대답을 하는지 알 수가 없어요. 누나두 언제나 그런 투예요. 희미한, 알 수 없는 대답뿐이었어요. 왜, 그러한 질문을 받으면 괴로운가요?"

"……"

그는 고개를 한 번 숙여 보이며 웃었다.

"그렇다면 묻지 않겠어요."

소년은 쓸쓸히 시선을 내리깔았다.

"그런데 아저씨 고향이 어디시죠?"

"그런 건 왜 묻지?"

"알고 싶어서요. 여러 사람한테 물어보았었는데 모두 하나같이 고개를 저었어요. 그리고 정 알고 싶거든 직접 물어보렴 하는 거예요. 아저씨 고향은 꼭 저와 같을 것만 같은 생각이 자꾸 들어요."

"왜 그런 생각을 하게 되지?"

"멀리 떨어진 낯선 곳에서 같은 고향 사람을 만나면 퍽 다정한 생각이 든다는 말을 들었어요."

그는 소년의 뺨을 어루만져주었다.

"우리 큰길 건너 거리로 가볼까?"

"그래요."

소년은 기뻐하였다. 그는 소년을 데리고 밖으로 나왔다. 그는 모든 준비를 위하여 거리로 가야만 하였었다.

저녁이 되자 바 '블랙 캣' 안은 술꾼으로 들끓고 있었다. 자욱한 담배 연기, 벌써부터 채 술이 취하기도 전에 계집에게 시비를 거는 녀석, 한쪽 구석지에서 꼭 껴안고 속삭거리는 남녀, '이 자식아, 할 테면 해봐!' 하고 소리를 고래고래 지르며 술병을 거머쥐고 눈에 핏대를 세우면서 공연히 이 사람 저 사람에게 싸움을 걸어 붙이는 녀석, 그런가 하면 제스처를 부려가며 유행가를 멋들어지게 불러 넘기는 친구도 있다.

"가세, 가. 저 친구가 시비를 걸기 시작하면 사후 처리가 난처해."

한쪽에선 술을 마시다 말고 기분 잡쳤다는 듯이 슬금슬금 두세 명이 밖으로 빠져나갔다.

"흥, 짜식들이 꽁무니를 빼······"

싸움을 걸어 붙이던 녀석은 술병을 휘두르며 그들이 사라진 쪽을 잠시 노려보고 있다가 힐끗 시선을 돌려 주위를 둘러보았다. 그리고 옆으로 지나가는 여자의 허리를 공연히 술병으로 쿡 찌르고 그 여자가 발딱 성을 내며 돌아보자 눈을 찡긋하며 비죽이 웃었다.
 여자는 눈총을 한 번 쏘아붙이고 그대로 가버렸다.
 "제기랄!"
 그자는 건들먹거리며 박스 쪽으로 와서 두 사나이가 조용히 술을 마시고 있는 사이로 끼어들었다. 청년과 곰새끼였다.
 "술을 한잔 줄 테냐, 싸움을 걸 테냐? 어느 쪽야?"
 그자는 둘을 번갈아 보며 지껄였다. 곰새끼는 비긋이 고개를 돌려 그자를 한 번 마주 본 다음 어느 쪽이나 흥미 없다는 듯이 눈을 찔끔해 보이고 다시 청년과 얼굴을 마주하였다.
 "그래서?"
 청년이 앞에서 중단되었던 말을 재촉하였다.
 "그땐 이 일대가 내 판이었거든. 그런데 쩍……"
 곰새끼가 말을 계속하자 시비를 건 그자는 등 뒤에서 왈칵 곰새끼의 어깨를 잡아채었다. 그 순간 곰새끼는 슬쩍 돌아서면서 그자의 손을 뿌리치고 도리어 상대편 뒷덜미를 움켜쥐었다. 그리고 비죽이 웃어가며 그자를 질질 끌고 밖으로 나갔다.
 청년은 혼자 술을 마셨다. 잠시 후 곰새끼가 터벅거리며 들어왔다.
 "어떡했어?"
 "땅바닥 신세를 좀 져야 할 거야. 흙탕물 맛을 엔간하면 인제 알게 되겠지."
 "뻗었어?"
 "뭐 한주먹 건드렸을 정돈데 그 모양이야."

"담배 주까?"

청년은 담배를 꺼내었다. 곰새끼는 고개를 저었다.

"아까 말을 계속해줘."

"그런데 떡 하루는 낯모를 녀석이 나타났단 말야. '임마!' 내가 먼저 그 녀석에게 말을 걸었지. '어디서 왔어?' 그러나 녀석 대답도 없이 담배를 꺼내어 무는 거야. 야, 이것 봐라, 그걸 내가 그냥 둘 수 있겠어. 획 입에 문 담배를 빼앗아 내던졌지. 그러나 녀석 태연스러이 땅바닥에 내던진 담배를 줏어 다시 입에 물고 성냥불을 긋는 거야. 첫눈에도 그렇게 보였지만 역시 물건이데. '임마!' 난 녀석에게 다시 소리를 질러놓고, 고갯짓으로 따라오라고 했거든. 그랬더니 자식 도망은커녕 그냥 따라서는 거야. 그날 밤 우리는 술을 진탕 먹었지. 바로 그 녀석이 때장이었던 거야. 하여튼 멋진 녀석에는 틀림이 없어. 인제 두고 보면 알겠지단 말이지, 녀석은 계집을 사도 절대로 자는 법은 없어. 녀석 말에 의하면 계집은 끼고 자려고 사는 게 아니라 일을 치르기 위해서 산다는 게지. 끼고 자는 덴 흥미가 없다는 거야. 그런데 이 친구 왜 아직도 오지를 않아?"

"그 친구 과거를 아나?"

"몰라."

곰새끼는 고개를 저었다.

"전연?"

"전연 몰라. 통 말을 않거든. 그런데 그 친구 일거리를 물면 큰 걸 물지. 시시하겐 안 해. 그런데 그 친구 묘한 버릇이 하나 있어

탈이야. 한탕 쳐서 돈이 생기면 술을 마시고 계집을 사지. 그리고 그 계집이 자기의 따분한 신세를 하소연하면 그 친구 돈을 몽땅 주어서 계집이 가고 싶은 데로 보내거든. 한번은 이런 일도 있었어. 머저리 같은 시골뜨긴데 말이야. 어쩌다 그 친구의 일을 돕게 됐어. 계집은 앓고 애새끼들은 많고 농사는 안되고, 그래 도시로 삯지게 벌이라도 하러 나왔다는 거야. 그 친구는 그때 번 돈을 몽땅 그 시골뜨기에게 주어 보냈어. 그 얼치기 같은 친구 돈 보따리를 한 아름 받아 들자 쭐쭐 앉아서 우는 거야. 생전, 생전 가도 만져보지 못할 그만한 돈이라는 거지. 아마 그 시골뜨기 지금쯤은 고향에서 근심 걱정 없이 살면서 자기 계집과 애새끼들에게 옛말처럼 그 친구의 얘기를 들려주곤 할지도 모르지. 그러나 그러면 뭐 해. 다 쓸데없는 것이야. 자기 돈 떨어졌을 때 누가 밥 멕여주나."

"그런데 어제 그 소년은 누구야?"

"걔? 누나가 있지."

"좋아하나?"

"몰라. 한밑천 생기면 또 어디론가 주어 보낼지도 모르지. 그러나 짜리란 녀석이 붙어 있는걸. 그런데 왜 이 친구가 오질 않아?"

그들은 술을 마셨다. 한쪽에선 술 취한 계집이 옷고름을 풀어헤치고 히들거리고 한쪽에선 술 취한 친구가 같은 말을 연방 되풀이해가며 성이 난 계집을 달래고 있었다.

"마담, 왜 오늘은 때장이 아직 보이질 않어?"

곰새끼가 빈 술잔을 밀어놓으며 물었다.

"……"

마담은 전연 대꾸할 기세도 보이지 않고 딴 사내에게 술을 붓고 있었다.

"제기!"

곰새끼는 못마땅하다는 듯이 이렇게 뱉고 담배를 꺼내어 입술 한끝에 질근 물었다.

"그런데 그 친구 우리하고 무슨 일을 하자는 걸까?"

청년이 성냥불을 그어주며 말하였다. 곰새끼는 입술 한끝에 붙여 문 담배 끝을 질근거리며,

"나도 몰라. 하여튼 좀 엉뚱한 친구란 것만은 알아둬야 해. 그러고 보니 참 한 가지 생각나는 게 있어. 그렇지. 바로 이 자리에선데 말이지. 그때 어떤 친구한테 줏어들은 얘기야. 그 친구 어떻게 박치기를 잘하는지 별명이 때구리였어. 뒤에 이렇게 돼서 지금은 약간 신세를 지고 있는 판인데 말이야."

말하면서 곰새끼는 두 손목을 가로 얹으며 수갑이 채워진 시늉을 하여 보였다.

"그래서?"

청년이 다음을 물었다.

"그래 내가 때장에 대해서 안다면 그때 들은 요것 하나뿐이야. 때장이 지금 나처럼 이 자리에 앉아서 술을 먹고 있었어. 그런데 어떤 녀석이 딴 좌석에서 시비를 걸어 붙이고 있다가 공연히 이 녀석이 점점 어깨를 으쓱거리기 시작한 게야. 그러고 보니 똑똑히 생각나는군. '이 똥걸레 같은 자식들아. 이래 봬도 난 너희들

과 다르단 걸 알아야 해. 기껏해야 얌생이나 치고 계집년 똥구멍이나 핥는 너희 놈들하곤 말야. 지금은 네깐 놈들하고 한판에 어울렸지만, 왕년엔 말야, 왕년엔 민족 운동을 하구, 청년 운동을 하구, 정치 운동을 했단 사실을 알아야 한단 말야. 무식한 네깐 놈들관 네깐 놈들관 인간이 달라. 알겠어? 함부로 말야, 함부루 내 앞에서 떠들지 말란 말야.' 녀석 제 딴에는 뭐 같았지. 쓱 눈알을 부라리고 사방을 훑어보며 말이지, 자기와는 인간이 다르단 것을 시위하기 시작한 거야. 자기 딴에는 자기가 뭐 같아 보였지. 그러나 웬걸. '이 새끼가!' 하는 소리와 함께 지끈 딱 하더니 녀석 볼모 없이 곱게 나가떨어졌거든. 때구리가 박치기를 한 거야. 술기에 확 타오른 때구리의 얼굴은 굉장히 험악했어. '이 새끼 맛을 더 볼래. 우리 때장 앞에서 뭐, 민족 운동이구, 청년 운동이구, 개지랄 같은 소리를 해. 야! 이 새끼야. ××학생 동지회를 벌써 잊었어!' 얼굴을 감싸 쥐고 흐느적거리는 녀석을 잡아 일으켜가지고 문 앞에 세워논 다음 몇 걸음 물러섰다 다시 때구리의 발길질이 세차게 와지끈 하고 녀석의 면상을 후려갈기자 낑 하는 신음 소리와 함께 녀석의 체통이 고스란히 문밖으로 내동그라지듯 꺼져버린 거야. 그때까지도 때장은 묵묵히 술만 먹고 앉았겠지. 때구리가 그더러 말하더군. '우리들의 그땔 생각하면 억울해. 지금 와서 저런 새끼들한테 다 업심을 당하다니' 하고 말이지. 때장이 그에게 술을 권하더군. 그러고 나서 말없이 그냥 나가버리더군. 때구리는 마구 술을 퍼먹고 울면서 말하였어. 그때 말이지, 참 안되었어. 나도 때구리에게 술을 권했지. 그의 말에 의하면 이북에서 빨갱이들하고 싸우다 넘어온 수많은 학생들이 한데 모였다는 거야. 그들은 어떤 건물 옥상에서 거적을 깔고 기거를 하며 서로 주워 모은 쌀로 끼니를 이었었대. 그러면서도 이북에서 넘어올 때 품었던 정열은 버릴 수가 없었다는 거지. 그래 그들은 정치적 투쟁을 계속하기 위하여 단체를 조직했다지 않나. 주로 빨갱이들을 들이쳤다는 거야. 입지 못하고 먹지 못해 얼굴이 버석버석 부어가지고도 말이지. 참 지금도 잊혀지지가 않는군. '너희들은 아직 몰라. 때장이나 내가 어떤 놈인지 아직 모르고 있는 거야' 때구리는 울면서 말하였어. '너희들 중에도 별의별 고비를 겪은 놈이 있겠지만 우리 같진 않았을 거야. 신탁 통치 반대 데모를 하던 어느 날이었어. 우리는 서로 스크럼을 짜고 신탁 통치 반대를 외치면서 동대문에서 광화문까지 달렸던 거야. 기운에 지쳐 그만 한중간에서 아스팔트 위에 그대로 쓰러지는 친구들도 있었어. 아스팔트가 지글지글 끓어오르는 듯한 그러한 무더운 날씨였던 것을 지금도 나는 똑똑히 기억하고 있어. 데모가 끝났을 때야. 아아, 그때…… 우리는 모두 그대로 스크럼을 짠 채 로우터리 한가운데 있는 잔디밭에 쓰러졌어. 하늘이 노랗고 눈앞이 어지러워 우리는 전신 땀에 젖은 채 쓰러져서 움직이지를 못했어. 그때 누가 고함을 친 거야. '빵이다, 빵!' 어떤 낯모를 부인이 그들을 위해 빵을 한 상자 선사하고 갔다는 거야. 우리는 서로 상자 앞으로 밀려가 빵을 나눠 들었어. 빠다가 질질 흘러내리도록 묻은 빵 조각이었어. 허기진 나는 정신없이 그것을 씹어 삼켰지. 그러나 두 입도 채 목구멍을 넘기기 전에 나는 그것을 왈칵 토하고 말았던 거야. 나만이 아니었어. 때장도 나처럼 마구 배를 거머쥐고 욱욱하며 토하고 있는 거야. 때장과 나는 토기로 인해 눈물이 글썽진 눈을 글썽이며 서로 울었던 거야. 우리뿐이 아니었어. 모두가 그처럼 토했던 거야. 낯모를 부인의 성의는 고사하고 너무도 허기지고 굶주린 우리의 위는 그만한 기름기도 받아들일 수가 없었던 거야. 그러나 그 후 뜻을 같이하던 친구들은 실망과 저주 속에 자신을 때려치우고 하나 둘 간다는 말도 없이 떨어져 나갔어' 이렇게 말하던 때구리의 그때 얼굴이 지금도 삼삼하게 떠오르는군. 참 멋진 녀석이었는데 그만 그 후 덜컥 해가지고 지금은 약간 신세를 지고 있어."

곰새끼는 죽 이야기하고 나서 금세 떨어지려는, 길게 타들어간 담뱃재를 한 곁에다 떨었다.

"좋은 얘기야."

청년은 혼잣말처럼 중얼거리고 나서 자기로서도 생각키우는 것이 있는지 묵묵히 술잔 위에 시선을 떨구었다.

"그런데 이 친구가 왜 나타나지를 않는 거야?"

곰새끼는 손끝까지 타들어간 담배를 한 모금 더 빨고 나서 담배 연기를 후우 내뿜으며 말하였다.

자욱한 담배 연기 속에 흩어지는 노랫소리와 아우성 소리는 요란하기 그지없었다. 엉덩이를 내두르며 영화에 나오는 흑인처럼 춤을 추는 놈, 그 춤에 맞춰 박수와 장단을 치는 친구, 혀가 꼬부라져 눈이 거슴츠레해갖고 횡설수설 자기도 모를 말을 지껄이는 놈. 계집들도 술에 곤드라져 제정신이 없다.

"어어 이 친구……"

곰새끼가 투정 비슷이 아직 나타나지 않는 그가 못마땅한 듯 이렇게 중얼거리며 담배를 꼬나물었다.

그때였다. 지금껏 보이지 않던 마담이 안쪽 입구에 나타나서 그들에게 슬쩍 눈짓으로 안을 가리켰다. 곰새끼는 알았다는 듯이 눈을 찔끔해 보이고 청년의 허리를 팔꿈치로 툭 쳤다. 자기를 따라오라는 뜻이었다. 청년은 알았다는 듯이 고개를 가벼이 끄덕이며 웃어 보였다.

여자의 화장품 냄새가 풍기는 비좁은 방이었다. 쑥 들어앉은 방이라 그처럼 떠들썩한 홀의 소음이 간간이 흘러올 뿐이었다.

셋은 이마를 마주 대고 앉아 있었다. 정윤은 자기의 계획을 말하였다. 즉 자기의 바라크에서부터 구멍을 파 들어가가지고 셋째 번 양철 지붕 창고를 치자는 것이었다.

계획은 치밀하게 짜여져 있었다. 정윤은 파 들어가야 할 길이와 방향 및 기타 세세한 것을 납득이 가도록 설명을 가하였다. 왜냐하면 지금껏 별의별 얌생이의 방법이 다 있었지만, 이처럼 스케일이 크고 얼핏 생각하면 무모하기 짝이 없게 믿기지 않는 방법이 없고 또 지금껏 누구도 그러한 생각은 꿈에도 해본 적이 없는 것이었기 때문이었다. 사실 보통 사람으로서는 엄두도 내볼 수 없는 생각이었다.

곰새끼는 눈을 내리깐 채, 시종 찌뿌듯한 표정으로 듣고 있었다. 그러나 청년은 퍽 호기심에 찬 눈초리로 정윤의 이야기에 귀를 기울이고 있었다.

"어때?"

정윤이 설명을 끝내고 나서 둘을 돌아보며 물었다. 곰새끼는 고개를 설레설레 저었다.

"도대체 믿을 수가 없어. 땅구멍을 파고 들어간다니, 그렇게 먼 데를 말야, 그러다가 창고 밑은커녕 보초가 서 있는 밑으로 뚫고 나올지 누가 안담. 한밑천 치려다가 자기 목 매는 격이지. 백 메타라 하지만 여게서 거까지 백이 될지 오십이 될지 누가 알어?"

"그건 네가 모르는 말야. 너는 기하(幾何)란 게 뭔지를 몰라서 그래. 학교 문간에만 약간 들어갔다 나왔어도 그런 말은 안 할 텐데……"

청년이 곰새끼의 말을 곧 이렇게 받았다.

"임마! 누굴 업신여기는 거야?"

그자는 청년의 그 말에 울컥 화가 치미는 모양이었다. 한쪽 어깨를 치키며 금세 때려누일 듯이 주먹을 불끈 쥐었다가 곧 수그러지며,

"임마, 너무 까불지 마. 땅속에서 서로 가는지 동으로 가는지 누가 아느냐 말야! 누굴 어린앤 줄 알어?"

청년은 그냥 웃었다.

"이봐. 그렇게 성낼 것까지는 없어. 땅속이고 물속이고 틀림없이 목표를 찾아갈 수 있는 방향기(方向器)라는 게 있어. 싫다면 너는 기권해도 좋아. 난 하겠어. 사실 이건 멋진 방법이야. 우리 때장이 아니면 생각해낼 수 없는 말이지. 결코 조무래기 얌샘이가 아니라 창고를 몽땅 들어내 오는 거야. 얼마나 멋진 얘기야."

청년은 자신 있게 말하였다. 이처럼 자신 있게 말하는 청년의 기세에 그자는 약간 마음이 눌렸는지 정윤을 지그시 곁눈질로 바라보았다. 정윤은 자기를 믿으라는 듯이 한 눈을 슬쩍 감아 보였다.

"너희들이 정 그렇다면 좋아. 할 테야."

그러나 이렇게 대답은 하면서도 곰새끼는 그리 자신이 서지 않는 태도였다.

셋은 다시 홀로 나왔다. 이러한 곳일수록 으레 미신처럼 뒤따르는 사건의 순서가 있었다.

그들은 우선 말없이 건배를 나누었다. 서로의 시선만이 오고 가는 속에 잔이 자주 비었다. 곰새끼는 여전히 자신이 그리 서지 않는 듯이 침울한 태도였으나 적이 술기가 번지어가기 시작하자 한 마디씩 입을 떼기 시작하였다.

"어떻게 그런 생각을 해냈어, 응?"

"아닌 게 아니라 할라거든 쎄게 하는 기라."

그러면서 그자는 쿡쿡 웃기도 하고 정윤과 청년에게, 기대에 찬 만족스러운 시선을 보내기도 하였다.

홀 안에는 술이 곤드레가 된 몇 친구가 남아서 서로 건들먹거리며 되풀이 되풀이 뭔가를 지껄이고 있었다.

"인제 됐어, 인제 됐어."

곰새끼는 정윤의 목을 쓸어안으며 말을 계속하였다.

"너는 참 좋은 녀석이야. 너 때문에 인제 나는 뭔가 나에게 끝장이 나는 것 같아. 망할 년, 그년하고도 인젠 끝장을 내게 됐어. 노래기 새끼하고 잘 붙어먹으라지. 난 이것으로 끝장을 내고 이 망할 곳을 뜰 테야. 이번 일이 끝나면 어디 가나 일평생 먹고 뒤어질 만한 밑천이 생길 게 아냐? 그렇지?"

곰새끼는 술잔을 들어 정윤의 입술에 가져다 대어준 다음 그가 조금 마시고 난 술을 자기가 반쯤 들고 나머지를 청년에게 마시게 하였다.

"사실 나는 이렇게 되길 바랬어. 이렇게 될 수 있는 때가 오길 바랬어. 어디고 발 가는 대로 가는 기라. 가서 거기서 순한 계집 하나 얻어가지고 딴 욕심 말고 살면 되는 기야. 두더지, 넌 어떻게 할래? 응? 쓸데없는 생각 말고 나처럼 하는 게 좋을걸."

청년은 그냥 웃었다.

"왜?"

그자는 잠시 청년을 마주 보다,

"갈 데가 없어? 그렇지, 우리 같은 놈들에겐 갈 데조차도 없지. 나도 알고 있어. 그러나 아무리 갈 데가 없어도 발길을 떼고 보면 또 갈 데는 있는 거라."

그러고 보니 청년은 약간 막연하였다. 곰새끼보다도 처음에는 자기가 자신이 컸었다. 그러나 지금 볼 때 곰새끼에게는 확고히 어떠한 자신과 기대가 커지기 시작하였으나 반면 자기는 무언가 자신에 허전함을 느꼈다.

"지금 와선 도리어 네가 부러워지는군."

청년은 말하였다. 그러나 그는 그렇게 말해놓고 나서도 확실히 그자의 태도가 부러운 것인지 뭔지를 분간하지 못하고 있었다. 어딘가 한쪽이 채 메워지지 못한 것 같은 공허한 그러나 그것이 무엇으로 채워져야 하는지를 그는 종잡을 수가 없었다.

정윤은 묵묵히 술만 들었다. 그의 마음은 복잡한 생각에 가득 차 있었다. 다자꾸 헝클어지려는 자신을 가누기 위하여 그는 이러한 복잡한 생각들을 마음 밖으로 밀어냈다. 그러나 밀어내려 애쓰면 애쓸수록 도리어 더 그러한 생각들은 마음속 깊이 파고드는 것이었다. 일이 무사히 끝나면 한밑천 들여서 소년과 영미를 이곳에서부터 멀리 떠나보내야 할 것인가. 또는 짜리로 하여금 이곳을 떠나게 해야 할 것인가. 소년과 영미를 남몰래 어디론가 떠나보낸다 할지라도 기어이 짜리는 찾아내어 몽땅 잡아내고야 말 것이다. 그렇다면…… 아니 원만히 해결되어 짜리가 이곳을 떠나고 영미가 이곳에 남는다면 나는 그 다음을 어떡하자는 것인가. 양쪽을 다 떠나보낸다면…… 그러면 그 담에 나는…… 그러기에는 너무도 자신이 허전하였다.

그는 이러한 생각을 뿌리치기나 하려는 듯이 술을 단숨에 들이켜고 또 한 잔을 청하였다.

"인제 완전히 자신을 얻었어. 인제는 뭔가 될 것단 같아. 너희 둘은 참 좋은 녀석이야. 그러한 의미에서 알지? 오늘 밤은 내가 으레 그러듯이 말야, 계집을 사겠어. 두더지, 이 녀석아 오늘 밤은 계집을 실컷 파구 내일부터는 땅을 파는 거야. 망할 년! 어쩌면 그년은 지금쯤 내가 안 돌아오는 틈을 타서 그 자식과 어느 골방 구석지에서 씨근벌떡하고 붙어 있을지도 몰라. 내가 지금 이런 생각 하고 있는 줄도 모르고 말이지. 그러고 보면 때때로 괴로워도 역시 세상은 살맛이 나. 자 가는 기야."

곰새끼는 혼자 상기되어가지고 지껄이며 술을 벌컥 단숨에 들이켰다. 그리고 턱 밑으로 흘러내리는 술을 두 손가락으로 모아 호기 있게 쓱 문질러내었다.

청년은 쓸쓸한 표정이었다.

"왜 이래, 응?"

곰새끼가 청년을 보고 물었다.

"네가 하도 떠들어대는 바람에 나는 뭔가 모르게 쓸쓸해졌어."

청년은 술잔을 매만지며 말하고 나서 정윤을 쳐다보았다.

정윤 역시 쓸쓸한 태도로 피워 문 담배 연기를 묵묵히 내뿜고 있었다. 곰새끼는 잠시 그러한 두 사람의 태도를 번갈아 보다가,

"왜들 이러는 거야. 자, 가지."

셋은 마지막 술잔을 나누었다. 마담이 정윤에게 눈짓을 보냈다. 정윤은 가볍게 그것을 웃음으로 받아넘기고 돌아섰다.

테이블 한 귀퉁이에서는 어떤 술 취한 사내 녀석이 건들먹거리며 의자에 앉은 채 그놈을 꺼내어놓고 오줌을 한없이 깔기고 있었다.

그들은 밖으로 나왔다. 하늘에는 무거운 구름이 첩첩이 아직 덮여 있었다. 골목길은 몹시 질척거렸다. 골목길을 돌아설 때 곰새끼가 말하였다.

"그전에는 말이지. 하찮은 얌생이를 칠 때도 그 전날 밤은 뭔가 좀 초조했는데 오늘은 통 마음이 푹 놓이는 게 나도 모르겠어. 좋

을 징조야. 아마 오늘 밤은 계집도 틀림없이 밴밴한 게 걸릴 테니 두고 보라니까."

제2화

1

정윤은 스트레처[14] 위에 그대로 나가 누워 있었다. 어둠 속에 캄캄하게 잠긴 방 안, 잠이 오지를 않았다. 그는 눈을 감은 채 깍지를 껴 뒤통수에 괴고 내일 일을 생각하고 있었다. 오늘 아침 소년과 함께 큰길 건너 시장에서 구입한 도구들을 그는 마음속에서 다시 한 번 검수하여보았다.[15]

보병용(步兵用) 곡괭이 둘, 동 삽 셋, 플래시 셋, 광산용 칸델라[16] 둘, 척자 하나, 옷처럼 상하의(上下衣)로 된 미군용 비옷 셋, 방향기, 로프, 도르래가 붙은 궤짝. 소년은 이상하다는 듯이 뭣 하러 이러한 것들을 사야 하느냐고 물었다.

"쉿!"

그는 손가락을 입에다 가져다 대어 보이며 웃었다. 소년은 못마땅한 듯한 표정이면서도 그러겠노라고 고개를 끄덕였다.

소년은 건물이 즐비한 길 한복판을 그와 함께 걷는 것이 퍽 즐거운 모양이었다. 소년은 그의 손을 잡고 걸었다. 그러다가 소년은 그의 손을 놓으며 걸음을 늦추었다. 소년의 눈은 반짝 빛나고 있었다. 소년은 그를 올려 쳐다보았다. 소년은 방싯 웃고 길 건너 편으로 시선을 다시 보냈다.

거기에는 어떤 부인이 두 아들, 하나는 서넛, 하나는 예닐곱 정도 되어 보이는 두 아들을 양편에 앞세우고 길을 가고 있었다. 부인도 깨끗한 옷차림이고 두 아이도 값진 옷과 구두를 신고 있었다.

"부러우냐?"

"아뇨."

소년은 상냥스러이 고개를 저었다.

"그럼?"

"예전에도 몰래 혼자 큰길 건너 와서는 아버지와 엄마와 그리고 아이들이 함께 걸어가고 있는 것을 먼눈으로 바라보곤 했어요. 그때마다 나도 언니와 함께 한번 저렇게 길을 걸어봤으면 싶었어요. 아니, 언니가 아니라도 좋았어요. 어른하고, 누구라도 어른들하고 한번 큰길을 같이 걸어봤으면 싶었어요. 아저씬 참 좋아요."

소년은 다시 그의 손을 잡았다. 그러나 소년은 곧 손을 놓고 주춤하였다. 서너 살배기 아이가 그만 걸음을 잘못 짚어 쓰러진 것이었다. 어머니는 쓰러져서 우는 어린이를 곧 안아 일으키며 옷의 흙을 털어주었다. 그리고 손수건을 꺼내어 눈물을 닦아주며 앞세워 걸렸다. 어린이가 넘어지는 순간 떨어진 조그만 장난감을 그냥 남겨둔 채.

소년은 급히 그쪽으로 뛰어갔다. 그리고 땅에 떨어진 장난감을 주워 들고 그를 한 번 돌아본 다음 어린이와 어머니가 가고 있는 뒤를 쫓아 달음질쳤다.

소년은 곧 그들 앞으로 다가서서 걸음을 멈추며 장난감을 내밀었다.

부인은 잠시 남루한 옷을 걸친 소년을 이상한 눈으로 훑어보았다. 소년은 다정하게 웃어 보였다. 예닐곱 되어 보이는 어린이가 얼굴을 찌푸리며 왈칵 소년의 손에서 장난감을 잡아채었다. 그리고 침을 퉤 하고 땅바닥에 뱉었다. 부인과 어린이들은 다시 소년을 돌아보지도 않고 걸어갔다. 소년은 잠시 그 자리에 서 있었다.

정윤이 소년에게로 다가가자 그때서야 소년도 힘없는 걸음걸이로 그에게 왔다. 정윤은 소년의 어깨 위에 손을 얹었다.

소년은 구름이 덮인 하늘을 쳐다보았다. 정윤도 따라 하늘을 쳐다보았다.

"내일쯤은 날이 개일까? 며칠째 찌뿌듯하군."
"비가 왔으면 좋겠어요."
"비가……?"
"네."
"왜?"
"……"

소년은 대답 대신 어깨를 으쓱하여 보였다.

그때의 소년의 뭔가 가슴 아픈 표정, 비가 왔으면 좋겠다던 소년의 감정을 정윤은 도저히 잊어버릴 수가 없었다. 그리고 그때의 그러한 쓰라린 소년의 감정을 알면서도 그것을 따뜻하게 덮어

줄 수 없었던 자신이 그는 괴로웠다.

그는 조용히 감았던 눈을 떴다. 그리고 손더듬으로 담뱃갑을 찾아 담배를 한 대 꺼내어 물었다.

이번 일이 끝나는 대로 소년과 영미를 딴 곳으로 떠나보내자. 짜리의 문제는 어떻게 해결이 되겠지. 그는 성냥을 그어 담배에 불을 붙이면서 마음속으로 중얼거렸다.

성냥불을 긋는 소리에 깨어졌던 적막이 다시 주위로 밀려들었다.

그는 담배 연기를 길게 내뿜었다. 어둠 속에 빨갛게 타들어가는 담뱃불 위로 담배 연기가 짙게 흩어졌다.

그때 밖에서 판자문 흔드는 소리가 조용히 울렸다. 그는 허리를 일으키며 그쪽으로 귀를 기울였다.

밤이 깊을 대로 깊어 찾아올 사람도 없는데 이상한 일이었다. 그는 침묵을 지킨 채 밖의 동정을 잠시 기다렸다.

문 흔드는 소리가 얼마간 또 계속되었다. 혹시 또 짜리가 무슨 소동을 일으킨 것이나 아닌가 하고 생각이 문득 떠올랐다. 그는 어둠 속에서 상의를 찾아 쥐고 일어섰다. 아니 그것보다도 자기의 계획이 누설되어 사전에 급습을 당한 것이나 아닌가 하는 생각도 들었다. 그러나 그렇게 생각하기에는 너무도 문 흔드는 소리가 조심스럽고 우람하지가 않았다.

그는 문을 열고 밖으로 나갔다.

"나야, 나."

판자문 쪽에서 나직한 음성이 울려 나왔다. 그는 곧 그 음성으로 누구라는 것을 짐작하였다. 두더지였다.

그들은 방으로 들어와서 가스등에 불을 켰다.

"어찌 된 일이야?"

정윤이 스트레처에 걸터앉으며 물었다. 두더지의 얼굴은 창백하게 질려 있었다.

"계집이 신통치가 않았던 모양이군, 응?"

가스등에서는 불꽃이 타는 소리가 조용히 주위의 침묵을 깨뜨리고 있었다.

"아니야."

청년이 잠시 후 말하였다.

"그럼?"

"말하고 싶지가 않어."

청년은 완전히 용기를 잃은 초조한 태도였다.

"왜, 무슨 일이 있었나?"

"……"

청년은 대답을 하지 않았다.

"곰새끼는……?"

"담배를 한 대 줘."

정윤은 담뱃갑을 그에게 주었다. 청년은 담배를 한 대 꺼내어 붙여 물며,

"곰새끼는 지금도 계집 끼고 자고 있을 거야."

"그런데 너는 왜?"

"그 얘긴 묻지 말아줘."

"내가 집에 와 있으리라는 것을……?"

"곰새끼한테 벌써 듣고 있었어. 네가 일을 치르면 그대로 집에 돌아온다는 걸. 그래 이미 네가 집에 와 있으리라고 믿었지."
"마음이 변했나?"
"아니야. 그런 게 아니야. 말할 수가 없어. 뭔가 괴로워. 술 없나?"
"술?"
청년은 술병을 들자 그대로 몇 모금 그냥 들이켰다. 그리고 턱 밑으로 흘러내리는 술을 옷소매로 문질렀다.
"너도 이런 일을 당해본 적이 있어?"
청년의 입술이 약간 떨렸다.
"뭔데……?"
청년은 눈을 내리감았다. 침통한 표정이었다. 잠시 침묵이 흘렀다. 청년은 내리감았던 눈을 무겁게 떴다.
"내가 들어갔던 방의 여자를 알지?"
정윤은 대답 없이 시선을 약간 떨구었다. 아까 셋이서 같이 찾아갔던 매음굴이 눈앞에 떠올랐다. 주홍빛 커튼을 어깨로 걷어 젖히며 들어오던 슈미즈 바람의 여인, 풍만한 유방과 불빛 속에 투명하게 들여다보이던 살결, 음탕하게 웃음을 던져오던 붉은 입술, 정윤은 떨구었던 시선을 들었다.
"그래서?"
"아니 내가 들어갔던 방의 여자를 보았나 말이야?"
"……"
정윤은 대답 대신 고개를 저었다. 청년은 실망스러운 듯 한숨을 죽였다.

"그러면 모를 거야. 나는 뭔가 죄를 저지른 것만 같다."
"죄?"
"그래. 그 여자는……"

청년의 눈에는 뜨거운 것이 가득 흐르고 있었다. 그의 가슴속에서는 아직도 숨죽이며 흐느끼던 소녀의 울음소리와 공포에 하르르 떨던 피부의 감촉이 그대로 생생하게 떠돌고 있었다.

"그 여자는 말야, 그 여자는……"

청년은 말을 더듬었다. 창백하게 질린 그의 얼굴에 비하여 그의 눈가에는 흥건한 그 무엇이 번지어가고 있었다.

양쪽으로 푸른색 엷은 커튼이 쳐져 있는 조그만 방, 희미한 등불 밑에 해사한 소녀의 갸름한 얼굴이 거기에 있었다.

갑자기 술기가 휙 돌고 어떠한 욕정이 뭉클 밑에서 솟구치던 순간 묘한 긴장이 이상한 감각을 일으키며 벅차게 전신을 휩쓸었다. 그는 도톰한 소녀의 어깨를 쓸어 당겼다.

소녀는 몸을 가냘프게 떨며, 고개를 들어 청년을 살풋 마주 보았다. 파랗게 질린 소녀의 조고만 입술이 오들오들 떨고 있었다. 싸늘히 식은 그녀의 눈동자, 그것은 숲 속에 덮인 샘물처럼 차가이 그늘져 있었다.

그는 쓸어 당겼던 소녀의 어깨를 놓았다. 지금껏 벅차게 솟구쳐 오던 욕정이 어디론가 점점 사라져가고 있었다.

그러나 소녀는 조용히 일어나 떨리는 입김으로 등불을 불어 껐다. 소녀는 옷깃을 풀었다. 점점 어둠 속에 드러나던 싸늘한 그녀의 육체, 그것은 마치 캄캄한 하늘 한끝에 차가이 얼어붙은 별빛

과도 같았다.

 소녀는 눈을 꾹 내리감았다. 그녀는 죽은 듯이 자리에 누워 있었다. 그 살결은 얼음장보다도 더 차가웠다. 강한 경련과 함께 소녀의 전신이 하르르 떨렸다. 숨죽여 흐느끼는 소리와 함께 흘러나오던 그녀의 싸늘히 식은 입김. 꾹 지르감은 두 눈에서는 차가이 그 무엇이 흐르고 있었다.

 한순간이 지났다. 그것은 참으로 고통스러운 순간이었다. 그는 그녀의 살결처럼 삽시간에 싸늘히 식어버린 자기의 몸을 그녀로부터 비켰다. 소녀는 죽은 듯이 그대로 누워 있었다.

 그는 불을 켰다.

 "불을 좀 꺼주실 수 없으세요?"

 소녀는 속옷으로 몸을 가리며 나직이 속삭였다. 그는 불을 껐다. 그녀는 속옷으로 가린 몸을 옹크리며 조마로이[17] 그를 마주 보았다.

 "가시는 건가요?"

 "……"

 청년은 창백하게 물든 해사한 그녀의 얼굴을 묵묵히 마주 보았다.

 "성함이……?"

 "그것은?"

 "쓸데없는 줄은 알면서도 공연히 물어보고 싶었어요."

 처음 만난 남자라는 데서인가, 그는 가슴이 꽉 막히는 것만 같아 무겁게 시선을 떨구었다.

"좋아요."

그녀는 싸늘히 식은 눈동자를 밑으로 떨구며 나직이 속삭였다.

잠시 무거운 침묵이 흘렀다. 그는 자기의 감정을 걷잡을 수가 없었다. 그는 마치 뒤쫓기듯 갑자기 자기도 모르게 방문을 박차고 밖으로 뛰어나왔다.

그는 뭔가 모르게 정신이 어지러웠다. 캄캄한 어둠 속으로 한없이 자기가 짓밟혀 들어가는 것만 같았다.

밖에는 캄캄한 어둠을 뚫고 비만이 지적지적 내리고 있었다. 그는 자기 자신을 잃고 가슴을 움켜쥔 채 잠시 구름이 덮인 하늘을 쳐다보고 있었다. 그는 지금의 자기 자신을 어떻게 해야 좋을지 알 수가 없었다.

왜 소녀는 이러한 곳으로 떨어져야 하였을까. 그 얼굴이나 모든 면으로 보아 보통 여자 같지는 않았다. 이름이라도 대줄 것을…… 이름이라도 가르쳐줄 것을…… 소녀의 기억 속에 내 이름이라도 남겨둘 것을 나는 왜 가르쳐주지 않고 말았던 것일까. 나는 그녀의 첫번째 남자였던 것이다.

순진한 소녀, 나에게 처음 몸을 바쳤던 그녀는 인제 밤마다 찾아드는 뭇 남자들에 몸을 찢기고 가슴을 찢기고, 끝내는 완전히 자기를 잃어버린 병든 매춘부로 타락하고 말 것이다. 그녀도 나처럼 고향을 잃어버린 여자일까. 부모도 형제도 다 잃어버리고 정처 없이 떠돌아다니다 나처럼 이렇게 자기를 내동댕이치고 이리로 굴러들어온 여자일까.

비는 지적지적 그의 얼굴을 사정없이 적시어갔다. 그는 어둠 속을 마구 헤매었다. 무언가 그 소녀와 이야기를 나누었어야 하였을 것을 잊은 것만 같아 마음이 괴로웠다. 그리고 한낱 매춘부로만 소녀를 대해버린 자기의 태도가 후회스럽고 그녀에게 죄스러웠다. 주위는 고요하였다. 다만 가스등에서 불꽃이 타는 소리만이 조용히 주위의 침묵을 깨뜨리고 있을 뿐이었다. 청년은 병째 술을 몇 모금 마시고 나서 말을 계속하였다.

"나는 그처럼 깨끗한 소녀의 마음에다 모욕을 가했단 말야. 해사한 소녀의 싸늘한 얼굴, 이게 괴로워. 소녀는 울었어."

"그러한 감상도 얼마 있으면 시들어버리고 말걸."

정윤도 청년의 마음을 모르는 바는 아니지만 이렇게 말을 받았다.

"감상?"

청년의 얼굴에 갑자기 핏기가 확 끼얹혔다. 청년은 아직도 순진한 데가 있었다. 정윤은 그를 처음 만났을 때부터 그것을 알고 있었다.

"그러나 감상이라 해둬도 좋아. 너는 아직 모를 거야. 나도 인제 뭔가 자신이 생겼어. 처음 내가 창고를 치는 데 동의했던 건 하나의 호기심에서였어. 아까 술집에서 말인데 곰새끼가 말이지. 한밑천 해가지고 어느 조용한 시골에라도 가서 순한 계집을 하나 얻어가지고 살겠다는 말을 들었을 땐 난 뒤통수를 한 대 얻어맞은 것만 같았어. 곰새끼는 이번 일에 대하여 자기 자신에 어떤 기대와 의미를 걸고 나섰던 거야. 아무리 얌생이라곤 할지라도 말이지. 나도 뭔가 그런 것을 나에게 걸고 싶었었거든. 그러나 인제는 됐어. 이번 일이 끝나기만 하면 나는 그 소녀와 이곳을 뜰 테야. 닷새면 일은 끝나겠지. 그렇지? 지금은 어떡할 수가 없어. 닷새 동안만 별의별 잡놈한테 소녀는 모욕을 당하고 상처를 입어야 할 거야. 그러나 닷새만 참아줘. 닷새 후면 돈 아니라 황금 덩어리를 가져온대도 네 몸에 손 하나 까딱 못하게 할 테니. 우리는 뜨는 거야. 나는 그녀의 첫번째 남자였거든. 나는 내가 처음으로 그녀의 마음에 던져주었던 모욕을 씻어주겠어. 아마 우리는 행복할 거야. 이것마저 네가 너절한 감상이라고 욕지거려도 좋아. 그런데 너는 어떡할 테야?"

청년의 음성은 퍽 상기되어 있었다.

"나?"

정윤은 적이 망설였다.

"그래. 너는 네 자신에 어떤 기대와 의미를 걸고 있느냐 말야?"

"아무것도 없어."

정윤은 천천히 대답하였다. 사실 그러하였다. 소년과 영미, 그리고 짜리와의 문제, 그러나 그 자신에 건 것은 하나도 없었다.

"물론 너로서는 그럴지도 모를 거야. 너에게는 곰새끼나 내 생각이 유치하게 보일지도 모르지. 그러나 돌이켜 생각해봐. 나도 처음에는 길 건너 저쪽보다는 그날그날을 되는대로 살아가는 이곳 생활이 마음에 들었었어. 그러나 조용한 시골이나 조고만 도시에 가서 가정을 꾸미고 조고만 자기 생활 속에 묻혀 살아가는 것도 결코 무의미한 건 아닐 거야. 난 하여튼 그 소녀와 같이 이곳을 뜨겠어."

청년의 말이 끝나자 정윤은 그의 어깨 위에 손을 얹으며,

"하여튼 이다음 어디선가 행복하게 되면 우리들을 잊지 말고 옛말처럼 생각이나 해줘."

"물론."

둘은 술을 나누었다. 정윤의 마음은 어두웠다. 확실히 그들에 비하여 아무리 그것이 보잘것없는 것이라 할지라도 정윤으로서는 자기 자신에 대한 의미를 잃어버리고 있는 것만은 사실이었다.

부대 쪽에서 조용한 밤공기를 울리며 자동차의 엔진 소리가 울려왔다. 새벽이 다가온 모양이었다.

이른 아침 공기는 제법 쌀쌀하였다. 곰새끼와 청년은 나무판자 너머로 부대 안을 바라보고 있었다. 두 사람의 시선은 셋째번 창고인 양철 지붕에서 잠시 떠나지를 않았다.

"저건 우리 차지지."

곰새끼가 비죽 미소를 입가에 풍기며 말하였다.

"닷새 후면."

청년이 대답하였다. 그럼 닷새 후면. 청년은 입속에서 다시 되뇌어보았다. 지금 청년에게 있어서 닷새란 말은 참으로 커다란 의미를 갖고 있었다. 또한 몹시도 고통스럽게 기다려지는 닷새였다. 그것은 비단 청년에게만 그러한 것이 아니었다. 곰새끼에게도 마찬가지의 비중으로 닷새란 말은 의미가 컸다.

"저 속에는 반지도 들어 있겠지?"

"반지뿐인가. 목걸이도 시계도…… 하여튼 피엑스[18] 물자는 고스란히 들어 있는 거야."

"순한 계집을 하나 골라서 온 몸뚱아리에 하나씩 챙겨줘야지."

"그 계집 누군지 땡잡겠군."

"행복할 거야. 나는 마음껏 귀여워해줄 테야."

"그래, 그래야 해."

청년은 곰새끼에게보다도 자기 자신에게 말하고 있었다.

보초병이 하나, 총대를 메고 천천히 철조망을 따라 걸어 내려갔다. 몹시 피로한 듯한 걸음걸이였다.

"제기! 머저리 같은 녀석들. 가시줄을 억척으로 쌓아 올리고 보초를 몇백 명씩 풀어놔보라지. 눈뜬장님이지 땅속을 누가 아나."

구름이 무겁게 깔린 하늘에서는 또 비가 후둑후둑 처지기 시작하였다.

"인제 끝장이 나는 거지, 닷새 후면."

"그래 닷새 후면, 나도 여기서 끝장을 내겠어."

"너도 잘 생각했어. 나는 그 망할 년 땜에 얼마나 머리를 썩였는지 몰라 지긋지긋했어. 그러나 인제는 마음이 후련해. 난 사실 그년을 좋아했거든. 그래 행여나 그 망할 자식한테서 떨어져 나한테 마음을 돌려 오려나 기다렸었지. 하지만 헛수고였어. 계집이란 한번 눈이 어두우면 밤낮을 가리지 못한다니까. 그런데 너는 왜 어젯밤 어중간하다 도망을 쳤어? 그년 밤새껏 울더라고 하던데."

"닷새 후면 알게 될 거야."

"하여튼 그런 게 걸리면 재수 없다니까. 계집은 말야. 풋내기보다는 약간 암내를 풍기려고 덤비는 게 나은 거야."

"아니야 그런 게 아냐."

"나도, 그런 거와 몇 번 당했는데, 괜히 고통만 스럽구 재미도 없는 데다 말야, 쭐쭐 울면 달래다가 볼 장도 채 못 보는 거지. 어제는 재수 없게 잘못 걸렸군."

"그런 게 아니라니까, 닷새 후면 알게 될 거야."

"닷새 후……"

그들은 다시 부대 안 창고 쪽으로 시선을 모아갔다.

미 군인이 몇 명 줄을 지어 중앙 퀀셋 쪽으로 걸어가고 지프차가 한 대 광장을 가로지르며 창고 쪽으로 질주하여 그들이 바라보고 있는 창고 옆에서 커브를 꺾었다.

비가 점점 퍼붓기 시작하여 그들은 안으로 들어왔다.

2

오전 중에 거의 준비를 완료하고 나서 넓은 헛간을 기점으로 하여 작업이 시작되었다 우선 이 미터 정도의 정방형으로 구덩이를 파야 하였다.

청년과 곰새끼는 첫번째 삽을 힘 있게 땅속에다 박고 흙을 일으켰다. 예리한 삽 끝을 통하여 이어오는 흙의 부드러운 감촉이 가슴에 뭉클하게 젖어들었다. 청년의 얼굴은 붉게 타오르고 있었다. 흙을 들어내는 순간 그에게는 삽 하나 가득히 담긴 흙덩어리가 무슨 강한 의미를 기약하는 것만 같았다.

곰새끼도 흙을 퍼 들었다. 그는 숨소리마저 씨근거리고 있었다.

그들은 말없이 흙을 한쪽으로 파내었다. 한삽 한삽, 흙이 파내어질 때마다 그들은 자기네에게로 다가오는 기대에 벋찬 운명의 형체가 눈앞에 보이는 것만 같았다.

약 반 미터가량 파 내려갔을 때 까실한 붉은색 모래흙이 나오기 시작하였다.

곰새끼는 웃통을 벗어 던졌다. 청년의 이마에서는 그슬땀이 흘러내리고 있었다.

"곡괭이질을 좀 해야겠는걸."

곰새끼는 곡괭이를 휘둘렀다. 곡괭이로 파헤친 흙을 두더지가 파내었다.

"교대를 하지."

정윤이 파낸 흙을 한쪽으로 몰아놓던 손을 멈추고 말하였다.

"뭘 했다고 벌써."

곰새끼는 피식 웃고 여전히 곡괭이를 휘둘렀다.

시작한 지 불과 한 시간이 못 돼 그들은 약 일 미터 반가량 깊이의 구멍을 파내고 있었다.

"인제 됐어."

정윤은 작업을 중지시켰다. 그리고 방향을 잡아 창고를 향하여 파 들어갈 것을 말하였다. 두 사람이 충분히 기어 들어갈 정도의 크기면 넉넉하였다.

두더지와 곰새끼는 또다시 붙어 섰다. 어느 정도 파낸 다음 그들은 도구를 보병용 삽과 곡괭이로 바꾸었다. 토질(土質)이 퍽 부드럽기 때문에 파 들어가는 것이 그리 힘들지는 않았다.

"참 오랜만이야, 일선에 있을 때 생각이 나는군. 이것들을 손에 드니 말야. 내가 어떻게 구멍을 잘 파는지 그땐 별명이 두더지였다니까. 군대에서 배운 솜씨를 여기서 써먹게 되다니 묘한 인연이로군."

청년은 입맛이 쓰게 웃으며 힘 있게 삽으로 흙을 파냈다.

"그것보다도 난 이게 더 우스운걸. 이건 전쟁판에서 쓰라고 만든 게 아니냐 말야. 그런데 웬걸, 그들 물자를 얌생이하는 데 쓰게 됐으니 이 사실을 안다면 그들도 쓴웃음이 나올 거야. 안 그래?"

곰새끼는 능청맞게 킬킬 한바탕 웃어대었다.

그들은 열심히 파기 시작하였다.

청년은 삽자루를 휘두르고 흙이 푹푹 파헤쳐질 때마다 양철 지붕 창고가 점점 눈앞에 다가오는 것만 같은 흥분에 사로잡혔다.

곰새끼의 입에서는 노랫가락까지 흘러나왔다.

둘은 열심히 구멍을 파 들어갔다. 정윤은 그들이 파낸 흙을 밖으로 퍼내었다.

이미 곰새끼와 청년은 구멍 깊숙이 상반신이 묻혀 있었다.

"벌써 일 미터, 일 미터는 가까워졌어."

"벌써! 야, 이건 뭐, 계집 그것 파기보다도 훨씬 쉬운걸."

"연장이 틀리잖아."

"그러나 그건 뒷맛이 좋잖거든. 찝찔한 게. 이건 진짜 뒷맛이 나는 거지."

곰새끼와 청년은 양지쪽에서 흙을 파서는 뒤로 밀어내었다. 그들의 발은 간신히 구멍 밖에서 보일락 말락 할 정도였다. 청년은 일하던 손을 멈추고 뒤를 돌아보았다. 엉거주춤하니 엎드린 등어리 너머로 그들이 파고 들어온 구멍의 윤곽이 떠오르고 희미한 광선이 그들의 등 뒤에서 지키고 있었다.

곰새끼도 일하던 손을 멈추었다. 그들은 서로 얼굴을 마주 보았다. 머리, 얼굴, 팔뚝 할 것 없이 땀과 흙으로 얼룩져 있었다. 곰새끼는 입속에 튀어 들어온 흙모래를 우물우물 씹으면서 비죽 웃었다. 청년은 입가에 묻은 흙을 땀과 흙으로 얼룩진 손등 한끝으로 문질렀다.

약 삼 미터가량 파 들어갔을 때 그들은 일단 일을 중지하고 밖으로 기어 나왔다. 파낸 흙을 우선 처리하면서 파 들어가야 하기 때문이었다.

해는 서서히 산마루로 기울어져가고 있었다. 그들은 어둠이 바삐 다가오기를 기다렸다.

3

걷어차면 쓰러질 듯 코딱지처럼 판잣집이 늘어붙은 좁은 골목길을 소년은 쓸쓸히 생각에 잠기면서 걸어 나왔다. 하루에 한 번씩은 꼭 누나를 찾아오던 정 아저씨가 오늘은 지금껏 통 보이지를 않아 집으로 찾아가는 길이었다.

함부로 내다 버린 오물(汚物)들, 밤이면 분간 없이 싸 갈긴 분뇨(糞尿)들 때문에 골목길 안은 더럽기 짝이 없었다. 벌써부터 술이 곤드레가 되어 비틀거리는 막벌이 일꾼, 판자 하나를 격한 어느 집 앞에서는 함경도 아마이[19] 둘이 그 특유한 악센트를 더욱 거세게 내뱉으며 아귀다툼을 하고 있었다.

골목길을 거의 빠져나왔을 때, 소년은 건너편 선술집 앞에 사람들이 웅성거리고 모여 선 것을 보고 자기도 모르게 그 집으로 달려갔다. 무슨 일이 벌어졌을까, 소년의 가슴은 초조하였다. 소년은 밀집한 사람들 허리 틈 사이로 간신히 파고들어갔다.

키가 호리호리한 친구와 우악스럽게 생긴 몸집이 큰 친구와의 사이에 싸움이 벌어지고 있었다. 우악스러운 친구가 어깨를 떡 벌리고 주먹을 휘두르며 다가서자 호리호리한 친구는 슬쩍 옆으로 몸을 비키며 발길을 들었다 놓았다. 우악스러운 친구의 눈에는 험악하게 핏대가 서 있었다. 그는 몹시 씩씩거렸다. 공간을 찢고 주먹질이 세차게 들이닥칠 때마다 호리호리한 친구는 날쌔게 피하며 반격의 태세로 발길을 들었다. 그리고 허공을 치고 급히 물러서는 상대를 묘한 눈초리로 여유 있게 웃어 보았다.

갑자기 둘 사이의 간격이 줄어드는 순간 주먹과 발길질이 동시에 번개같이 오고 갔다. 치고 차고 겨루는 시각이 연속적으로 계속되었다.

"왜 저러나?"

모여선 군중들 틈에서 숨죽인 음성들이 오고 갔다.

"계집 때문이야, 계집."

"망할 놈의 계집 같으니, 항상 고놈의 ××이 말썽이라니까."

"저 우악스런 친구의 계집을 미꾸라지 같은 저 녀석이 날이면 날마다 옆치기[20]를 쳤다거든."

"오다가다 만난 판에 죽을 때까지 데리고 살 계집인가. 좀 그랬기로서니 어떠노."

"그렇다면 네 계집 한번 그래보까? 제기!"

허공을 치고 갈빗대를 차고 하는 소리가 잠시 요란하였다. 우악스러운 친구의 코와 입에서는 피가 줄줄 흘러내리고 있었다. 상대방에 비하여 그는 몹시 허덕거리고 있었다. 그가 최후의 힘을 다하여 주먹질을 하여 들어갈 때 호리호리한 친구의 발길질이 번개같이 공중에 날더니 순간 휘청하고 마치 기둥이 무너지듯 우악스러운 친구의 커다란 몸집이 털썩 땅바닥 위에 나가 쓰러졌다. 그는 가슴을 움켜쥐고 길게 신음 소리를 토하였다. 그리고 다시 몸을 일으키려다 그대로 길에 쭉 뻗었다.

호리호리한 친구는 약간 긴장한 얼굴로 상대방을 노리고 있다가 다 됐다는 듯이 태연하게 바짓가랑이를 툭툭 털었다.

"자식을, 자식을……"

우악스러운 친구는 나가 뻗은 채 그래도 눈에 핏대를 올리며 가쁜 숨결과 함께 울분을 내뱉고 있었다.

호리호리한 친구가 옷깃을 고치고 유유히 사라지려 할 때였다.

"여보슈, 너머한데."

호리호리한 친구는 걸음을 멈추고 말을 걸어온 친구를 힐끗 노려보았다. 군중들의 시선은 일제히 말을 건 친구한테로 옮겨 갔다.

"남의 집(구역)에 와서 너무 지나친 것 같은데 그렇게 생각하지 않으슈?"

"……"

호리호리한 친구는 그리 구미가 당기지 않는다는 듯이 싱겁게 입가에 웃음을 흘렸다.

말을 건 친구는 천천히 그에게로 한 걸음 다가갔다. 한쪽 다리를 약간 절면서. 상대방은 다리를 저는 그의 전신을 흥미 없단 듯 내리훑었다. 짜리였다. 소년은 그를 보자 더욱 가슴이 뛰었다. 저 판에 뛰어들어 어떡하자는 것인지 알 수가 없었다.

짜리는 쭉 나가 뻗은 친구에게로 다가가서 그를 일으켰다. 그자는 사방 몸이 결리는지 꿍꿍하고 신음 소리를 입속에서 죽이며 간신히 몸을 일으켰다. 그러나 몸의 중심을 못 가누고 허우적거렸다.

"나도 머지않아 자네와 비슷할 신세가 될 것 같은데 말야. 연습 겸 오늘 한번 해보까."

이렇게 말하면서 짜리는 능글맞게 비쭉 웃고 호리호리한 친구를 슬쩍 노려보았다. 상대방의 마음을 떠보는 듯한 그러한 눈초리였다.

상대방은 흥! 하고, 코웃음을 치는지 한쪽 손을 허리에다 꽂았다.

"자네 다리는 말의 뒷다리를 닮은 모양인가. 그러나 나 보기에는 그리 별난 것 같지가 않은데, 내 다리가 이 모양이 돼서 그럴까."

짜리는 호리호리한 친구와 일정한 간격을 지니면서 상대방의 비위를 거스르기 시작하였다. 그는 포켓에서 잭나이프를 꺼내어 공중에 가벼이 던졌다. 다시 받아 쥐는 것과 동시에 단추를 눌렀다. 칼끝이 번쩍하고 손끝에서 빛났다. 짜리는 또 한 번 슬쩍 나이프를 던져 칼끝이 손바닥 쪽으로 오게 돌려 쥐었다.

"어디 자네 그 말 다리를 좀 수술해줄까? 뭐, 일 초의 십분지 일도 안 걸릴걸."

"……"

상대방은 묵묵히 짜리의 동작만 지키고 있었다. 짜리는 일부러 그에게 공격의 틈을 주기 위함인지 불안과 초조에 사로잡혀 그들을 지키고 있는 군중에게 시선을 돌리며 자세를 약간 흩트렸다. 순간 호리호리한 친구의 발길이 번개같이 공중을 찼다. 짜리의 몸이 휙 옆으로 돌아갔다. 그의 손은 날쌔게 이미 칼을 던진 이후였다. 상대방은 다리를 움켜쥐며 허리를 굽혔다. 허벅다리에 꽂힌 칼을 뽑으려는 순간 지끈 딱 하는 소리와 함께 후리후리한 친구의 허리가 휘청 뒤로 꺾어지고 그러나 간신히 쓰러지는 것은 면하였다. 그자의 얼굴은 윤기를 잃고 새파랗게 질려 있었다. 짜리의 세번째 공격이 일분의 여유도 주지 않고 들어갔다. 그러자 그자는 마구 다리에 칼이 꽂힌 채 도망가기 시작하였다.

짜리는 추격을 하지 않았다. 모여든 사람들은 모두 가슴이 철렁 내려앉았다. 소년은 치를 후르르 떨었다. 소년은 급히 군중 속에서 빠져나왔다.

짜리가 더없이 무서웠다. 소년은 요전 날 밤 자기 집에서 짜리와 정 아저씨 간에 싸움이 벌어질 뻔하였던 광경이 눈앞에 떠올랐다. 만일 그때에 싸움이 본격적으로 벌어졌더라면 정 아저씨는 어떻게 되었을까. 생각만 하여도 몸에 소름이 끼쳤다.

　소년은 정 아저씨 집을 향하여 달리기 시작하였다. 정 아저씨에게 이 사실을 알려야만 할 것 같았다. 결코 정 아저씨에게는 지금과 같은 불상사가 일어나지 않아야만 하였다. 만일 정 아저씨에게 공연히 누나 일로 하여 그러한 불상사가 일어나게 된다면 그것은 정 아저씨뿐만 아니라 누나에게도 자기에게도 불행한 일이 될 것만 같았다.

　왜 사람들은 이같이 몸서리가 치도록 싸워야 하는 것일까. 서로 정답게 아무 일 없이 조용히 살아볼 수는 없는 것일까. 원래가 그처럼 싸우면서 살아야 사는 것일까. 소년의 마음은 이러한 생각으로 꽉 차 있었다. 가슴속은 풀리는 것 없이 안타깝기만 하였다.

　소년은 뛰던 걸음을 멈추고 하늘을 쳐다보았다. 구름이 무겁게 깔려 있었다. 소년은 사방 하늘을 끝 간 데 없이 둘러보았다. 어디까지나 음울한 구름이 울적하도록 무거울 뿐이었다. 소년은 가슴이 답답하였다.

　아아 하늘이 좀 개어줬으면…… 오늘처럼 하늘이 개어주기를 간절하게 생각되기는 처음이었다. 맑게 티 한 점 없이 갠 하늘이 이처럼 그리워지기는 처음이었다.

　소년은 갑자기 울고 싶었다. 마구 울음을 터트리고만 싶었다. 모든 것이 다 실망스러웠다. 그리고 짜증이 났다. 소년은 되는대로 터벅터벅 걸음을 옮겼다. 정 아저씨에게 그런 이야기고 뭐고 하고 싶은 생각이 다 사라지는 것이었다. 정 아저씨고 누나고 뭐고 다 떨어져서 혼자 어디론가 가버리고 싶은 생각도 떠올랐다.

큰길 건너 저쪽, 그쪽이 자꾸 눈앞에서 아물거렸다. 거기에는 자기가 찾고 있는 모든 것이 따뜻하게 자기를 기다리고 있는 것만 같았다. 그러나 갈 수 없는 그곳…… 소년은 한없이 한숨을 죽이며 걸음을 멈추었다. 정 아저씨 집 문 앞이었다.

빗장이 열려 있으므로 그냥 마당으로 들어섰다.

"거 누구야?"

방 안에서 누가 물었다.

"저예요."

소년은 방문 앞으로 다가서며 대답하였다. 방문이 열리며 누가 내다보았다.

"으응, 꼬마냐?"

"우리 아저씨 안 계세요?"

"어서 들와."

방 안에는 곰새끼와 청년이 갓 몸을 씻은 듯 웃통을 벗어젖히고 스트레처에 걸터앉아 담배를 피우고 있었다.

"어디 갔어요?"

"집에 안 갔든?"

"……"

소년은 고개를 저었다.

"앉으렴."

소년은 잠시 그대로 서 있다가 스트레처 한 곁에 걸터앉았다.

"요즘도 짜리 녀석이 누나를 때리데?"

곰새끼가 담배를 한쪽 입귀[21]에 물고 질근거리며 물었다. 담배 연기에 한쪽 눈이 시린 듯 자주 찔끔거렸다. 소년은 잠시 사이를 두었다.

"아뇨."

하고, 대수롭지 않게 대답하였다. 곰새끼는 비시식 웃으며 소년의 등어리를 툭툭 두들겼다.

"요것, 제법이라니까."

청년은 피우던 담배를 비벼 끄고 맞은편 스트레처 위에 피곤한 듯 양팔을 위로 쭉 뻗으며 느릿느릿 나가 누웠다.

"너 나하고 같이 안 살래?"

"……"

소년은 눈만 깜작였다.

"이 곰 아저씨는 말야, 인제 멀리로 가는 기야. 이 더러운 곳에 끝장을 내고 모든 것 다 훨훨 털어버리고 떠나는 기야."

"어디로요?"

"멀리."

"멀리요?"

소년의 눈동자는 갑자기 반짝 빛났다.

소년은 마음속으로 '멀리……' 하고 다시 한 번 중얼거려보았다.

"언제 떠나세요?"

"며칠 후면."

"누구하고요?"

"혼자서, 물론 혼자지."

소년은 곰 아저씨를 마주 보았다. 곰 아저씨의 얼굴에는 미소가 입가에 흐르는 담배 연기처럼 떠돌고 있었다. 소년은 뭔가 모르게 곰 아저씨가 부러웠다. 그러나 어딘가 혼자란 말이 선하게 느껴졌다.

"그러나 혼자면 외로울 것 같아요."
"그래 너하고 같이 가자고 하지 않니."
"아주 먼 곳인가요?"
"그럼 아주 멀지."
"어떤 곳인데요?"
"가는 데가?"
"네."
"조고만 시골이지. 아니 어쩌면 조고만 거리일지도 모르지. 산이 있고 나무가 있고 냇물이 맑게 흐르고 그 속에선 물고기가 놀고 말이지. 그 마을에다 집을 사고 건사한 가게를 벌여놀 테야. 그땐 여기서 누구나가 곰새끼, 곰새끼 하고 부르던 더러운 이름도 저절로 없어지는 거지. 마을 할아버지, 동네 어린이, 아낙네들이 우리 가게로 물건을 사러들 올 거야. 나는 물건을 팔고, 또 새로 물건들을 거리에서 주문하고 나는 그렇게 살아가는 거지."
"혼자서요?"
"왜 혼자야. 그렇게 되면 순한 시골 색시를 하나 얻어야지. 아마 얼마 안 가서 애기를 날 거야. 꼬마처럼 똑똑한 애기를 말야."
"그럼 술도 안 잡수시게 되겠군요."
"물론이지."
"참 좋겠네요."

황선지대 105

"그땐 쌈패 노릇도 술주정뱅이 노릇도 끝장이 나는 거지."
"아아!"
 소년은 부러운 듯 만면에 웃음을 지으며 감탄사를 터뜨렸다. 역시 그러한 곳은 큰길 건너 저편만이 아니라 딴 곳에도 있었구나. 그런데 왜 정 아저씨나 누나는 그러한 것을 생각해내지 못하고 있는 것일까. 소년의 가슴속에는 갑자기 원망스러운 생각이 뭉클하고 솟았다.
 청년은 스트레처 위에 나가 누운 채, 조용히 소년과 곰새끼의 이야기에 귀를 기울이고 있었다. 그의 마음은 지금 소년이나 곰새끼 이상으로 간절한 그 무엇에 꽉 차 있었다.
 지금 그의 눈앞에는 어젯밤 만났던 소녀의 해사한 얼굴이, 그리고 싸늘히 식은 그 눈동자가 떠돌고 있었다. 소녀는 지금쯤 무엇을 하고 있을까. 이미 나는 까마득히 잊고 있는 것일까. 또는 처음 만났던 남자인 나를 문득 머릿속에 이따금 그려보고 있을까. 일이 끝나면 나는 그녀와 어디로 가야 할까. 곰새끼는 멀리 떨어진 시골 어느 마을이나 조그만 거리로 간다고 했다. 그녀는 어디로 가기를 원하고 있을까. 생각이 여기에 미쳤을 때 청년은 어젯밤 너무도 그녀에게 실망만을 남겨놓은 채 나와버린 것이 후회스러웠다. 차라리 그녀에게 굳은 약속을 남겨놓았을 것을 싶었다. 그랬으면 그만큼 그녀에게도 용기와 기대를 갖게 했을 것이었다. 그는 지금이라도 소녀에게 쫓아가서 자기의 마음을 이야기하고만 싶었다. 그러나 청년의 마음을 어둡게 어지럽히는 한 가지가 있었다.

곰새끼는 그가 생각하는 대로 될 수 있는 가능성이 충분하였다. 그자의 소박한 성격이나 살아온 솜씨가 그의 계획과 꼭 어울렸다. 어느 조그만 시골에서 가게를 펼쳐놓고 된장찌개 냄새와 같은 체취를 풍기면서 자기대로의 생활을 구수하게 만들 수가 있어 보였다. 그러나 청년의 생각은 다시금 마음속 깊이 음미해갈수록 너무도 모호하게 되어버리는 것이었다. 참으로 그 생각이란 단순하고 막연하였다. 소녀와 이곳을 떠나 그 어느 시골이나 낯선 거리에 떨어진다. 물론, 무엇을 벌여놓아야 할 것이다. 그러나 사회 경험이나 생활 경험이 전연 없는 청년에게는 그 어느 것에나 자신이 서는 것이라곤 아무것도 없었다. 돈이 있는 동안에는 소녀와 더불어 행복할 것이다. 그러나 그것이 얼마나 오래갈 것인가. 일 년, 이 년…… 그 후에는……? 전쟁에서 돌아온 후 이미 뼈저린 사회의 냉대와 생활의 고통을 알 대로 알아버린 청년에게는, 공포와 두려움이 앞섰다. 그렇다고 처음 먹었던 마음을 버리고 싶은 생각은 없었다.

　그는 곰새끼가 갑자기 다시 부러워졌다. 일견 보기에는 그것이 아무리 유치한 생각같이 보일지라도 꼭 같은 입장에 놓여 있으면서도 자기 자신에 대하여 기대와 의미를 확고히 갖고 있는 곰새끼에 비하여 막연히밖에 자신에 대한 기대와 의미를 갖지 못하고 있는 자신이 실망스러웠다.

　"닷새 후면 말야. 알지? 곰 아저씨는 멀리 그 어디론가 떠나는 거거든."

　"닷새 후면요?"

소년이 눈을 반짝이며 말을 받았다.
"그럼, 닷새 후면."
"며칠 안 남았군요. 기쁘시겠어요."
"나하고 같이 안 갈래, 응?"
"가고 싶어요."
소년은 기대에 찬 눈으로 창밖 먼 하늘을 내다보았다. 구름이 무겁게 깔려 있었다.
"그곳엔 맑게 하늘이 개어 있을까요?"
"그건 몰라. 아마 개어 있을 거야."
곰새끼는 얼토당토않은 말에 소년을 따라 구름이 덮인 하늘을 쳐다보며 말하였다.
"닷새 후면……"
소년은 입속에서 혼잣말처럼 중얼거렸다.
닷새 후…… 청년의 가슴속엔 닷새 후란 말이 여러 번 이들 대화 속에서 강하게 되풀이되었다.
"그렇지, 닷새 후면……"
청년은 서서히 일어나 앉으며 입속에서 자기도 모르게 중얼거렸다. 소년은 청년의 얼굴을 잠시 지켰다.
"그땐 아저씨도 멀리 떠나세요?"
청년은 이 소년의 말이 가슴 깊이 뜨겁게 꽉 와 박히는 것만 같았다. 자기에게 던져진 소년의 맑게 빛나는 눈동자……
"그럼."
청년은 고개를 끄덕였다.

"모두 다 떠나시는군요. 그런데 우린……"

소년은 말끝을 흐리며 구름이 덮인 먼 하늘 끝으로 다시 시선을 던졌다. 청년은 잠시 소년을 지켰다. 그는 이 소년에게서 비로소 강한 의미를 찾았다. 그것은 막연할지도 몰랐다. 그러나 소녀와 떠나기로 그는 마음속 깊이 결심하였다. 우선 떠나자. 그 다음의 문제는 또 그 다음의 문제다. 어쩌면 그것이 인간이 사는 태도일지도 몰랐다.

청년은 소년에게로 다가가서 한쪽 무릎을 세우고 다주 앉으며 조그만 오톨도톨한 손을 꼭 움켜쥐었다.

"지금 몇 살이지?"

"열셋이에요."

4

둘 사이에는 잠시 침묵이 흘렀다. 정윤은 이 무거운 침묵을 깨쳐버리기나 하려는 것처럼, 담배를 꺼내어 물고 성냥을 그었다. 방에는 오래도록 담배 연기만이 자욱이 흩어졌다.

둘 사이는 늘 이러하였다. 마주 앉으면 반가움보다도 더 괴로움이 침묵과 더불어 가슴속으로 파고드는 것이었다. 그러나 서로 자리를 물러서고 나면 또 뭔가 서글픔이 뒤따랐다. 창백하게 여윈 영미의 얼굴은 늘 그늘 속에서 사는 수인(囚人)의 모습처럼 핏기가 없었다.

"철이는……"

정윤이 물었다.

"그쪽으로 가지 않았어요?"

소년이 없을 때는 더욱 침묵이 잦았다. 그만큼 고통도 큰 것이었다. 소년은 눈치가 빠르기 때문에 늘 이야기의 실마리를 던져 놓곤 하는 것이었다.

정윤은 오늘만은 꼭 자기의 생각을 영미에게 이야기하려 마음 먹었다. 사실 어느 쪽에서고 한번 퉁기기만 하면 풀리는 강물처럼 그대로 흘러내려갈 것이었다. 그러나 늘 그것이 힘들었다.

"이곳을 떠나시는 것이……"

"……"

그녀는 대답을 하지 않았다. 아무리 괴로워도 이곳에는 어딘가 믿어지는 데가 있다고 언젠가 하던 말이 불현듯 정윤의 가슴을 스치고 지나갔다. 그 말이 던지는 의미가 무엇인지를 그도 모르는 바는 아니었다. 그는 다시 말문이 막혔다.

또 무거운 침묵이 흘렀다. 정윤은 담배를 비벼 껐다. 채 꺼지지 않은 담배 연기만이 길게 꼬리를 물고 방 한가운데로 흘러 올라가고 있었다.

"며칠 후면 멀리 이곳을 떠날 것 같습니다."

정윤은 한참 후 조용히 다시 입을 열었다.

"이곳을……"

그녀의 눈동자는 어둡게 빛났다. 그녀는 곧 나직이 말을 이었다.

"떠나시는 것이 좋을 거예요."

두 사람의 시선이 순간 마주쳤다. 수많은 의미가 뒤얽히는 순간이었다. 그녀는 곧 시선을 밑으로 떨구었다.

"그 친구는 제게 맡겨두십시오."

그 친구란 곧 짜리를 가리키는 말이었다.

"위험해요. 그런 생각 마시고 그대로 떠나주세요."

그녀는 시선을 떨군 채 고개를 저었다.

"담배를……"

그녀는 담배를 받아 들었다. 정윤은 그녀에게 담뱃불을 붙여준 다음 자기도 붙였다.

"혹 가시는 곳이 어딘지는 잘 몰라도, 철이를 돌보아주실 수 있으시다면…… 데리고 가주셨으면 감사하겠어요."

"그러죠."

"감사해요."

그녀는 한 번 웃고 눈을 조용히 내리감았다. 그 표정은 너무도 차가웠다. 정윤은 이상 더 앉아 있을 수 없었다. 그는 일어섰다.

그녀는 문가에서 쓸쓸히 웃었다. 그러나 그가 문을 나섰을 때는 이미 웃음은 싸늘한 눈물로 식어 있었다.

정윤의 마음도 어두웠다. 우선 짜리의 문제부터 해결해야만 하였다. 그는 이미 마음속에 하나의 결정을 내리고 있었다.

그는 어두운 감정을 풀기 위하여 술이라도 한잔 걸치고 싶었으나 집에서 기다리고 있는 친구들을 생각하여 똑바로 집으로 향하였다.

닷새 후, 그는 닷새 후의 일과 닷새 동안의 일을 곰곰이 생각하며 걸음을 옮겼다.

비좁은 골목길을 돌아설 때, 앞을 가로막는 한 친구를 발견하고 그는 걸음을 멈추었다.

"자네 오늘은 출근이 좀 늦었군그래, 응? 우리 여편네 눈동자가 글쎄, 유달리 이쁘더라니까. 뭐 좀 재미 봤나."

짜리였다. 상대방의 마음을 슬슬 떠보는 듯한 그러한 눈웃음 속에 비위를 건드리면서 싱긋 한쪽 눈을 감아 보였다.

정윤은 묵묵히 침묵을 지켰다. 불쾌한 감정이 얼굴 하나 가득히 떠돌고 있었다.

"아니 뭐 내 말을 이상하게 오해할 필욘 없어. 재미야 어느 쪽에 있었든 간에 말야. 그러지 않아도 자네하고 얘기할 것이 좀 있었는데, 같이 좀 가주실 수 있으실까?"

짜리는 말투부터 능글거렸다.

"오늘은 좀 바뻐. 다음에 하지."

정윤은 천천히 말하였다.

"그래, 좋아. 그럼 다음에 하기로 하자. 요즘 아닌 게 아니라 고민이 많을 거야. 날더러 좀 노나달라면 세 푼어치쯤은 용의가 있는데. 글쎄 계집 눈동자가 유달리 이쁘더라니. 자네도 그런 고민 해본 적이 있나? 이것도 그리 값싸진 않은 우정일 거야."

짜리는 정윤의 어깨를 슬쩍 일부러 스치며 어깻머리를 치고 지나갔다.

정윤은 꾹 참고 눈을 내리감았다. 그는 다시 걸음을 옮겼다. 짜리가 만일 그들이 이번 하는 일에 눈치를 챈다면 산통은 모두 깨어지는 판이었다. 더욱이 지금 자기와 감정이 이처럼 극도로 악화된 상태에 있어선 더욱 그러하였다.

좀 얘기를 할 것이 있다던 말이 그를 괴롭혔다. 이미 눈치를 채고 수작을 부리려는 것이 아닌가 싶었다. 만일 그렇다면 지금 만났을 것을, 후회스러웠다. 다시 뒤돌아서 쫓아갈까도 싶었으나 그럴수록 도리어 이쪽에서 속을 한 수 더 잡히는 것 같아 그만두었다. 눈치를 챘다면 자식 쪽에서 또 수작을 걸어올 것이 뻔하였다. 자식은 늘 그러한 수법으로 농간을 쳐서 조무래기들을 예사로 등쳐먹고 있는 것을 정윤은 알고 있었다. 이러한 생각에 잠기며 걷고 있다가 그는 등 뒤에 인기척을 느끼고 걸음을 멈추었다.

등 뒤에는 어느 사이엔지 소년이 바싹 다가붙어 서 있었다. 정윤은 웃었다. 소년도 따라 웃었다.

"언제부터 나를 뒤따랐니?"

"골목을 돌아설 때요. 짜리와 얘기하는 것을 봤어요. 그자가 뭐라고 했어요?"

"아니."

"그런데 퍽 기분이 언짢으신 것 같아요."

"아까 어디 갔었지?"

"누나 있는 데 갔었어요?"

"응."

"난 아저씨 찾아갔었어요. 곰 아저씨한테 참 재밌는 얘기 많이 들어요."

"뭐라고 하데?"

"……"

소년은 눈을 내리깔고 대답을 하지 않았다.

"내 뭐 사주까?"

"괜찮아요."

"왜?"

"그것보다도 물어보고 싶은 얘기가 참 많아요."

정윤은 그냥 소년을 보고 있었다. 그들은 걷기 시작하였다.

소년은 따라가며 곰 아저씨가 하던 말을 쉴 새 없이 하였다. 그래애, 그래애, 하며 정윤은 소년의 이야기를 그대로 받아주었다. 이미 그의 마음은 소년이 무엇을 생각하고 있는지 짐작하고 있었다.

"그러면서 절더러 곰 아저씨가 같이 안 가겠느냐고 물었어요. 몇 번이나 물었어요."

"그래 뭐라고 했니?"

"가고 싶지만, 안 가겠다고 했어요."

"왜?"

"그저요."

소년은 정윤으로부터 시선을 떨구며 이렇게 말하고 길가에 굴러 있는 돌멩이를 하나 걷어찼다. 발길에 차인 돌멩이가 떼구루루 굴러서 흙탕물이 괴어 있는 곳에 가서 멎었다. 소년은 다시 시선을 들어 정윤을 마주 보았다.

"곰 아저씨보다는 누나하고 같이 가고 싶었군?"

"……"

소년은 다시 시선을 떨구었다.

"그렇지, 응?"

"……"

소년은 대답 대신 고개를 살래살래 저어 보였다.

"그럼?"

"……"

소년은 역시 대답을 않고 그 대신 정윤을 마주 보며 방긋이 웃고 눈을 반짝였다.

그들은 어느 과자 가게 안으로 들어갔다. 자리에 서로 마주 앉았을 때 소년이 먼저 말을 걸었다.

"아저씬, 어디 멀리 이곳을 떠나고 싶지 않으세요?"

"떠나고 싶지. 난들 왜 떠나고 싶지 않겠니."

"그럼 왜 떠나지 않으세요? 곰 아저씨도 또 젊은 아저씨도 모두 떠난다고 했어요."

"그렇겠지. 누구나 자기가 바라는 곳에서 살고 싶은 거니까. 그러나 사람은 누구에게나 자기가 바라는 곳에서 살 수 있게끔 되어 있지가 못하단다."

"아저씨 과자를 좋아하지 않으니까, 저 혼자 먹기가 미안해요."

"괜찮다. 어서 먹어, 응?"

"이 집에선 술을 안 팔아요. 아저씨 술이 있으면 좋을 텐데…… 그런데 전 알 수가 없어요. 왜 사람은 자기가 바라는 곳에서 살 수가 없게끔 되어 있다는 건지……?"

"인제 사노라면 차차 알게 되지."

"그러고 보니 알 만도 해요. 제가 바로 그런걸요, 뭐. 살고 싶은 곳에서 살지를 못하고 있으니까요."

소년은 과자를 씹으면서 생각에 잠겼다. 가슴이 텅 비고 외로웠다. 정 아저씨는 자기에게 만족할 이야기를 들려줄 것만 같았었다. 곰 아저씨 이상으로 가슴속에 벅찬 수많은 것들을 불어넣어 주고 꼭 막혀 있던 마음속 구석구석을 틔워줄 것만 같았었다.

"왜 안 먹니? 맛이 없냐?"

"아뇨. 먹고 있어요. 이렇게 먹고 있지 않아요."

소년은 입속에 조금 남아 있는 과자를 씹으며 또 한 개 들었다. 사실 소년은 과자도 맛이 없었다. 목구멍으로 넘어가지를 않았다. 소년은 물을 조금 마셨다. 그때서야 입속이 조금 풀리는 것 같았다.

"아저씬 우리 누나를 왜 도와주고 있어요?"

"그런 건 왜 묻지?"

"꼭 언젠가 한번은 물어보고 싶었어요. 그저 물어보고 싶었던 거예요."

"……"

정윤은 대답 대신 소년을 보고 부드러이 웃음쳤다.

"누나가 불쌍해서죠? 그저 그것뿐이죠?"

"……"

정윤은 고개를 저어 보였다.

"그럼요?"

"자 가지. 과자 맛이 신통치 않은 게로구나 응?"

"아뇨. 맛있어요. 하나 더 먹고 싶어요. 공연한 소릴 한 것만 같아요. 그러나 왜 그런지 묻고 싶었어요."

소년은 과자를 또 하나 들고 씹었다. 정윤은 여러 가지 생각에 사로잡히면서 과자를 먹고 있는 소년의 모양을 마주 보고 있었다. 소년의 말은 그 하나하나가 참으로 그에게 자극적인 것이었다.

소년은 아까 골목길 건너 술집 앞에서 일어났던 싸움 이야기를 하였다. 여자 때문에 두 사나이가 싸움을 하고 한 친구가 피를 흘리며 쓰러지자, 짜리가 불쑥 뛰어들어 상대방에게 싸움을 걸고 칼을 던지던 일, 그리고 칼에 맞은 상대방이 얼굴이 파랗게 질려서 허겁지겁 도망치던 이야기를 자세하게 늘어놓았다.

"누나가 참 불쌍해요. 앞으로 어떻게 될지 알 수가 없어요. 어디로라도 떠나가고만 싶어요. 누나도 뭐도 다 버리고 혼자라도 훌쩍 어디론가 떠나가고 싶은 생각이 들어요. 아저씨, 담배라도 피우세요. 전 과자를 먹고 이렇게 또 마구 지껄이고 있는데, 아저씬 혼자 가만히 있으니까 쓸쓸해 뵈어요."

소년은 웃었다. 그러나 그 웃음은 퍽 서글퍼 보였다. 정윤은 담배를 꺼내어 불을 붙여 물었다.

"인제 됐어요. 인제 마음 놓고 얘기를 할 수 있을 것 같아요. 그래 전 아저씨가 이렇게 좋아요. 누나는 통 제 얘기를 들어주지 않아요. 저도 어른이 되면 아저씨처럼 담배를 피우겠어요. 뻐끔뻐끔 피지 않고 조용히 천천히 담배 연기를 내뿜으면서……"

밖에는 어느덧 서서히 어둠이 내리고 있었다. 구름이 덮인 탓인지 어둠은 여느 때보다도 한결 바삐 다가와서 골목길마다 어둠을 폈다.
 정윤은 소년의 어깨 위에 손을 얹고 자기 쪽으로 다가세우면서 가게를 나왔다.
 밖은 이미 제법 캄캄하였다. 소년은 정윤에게 인사를 남기고 골목길 어둠 속으로 빠졌다.
 소년의 그림자가 완전히 어둠 속에 사라지자 정윤은 걸음을 옮겼다. 소년의 존재는 확실히 오늘 그의 마음에 하나의 의미를 던지고 있었다. 소년이 갖고 있는 막연한 기대, 그것은 이미 정윤에게 있어서는 아무런 의미도 내용도 없고 하잘것없는 것이었으나 소년의 존재만은 커다란 의미를 그의 마음속에 투영(投影)하고 있었다. 그것은 참으로 설명할 수 없는 순수한 것이었다.
 소년의 마음속 깊이 품고 있는 기대가 정윤에게는 이미 과거에 수없이 되풀이되었고 그때마다 그것은 실망과 저주와 분노 속에 한낱 물거품처럼 사라지곤 하였던 것이었다. 그러나 그러하였던 과거의 자세를 지금 눈앞에 대할 때 그것은 참으로 뼈저린 것이었다. 그것은 변함없는 하나의 인간의 자세임에는 틀림이 없었다. 그 자세만은 어쩔 수 없는 강한 의미를 이 땅 위에 뿌리박고 있는 것이었다.
 정윤은 자기의 뼈저린 기억과 더불어 소년을 통하여 뼈저린 하나의 의미를 지금 찾은 것이었다. 그의 마음은, 형용할 수 없는 서글픔과 더불어 솟구치는 벅찬 물결에 휩싸여 있었다.

5

 먹물 같은 캄캄한 어둠이 무덤 속처럼 이 지대를 지키고 있었다. 부대 쪽만이 환히 내리비치는 경계등 밑에 둘러싸여 조용히 잠들고 있었다.
 동떨어진 조그만 바라크 쪽에선 아까부터 몇 사람의 그림자가 물이 괸 폐허 쪽에 자주 나타나서 어른거렸다. 그럴 때마다 물속에 무엇이 떨어져 들어가는 소리가 찰싹찰싹하고 고요한 어둠을 뚫고 들려왔다.
 "소리가 나지 않게 아주 조심해야 해."
 조심스러운 나직한 음성이었다.
 "아직 많이 남았나?"
 "뭐 별루."
 "빨리 해야지."
 어두운 수면 위에 살짝살짝 물소리를 일으키면서 검은 물체가 흘러들어갔다. 흙이었다.
 흙을 다 물속으로 밀어 넣은 다음 그중 한 사람이 부대 쪽으로 시선을 던졌다. 한 사람은 또 어둠 속으로 사라졌다. 불빛 속에 가시철망이 환히 내려다보였다. 보초병이 하나 꼭 같은 템포로 느릿느릿 철조망을 따라 걸어 올라왔다가는 뒤로돌아를 하여 또 걸어 내려갔다. 밤공기는 제법 피부에 쌀쌀하였다. 정윤은 시선을 창고 쪽으로 돌렸다. 위에도 환히 외등이 켜 있었다. 셋째번 양철 지붕 창고 앞에서는 보초병이 하나 엉거주춤하고 담배에 불을 붙이고 있었다.
 수면을 스치는 물소리가 또 조심스러이 주위의 공기를 뚫고 이어왔다.
 "인젠 됐어."
 "예상보다 빠르군."
 "이런 정도로만 계속된다면 닷새도 안 가겠어."
 "일은 빠를수록 좋은 거야."
 수면을 스치는 물소리도 어른거리던 사람의 그림자도 다시는 보이지 않았다. 다만 캄캄한 어둠만이 경계등이 환히 내리비치는 부대 쪽을 등지고 이곳에 남아 있었다.

 희미한 칸델라의 불빛뿐 굴속은 캄캄하였다. 흙을 파내는 삽 소리와 거친 숨결만이 답답한 굴속을 메우고 있었다.
 정윤은 계속하여 굴속을 파 들어가고 있었다. 청년은 파낸 흙을 도르래가 달린 궤짝 속에 하나 가득히 퍼 담고 밧줄을 당겨 신호를 하였다.
 "어어이, 뭐 하고 있어."
 청년은 굴 밖을 향하여 소리를 쳤다. 흡사 총구를 스쳐 나가는 탄환처럼 음성이 나선형으로 구르며 굴 밖으로 빠져나갔다. 청년은 플래시를 켜서 굴 입구를 향하여 저었다. 기다랗게 뻗어 나가는 불빛이 공허한 굴속을 좌우로 비치며 돌아 나갔다.
 "담뱃불을 붙이던 참야."

굴 밖에서 곰새끼의 음성이 길게 몇 고비를 뒹굴며 들려왔다. 청년은 웃음을 죽이며 밧줄을 놓았다.

도르래가 이상한 소리를 삐걱 지르며 점점 굴 밖으로 끌려 나갔다. 청년은 도르래가 끌려 나가는 대로 밧줄을 풀어주었다.

정윤은 일하던 손을 멈추고 방향과 지금까지 파 들어온 거리를 재었다. 방향은 정확하고 이미 파 들어온 거리가 삼십 미터 가까웠다.

"인제부터는 약간 사지(斜地)가 되기 때문에 오십 센티 정도 굽어서 경사를 지며 부드럽게 파 들어가야 해."

정윤은 대개의 아우트라인을 잡았다.

"이 정도로 말이지."

"알았어."

정윤은 청년과 교대를 하였다. 구멍 밖에서 신호가 왔다. 정윤은 밧줄을 당기기 시작하였다. 흙을 들어낸 궤짝이 가볍게 도르래에 실려 밧줄을 따라 굴러들어왔다.

곰새끼는 팔뚝을 걷어붙이고 파내온 흙이 쌓인 한가운데 펄썩 주저앉아 피우던 담배를 계속하였다. 그의 걸쩍지근한 널따란 얼굴은 땀과 흙으로 얼룩져 있었다.

바로 머리 위에서 내리비치는 칸델라의 불빛이 그의 널따란 어깨 위에 둔한 불빛을 던지고 있었다.

곰새끼는 꽁초가 된 담배를 손끝을 모아 한 모금 더 길게 빨고 흙 속에 꾹 찔러 불을 껐다. 그리고 후우 담배 연기를 내뿜었다.

망할 년은 지금쯤 내가 집에 안 들어간 것을 좋아라고 그 자식하고 잘도 지랄을 하고 있을 거야. 벌써 세 시렷다. 한숨 자고 나서 꼭 좋은 시각이지. 그러나 두고 보라지, 뒤가 어떻게 되나. 그러나 곰새끼는 그 계집이 그 짓을 할 때마다 가슴 속으로 파고들며 묘한 몸짓과 함께 킥킥 울던 생각을 하고 비죽 웃었다. 그러면서 자기도 묘한 생각에 빠졌다.

 그때 또 안에서 신호가 왔다. 곰새끼는 주저앉았던 흙 위에서 벌떡 일어나며 신호를 하고, 밧줄을 힘껏 손아귀에 감아쥐고 당기기 시작하였다. 도르래가 구르는 감촉이 이상하게 밧줄을 타고 팔뚝의 근육까지 이어왔다. 그는 전신의 힘을 다하여 힘껏 힘껏 당겼다.

 도르래가 굴러서 흙을 담은 궤짝이 다가올 때마다 그는 그 어느 마을이, 그 어느 조그만 거리의 풍경이 눈앞에 떠올랐다.

 "한번 쎄게 해보는 기라. 마음껏 한번 해보는 기라."

 그는 속으로 다자꾸 이렇게 중얼거렸다. 그때마다 그는 가슴속 깊이서부터 떠오르는 웃음을 금할 수가 없었다.

 청년은 열심히 파 들어가던 손을 멈추고 조심스러이 주위를 살펴보았다. 습기가 무릎에 느껴지기 때문이었다. 그는 칸델라로 밑을 비추어 보았다.

 "왜 그래?"

 정윤이 플래시를 켜 들고 물었다.

 "이상해. 어디서 물이 나오는 모양이야."

 칸델라의 불빛에 암영 진 청년의 얼굴은 더욱 어둡게 흐려 있었다.

　정윤은 플래시로 밑바닥을 조심스러이 살펴보았다. 흙이 물기에 젖어 끈적끈적하였다. 그는 물이 나오는 출처가 어딘지를 세밀히 조사하였다. 플래시로 일일이 비추면서 그는 손으로 사방을 파보았다.

　물기는 점점 더 증가하여갔다. 정윤은 한쪽 밑바닥에 손바닥을 얹었다. 그리고 조심스러이 마음을 그쪽으로 모으며 기다렸다. 흘러나오는 물기가 곧 손바닥에 느껴졌다. 정윤은 삽으로 그쪽을 파보았다. 물이 흘러나오며, 흙 속으로 배어 나갔다.

"여기가 터졌어."

"그냥 놔두면 안 될까?"

"……"

정윤은 생각에 잠겼다.

"이대로 나간다면 불과 삼사 일이면 끝날 거 아냐. 그때까지 물이 나오면 얼마나 나올라고……"

"글쎄 대수롭진 않을 것 같은데."

정윤은 그쪽에 돌을 박고 흙을 메운 다음 삽으로 꼭꼭 눌렀다.

"그냥 계속해."

청년은 또 흙을 파내기 시작하였다. 칸델라의 불빛 속에 삽소리만이 세차게 울리고 있었다.

　무덤처럼 쌓인 흙 위에 펄썩 주저앉아 곰새끼는 또 담배를 꺼내어 피워 물었다. 엉덩짝 밑에서 물씬거리며 이어오는 흙의 감촉이 마음에 흥건하였다.

칸델라 속에서 불심지가 푸시식 하고 탔다. 그는 담배 연기를 뻐끔 내뿜으며 칸델라를 한 번 쳐다보았다. 시골에 가면 저런 것도 잘 팔릴 거야. 전기가 없는 시골에선 저런 것이 신기할 테지. 그는 시골에서 가게를 벌여놓고, 앉아 있는 자기 모습을 눈앞에 그려보았다. 사실 난 도회지보다 그런 데가 어울리거든.

담뱃재를 손끝으로 그는 툭툭 떨었다. 한량없는 만족감이 가슴을 적시었다. 그러나 곧 그는 엉거주춤하고 일어서며 굴 안을 들여다보았다.

벌써 신호가 여러 번 있어야 하였을 텐데 통 없기 때문이었다. 곰새끼는 밧줄을 당겼다. 그러나 굴속에서는 아무런 대꾸가 없었다. 곰새끼는 무슨 일이 생겼나 하여 굴속으로 상반신을 들이밀고 안의 동정을 살폈다. 캄캄한 저 끝에 칸델라의 불빛이 반딧불처럼 희미하고 그 속에 두 그림자가 보였다. 곰새끼는 그들이 잠깐 쉬고 있는가 보다 싶었다. 굴속에서 다시 상반신을 밖으로 꺼냈을 때 비로소 그는 자기가 후덥지근한 흙냄새 속에 묻혀 있었다는 것을 알았다.

"제기랄 고만 일에 쉬기는……"

그는 자기가 교대를 하러 들어가야겠다고 생각하였다. 자기 같으면 벌써 그들보다도 몇 배나 깊숙이 파고 들어갔을 것만 같았다.

그때 안에서 신호가 왔다. 곰새끼는 투정 비슷 거세게 신호를 보내고 밧줄을 또 손아귀에 감아쥐었다.

청년은 흙벽을 향하여 삽을 호미처럼 세워 내리칠 대마다 소녀의 얼굴이 그 흙벽 속에 떠올랐다. 지금 몇 시나 되었을까. 지금은 이미 소녀는 어느 사내 녀석한테 팔린 몸이 되어 있을 거야. 그 사내는 어떤 작자일까. 죽은 듯이 나가 누워 있던 소녀, 차갑게 식은 소녀의 몸의 감촉이 그는 자기의 피부 위에 떠돌았다.
 새하얀 가는 목줄기, 그것은 마치 길어서 슬픈 사슴의 목과도 같았다. 그는 눈을 꾹 지르감고 흙을 힘껏 파내었다. 닷새……
 그러나 인제는 닷새도 아니다. 사흘이면 족하다. 사흘 동안만 참으면 된다. 그러면 너와 나는 자유로이 한 몸이 되는 것이다. 사흘 동안…… 이 사흘 동안만은 부득이 너는 그 어느 녀석한테나 팔려야 하는 몸이다.
 청년은 전신의 힘을 팔에 모으며 또 삽을 던졌다.
 정윤은 마음이 안 놓이는지 물이 나오던 그쪽으로 가서 플래시를 비춰 들고 조심스러이 흙을 자꾸 괴어서 굳게 묻고 있었다. 방수제(防水劑)와 시멘트가 약간 필요하리라고 그는 마음속으로 생각하였다.
 그는 청년이 일을 하고 있는 쪽으로 다시 다가갔다. 굴속은 희미한 칸델라의 불빛 아래 세차게 파헤치는 삽 소리오 삐거덕거리며 굴러 나오는 도르래 소리가 언제까지나 무거운 침묵을 뚫고 울려 나오고 있었다.

 정윤과 청년이 굴속에서 기어 나왔을 때는 날이 훤히 밝았을 때였다.

곰새끼는 구멍 입구에서 허리를 구부리고 그들이 나오는 것을 지키고 있었다. 반딧불처럼 조그맣던 칸델라의 불빛이 흔들거리며 점점 커지기 시작하였다. 이윽고 두 그림자가 굴속에서 크게 떠올랐다.
 정윤과 청년은 엉거주춤하고 두꺼비처럼 느릿느릿 기어 나오고 있었다. 그들은 구멍 밖으로 빠져나오기가 바쁘게 휴우 하고 마음껏 숨을 내쉬었다.
 "얼마나 들어갔나!"
 곰새끼는 칸델라를 받아 들고, 뚜껑 위로 후우 불을 껐다.
 "사십 미터는 충분히 될 거야."
 청년은 마음껏 어깨와 허리를 펴고 기지개를 하며 대답하였다.
 "그런데 왜 중간에 일을 쉬었어?"
 "물줄이 터졌던 거야."
 "물?"
 "뭐 대수롭진 않어."
 "난, 녀석들 고만 일에 벌써 끽 하고 한바탕 늘어져 쉬는 줄 알았지. 난 인제 밖엣 일은 안 할 테야. 일이 제대로 빨리빨리 돼 나갈 때는 괜찮은데 말이지. 신호가 잘 나오지 않든가 좀 늦든가 하면 일이 잘되는 것 같지가 않아 속이 타고 초조해서 죽겠단 말야. 거저 일은 제 눈으로 보면서 해야 신바람도 나고 또 뭔가 돼가는 것 같지 통……"
 청년이 피식 웃었다.
 "웃을 게 아니야. 정말야. 몇 미터나 들어갔을까? 뭐 이 친구들

이렇게 꾸물꾸물하고 있을까? 한 오 미터 가까워졌을까, 한 십 미터는 더 가까워졌을 거야. 눈으로 볼 수 없으니 파내온 흙으로 대강 짐작을 하며 자꾸 마음속으로 점점 줄어들어가는 거리를 셈질해보곤 아, 이만큼 가까워졌다 하고 속으로 웃어보곤 했던 거야."

그들은 대강 몸을 닦아내고 방으로 돌아와서 술을 돌려가며 병째 마셨다. 알코올기가 전신으로 퍼져가자 전신이 후늣하고 힘이 쭉 풀렸다.

"넌 밖에서 초조했다고 하지만 도리어 그게 다행인 걸 알아야 해. 실지로 파고 있노라면 더 답답한 거야. 한삽 한삽 파내며 생각하는 거지. 넌 아까 오 미터, 십 미터 하고 크게 파 들어가는 것을 생각하고 있었지만 파고 있는 사람은 그게 아니오. 십 센티, 이십 센티, 오십 센티는 가까워졌겠지. 단숨에 일 미터, 이 미터 이렇게 좀 파 들어갈 수는 없을까. 마음은 자꾸 초조하지. 기껏해야 십 센티 이십 센티, 이렇게 파 들어가서 언제 다 이놈을 파헤칠 수가 있을까, 자기의 힘이 보잘것없는 데 실망이 가거든. 그러나 이처럼 정신없이 해 나가다 거리를 재어보면 아까 파던 위치는 뒤에 까마득하고 오 미터, 십 미터, 어느 사이에 이렇게 깊숙이 들어와 있는 거야. 그땐 다시 용기가 전신에 솟고 자기 자신에 힘이 가고 마음속 가득히 웃음이 떠오르는 거지."

청년은 말끝과 함께 술병을 입에다 대고 고개를 젖히면서 몇 모금 크게 들이켰다.

"결국 한가지지만 그래도 제 눈으로 보면서 파고 싶거든."

정윤은 그들의 이야기를 들으며 청년에게서 술병을 받아 마셨다.

"사십이라. 그럼 뭐 인제 이틀쯤밖에 안 걸리겠군."
"순조로우면 말이지."
가스등 속에서 불티가 푸시식 하고 튀는 소리가 났다. 부대 쪽에서는 자동차의 엔진 소리가 부릉부릉 새벽 공기를 뚫고 울려오기 시작하고 있었다.

그들은 해낮[22]이 늦도록 늘어져 잤다.

6

"오늘따라 더 옆모습이 귀엽군. 뭐 오늘은 자네를 괴롭히러 온 게 아니야. 그 누군가가 탐내게도 되었어. 어디 이쪽을 좀 쳐다볼까?"
짜리는 영미의 얼굴을 가까이 마주 보았다. 그녀는 고개를 떨군 채 숨소리도 없이 앉아 있었다.
"왜? 인제는 쳐다보기도 징그러운가? 그렇다면 내 좀 포근히 안아줄 용의가 있지."
짜리는 그녀를 쓸어안으며 자리에 눕혔다. 그녀는 눈을 꼭 내리감았다.
"눈을 뜨고 있을 때보다 눈을 조용히 내리감고 있을 때 모습이 더 정이 드는군. 대리석으로 깎아놓은 조각만 같은데. 남자란 조금 차갑고 싸늘한 여자의 표정에 더 매력을 느낀단 말야."

짜리는 그녀의 해사한 턱 위에 입술을 얹었다. 그리고 치마를 걷어 올리며 한쪽 손이 밑으로 내려갔다.

그자는 일을 시작하였다. 그녀는 죽은 듯이 그대로 당하였다.

"이것 봐. 남자가 귀여워해줄 땐 여자는 그대로 받아야 하는 거야."

그녀는 고개를 모로 돌리고 여전히 눈을 감고 있었다. 짜리는 가볍게 손가락 끝으로 그녀의 턱을 세우며 바로 얼굴을 자기와 대하게 하였다.

"나는 앞으로 더욱 너를 귀여워해주게 될걸. 그 대신 귀여움을 받을라면 남자의 말을 순순히 잘 들어야지. 그런 여자일수록 남자의 귀여움을 받기 마련야."

짜리는 하얀 그녀의 목덜미를 어루만져주었다.

"처음 우리가 만나던 때 생각이 나는군. 그때도 이처럼 내가 목덜미를 어루만져주었을 거야. 선이 이뻐. 나는 지금 하나의 일을 계획하고 있어. 내 말을 듣고 있겠지, 응?"

짜리는 그녀의 싸늘히 식은 얼굴을 내려다보면서 말하였다. 그녀는 아무런 대답도 없이 그대로 누워 있었다.

"너도 내 일이 잘되기를 원할 거야. 때때로 너한테 난폭하게도 그랬지만 그만큼 너를 믿는 데서 그랬던 거지. 참 목줄기의 선이 이뻐. 이번 일에 네 힘을 좀 빌려야겠는데 나를 도와줄 수 있겠지? 내가 직접 해도 좋은데 네가 더 효과적일 것 같아서 그러는 거야. 눈을 뜨고 조용히 나를 좀 볼 수 없을까? 예전 우리가 처음 만났을 때처럼 말야."

그자는 그녀의 꼭 감은 눈 가를 어루만졌다. 그리고 말을 계속하였다.

"조곰 일이 바빠. 오늘 밤 여기서 한 이십 리쯤 떨어진 곳인데 거기도 부대가 있거든. 거기서 오늘 밤 다섯 놈이 두둑한 일을 해낼 거란 말야. 시간과 장소를 나는 이미 입수했어. 그들이 두둑이 해내 가지고 나오는 길목을 막고 있으면 된단 말야. 힘 안 들이고 그것을 홀랑 벗겨낼 수 있는 거지. 그러기 위해선 사람이 필요해. 때장이 필요하단 말야. 그 친구는 지금 건사한 두 놈을 물고 있어. 그러니 넷이면 충분하단 말야. 딴 친구들과 해낼 수도 있지만 상대 쪽이 수가 세거든. 그래 때장과 건사한 두 친구가 필요한 거야. 내가 말해도 좋지만 네가 때장을 끌어넣기가 쉬울 거란 말야. 자식은 비겁한 짓이라고 안 하겠다 할 것 같거든. 그러나 너라면 충분히 그자를 끌어넣을 수 있을 거야. 내 말이 무슨 말인지 알겠지? 왜? 싫은가?"

짜리는 그녀의 뺨과 귀밑을 손가락 끝으로 쓰다듬었다. 그녀의 입에서는 숨소리마저 들리는 것 같지가 않았다.

"어때? 내 말대로 해줄 수 있겠지? 단 오늘 밤이라, 오후 늦어도 저녁까지는 타협이 돼야 해. 그렇게 해줄 수 있겠지? 너를 믿고 하는 말이야."

그녀는 대답을 하지 않았다.

"정 네가 싫으면 할 수 없는 일이지만…… 그렇지만 때장에게 그러한 정보를 제공해줌으로써 네게도 유리할 텐데 말이지. 그자한테도 그러면 그만큼은 더 귀염을 받게 될걸. 어때? 그렇게 해줄 수 없을까?"

"……"

그녀는 눈을 꾹 지르감은 채 여전히 대답하지 않았다.

"왜? 대답을 하기 싫은가?"

"……"

"알겠어. 여자는 쉽사리 남에게 대답을 하지 않아。 품위가 서는 거지. 그러면서도 들을 만한 건 다 들어주는 게 또 여자의 매력이란 말야. 역시 너는 따라설 수 없이 귀여운 데가 있다는 걸 나는 알고 있어."

짜리는 그녀의 턱을 한 번 가벼이 건드려보고 뺨을 살짝 애무하듯이 손등으로 쳤다.

"그럼 난 그리 알고 갈 테니 좋도록 부탁하겠어. 싫어? 싫지는 않겠지. 만약 그렇다면 재미가 적을 거야. 응?"

짜리는 그녀를 약간 거세게 밀쳐 팽개쳤다. 거기에는 하나의 위협이 암암리에 깃들어 있었다.

짜리가 사라진 다음에도 그녀는 그대로 죽은 듯이 누워 있었다. 그녀의 감은 눈 가에는 눈물이 하나 가득히 번지어 흘러내리고 있었다.

7

소년은 오후가 훨씬 늦어 큰길 건너 저편에서 일어나는 소음과

거리의 광경을 묵묵히 바라보고 있다가 길게 한숨을 내쉬며 걸음을 돌렸다.

아무리 생각하여도 큰길 건너 저편 거리는 바로 눈앞 가까운 데 있으면서도 도저히 자기는 가까이 갈 수 없을 만큼 까마득히 동떨어진 곳에 있는 것만 같이 느껴졌다. 소년은 곰 아저씨의 생각이 문득 머리에 떠올랐다. 뭔가, 어제와 같은 이야기가 또 듣고 싶었다.

오늘도 정 아저씨 집에 있을까. 어디에 나갔을지도 몰라. 그러나 소년은 곰 아저씨가 그곳에서 자기를 기다리고 있을 것만 같은 생각이 자꾸 들어 미심결에 그쪽으로 발길을 돌렸다.

소년은 갑자기 곰 아저씨가 더욱 좋아졌다. 가서 만나자. 무슨 이야기라도 또 해달래자. 소년의 눈앞에는 터부룩하고 두털두털한 곰 아저씨의 모습이 아른거렸다.

한참 이런 생각에 젖으며 걸어가고 있다가 소년은 얼마쯤 앞에서 걸어가고 있는 짜리의 뒷모습을 발견하고 걸음을 늦추었다. 짜리는 한쪽 다리를 약간 절면서 걸어가고 있었다.

소년도 천천히 그 뒤로 걸었다. 어디로 가고 있는 것일까. 짜리는 길을 구부러졌다. 소년도 한참 후에 길을 돌아섰다. 짜리는 지나가는 여자에게 희롱을 걸었다. 여자는 입을 삐쭉하고 달아났다. 짜리는 어깨를 으쓱하며 도망가는 여자를 싱겁게 돌아보았다.

짜리는 길을 건너섰다. 소년은 짜리가 지금 자기와 같은 방향으로 걷고 있는 것을 알았다.

어디로 가고 있는 것일까. 소년은 궁금하였다. 늘어붙은 판잣집들을 넘어섰다. 그 뒤에는 집이 없었다. 훨씬 떨어져서 깊숙이 물이 괸 폐허 언덕배기에 정 아저씨의 집이 있을 뿐이었다. 소년은 곧 짜리가 정 아저씨 집으로 지금 가고 있다는 것을 알았다. 그렇기 때문에 소년은 마지막 판잣집 담벽 곁에 붙어 서서 짜리의 뒤를 먼눈으로 따라가고 있었다.

뭣 때문에 정 아저씨 집으로 짜리가 찾아가고 있는지 알 수가 없었다.

짜리는 다리를 약간 절면서 정의 집 앞까지 가서 걸음을 멈추었다. 주위를 슬며시 둘러본 다음 문 앞으로 갔으나 그는 약간 망설였다.

집에 한번 들러 올걸, 그 망할 년이 때장을 만나 이야기를 했는지 안 했는지 알 수가 없었다. 미처 그것은 생각지 못하고 그냥 와버린 것이었다. 그는 집 뒤 둑으로 돌아가서 물이 깊숙이 괸 폐허를 내려다보았다.

오구잡탕 것을 다 가져다 버리기 때문에 물은 더럽고 검게 썩어 있었다. 그는 이상야릇한 냄새에 콧구멍을 쭝긋하고 침을 물 위에 뱉었다.

그 망할 년이 얘기를 이미 했으면 다행이지만 만일 얘기를 안 했을 경우엔 어떡하지. 그는 때장의 성격을 짐작하고 있기 때문에 그럴 경우에 대비할 사전의 준비와 수작이 있어야 하였다. 그는 그럴 경우를 생각하여 그 친구를 끌어넣을 수 있는 방도를 곰곰이 머릿속에서 짜보았다.

하여튼 구슬려봐야지. 만일 비겁하다고 거절을 할 경우엔 그 망할 년을 걸고넘어지는 거라. 계집과 이 일과를 교환 조건으로 내건다면 마다고 하진 않을 거야. 그러나 거기까지 끌고 가는 데도 수작을 묘하게 써야지 자칫하면 큰 실수를 저지르게 될지도 모르지. 짜리는 건땅[23]이나 다름없는 이번 일을 놓치고는 싶지 않았다. 어떻게 해서든 해낼 생각이었다. 더욱이 그는 이번 일을 알아내기 위하여 얼마나 신경과 밑천을 들였는지 몰랐다. 자칫하면 모두가 허사가 되고 마는 판이었다. 남이 훔쳐낸 물건을 중간에서 힘 하나 들이지 않고 홀랑 앗는다는 것은 참으로 흔할 수 없는 일이었다.

짜리는 모아 쥔 손을 비비면서 생각을 짰다. 그러던 중 그의 시선이 수면 한 곳에 못 박혔다. 가늘게 치뜬 그의 시선은 놀라우리만큼 이상하게 빛나고 있었다.

그는 수면 기슭으로 더욱 다가섰다. 판자가 늘어선 둑 바로 밑, 그쪽 수면만이 반원형으로 누렇게 흙물 져 있었다. 왜 저렇게 되었을까. 흙을 버린 것에 틀림이 없다. 적어도 물의 깊이를 생각할 때 한두 삽의 흙이나 한 가마 정도의 흙으로써 저렇게 될 수는 없을 것이다. 그렇다면 저렇게 많은 흙을 어디서 나서 버린 것일까. 때장의 집에서 버리는 것에는 틀림이 없는데 저 많은 흙이 때장의 집에서 왜 나와야 하는지가 의심스러웠다. 이상한 생각은 더욱 이상한 의심을 일으켰다.

짜리는 판자 너머로 안을 들여다보았다. 마당에는 흙을 판 흔적이 전연 없었다. 그렇다면? 그는 샅샅이 속을 훑어보았다. 그는 헛간 앞에 새 흙이 떨어져 있는 것을 보았다. 그는 새 흙이 떨어진 흔적을 더듬어 시선을 옮겼다. 아니나 다를까 헛간 앞에서 시작하여 흙물 진 수면 쪽으로 그것은 이어져 있었다. 므엇 때문에 쓸데도 없이 헛간 속을 파야 했을까. 짜리는 시선을 들었다. 순간 짜리의 얼굴에는 묘한 미소가 떠오르기 시작하였다.

시선을 들었을 때 그의 시야 속에는 부대가 곧 들이닥친 것이었다. 그리고 약간 비슷이 사각(斜角)으로 내려다보이는 창고들이……

오늘 밤 그게 문제가 아니다. 어쩌면 이것이 그것보다도 더 클지도 모른다. 아무렴, 때장이 하는 일인데…… 짜리의 계획은 삽 시간에 바뀌었다. 그는 돌아서서 천천히 걸어 내려왔다. 한중간쯤 내려왔을 때 그는 걸음을 멈추고 담배를 꺼내어 피워 물었다.

짜리는 그 이상 걸어 내려오지 않고 그 주위에서 빙글빙글 하였다. 짜리는 여기에서 때장을 지키기로 작정한 것이었다. 집에서 나오지 않으면 집 쪽으로 올 것이 뻔하였다. 어차피 이곳에 있노라면 만나기 마련이었다.

소년은 먼눈으로 짜리의 동작만 지키고 있었다. 뭣 때문에 저러고 있는지 알 수가 없었다. 정 아저씨의 신상에 무슨 불길한 일이나 일어나지 않는 것인가 하여 두렵기도 하였다. 한시라도 바삐 이 사실을 정 아저씨한테 알려주고만 싶었다. 정 아저씨 집 쪽으로 가고 싶었으나 짜리 때문에 그만두고 소년은 돌아서서 집으로 가기 시작하였다. 누나에게라도 우선 이 일을 알려야 할 것 같왔다.

정윤은 아무래도 방수제와 시멘트가 필요할 것 같아 집 문을 나섰다. 몇 걸음 안 가서 길 한복판에 서 있는 것이 짜리라는 것을 먼눈으로 알아채었다.

짜리는 정윤을 보자 같이 그쪽으로 걸어왔다.

"마침 다행이군, 그러지 않아도 자넬 좀 만나야 할 판이었는데, 어디 가는 길인가?"

짜리가 먼저 말을 붙였다. 때장은 그렇다고 대답하였다.

"잠깐이면 되니까 일에 지장이 될 것 같지는 않은데……"

짜리는 슬쩍 상대방의 마음을 떠보는 듯한 웃음을 던지며 담배를 꺼내 그에게 내밀었다.

"우선 한 대 피우지."

둘은 담배를 나누어 피워 물었다.

"집 위치가 참 좋군. 조용한 게 일하기는 참 십상이겠어."

짜리는 정의 집 쪽으로 몸을 돌렸다. 정윤은 이자가 벌써 기미를 채었다는 것을 직감하였다.

"천천히 걸으면서 얘기하지."

이미 짜리는 정의 집 쪽으로 걸음을 옮기고 있었다. 정윤은 나가는 길에 이쪽이 어떠냐고 하고 싶었으나 그럴수록 짜리에게 한 수 더 잡히는 것 같아 같이 따라섰다.

"다름이 아니라, 그리 흥미가 없을지 모르지만……"

짜리는 일부러 느릿느릿 말을 걸었다.

그들은 아까 짜리가 섰던 둑 위까지 왔다. 거기에서 짜리는 의미 있게 비죽이 웃었다.

"뭐 별로 신통한 말이 있었던 건 아니지만, 나라는 인간이 있다는 것도 잊지만 않아주면 다행이겠는데 말이지. 그만하면 알 수 있지 않을까?"

"......"

정윤은 묵묵히 시선을 떨구고 있다가 힐끗 짜리를 한 번 노려보았다. 짜리는 한쪽 눈을 슬며시 감아 보였다. 그만하면 다 알 수 있는 말이 아니냔 태도였다.

"지금 무슨 말을 하려는 거지?"

정윤은 일분의 틈도 주지 않고 태연스럽게 말하였다

"호오, 유감인데."

짜리는 담배를 한 모금 길게 빨고 보란 듯이 담배꽁초를, 그러나 자연스럽게 물 위에 던졌다.

담배꽁초가 떨어진 물 위…… 거기에는 흙물이 누렇게 번지어 있었다.

"유감인데, 유감이야. 나라는 인간도 있다는 것쯤 알아줬으면 간단할 텐데……"

짜리는 심히 유감스럽다는 듯 입맛을 쓰게 다시며 눈을 깜작였다. 정윤은 물 위의 그것까지는 미처 생각지 못하였었다. 인제는 짜리를 어떡할 수가 없었다. 자칫 잘못 건드리면 지금껏 해온 일이 모두 수포로 돌아갈 판이었다.

"알겠어."

"그럼 다행이야."

정윤은 자기의 몫인 삼분지 일을 몽땅 짜리에 던지는 대신 조건이 하나 있다고 말하였다.

"삼분지 일이라니, 자네 몫은 분명히 사분지 일이 될 것 같은데……"

짜리의 타산은 어디까지나 날카로웠다.

"하여튼 그건 그거고, 조건이라니?"

정윤은 이번 일이 끝나는 대로 자기의 몫을 겹쳐 몽땅 던질 테니 짜리가 이곳을 아주 뜨든가 영미와 소년이 이곳을 뜨게 그냥 놔두든가 둘 중의 하나를 택하라고 말하였다.

"아마, 이번 일이 끝나면 나만이 아니라 너도 떠야 할걸. 즉 말하자면 계집과 네 몫과 바꾸잔 말이지? 그러고 보면 그만 계집 얻어 들기 잘했는데. 나도 미리부터 짐작은 하고 있었어. 하구많은 계집에 왜 하필 그년을 탐을 내나? 그렇다면 생각이 달라지지. 아무리 지금까지 밉던 계집이라도 말야, 딴 놈이 탐을 내면 갑자기 아쉬워지거든. 놓고 싶지가 않게 된단 말야. 그건 그거고, 자네 말은 믿어도 괜찮겠지?"

"……"

정윤은 구태여 대답을 하지 않았다.

"왜? 내 말이 기분에 거슬렸나? 자네를 못 믿어서 한 말이 아니라 살다 보니 남을 믿지 못하는 버릇이 생겨서 한 말이니 오해는 말아줘. 나도 자네 말만은 믿고 싶어. 믿어도 괜찮다고 생각하고 있지. 그러나 용의는 다분한데 말이지. 계집 얘기만은 일이 끝난 다음에 하기로 남겨뒀으면 좋겠어. 그 점 자네도 나를 믿어주겠지? 그러고 보면 상호 믿지 않는다는 말이 되어버리기도 한데, 그거야 피차 그렇게 되면 마찬가지니까. 사람은 흔히 돈을 손바닥에 쥐었을 때와 안 쥐었을 때와 마음이 달라지는 버릇이 있단 말야. 결국 산다는 게 변덕스러운 것이니까 할 수도 없지만……"

짜리는 연방 싱긋거리며 묘하게 말 속에서 수없이 수작을 부렸다.

정윤은 당장에라도 짜리를 때려눕히고 싶었지만 꾹 참고 그의 의견에 동의하였다. 어쨌든 우선 일을 끝내고 볼 일이었다.

"언제쯤 끝날 예정인가?"

"이틀 후면."

"믿어도 괜찮겠지. 오늘부턴 무척 계집을 위해줘야겠어. 그렇다고 섭섭힌 생각지 말어줘."

짜리는 눈을 깜작이며 슬며시 웃고 정윤의 표정을 훔쳤다. 그 말은 바로 만일 자기를 배신할 경우에는 계집이 어떻게 된다는 것을 비꼬아 뒤집어서 하는 말이었다.

소년은 집으로 돌아가자 누나에게 자기가 본 사실을 알리고 싶었으나 하도 누나의 기분이 이상하게 침울한 것 같아 말을 하지 않고 그대로 밖으로 뛰어나왔다.

소년은 혼자 생각에 잠기며 골목길을 이리저리 헤대었다. 누나가 한번 웃는 것을 봤으면…… 누나를 한번 즐겁게 해주는 사람은 없을까. 병신처럼이라도 좋았다. 누나가 한번 웃는 것을 봤으면…… 소년은 무거운 마음이 풀릴 것만 같았다.

 소년은 하늘을 쳐다보았다. 하늘에는 구름이 오늘도 무겁게 깔려 있었다. 비가 와주었으면 싶었다. 비가 오지 못할 바에는 반쯤이라도 구름이 개어주면 싶었다. 소년은 모든 것이 다 귀찮기만 하였다. 자기 자신마저 귀찮은 생각이 들었다. 그러면서도 짜리란 자가 아직도 그렇게 그곳에 서 있을까 하고 궁금하였다. 정 아저씨의 생각도 났다.

 소년은 어느덧 또 정 아저씨가 있는 쪽으로 걸어가고 있었다. 코딱지 같은 판잣집들이 늘어붙은 끝까지 왔을 때 소년은 정 아저씨와 짜리가 함께 걸어 내려오는 것을 보고 길을 피했다. 그들은 담배를 피우면서 서서히 걸어 내려오고 있었다.

 무슨 일이 없었구나, 소년은 다행이었다고, 마음속에서 혼자 중얼거렸다. 그런데 세상에는 왜 짜리와 같은 저런 자가 태어나게끔 놓아두었을까. 그리고 저런 자가 살아가게끔 놓아두고 있는 것일까. 소년은 세상 그 자체가 원망스러웠다. 사람 그 자체가 있다는 것마저 원망스러웠다. 도대체 세상이나 사람이 하나같이 되어먹지 않은 것같이만 생각되었다.

 소년은 짜리와 정 아저씨가 지나간 다음 덩그렇게 빈 길 위로 나섰다. 소년은 천천히 발길이 닿는 대로 돌멩이를 걷어차며 걸었다. 모든 것을 이처럼 차 팽개치고 싶었다. 자기 자신도 할 수만 있다면 돌멩이 알처럼 자기 발길로 차 팽개치고 싶었다. 가슴속이 고무공처럼 텅 빈 게 모든 것이 허무하였다. 소년은 정 아저씨 집 앞에 이르러 뒤를 돌아보았다.

살겠다고 아귀다툼을 하듯이 죽 늘어붙은 판잣집들, 그리고 저 멀리 바라보이는 큰길 건너 조용히 누워 있는 거리가 소년에게는 아무런 의미도 없이 그냥 바라보였다. 방금 길을 오면서 차 팽개친 돌멩이 알처럼 하잘것없이만 보였다.

소년은 판자문을 발길로 걷어 젖히고 시무룩하니 안으로 걸어 들어갔다. 헛간 쪽에서 소리가 나는 것 같아 그쪽으로 가보았다.

"누구야?"

안에서 묻는 소리가 났다. 소년은 대답을 하지 않았다.

"누구냐 말야."

텁지근한 곰 아저씨의 음성이었다. 그러나 역시 소년은 대답을 하지 않았다.

"오오, 우리 꼬마로군."

문틈 사이로 내다보고 안 모양이었다. 문이 조금 삐걱 하고 열렸다. 소년은 안으로 들어갔다.

안에는 흙무더기가 높이 쌓이고 구멍이 크게 뚫려 있었다.

곰 아저씨는 들었던 삽을 흙 위에 푹 꽂아놓고 소년과 얼굴을 가까이 마주 대며,

"쉿!"

하고, 손가락을 조심스럽게 입에다 가져다 대었다.

소년은 알 수 없이 더욱 마음이 허무하였다. 곰 아저씨는 왜 이래야 하는 것일까. 흙을 왜 이처럼 파내야 하고 왜 이처럼 구멍을 파야만 하는 것일까. 이러지 않고는 사람은 살지 못하는 것일까. 이래야만 사람은 사는 것일까. 소년의 눈에는 눈물이 가득 괴었

다. 뺨으로 눈물이 주르르 소리 없이 흘러내렸다.
"어럽쇼, 우리 꼬마가 왜 울지?"
곰 아저씨는 소년을 자기 앞으로 다가세우며 양 어깨 위에 손을 얹고 부드러운 눈짓으로 소년을 지켰다.
"왜? 응?"
곰 아저씨는 소년을 달래었다.
"아무것도 아녜요."
소년은 손등으로 눈물을 쓱쓱 닦아내었다.
"아무것도 아녜요."
소년은 꼭 같은 말을 다시 한 번 되풀이하며 눈물을 또 닦았다.

8

캄캄한 어둠 속에서 움직이는 사람 그림자와 함께 수면 위에 파문을 일으키며 물체가 떨어져 들어가는 소리가 조용히 주위의 침묵을 깨뜨리고 이어왔다. 부대 쪽이나 판잣집 마을이나 죽은 듯이 어둠 속에 깊이 잠들고 있었다.
불빛이 환히 내리비치는 철조망 기슭을 따라 보초병이 하나 오락가락 오르내리고 있었다. 그는 크게 하품을 하며 기지개를 하였다. 마음속으로는 이미 잠들고 있는 거나 다름이 없었다.
모든 것이 이처럼 잠든 속에서 오직 잠들지 않고 움직이고 있는 것은 깊숙이 물이 괸 폐허 가에서 조심스러이 움직이고 있는 몇 사람의 그림자뿐이었다.

 굴속은 습기에 꽉 젖어 있었다. 숨이 막힐 것만 같았다. 물길이 터진 일대는 종일 흘러나온 물로 인하여 질척하였다. 그대로 놓아두었다가는 안 될 것만 같아 정윤은 우선 물길을 찾아 낮에 마련해놓았던 방수제를 고루 깔고 시멘트를 폈다.
 일은 다시 계속되었다. 곰새끼가 앞장을 서 파 들어가기 시작하였다. 청년이 그 뒤를 따랐다.
 곰새끼의 팔뚝이 흙벽을 향하여 세차게 움직일 때마다 칸델라의 희미한 불빛을 이고 그림자가 굴 벽 하나 가득히 움직이곤 하였다.
 신호가 나가기 바쁘게 삐걱거리며 굴러 나가는 흙을 하나 가득히 실은 도르래의 음향이 캄캄한 굴속을 뚫고 한없이 이어 나갔다.
 곰새끼의 이마에서는 어느덧 구슬 같은 땀이 비 오듯 흘러내리고 있었다. 청년의 목줄기에서도 땀이 줄을 지으며 흘러내리고 있었다.
 굴속은 깊어갈수록 숨이 더욱 막혔다. 그들의 숨결 소리는 한층 더 거칠어만 갔다.
 "쎄게 하는 기라. 쎄게, 쎄게 하는 기라."
 곰새끼는 삽을 휘두를 때마다 가쁜 숨결과 함께 입속에서 중얼거렸다. 그럴 때마다 곰새끼의 눈앞에는 그 어느 조용한 시골 마을이, 순한 그 어느 시골 계집의 모습이 떠올랐다.
 "얼마나 팠을까?"
 "약 오 미터는 더 들어왔을 거야."

"오 미터……"

"교대를 할까?"

"벌써 지쳤을라구 제기!"

곰새끼는 또 삽자루를 휘둘렀다. 파헤쳐 들어가면 갈수록 눈앞에 다가서는 캄캄한 흙벽이 밉다기보다도 어루만져주고 싶도록 다정하게만 느껴졌다.

"이번 일엔 뭔가 모르게 자꾸 흥이 나 죽겠어. 제기랄 깨물어 뜯고 싶은 계집만 같은데."

청년은 문득 그 말에서 소녀의 새하얀 얼굴을 눈앞에 그려보았다. 벌써 이틀째…… 소녀는 지금쯤 또 그 어느 놈팡이의 지랄에 시달림을 받고 있는 것일까. 그러나 이틀 밤만, 이틀 밤만 더 참으면 된다. 이 이틀 밤이 어떠한 욕된 밤일지라도 참아야만 한다. 그러면…… 그러면…… 청년은 눈을 꾹 지르감았다.

일은 그대로 계속되었다. 십 미터는 더 들어왔을 테지. 십 미터는 넘었을 거야. 곰새끼는 파 들어온 거리를 생각하고 청년은 이틀 밤, 소녀가 받아야 할 욕된 이틀 밤을 생각하고 있었다.

"무던히 숨이 맥히는데."

"교대를 할까?"

청년은 죽을힘을 다하여 구멍을 파 들어갔다. 흡사 일선 지대에서 적의 고지를 향하여 포복을 감행해 들어가고 있는 것만 같은 환각에 자주 사로잡혔다. 전신에서는 구슬 같은 땀이 철철 흘러내리고 있었다. 그는 전선에서 물러난 이후 지금껏 이처럼 전신이 경련을 일으키도록 벅찬 순간을 가져보기는 처음이었다.

캄캄한 어둠을 뚫고 한 걸음 한 걸음 포복을 해 들어가는 자기의 자세가 그는 눈앞에 보이는 것만 같았다.

점점 눈앞에 다가오는 적의 고지, 불안도 공포도 이미 이곳에는 있을 수 없었다. 죽을힘을 다하여 육박해 들어가는 하나의 자세, 포복, 포복이 있을 뿐이었다.

청년의 눈앞은 자주 흐렸다. 비 오듯 쏟아지는 적의 총탄 속에 흩어지는 비명, 소녀의 비명 소리가 쟁 하고 귓전을 울리고 지나가는 것만 같았다.

그의 눈앞에는 점점 다가오는 적의 고지가 양철 지붕 창고로 자주 바뀌었다.

무너지는 전열(戰列), 줄어드는 대원(隊員), 적의 공격은 가일층 격화되고 그러나 계속되는 포복 속에 최후의 순간은 눈앞으로 다가만 오고 있다. 일 미터, 이 미터, 점점 줄어드는 간격, 캄캄한 어두운 흙벽을 뚫고 청년의 눈앞에는 양철 지붕 창고가, 그 뒤에 창백한 모습을 하고 자기를 뚫어지게 쳐다보며 기다리고 섰는 소녀의 모습이 보이는 것만 같았다.

"어이, 두더지, 신바람이 나서 마구 파는 것도 좋은데 말야. 뒤처리도 하면서 파 들어가야지."

청년은 갑자기 환각에서 깨어난 듯 삽을 내려놓으며 멍하니 뒤를 돌아보았다. 뒤에는 파낸 흙이 산더미처럼 쌓여 있고 그 뒤에서 곰새끼가 도르래 궤짝 위에 흙을 퍼 담으며 씩 웃고 있었다. 청년은 순간 전신에 응결하였던 긴장이 탁 풀리는 것만 같았다.

그리고 뒤이어 허탈한 감정이 전신을 휩쓸었다.

정윤은 희미한 칸델라의 불빛을 머리 위에 받으며 흙더미에 기대어 앉아 천천히 담배를 피워 물었다. 그는 신호가 나오기를 기다리면서 자기대로의 생각에 잠기고 있었다. 소년의 모습이 자꾸 눈앞에 떠올랐다. 곤히 잠에 떨어졌을 소년의 모습이 갑자기 보고 싶었다.

소년의 꿈이 깨어지지 않았으면, 그는 소년의 꿈을 이루어주고만 싶었다. 언젠가 소년을 데리고 큰길 건너 거리에 갔을 때 어떤 부인과 두 어린이를 만났던 생각이 떠올랐다. 예닐곱 살 난 어린이에게 모욕을 당하고 나서 구름이 무겁게 덮인 하늘을 쳐다보며,

"비가 왔으면 싶어요."

하던 소년의 모습을 정윤은 지금도 잊을 수가 없었다. 그때 소년의 가슴속엔 비가 내리고 있었던 것이다. 그러나 앞으로 다시는 비가 내리지 않아야지. 다시 비가 내릴 때는 성년이 된 연후에야 일 것이다.

"누나와 함께 저렇게 길을 한번 걷고 싶었어요. 아니, 누나가 아니라도 좋아요. 어른하고면 그 누구라도 좋아요. 어른하고 저렇게 길을 한번 걸어봤으면 싶었어요."

이렇게 말하던 소년. 그러나 그렇게 될 날도 멀지는 않을 것이다. 누나뿐만 아니라 여럿이, 네가 만족할 만큼 여럿이서 걷게도 될 것이다. 그때는 비가 내리던 네 가슴속에 호수처럼 맑게 갠 하늘이 눈부신 햇살과 함께 가득 넘칠 것이다.

정윤은 지금 깊이 잠들었을 소년의 꿈길에나마 이러한 자기의 생각이 찾아들어주었으면 싶었다.

이러한 생각에 잠겨보기는 참으로 그로서는 처음이었다.

그때 정윤은 굴속 깊이에서부터 흔들리며 새어 나오는 플래시의 불빛을 보고 담배를 끄면서 허리를 일으켰다. 불빛은 점점 가까이로 다가왔다.

"웬일이야?"

굴 밖으로 기어 나오는 곰새끼를 보고 정윤이 몹시 궁금한 태도로 물었다.

"바위야, 바위. 큼직한 놈이 딱 한쪽을 막아섰어."

곰새끼의 표정은 어둡게 흐려 있었다.

"곡괭이 가지곤 도저히 안 되겠어. 끌과 망치가 필요해."

끌과 쇠망치 아래 바위 조각은 다시 부서지기 시작하였다. 쇠망치가 거센 힘을 다하여 내리몰 때마다 바위에 파고드는 끌 끝에서 불꽃이 튀었다.

"제기랄 놈의 바위 새끼 같으니, 이놈 땜에 이거 뭐 형편없이 더뎌지는데."

"글쎄 웬일인지 일이 수월하게 나가더라니."

동이 틀 때까지 곰새끼와 청년은 바위와 싸움을 했다. 그러나 부서져 나간 바위 조각에 비하여 바위 그 자체는 까딱도 없었다.

실망이 두 사람의 마음을 죄어 틀기 시작하였다.

"언제까지 깨야 하는 거야? 이 바위 녀석이 도대체 얼마나 된다는 거야?"

그러면서도 거머쥔 쇠망치와 끌을 놓지는 않았다.

한나절이 또 지났다.

곰새끼는 견딜 수 없는지 쇠망치와 끌을 내동댕이쳤다. 청년이 교대를 하였다. 정윤이 청년과 바꾸었다. 곰새끼는 완전히 용기를 잃은 모양이었다. 그러면서도 곰새끼는 또 쇠망치와 끌을 거머쥐는 것이었다.

저녁이 왔다. 그러나 여전히 바위는 까딱도 없었다. 청년도 점점 용기를 잃기 시작하였다.

"이게 아닌데, 이게 아닌데."

곰새끼는 혼자서 자꾸 투덜거렸다. 언젠가 때장이 하던 말이 생각났다. 어느 문선공이 이게 아닌데, 이게 아닌데, 하고 밤낮 입버릇처럼 외다가 끝내는 목을 맸다는 이야기가 머릿속에서 자꾸 맴돌았다. 곰새끼는 자기도 꼭 그렇게 되고만 말 것 같았다.

"이러다간 정말 미치겠어."

곰새끼는 미칠 것만 같았다. 그는 모든 것을 내동댕이치고 훌쩍 나가버렸다.

청년도 기진맥진하여 나가떨어졌다. 소녀의 모습도 인제는 눈앞에 떠오르지 않았다.

정윤은 혼자 바위를 깨내었다. 그는 한 망치, 한 망치 온 힘을 기울여 끈기 있게 계속하였다. 그의 눈앞에는 소년의 모습이 자주 떠올랐다. 소년을 통하여 얻은 하나의 자세, 일의 승패는 문제가 아니었다. 확실히 그는 한 망치, 한 망치 휘두르는 속에서 자기의 자세를 찾아 들어가고 있었다. 기대는 늘 배반을 당하기 마련이다. 문제는 자세에 있었다. 기대에 크게 자기를 거는 것보다는 우선 자기의 자세를 갖는 것이 중요하였다.

미련이 그래도 남아 있는지 곰새끼는 술이 얼근해가지고 다시 나타났다. 곰새끼는 또 몇 망치 뚜드려보다가 집어치웠다.

"그게 아니야, 그게 아니야."

곰새끼는 고개를 설레설레 내젓고 미칠 듯이 피시시 웃었다.

끈기 있게 해 나가는 정윤의 태도에 느낀 바 있었는지 청년은 그래도 도왔다. 새벽이 훤히 밝을 무렵이었다. 바위 한복판이 짜개지기 시작하였다. 청년의 얼굴에는 갑자기 웃음이 확 번지어 갔다.

"됐어, 됐어."

바위는 크게 조각 지며 하나하나 떨어져 나갔다. 한쪽 귀퉁이에서 흙무더기가 확 무너졌다.

"그게 아니었군 그게 아니었어, 응? 우리 때장이, 글쎄 그게 아니었다니까."

술이 곤드레가 되어 자고 있던 곰새끼가 엉금엉금 기어 들어와서 소리를 치며 코를 벌름거렸다.

일은 다시 제 코스로 진행되었다. 낮에도 그들은 일을 계속하였다. 곰새끼는 이전보다도 더 기운을 내어 굴을 파 들어갔다.

9

닷새째 되던 날 밤 그들은 거의 창고 밑 가까이까지 와 있었다. 정윤은 거리와 방향을 다시 재검토하였다.

"인제 얼마나 남았어?"

"십오 미터."

"십오 미터? 야아, 그럼 내일 아침까지면 되겠군."

"틀림없겠지?"

"틀림없어."

"방향은?"

"정확해."

곰새끼와 청년의 마음은 걷잡을 수 없이 뛰었다. 굴속은 숨이 콱콱 질식할 것만 같이 막혔으나, 그들은 그것도 잊고 있었다.

정윤은 곰새끼더러 굴 밖에서 흙을 끌어내게 하였다. 그는 약간 투덜거리는 빛이었으나 그러마 하고 굴 밖으로 기어 나갔다.

청년은 흙벽을 파기 시작하였다. 일 미터, 이 미터, 거리는 자꾸 줄어들어갔다. 청년의 시선은 자주 줄자의 눈을 더듬었다. 그의 눈앞에는 다시금 소녀의 얼굴이 떠돌기 시작하고 있었다. 오 미터, 육 미터, 칠 미터…… 삽자루가 휘둘리며 흙벽에 가 꽂히고 흙무더기가 눈앞으로 쏟아져 내릴 때마다 거리는 한 치 두 치 더욱 줄어들었다. 동이 훤히 트기 시작할 무렵 그들은 창고 바로 밑 바닥까지 와 있었다.

정윤은 이상 더 나가지 말고 주위를 넓게 파게 하였다.

굴 밖에서 밤새껏 흙을 끌어내고 있던 곰새끼는 동이 트기 시작하자부터 궁금증이 일어났다. 신호가 통 나오지 않기 때문이었다.
그는 굴속으로 여러 번 신호를 보냈다. 그러나 굴속에서는 아무런 대꾸도 없었다. 벌써 이 녀석들이 창고 속으로 뚫그 들어간 것이 아닌가 하는 생각이 들자 곰새끼는 자기만이 혼자 떼어 팽개쳐진 것 같아 굴속으로 엉금엉금 기어 들어갔다. 한참 만에야 곰새끼는 저 속 희미한 칸델라의 불빛 속에 어른거리는 두 그림자를 보고 아직 창고 안에까지 들어가지 못한 것을 알았다.

소년은 수없이 우르렁거리는 이상한 소리를 듣고 눈을 떴다. 그 소리는 부대 쪽에서 나고 있었다. 소년은 이상한 예감이 들어 자리를 차고 일어나 밖으로 뛰어나갔다.
먼동이 훤히 트고 있었다. 이른 새벽 공기는 퍽 쌀쌀하였다.
소년은 눈을 비벼가며 부대 쪽을 내려다보았다.
거기에는 수십 대의 지엠시[24]가 들락날락하고 창고 주위에는 수많은 사람들이 모여 서서 훨쩍 하니 열어젖힌 창고에서 물건을 실어내고 있었다.
소년의 눈앞을 어두운 그림자가 쏜살같이 스치고 지나갔다. 창고 물건을 모두 실어내는구나! 그런데 정 아저씨와 곰 아저씨와 또 젊은 아저씨는 그것도 모르고 뭣을 하고 있는 것일까. 땅속이니 저처럼 요란스럽게 울리는 자동차 소리도 들릴 리 만무하였다.

소년은 급히 정 아저씨 집을 향해 달리기 시작하였다.
 그것도 모르고, 그것도 모르고 지금도 땅속을 파고 있을 것을 생각하니 갑자기 설움이 복받쳤다.

 정윤과 청년은 물건을 끌어 내리기 쉽게 하기 위하여, 주위를 넓게 팠다. 그리고 다시 한 번 거리와 방향을 세밀히 재어보았다.
 틀림이 없음을 확인한 다음 그들은 주위를 정리하고, 위를 어떻게 뚫고 올라갈 것인가를 생각하였다. 경사를 지게 하는 것이 좋을 것 같았다.
 곰새끼도 그들 쪽으로 슬금슬금 기어왔다.
 그들은 최후로 흙을 파내기 시작하였다. 위로 파 들어가는 것이기 때문에 힘이 들었다. 흙이 다짜구[25] 얼굴 위로 쏟아져 내렸다.
 소년은 어깻숨을 들까불면서 정 아저씨 집 문 앞까지 와서 빗장을 흔들었다. 그러나 전연 대답이 없었다. 소년은 마구 흔들었다. 역시 마찬가지였다. 하는 수 없이 소년은 발길로 차서 판자문을 부순 다음 안으로 뛰어들어갔다. 방 안에는 아무도 없었다.
 헛간 문을 열고 들어갔으나 거기에는 희미한 칸델라만이 외로이 빛을 잃고 덜렁하니 걸려 있을 뿐이었다.
 소년은 흙무더기가 쌓인 곁으로 내려가 구멍 안을 들여다보았다. 안은 캄캄하였다. 소년의 마음은 더욱 조급하였다. 그는 구멍 속으로 기어 들어갔다.
 아아 어쩌면 이 사실도 모르고…… 소년은 있는 힘을 다하여 속으로 속으로 기어 들어갔다.

갈수록 안은 더욱 캄캄하고 아무것도 보이지 않았다. 숨이 콱콱 막혔다. 그러나 소년은 쉬지를 않았다. 옷이 흙물에 젖었다. 숨이 막힐 것만 같았다. 소년은 팔꿈치로 마구 기었다. 무릎이, 팔꿈치가 감각을 잃고 자기의 것 같지가 않았다.

짜리는 언덕 위에서 팔짱을 끼고 부대 안을 내려다보고 있었다. 수없이 물건을 싣고 요란하게 달려 나가는 지엠시의 대열을 그는 묘한 표정으로 지키고 있었다. 이윽고 마지막 트럭이 떠나고 창고 문이 닫히는 것을 보자 그는 입맛이 쓰게 웃으며 한쪽 눈을 지그시 감고 발길을 옮겼다.

소년은 기진맥진하였다.
숨이 막힐 것만 같이 가슴이 무거웠다. 전신은 땀으로 함빡 젖어 있었다. 그래도 소년은 한 팔굽 두 팔굽 기었다. 기어가다가는 엎어지고 엎어졌다가는 다시 기었다. 아아 어쩌면 사람은 이러지 않고는 살 수 없는 것일까. 이래야만 사람은 살 수 있는 것일까. 어쩌면 사람은 이러면서도 살아야 하는 것일까.
소년은 다자꾸 의식이 흐렸다. 눈앞이 까마득하고 무엇이 무엇인지 분간을 할 수가 없었다. 가도 가도 캄캄한 어둠뿐이었다.
소년은 영 기운에 지쳐 그대로 얼굴을 땅 위에 박고 쓰러졌다. 그러나 소년의 마음은 아직도 자기가 기어가고 있다고만 생각하였다.
왜 사람은 누구나가 자기가 바라는 곳에서 살 수 없기 마련일까. 어둠 속은 왜 이처럼 끝없는 어둠 속에서 그쳐야 하는 것일까. 소년은 땅 위에 얼굴을 박은 채 팔꿈치와 무릎으로 기어보았다. 또 한 번 기어보았다.

구름 사이로도 햇빛은 있으련만, 구름이 가득 덮인 하늘에도 손바닥만큼 한 햇빛이 새어 날 틈은 있으련만 왜 이곳에는 이처럼 캄캄한 어둠뿐일까. 소년은 자기가 어둠 속으로 어둠 속으로 아무리 기어가도 자꾸 그 어둠 속으로 빨려들어가고 있는 것만 같았다.

정윤과 청년과 곰새끼는 최후로 시멘트 콘크리트로 된 창고의 밑바닥을 조심스러이 뚫고 안으로 기어 올라갔다. 안으로 올라간 순간 세 사람의 눈앞으로 들이닥친 것은 기대했던 그것이 아니라 공허, 그것이었다. 텅 빈 속에 남아 있는 것이라곤 먼지와 어둠과 휴지 조각뿐이었다.

갑자기 곰새끼가 우는지 웃는지 알지 못할 웃음을 미친 사람처럼 터뜨리면서 펄썩하고 주저앉았다. 청년은 실신한 사람처럼 멍하니 어이없이 웃고 있었다.

정윤은 어디까지나 묵묵히 어둠을 뚫어지게 지켜보고 섰을 뿐이었다.

유예 猶豫

 몸을 웅크리고 가마니 속에 쓰러져 있었다. 한 시간 후면 모든 것은 끝나는 것이다. 손과 발이 돌덩어리처럼 차다. 허옇게 흙벽마다 서리가 앉은 깊은 움 속, 서너 길 높이에 통나무로 막은 문틈 사이로 차가이 하늘이 엿보인다. 퀴퀴한 냄새가 코를 찌른다. 냄새로 짐작하여 그리 오래된 것 같지는 않다. 누가 며칠 전까지 있었던 모양이군. 그놈이나 매한가지지, 하고 사닥다리를 내려서자마자 조그만 구멍으로 다시 끌어 올리며 서로 주고받던 그자들의 대화가 아직도 귀에 익다. 그놈이라고 불린 사람이 바로 총살 직전에 내가 목격하고 필사적으로 놈들의 사수(射手)를 향하여 방아쇠를 당겼던 그 사람이었을까…… 만일 그 사람이 아니었다면 또 어떤 사람이었을까…… 몸이 떨린다. 뼛속까지 얼음이 박힌 것 같다.
 소속 사단은? 학벌은? 고향은? 군인에 나온 동기는? 공산주의를 어떻게 생각하시오? 미국에 대한 감정은? 그럼…… 동무의 말은 하나도 이치에 당치 않소.

동무는 아직도 계급의식이 그대로 남아 있소. 출신 계급을 탓하지는 않소. 오해하지 마시오. 그 근성이 나쁘다는 것뿐이오. 다시 한 번 생각할 여유를 주겠소. 한 시간 후, 동무의 답변이 모든 것을 결정지을 거요.

몽롱한 의식 속에 갓 지나간 대화가 오고 간다. 한 시간 후면 모든 것은 끝나는 것이다. 사박사박 걸음을 옮길 때마다 발밑에 부서지던 눈, 그리고 따발총구를 등 뒤에 느끼며 앞장서 가는 인민군 병사를 따라 무너진 초가집 뒷담을 끼고 이 움 속 감방으로 오던 자신이 마음속에 삼삼히 아른거린다. 한 시간 후면 나는 그들에게 끌려 예정대로의 둑길을 걸어가고 있을 것이다. 몇 마디 주고받은 다음, 대장은 말할 테지. 좋소. 뒤를 돌아다보지 말고 똑바로 걸어가시오. 발자국마다 사박사박 눈 부서지는 소리가 날 것이다. 아니, 어쩌면 놈들은 내 옷에 탐이 나서 홀랑 빨가벗겨서 걷게 할지도 모른다(찢어지기는 하였지만 아직 색깔이 제 빛인 미〔美〕 전투복이니까……). 나는 빨가벗은 채 추위에 살이 빨가니 얼어서 흰 둑길을 걸어간다. 수 발의 총성, 나는 그대로 털썩 눈 위에 쓰러진다. 이윽고 붉은 피가 하이얀 눈을 호젓이 물들여간다. 그 순간 모든 것은 끝나는 것이다. 놈들은 멋쩍게 총을 다시 거꾸로 둘러메고 본대로 돌아들 간다. 발의 눈을 털고 추위에 손을 비벼가며 방 안으로 들어들 갈 테지. 몇 분 후면 그들은 화롯불에 손을 녹이며 아무 일도 없었던 듯 담배들을 말아 피우고 기지개를 할 것이다.

 누가 죽었건 지나가고 나면 아무것도 아니다. 그들에겐 모두가 평범한 일들이다. 나만이 피를 흘리며 흰 눈을 움켜쥔 채 신음하다 영원히 묵살되어 묻혀갈 뿐이다. 전 근육이 경련을 일으킨다. 추위 탓인가…… 퀴퀴한 냄새가 또 코에 스민다. 나만이 아니라 전에도 꼭같이 이렇게 반복된 것이다.

 싸우다 끝내는 죽는 것, 그것뿐이다. 그 이외는 아무것도 없다. 무엇을 위한다는 것, 그것도 아니다. 인간이 태어난 본연의 그대로 싸우다 죽는 것, 그것뿐이라고 생각하였다.

 북으로 북으로 쏜살같이 진격은 계속되었다. 수차의 전투가 일어났다. 그가 인솔한 수색대는 적의 배후 깊숙이 파고들어갔다. 자주 본대와의 연락이 끊어지기 시작하였다.

 초조한 소대원의 얼굴은 무전사에게로만 쏠려갔다. 후퇴다! 이미 길은 모두 적에 의하여 차단되었다. 적의 어느 면을 뚫고 남하할 것인가? 자주 소전투가 벌어졌다. 한 명 두 명 쓰러지기 시작하였다. 될 수 있는 한 적과의 접근을 피하면서 산으로 타고 올랐다. 기아와 피로. 점점 낙오되고 줄어가는 소대원. 첩첩이 쌓인 눈과 추위, 그리고 알 수 없는 방향을 더듬으며 온갖 자연의 악조건과 싸우지 않으면 안 되었다. 연이어 계속되는 눈보라 속에 무릎까지 덮이는 눈 속을 헤매다 방향을 잃은 그들은 악전고투 끝에 산 밑을 더듬어 내려와서 가까운 그 어느 마을로 파고들어갔다. 텅 빈 마을 집집마다 스산히 흩어진 채 눈 속에 호젓이 파묻혀 있다. 적이 들어온 흔적도 지나간 흔적도 없다. 됐다. 소대원들은 뿔뿔이 헤쳐져서 먹을 것을 샅샅이 뒤졌다. 아무것도 없다. 겨우 얼어빠진 감자 한 자루뿐, 이빨에 서벅서벅 얼음이 마주치는 감자 알맹이를 씹었다. 모두 기운에 지쳐 쓰러졌다. 일시에 피곤과 허기가 연덩어리'처럼 내린다. 발가락마다 얼음이 박혔다. 눈보라는 더욱 세차게 몰아치고 밤이 다가왔다. 산속의 밤은 급히 내린다. 선임 하사만이 피로를 씹어가며 문설주에 기대어 앉아 있었다.

 밖은 휘몰아치는 눈보라뿐. 선임 하사도 잠시 눈을 붙였다. 마치 기습이라도 있을 듯한 밤이다.

 그러나 아무 일도 없이 아침이 왔다.

 또 눈과 기아와 추위와 싸움이 계속되었다. 한 사람, 두 사람, 이 자연과의 싸움에 쓰러지기 시작하였다. 소대장님, 하고 마지막 한마디를 외치고 눈 속에 머리를 박고 쓰러지는 부하들을 볼 때마다 그는 그 곁에 무릎을 꿇고 그 싸늘한 마지막 시신을 지켰다. 포켓을 찾아 소지품을 더듬는 그의 손은 항시 죽어간 부하의 시체보다도 더 차가웠다. 소대장님…… 우러러 쳐다보는 마지막 부하의 그 눈빛, 적막을 더듬어가며 죽음을 재는 그 눈은 얼음장보다도 더 차가운 그 무엇이 있었다.

 "소대장님…… 북한 출신입니다. 홀몸입니다. 남한에는…… 누구도 없습니다. 이것이 이북 제 고향 주소입니다."

 꾸겨진 기슭마다 닳아져서 떨어졌다. 그것을 받아 들던 그의 손, 부하의 손을 꽉 쥐어주었다. 그 이상 더 무엇을 할 수 있었으라……

인제 남은 것은 그를 포함하여 여섯 명뿐.

눈 속에 쓰러져 넘어진 그들을 그대로 남겨놓은 채 그들은 다시 눈 속을 헤쳤다. 그의 머릿속에 점점 불안이 다가왔다. 이윽고 ××지점까지 왔을 때다. 산줄기는 급격히 부드러워져 이윽고 쑥 평지로 빠졌다. 대로(大路)다. 지형(地形)과 적정(敵情)을 탐지하러 내려갔던 선임 하사가 급히 달려 올라왔다.

노상에는 무수히 말굽 자리와 마차의 수레바퀴 그리고 발자국 자리가 있다는 것이다. 선임 하사의 손에는 말똥이 하나 쥐어져 있다. 능히 그것은 손힘으로 부스러뜨릴 수 있었다. 그들이 지나간 것이 그리 오래되지 않았다는 증거다. 밤을 기다릴 수밖에 없다. 그리하여 어둠을 이용하여 도로를 횡단하고 다시 앞에 바라보이는 산줄기를 타고 오를 수밖에는 없다.

밤이 왔다. 행동을 개시하였다. 그들은 될 수 있는 한 낮은 지대를 선택하고 대로에 연한² 개천 둑을 이용하였다. 무난히 대로를 횡단하였다. 논두렁에 내려서자 재빠르게 엄폐물³을 이용해 가며 걸음을 다그었다.⁴ 인제 앞산 밑까지는 불과 이백 미터밖에 안 된다. 그들은 약간의 안도감을 느끼고 걸음을 늦추었다. 그때다. 돌연 일발의 총성과 더불어 한마디 비명을 남기고 누가 쓰러졌다. 모두 꽉 눈 속에 엎드렸다.

일순간이 지났다. 도대체 총알은 어디서부터 날아온 것인가? 그 방향은 종잡을 수가 없다. 그가 적정⁵을 살피려 고개를 드는 순간 또 총알이 날아왔다. 측면에서부터다. 모두 응전 자세를 취하기 위하여 대로 쪽으로 각도를 돌렸다.

 그러나 절대적으로 불리하다. 놈들은 우리의 위치를 알고 있지만 우리는 적 쪽의 위치를 잡을 수가 없다. 그렇다고 이대로 언제껏 있을 수도 없다. 아무리 밤이라 할지라도 흰 눈 위다. 그들은 산기슭까지 필사적으로 포복을 단행하였다. 동시에 총알은 비 오듯 집중된다. 비명과 더불어 소대장님, 하고 외치는 소리, 그는 눈을 꽉 감았다. 땀이 비 오듯 흐른다. 그는 눈을 꽉 감은 채 포복을 계속하였다. 의식이 다자꾸 흐린다. 산기슭 흰 눈 속에 덮인 관목 숲이 눈앞에서 뿌여니 흩어진다. 총성은 약간 잦아졌다. 산기슭으로 타고 오르는 순간 선임 하사가 쓰러졌다. 그는 선임 하사를 부축하고 끌며 산속으로 산속으로 들어갔다.

 얼마나 산속 깊이 들어왔는지도 모른다. 정신을 잃고 쓰러져서 누웠을 때는 이미 새벽이 가까워서였다.

 몹시 춥다. 몸을 약간 꿈틀거려본다. 전 근육이 추위에 마비되어 감각을 잃은 것만 같다. 인제 모든 것이 끝나는 것이다. 퀴퀴한 냄새가 코를 찌른다. 어렴풋이 눈 속에 부서지는 구두 발자국 소리가 들려온다. 점점 가까워진다. 시간이 된 모양이다. 몸을 일으키려고 움직거려본다. 잠시 몽롱한 시각이 흐른다. 발자국 소리가 점점 멀어지기 시작하였다. 아무것도 아니다. 아무것도 아닌 것이다. 몹시 춥다. 왜 오다가 다시 돌아가는 것일까…… 몽롱하게 정신이 흩어진다.

 전공과목은? 왜 동무는 법과를 선택했었소? 어렸을 때부터 벌써 동무는 출신 계급적인 인습 관념에 젖어 있었소. 그것을 버리시오.

　나는 동무와 같은 인물을 아끼고 싶소. 나는 동무를 어느 때라도 맞아들일 마음의 준비를 가지고 있소. 문지방으로 스미어오는 가는 실바람에 스칠 때마다 화롯불이 붉게 번지어갔다.

　나는 동무를 훌륭한 청년으로 보고 있소. 자, 담배를 태우시오.

　꾸부러진 부젓가락으로 재 위를 헤칠 때마다 더욱 붉게 불꽃이 번진다.

　그렇다면 동무처럼 불쌍한 청년은 이 세상에 또 없을 거요. 나는 심히 유감스럽소. 동무의 그 태도가 참으로 유감이오. (인제 모든 것은 끝나는 것이다.) 왜 동무는 그렇게 내 얼굴을 차갑게 치어다보고만 있소? 한마디 대답도 없이 입을 다문 채…… 알겠소. 나는 동무가 지키고 있는 그 침묵으로 동무가 말하고 있는 모든 것을 이해할 수 있소. 유감이오.

　주고받던 대화, 조그만 방 안, 깨어진 질화로가 어렴풋이 머릿속을 스친다. 그는 무겁게 몸을 뒤틀었다. 희미하게 또 과거가 이어온다.

　그들이 정신을 잃고 쓰러졌을 때는 이미 새벽이 가까워서였다. 산속의 새벽은 아름답다. 눈 속에 덮인 산속의 새벽은 더욱 그렇다. 나뭇가지마다 소복이 쌓인 눈이 햇빛에 반짝인다. 해가 적이 높아졌을 때 그는 겨우 몸을 일으켰다. 선임 하사는 피에 붉게 젖은 한쪽 다리를 꽉 움켜쥔 채, 의식을 잃고 쓰러져 있다. 검붉은 피가 오른편 어깻죽지와 등에 짙게 얼룩져 있다. 그는 급히 선임 하사를 부축하여 일으켰다.

조용히 눈을 뜬다. 그리고 소대장을 보자 쓸쓸히 입가에 웃음을 지었다. 그 순간 그는 선임 하사를 꽉 그러안고 뺨을 비벼대었다. 단둘뿐! 이제는 단둘이 남았을 뿐이었다.
"소대장님, 인제는 제 차례가 된 모양입니다."
그는 조용히 선임 하사의 얼굴을 지켰다. 슬픈 빛이라고는 조금도 없다. 오랜 군대 생활에 이겨온 굳은 의지가 엿보일 뿐이다.
선임 하사, 그는 이차 대전 시 일본군에 소집되어 남양[6] 전투에 종군하다 북지(北支)[7]로 이동, 일본의 항복과 더불어 포로 생활 이 개월을 거치고 팔로군(八路軍),[8] 국부군,[9] 시조(時潮)가 변전(變轉)되는 대로 이역(異域)을 표류하다 고국으로 돌아와 다시 군문[10]으로 들어선 것이었다. 군대 생활이 무엇보다도 재미있다는 그, 전투가 자기 생활 속에서 제일 신이 나는 순간이라는 그였다.
"사람은 서로 죽이게끔 마련이오. 역사란 인간이 인간을 학살해온 기록이니까요. 그렇게 생각지 않으시오? 난 전투가 제일 재미있소. 전투가 일어나면 호흡이 벅차고 내가 겨눈 총구에 적의 심장이 아른거릴 때마다 나는 희열을 느낍니다. 그 순간 역사가 조각되고 있는 것같이 느껴지거든요. 사람이란 별게 아니라 곧 싸우는 것을 의미하고, 싸우다 쓰러지는 것을 의미할 겝니다."
이것이 지금껏 살아온 태도였다. 이것뿐이다. 인제 그는 총에 맞았다. 자기 차례가 된 것을 알 뿐이다. 어렴풋이 희미한 기억을 타고 선임 하사의 음성이 떠오른다. 그는 몸을 조금 일으키려고 꿈지럭거리다가 그대로 털썩 쓰러졌다. 바른편 팔 위에 경련이 일어난다. 혓바닥을 꾹 깨물고 고통의 일순을 넘겼다. 인제 모든 것은 끝나는 것이다. 선임 하사의 생각이 이어온다.

"소대장님, 제 위치는 결정되었습니다. 안심하십시오."

분명히 말을 끝낸 선임 하사는 햇볕이 조용히 깃드는 양지쪽으로 기어가서 늙은 떡갈나무에 등을 기대고 앉았다.

햇볕을 받아가며 조용히 내리감은 눈, 비애도, 슬픔도, 고독도, 그 어느 하나도 없다. 다만 눈 속에 덮인 산속의 적막, 이것이 그의 얼굴 위에 내릴 뿐이다. 의식을 잃은 듯 몸이 점점 비스듬히 허물어지다가 털썩 쓰러졌다. 그는 급히 다가서서 선임 하사를 일으키려 하였다. 그 순간 눈을 가늘게 떴다. 입가에 미소가 가벼이 흐른다. 햇볕이 따스히 그 입가의 미소를 지킨다.

"이대로……"

눈을 감았다. 잠시 가는 숨결이 중단되며 이어갔다.

무릎까지 파묻히는 눈 속을 헤치며 남쪽으로 남쪽으로 걸었다. 몇 번이고 의식을 잃고 그대로 쓰러졌다. 때로는 눈보라와 종일 싸워야 했고 알 길 없는 방향을 더듬으며 헤매어야 했다. 발이 얼어 감각이 없다. 불안, 절망이 그를 엄습하기 시작하였다. 내가 잡은 이 방향이 정확한 것인가? 나의 지금 이 위치는? 상의할 아무도 없다. 나 하나뿐. 그렇다고 이대로 서 있을 수도 없다. 그는 한 걸음 한 걸음 눈 속을 헤치며 걸었다. 어디까지 이렇게 걸어야 하는 것인가? 언제껏 이렇게 걸어야 하는 것인가? 밤이면 눈 속에 묻혀서 잤다. 해가 뜨면 또 걸어야 한다. 계곡, 비탈, 눈에 쌓인 관목 숲, 깎아 세운 듯 강파르게 솟은 산마루, 그는 몇 번이고 굴러 떨어졌다. 무릎이 깨어지고 옷이 찢어졌다. 피로와 기아. 밤이면 추위와 더불어 고독이 엄습한다. 악몽, 다시 뒤덮이는 악몽, 신음 끝에 눈을 뜨면 적막과 어둠뿐. 자주 흩어지는 의식은 적막 속에 영원히 파묻혀만 간다. 나는 이대로 영원히 눈 속에 묻혀 사라져버리는 것이 아닌가? 그러나 밤은 지새고 또 새벽은 온다. 그는 일어났다. 눈 속을 또 헤쳐야 한다. 산세는 더욱 험악하여만 가고 비탈은 더욱 모질다. 그는 서너 길이나 되는 비탈길에서 감각을 잃은 발길의 헷갈림으로 굴러 떨어졌다. 잠시 의식을 잃었다가 다시 본정신이 들기 시작하였을 때 그는 어떤 강한 충격으로 입술을 꽉 깨물었다. 전신이 쿡쿡 쑤신다. 그는 기다시피 하여 일어섰다. 부르쥔 주먹이 푸들푸들 떨고 있다. 세 길…… 네 길…… 까마득하다. 그러나 올라가야만 한다. 그는 입을 악물고 기어오르기 시작하였다. 전신에서 땀이 비 오듯 흐른다. 정신이 자꾸 흐린다. 하늘이 빙그르르 돈다. 그는 눈을 꽉 감고 나무뿌리를 움켜쥔 채 잠시 정신을 가다듬는다. 또 기어오른다. 나무뿌리가 흔들릴 때마다 눈덩어리와 흙덩어리가 부서져 내린다. 악전 끝에 그는 비탈에 도달하였다. 도달하던 순간 그는 의식을 잃고 그대로 쓰러졌다.

  밤이 온다. 또 새벽이 온다. 그는 모든 것을 잊었다. 한 발자국, 한 발자국, 눈을 헤치며 발걸음을 옮기는 것, 이것이 그에게 남은 전부였다. 총을 둘러멜 기운도 없어 허리에다 붙들어 매었다. 그는 자꾸 흩어지는 의식을 가다듬어가며 발을 옮겼다.

  한 주일째 되던 저녁, 어슴푸레하게 저녁이 깃들 무렵 그는 이 험한 준령을 정복하고야 말았다.

다음 날, 해가 어언간 높아졌을 무렵에 그는 눈을 떴다. 그는 순간 놀라지 않을 수 없었다. 바로 눈앞, C자형으로 산줄기가 돌아나간 그 옴폭 파인 복판에 집들이 점점이 산재하여 있는 것이 아닌가! 이것을 모르고 눈 속에서 밤을 보냈다니…… 소복이 집들이 돌려 앉은 마을! 가슴이 뭉클하고 눈물이 핑 돌았다. 그는 눈물을 머금으며 마을로 내려갔다. 마을 어귀에 다다랐다. 집 문들이 제멋대로 열어젖혀진 채 황량하다. 눈이 마을 하나 가득히 쌓인 채 발자국 하나 없다. 돼지우리, 소 헛간, 아! 사람들이 사는 곳! 그는 방 안으로 들어갔다. 열어젖힌 장롱…… 방바닥 하나 가득히 먼지 속에 흩어진 물건들…… 옷! 찢어진 낡은 옷들! 그는 그 옷들을 주워서 꽉 움켜쥐었다. 사람 냄새…… 땟국에 젖은 사람 냄새…… 방 안을 둘러본다. 너무도 황량하다. 사람 사는 곳이 이렇게 황량해질 수는 없는 것만 같이 느껴진다. 아구리 몇 번이고 보아온 그것이었다 할지라도……

그 순간 그는 이상한 발자국 소리를 듣고 한쪽 벽으로 몸을 피했다. 흙이 부서진 벽 구멍으로 밖의 동정을 살폈다. 아무 일도 없는 것 같다. 스산한 내 정신의 탓인가? 그러나 다음 순간 그는 확실히 사람들의 음성을 들은 것 같았다. 기대와 긴장이 동시에 서린다. 그는 담 구멍을 통하여 사방을 유심히 살폈다. 약 오십 미터쯤 떨어진 맞은편 초가집 뒤 언덕길을 타고 한 떼가 몰려가고 있다. 그들은 얼마 안 가 걸음을 멈췄다.

멀리서 보기에도 확실히 군인임엔 틀림없다. 미군 전투 복장도 끼여 있는 듯하다. 벌써 아군 선내에 들어와 있는 것인가? 그러면……? 그는 숨죽여 이 광경을 지키고 있다. 그러나 좀 수상쩍은 데가 있다. 누비옷을 입은 군인의 그 누비옷의 형식이 문제다. 그는 좀더 자세히 이 정체를 파악하기 위하여 맞은편 초가집으로 옮겨가지 않으면 안 되었다. 그는 담벽을 따라 교묘히 소 헛간과 짚 낟가리 등, 엄폐물을 이용하여 그 집 뒷마당까지 갈 수 있었다. 뒷 담장에 몸을 숨기고 무너진 담 구멍으로 그들의 일거일동을 지켰다. 눈앞의 그림자처럼 아른거린다. 그들이 주고받는 말소리가 간간이 들려온다.

동무…… 총살, 이 두 마디가 그의 머릿속에 못 박혔다. 눈앞이 아찔하다. 그는 더욱 정신을 가다듬고 그들의 일거일동을 살폈다. 머리가 텁수룩하고 야윈 얼굴에, 내의 바람의 한 청년이 양손을 등 뒤로 묶인 채 맨발로 서 있는 것이 눈에 띄었다.

"동무는 우리 인민의 처사에 대하여 이의가 있소?"

그 위엄으로 보아 대장인가 싶다.

"생명체와 도구와는 다른 것이오. 내 이상 더 무엇을 말하고 싶겠소? 나는 포로가 되었을 때 비로소 내가 확실히 호흡하고 있는 인간이라는 것을 알았을 뿐이오. 나는 기쁘오. 내가 한 개 기계나, 도구가 아니었다는 것, 하나의 생명체인 인간으로서 살아 있었다는 것, 그리고 인간으로서 죽어간다는 것, 이것이 한없이 기쁠 뿐입니다."

명확한 차가운 음성이었다.

"좋소."

경멸적인 조소가 입술에 어렸다.

"이 둑길을 따라 곧바로 걸어가시오. 남쪽으로 내닿는 길이오. 그처럼 가고 싶어 하던 길이니 유감은 없을 거요."

피해자는 돌아섰다. 한 발자국, 한 발자국 걷기 시작하였다. 뒤에서 두 놈이 총을 재었다.

바야흐로 불길을 뿜으려는 총구를 등 뒤에 받으며 조금도 주저 없이 정확한 걸음걸이로 피해자는 눈길을 맨발로 헤쳐가고 있다. 인제 몇 발의 총성과 더불어 그는 무참히 쓰러지고 말 것이다. 곧바로 정면에 눈 준 채 조금도 흩어질 줄 모르는 그의 침착한 걸음걸이……

눈앞이 빙빙 돈다. 그는 마치 저 언덕길을 걸어가고 있는 것이 자기인 것만 같았다. 순간 그는 총을 꽉 움켜쥐었다. 내일을 위해 오늘의 싸움을 피한다는 것은 비겁한 수단이다. 지금 저 눈길을 걸어가고 있는 피해자는 그가 아니라 나 자신이다. 내가 지금 피살당하러 가고 있는 것이다. 쏴야 한다. 그는 사수를 겨누었다. 숨죽이는 순간, 이미 그의 총구에서는 빗발같이 총알이 쏟아져 나갔다. 쓰러진다. 분명히 두 놈이 쓰러졌다. 그는 다음다음 연달아 쏘았다. 일순간이 지나자 응수가 왔다. 이마에선 줄곧 땀이 흐른다. 눈앞이 돈다. 전신의 근육이 개머리판의 진동에 따라 약동한다. 의식이 자주 흐린다. 그는 푹 고개를 묻고 쓰러졌다. 위기일발, 다시 겨눈다. 또 어깨 위에 급격한 진동이 지나간다. 다자꾸 흩어지는 의식, 놈들의 사격이 뚝 그쳤다. 적은 전후 좌우방으로 흩어져서 육박하여 오고 있다. 의식을 잃은 난사. 그는 벌떡 일어섰다.

그 순간 푹 쓰러졌다. 의식이 깜박 사라진다. 갓 지나간 격렬한 총성의 여음이 귓가에서 감돈다. 몸 어느 한구석이 쿡쿡 찌르고 끈적끈적한 액체가 흘러내리고 있는 것 같다. 소리가 난다. 무엇이 다가오고 있다. 머리를 쾅 하고 내리친다. 그 순간 의식을 잃었다.

바른편 팔 위에 격통이 일어난다. 그는 간신히 왼편 손으로 바른편 팔을 엎쓸어 더듬었다. 손끝에 오는 감촉이 끈적끈적하다. 손을 떼었다.

눈앞으로 가져갔다. 그 손끝과 손가락 사이에는 피, 검붉은 피가 함뿍 젖어 있다. 어디선가 두런두런 말소리가 들린다. 담배 연기가 자욱하다. 먼지와 거미줄이 뽀야니 늘어붙은 찢어진 천장 구멍으로 사라져간다. 방 안이다. 방 안에 눕혀져 있는 것이다. 이따금 흰 눈을 밟고 지나가는 발자국 소리가 희미한 의식 속에 떠온다. 점점 멀어져가는 발자국 소리를 따라서 그의 의식도 희미해진다.

그 후 몇 번이고 심문이 지나갔다. 모든 것은 결정되었다.

인제 모든 것은 끝나는 것이다. 얼음장처럼 밑이 차다. 아무 생각도 없다. 전신의 근육이 감각을 잃은 채 이따금 경련을 일으킨다. 발자국 소리가 난다. 말소리도. 시간이 되었나 보다. 문이 삐거덕거리며 열리고 급기야 어둠을 헤치고 흘러들어오는 광선을 타고 사닥다리가 내려올 것이다. 숨죽인 채 기다린다. 일순간이 지났다. 조용하다. 아무런 동정도 없다. 어쩐 일일까……? 몽롱한 의식의 착오 탓인가. 확실히 구둣발 소리다. 점점 가까워오는…… 정확한…… 그는 몸을 일으키려 애썼다. 고개를 들었다. 맑은 광선이 눈부시게 흘러들어온다. 사닥다리다.

"뭐 하고 있어! 빨리 나와!"

착각이 아니었다. 그들은 벌써부터 빨리 나오라고 고함을 지르며 독촉하고 있었다. 한단 한단 정신을 가다듬고 감각을 잃은 무릎을 힘껏 고여 짚으며 기어올랐다. 입구에 다다르자 억센 손아귀가 뒷덜미를 움켜쥐고 끌어당겼다. 몸이 밖으로 나가는 순간 눈 속에 그대로 머리를 박고 쓰러졌다. 찬 눈이 얼굴 위에 스치자 정신이 돌아왔다. 일어서야만 한다. 그리고 정확히 걸음을 옮겨야 한다. 모든 것은 인제 끝나는 것이다. 끝나는 그 순간까지 정확히 나를 끝맺어야 한다.

그는 눈을 다섯 손가락으로 꽉 움켜 짚고 떨리는 다리를 바로잡아가며 일어섰다. 그리고 한 걸음 한 걸음 정확히 걸음을 옮겼다. 눈은 의지적인 신념으로 차가이 빛나고 있었다.

본부에서 몇 마디 주고받은 다음, 준비 완료 보고와 집행 명령이 뒤이어 떨어졌다.

눈이 함빡 쌓인 흰 둑길이다. 오! 이 둑길…… 몇 사람이나 이 둑길을 걸었을 거냐. 훤칠히 트인 벌판 너머로 마주 선 언덕, 흰 눈이다. 가슴이 탁 트이는 것 같다. 똑바로 걸어가시오. 남쪽으로 내닫은 길이오. 그처럼 가고 싶어 하던 길이니 유감없을 거요. 걸음마다 흰 눈 위에 발자국이 따른다. 한 걸음 두 걸음 정확히 걸어야 한다. 사수 준비! 총탄 재는 소리가 바람처럼 차갑다. 눈앞엔 흰 눈뿐, 아무것도 없다. 인제 모든 것은 끝난다. 끝나는 그 순간까지 정확히 끝을 맺어야 한다. 끝나는 일 초, 일각까지 나를, 자기를 잊어서는 안 된다.

걸음걸이는 그의 의지처럼 또한 정확했다. 아무리 한 걸음, 한 걸음 다가가는 걸음걸이가 죽음에 접근하여 가는 마지막 길일지라도 결코 허튼, 불안한, 절망적인 것일 수는 없었다. 흰 눈, 그 속을 걷고 있다. 훤칠히 트인 벌판 너머로, 마주 선 언덕, 흰 눈이다. 연발하는 총성. 마치 외부 세계의 잡음만 같다. 아니 아무것도 아닌 것이다. 그는 흰 속을 그대로 한 걸음, 한 걸음 정확히 걸어가고 있었다. 눈 속에 부서지는 발자국 소리가 어렴풋이 들려온다. 두런두런 이야기 소리가 난다. 누가 뒤통수를 잡아 일으키는 것 같다. 뒤허리에 충격을 느꼈다. 아니, 아무것도 아니다. 아무것도 아닌 것이다.

흰 눈이 회색빛으로 흩어지다가 점점 어두워간다. 모든 것은 끝난 것이다. 놈들은 멋쩍게 총을 다시 거꾸로 둘러메고 본부로 돌아들 테지. 눈을 털고 추위에 손을 비벼가며 방 안으로 들어들 갈 것이다. 몇 분 후면 화롯불에 손을 녹이며 아무 일도 없었던 듯 담배들을 말아 피우고 기지개를 할 것이다. 누가 죽었건 지나가고 나면 아무것도 아니다. 모두 평범한 일인 것이다. 의식이 점점 그로부터 어두워갔다. 흰 눈 위다. 햇볕이 따스히 눈 위에 부서진다.

균열 龜裂

 서재에 불이 꺼졌다. 그는 아까부터 줄곧 이층 서재에 시선을 모으고 불이 꺼지기를 기다렸던 것이다. 순간 다가오는 긴장에 전신이 후르르 떨리는 것 같았다. 십일월, 북쪽 바람은 칼끝처럼 맵다. 그는 오버 깃을 세워 뺨을 묻었다. 그리고 전 신경을 귀에 모으고 실내의 동정을 살폈다.
 발자국 소리가 어렴풋이 점점 다가오고 있다. 한 사람을 쏘아 죽이지 않으면 안 되는 것이다. 방아쇠를 당기는 순간 고막을 꿰뚫는 듯한 일발의 총성과 함께 커다란 몸집이 중심을 잃고 털썩 눈앞에 쓰러질 것이다. 복도에 차가이 울리는 발자국 소리가 점점 정확히 침실 쪽으로 다가오고 있다. 그는 숨을 죽였다. 문 앞이다! 한쪽으로 커튼이 드리운 창문 너머로 마주 보이는 도어, 그 도어가 열리는 순간, 그는 오버 포켓 속에서 권총을 꺼내었다. 둘째손가락 끝이 방아쇠 위에서 철편[1] 끝처럼 차가이 울리고 있다.

일 초…… 이 초……

그러나 발자국 소리는 다시 복도를 울리어 방향을 바꾸어 지나쳐버렸다. 발자국 소리가 숨죽인 그의 마음속에서 점점 희미하게 멀어져간다. 순간 긴장이 확 맥없이 풀리며 심장의 고동이 전 혈관 속을 파도처럼 물결쳐갔다. 발자국 소리는 숨죽인 그의 마음속에서 점점 희미하게 멀어만 간다. 우리의 계획을 알아버린 것일까? 그는 창문 곁에서 한 걸음 물러서 소나무 그늘로 몸을 비키면서 다시 권총을 오버 포켓 속에 집어넣었다.

한 사람을 죽인다는 것, 한 사람의 심장을 향하여 방아쇠를 당긴다는 것, 이것은 간단한 일이다. 무엇 때문에? 아무것도 아니다. 그러나 아무것도 아닌 이 작은 것을 가지고 우리는 얼마나 많은 시간을 두고 토론과 계획을 셈질 하였는지 모른다. 나로 보면 무의미한 짓이다. 하지만 쏘아 죽여야 한다는 것이 귀결된 유일의 결정이었다. 그리고 이것을 내가 쏘아야 한다. 나로 보면 무의미하다. 하지만 쏜다고 한 이상 나는 쏘아야만 한다. 모든 동지는 내가 쏠 것을 믿고 있고 또 내가 쏘아야만 하며 내가 쏘는 것이 당연한 도리라고 생각하고 있는 것이다. 그러므로 나는 쏘아야만 하게끔 되어 있는 것이다. 아니, 쏘아야만 하는 것이다. 그는 무의미할지라도 쏘아야만 했다.

그는 솔잎 사이로 뒤를 돌아다보았다. 그쪽은 곧 작은 뒷문으로 내닿고 있다. 소나무가 우중충하게 세 그루 서 있는 담벽 모퉁이, 어둠뿐, 아무것도 보이지 않았다. 그러나 잠시 후 그 어두운 솔그늘 뒤에서 무엇이 움직이고 있었다. 어찌 되었어? 하고 경과를 묻는 동지의 암호인 것이다. 그는 다시금 쏘지 않으면 안 된다는 강박관념에 사로잡혔다. 나에겐 무의미하여도 쏘아야만 한다.

그는 다시 포켓 속의 권총을 힘 있게 바로잡으며 창문 가까이로 다가섰다.

커튼 너머로 들여다보이는 침실, 어슴푸레한 전등 아래 벽에 잇대어 침대가 있다. 침대 머리에는 네모진 조그만 테이블이 하나, 그 위에는 유리컵과 책이 두 권 놓여 있었다. 바른쪽 구석지에는 거울이 복판에 박힌 삼각장과 의장대, 그리고 도어, 그 도어가 열리면서 인제 곧 한 사람이 피를 흘리며 쓰러지지 않으면 안 되는 것이다. 그때 복도를 울리며 다가오는 발자국 소리에 그는 반사적으로 권총을 꺼내 들었다. 그의 시선은 도어에 못 박힌 채 조금도 움직이지 않았다. 하지만 그 발자국 소리는 도어 앞을 그대로 지나가버리고 만다. 어찌 된 일일까? 시계를 보았다. 열두 시를 넘어서고 있다. 호흡이 무겁게 가슴을 내리덮는다.

어둡던 이층 서재에 다시 반짝하고 불이 켜졌다. 커다란 그림자가 커튼 위에서 거인(巨人)처럼 지나갔다. 그러고는 다시 조용하여졌다.

열두 시면 꼭 취침한다는 것이었다. 그런데…… 그의 마음에는 점점 어두운 그림자가 짙게 스쳐가기 시작했다. 차가운 철편 위에서 손가락 끝이 얼어붙는 듯 딱딱하다. 그는 무겁게 한숨 죽였다.

멀리서 차가이 얼어붙은 밤공기를 찢고 두 발의 총성이 무기미[2] 하게 울렸다. 그는 자기도 모르게 몸을 소스라쳤다. 또 어디서 누가 죽어가는 것일까?

해방 직후 삼 개월이 지난 신의주(新義州)의 공기는 음산하였다. 정당(政黨)은 해가 떴다 지기 무섭게 난립(亂立)하여만 갔다. 그리고 수다한 인물이 죽어갔다. 사회당 당수, 민주당 선전부장, 그리고 자립당(自立黨) 당수인 형도…… 정당 대 정당의 암투에 서였던가? 시민은 그렇게 보았다. 그렇게 믿었다. 정치에 익숙지 못한, 정치 훈련이 전연 없는 시민들이 그렇게 믿은 것은 당연하였다. 그러나 자립당 당수인 형이 암살당하면서 그 배후의 암영(暗影)은 점점 그 정체를 밝히게 되고 말았다. 신진당(新進黨) 당수와 적산관리권(敵産管理權) 문제에 대하여 소련 주둔군 사령관에게 항의하기 위한 공동 전선을 취하기로 손잡은 다음 날(당시 소련 주둔군은 적산계 각 공장에서 기계, 중요 자료, 식료품 등을 소련으로 공공연히 이송[移送]하여가고 있었다. 여기에 분발한 자립당은, 이곳은 결코 점령 지구가 아니며 소련 주둔군은 어디까지나 적산을 정중히 보관하였다가 우리의 정부가 수립되는 대로 시[市]에 이양하여줄 의무 이외의 어떠한 권한도 갖고 있지 않다고 선언하고 지금껏 가져간 모든 것을 반환할 것을 항의하기로 하였었다) 다시금 신진당 당수를 만나러 가던 길에서 암살당하고 말았던 것이다. 모든 사람은 제삼자(第三者)의 음모인 줄만 알았다. 그러나 현장의 목격자인 통행인의 한 사람이었던 자립당 당원에 의하여 그 배후는 탄로되었다. 이 목격자는 압록강(鴨綠江) 상류에서 배질을 하며 국경을 끼고 오고 가는 온갖 동향을 탐지하고 있었다. 그렇기 때문에 그는 그 가까이에 있는 소련군 강변 경비소에 늘 가서는 잔시중을 들어주곤 하였다. 그날 밤 그는 그 소련 보초선에서 자립당 당수를 암살하고 도주한 그자를 보았으며 그자는 신진당 간부급 두 명과 강변으로 내려가 소련병의 연락으로 배를 타고 안동(安東)[4]으로 향하고 있었던 것이다. 공동 전선을 취하기로 손을 잡았던 신진당이? 문제는 컸다. 신진당의 정체, 당수란 자의 배후, 급속도로 조사는 착수되고 문제는 핵심을 향하여 다가갔다. 조사가 진행되면 될수록 모든 것은, 신진당의 정체며 당수란 인물의 배후는 모호하여져만 갔다. 그러나 드디어 한 명이 신진당으로 침투해 들어가는 데 성공함으로써 그의 정체 — 즉, 신진당 당수는 중공계(中共系) 출신으로서 소련으로부터 밀파(密派)된 자며 신진당을 조직, 그 일당을 총지휘하면서 우파(右派) 순수파와 접근, 외면적으로는 공동보조를 취하는 척하면서 실은 정계(政界) 동향을 내사 밀송(內查密送), 주요 인물 암살, 정당 간의 암투와 내부적 분열을 조장하는 일방[5] 시민의 관심을 사면서 인제 수립되어질 정권의 기초를 지하 공작하는 임무를 지령받고 있다는 것을 탐지했다. 많은 인사가 이자의 음모에 넘어간 것이다.

이자를 그냥 둘 수는 없다. 이자를 죽여야만 한다. 허다한 희생이 눈앞에 임박하여 오고 있는 것이다. 누가 쏘느냐? 쏠 사람은 많다. 이자는 형을 죽였다. 그로 인하여 아버지마저 돌아가시고 말았다. 물론 쏠 사람은 많다. 하지만 내가 쏘아야만 한다. 모두는 그렇게 믿고 있다. 그러나 나에게는 무의미하다. 왜? 그에게는 무의미하다고 생각될 뿐이었다.

신진당 당수, 이자를 하나 죽이기는 쉬운 일이다. 방아쇠를 한

번 당기면 고만이다. 그러나 이자를 하나 죽임으로써 모든 것이 끝나는 것은 아니다. 이자를 죽였다고 배후의 음모가 끝나는 것은 아니다. 소련 점령군 치하(治下)다. 그들은 다만 입맛을 한 번 쓰게 다실 뿐 다시 더 강력한 자를 밀파할 것이며 그들은 더욱 치밀히 그들의 음모와 술책을 강화 촉진하여만 갈 것이다. 그때마다 우리의 희생은 더욱 커져만 갈 것이다. 소련 점령군 치하다. 밀파된 자들은 아무리 죽여도 그것이 모두 무의미하다는 것, 한 인물을 죽임으로써 모든 것이 끝날 수는 없다는 것, 이것은 이미 지나간 모든 혁명이 가르쳐주고 있는 것이다.

 그러면 너는 그자를 그대로 두어둬야 한단 말이냐? 그대로 둘 수는 없다. 그렇다면? 부당수의 눈물을 머금은 음성은 아직도 그의 머릿속에 쟁쟁하게 남아 있었다. 쏠 사람은 많다. 선전부장, 간부, 당원들의 긴장된 얼굴이 수없이 그의 눈앞을 스치고 지나갔다. 형은 그자의 손에 죽었다. 그로 인하여 아버님도 영원히 눈을 감으시고 말았다. 물론 쏠 사람은 많다. 그러나 내가 쏘아야만 한다. 모든 동지는 내가 쏘리라고 믿고 있다. 나에겐 무의미하다. 그러나 내가 쏘는 데 의무가 있다고 모두들 생각하고 있다. 무의미할지라도 나는 쏘지 않을 수 없다.

 네 말에도 일리는 있다. 그자를 하나 죽인다는 것, 이것이 큰 의의는 갖고 있지 않을지 모른다. 소련 점령군 치하라는 것은 모르는 바도 아니다. 그러나 우리 당의 정강(政綱), 이는 자주 자립의 정신이다. 역사를 두고 우리는 항상 지배만 받아왔다. 정당 이념을 지키는 의미에서도 소련에서 밀파된 그자를 죽이지 않으면 안 된다. 물론 그자 하나를 죽임으로써 큰 수확을 기대하는 것은 아니다. 우리의 희생은 컸다. 또 앞으로도 클 것이다. 그러나 우리는 우리의 정신을 사수하여야 한다. 어디에서고 희생은 필요하다. 희생이 두려워 물러서는 자는 비겁자다! 자립당 당수, 그는 바로 네 형이었다. 부당수의 마지막 이 한마디는 너무도 아프게 그의 가슴을 찌르는 것이었다. 정면으로 마주 보던 부당수의 눈, 그 눈 속에는 결의와 의지와 차가운 빛이 침착하게 떠돌고 있었다.

나는 쏘아야만 한다.

그는 쏘아야만 했다. 무의미할지라도 쏘아야 하는 것이다. 그는 권총을 잡았다. 차가운 철편의 감촉이 딱딱하게 추위로 마비된 손가락에 얼어붙는 듯하다. 이층 서재에는 불이 환히 켜진 채 조용하다.

한 시가 다가오고 있었다. 지금 신진당 속에 침투해 들어간 한 동지는 응접실에서 당수의 호위(護衛)인 '친'이란 자에게 술을 처먹이고 있다. 이자는 북지에서 비적질을 하며 돌아가던 자로서 몸집이 거대하고 백발백중의 명사수다. 하지만 당수의 침실에서 일발의 총성이 울리는 순간 이자도 고만인 것이다. 그리고 당수의 직계 부하 두 명은 지금쯤 시내 어느 한구석에서 술 계집의 희롱 속에 심신이 녹아가고 있을 것이다. 모든 계획은 용의주도하게 설정되어 있다.

남은 것은 내가 쏘는 것뿐. 지금 이 집 속에서, 그리고 밖에서 또는 시내에 산재하고 있는 각 동지들이 이 서쪽 신진당 저택에서부터 무거운 밤공기를 울리는 일방[6]의 총성이 일어나기를 숨죽여 기다리고 있는 것이다.

그는 마치 무엇에 뒤쫓기고 있는 것만 같았다. 그리고 무거운 그늘이 그의 눈앞으로 다가서고 있었다. 강력히 뒤 밀려 다가오며 점점 겹겹이 눈앞에 드리우는 무거움, 빨리 이 속을 빠져나가야만 한다. 그것을 쏘는 순간뿐이다. 방아쇠를 당기고 한 인간이 쓰러지는 순간이다. 그는 호흡이 가빴다. 열두 시면 꼭 취침한다던 이자가 왜 아직 안 내려오는 것일까? 그는 초조하게 서재 창문을 올려다보았다. 무엇을 하고 있는 것일까? 그의 마음은 다시 어두워졌다.

그 순간 실내에서 약간 소동이 일어나는 것 같았다. 그리고 잠시 후 전 주택 내에 불이 획 꺼졌다. 그는 창문 곁으로 바싹 다가서며 숨죽이고 기다렸다. 어찌 된 영문인지는 알 수가 없었다. 그러나 캄캄한 어둠 속에서 몇 발의 총성이 연발하였다. 유리창이 쟁그랑하고 깨어지며 떨어진다. 서재다! 그는 어느 사이엔지 권총을 꺼내 들고 있었다. 뭐냐? 뒷문에서 기다리고 있던 동지가 곁으로 다가서며 조급히 입속말로 속삭인다. 그는 더욱 눈앞이 어두워지는 것만 같았다. 또 몇 방의 총성이 서재에서 울렸다. 그는 어느 틈에 돌을 들어 침실 창문을 부쉈다. 그리고 뛰어들려고 할 때에 동지의 손이 그의 허리를 잡았다. 서둘다가는 실수다. 그때 무엇인지 계단에서 굴러 떨어지는 소리가 났다. 그들의 머릿속에는 어두운 그림자가 무수히 줄을 긋고 지나가고 있었다. '친'이란 자를 맡았던 김 동지가 쏜 것일까? 그렇다면…… 그러나 목적을 이루지 못한 채 도리어 맞아 쓰러지고 만 것이 아닐까.

그때 후정원의 인기척을 듣고 그들은 나무 그늘로 급히 몸을 숨겼다. 간신히 몸을 의지하고 허덕거리며 급히 이쪽으로 다가오고 있는 어두운 그림자가 눈에 띄었다. 김 동지다! 그들은 마주 달려가 김 동지를 부축하여 일으켰다. 그리고 뒷문으로 빠져 담벽을 끼고 잠시 줄달음쳐 나오다 어두운 골목길로 방향을 꺾었다. 그는 거기에서 같이 갔던 동지에게 김을 부축하여 둑길로 향할 것을 지시한 다음, 잠시 머물러 서서 뒷 기세를 살폈다. 아무런 동정도 없다. 어둠 속을 차가운 바람만이 휘몰아쳐가고 있다. 그는 곧 발길을 돌려 먼저 간 그들 뒤를 쫓았다.

둑 위에서 합류하였을 때, 멀리서 요란히 신호를 울려가며 신진당 당수 저택을 향하여 두 대의 자동차가 질주하여가고 있었다. 그리고 어둠을 헤치고 긴 선을 굵게 그으며 헤드라이트가 방향을 획 꺾을 때마다 둑 위까지 환하니 어둠을 씻어간다. 저택 쪽은 그대로 아무 일도 없었던 듯 어둠과 적막 속에 잠겨 있다. 그들은 다시 피를 흘리고 쓰러져 누운 김 동지를 간신히 부축하여 둑을 넘어 그 가까운 한 동지의 집으로 끌고 들어갔다. 나직하고 깊숙이 들어앉은 방이었다. 그들은 아랫목에 김을 눕히고 검게 피에 젖은 옷을 절개하였다. 두 발의 총탄을 맞은 왼쪽 가슴 하복부에서는 검붉은 피가 끈적끈적하게 흘러내리고 있다. 그는 괴로운 듯이 잠시 몸을 뒤틀었다. 간들거리는 등잔불 밑에 메마른 입술을 기운 없이 다시면서, 그러나 그의 입가에는 적이 웃음이 감돌고 있었다.

"지금쯤은 그자도 나처럼 피에 젖어 쓰러진 채 죽음을 재어가고 있을 거다." 그의 시선은 더욱 밝게 빛나고 있었다. 그들은 속히 간단한 응급 치료를 했다.

"괜찮어, 괜찮어. 이렇게 죽는 것이 도리어 통쾌한 거야. 쏘았지. 자식도 필사적으로 반격을 하더군. 하지만 그자는 내 눈앞에서 털썩 맥없이 쓰러졌다. 나는 그자가 눈앞에서 쓰러지는 것을 끝까지 지키고 있었다. 끝까지." 그의 음성은 약간 떨리고 있었다. 그러나 다시 만족스러운 웃음을 입가에 띠었다. "통쾌하더군. 그 순간 나는 눈물이 확 쏟아져 나오는 것 같았다."

다시 눈물에 젖어가는 그의 시선이 등잔불에 반사되어 붉게 타고 있었다. 그의 눈앞에는 통쾌하였던 그 순간순간이 다시금 다시금 스쳐 지나가고 있는 것이다.

김은 '친'에게 술을 먹여가며 다가올 순간을 향하여 숨 가쁘게 조여가며 있었다. 인제 침실로부터 일발의 총성이 터질 것이다. 그는 내의 속에 품고 있던 단도의 위치를 다시 정확히 더듬어보았다. '친'은 술기가 붉게 퍼져가는 입술을 씰룩거려가며 연상 북지에서 떠돌아가던 이야기를 하고 있었다. 열두 시가 지나고 초조한 속에 삼십 분이 넘어갔다. 그러나 응접실 속에서는 아무런 동정도 없다. 그는 취한 척 상대의 술 기세를 더듬어가며 말을 이리저리 굴렸다. 그러나 또 하나의 새로운 정보를 탐지하는 동시에 그는 깜짝 놀라지 않을 수 없었다. 급히 모 정보 지령에 의하여 오늘 소련 주둔군 측에서 한 시에 당수를 데리러 온다는 것, 오늘 밤중으로는 돌아오기 힘들 것이며, 이 비밀회의에서 결정되는 대로 정권 확립을 위하여 공작이 대대적으로 표면화되고 노골

화될 것이라는 말이었다.

한 시는 다가오고 있다. 김은 더 기다릴 수가 없었다. 또 하나의 음모를 눈앞에 보면서 이 기회를 상실한다는 것은 죽음보다도 무서운 사실이었다. 이 순간을 그대로 버리느냐? 그럴 수는 없다. 테이블 위에 놓여 있는 '친'의 권총이 눈에 띄었다. 저기에는 항상 알이 재워져 있다. 안전선만 돌리고 발사하면 고만이었다. 하지만 '친'부터 해치워야 한다. 밖에서는 이런 일을 알 리가 만무다. 급히 계획을 바꾸지 않으면 안 되었다. 어쨌든 당수를 죽이면 고만인 것이다. 당수를 죽이기 위해선 이자를 소리 없이 먼저 죽여야 한다. 시간은 촉박하여오고 있다. 자동차 엔진 소리가 들리기 시작하면 모든 것은 수포로 돌아가고 만다. 그는 '친'의 일거 일동을 살피며 틈을 엿보았다. '친'이 술을 그에게 다르려고 상체를 기울여오는 순간 그는 잽싸게 소지하였던 단도로 '친'의 가슴을 마주 꽉 찔렀다. 그러자 '친'의 억센 손아귀가 그의 목을 꾹 움켜쥐었다. 그는 그 손을 뿌리치고 쳐 넘겼다. '친'은 뒤뚝하고 테이블로 다가서려는 듯하다가 맥없이 눈을 부릅뜨고 쓰러지면서 벽의 전등 스위치를 탁 쳤다. 순간 불이 꺼지고 캄캄하여졌다. 그는 어둠 속에서 신속히 권총을 찾아 들고 이층으로 다가갔다. 그는 서재 도어 곁에 다가붙어 잠시 실내의 동정을 더듬었다. 조용하다. 가볍게 노크를 하였다. 대답이 없다. 핸들에 가볍게 손을 얹고 문을 열었다.

"촛불을 켜드릴까요?" 말과 함께 그는 남쪽 창을 등지고 테이블 앞에 앉아 있는 어두운 하나의 그림자를 향하여 일발을 발사하였다. 다음은 어찌 되었는지 모른다. 그는 연달아 그쪽을 향하여 난사(亂射)하였다. 반격이 왔다. 적막과 어둠을 찢는 총성과 함께 그의 내부에서도 무엇이 터져 흐르고 있었다. 그는 간신히 문에 기대어 섰다. 손에는 총알은 없을망정 권총이 꽉 움켜쥐어져 있었다. 그자가 쓰러지는 것을 보기 전에는 물러설 수가 없었다. 그는 어둠 속에서 책상 곁에 맥없이 기대어 서 있는 그자를 뚫어지게 응시하고 있었다. 상대방의 상체는 점점 기운 없이 무너지다가 털썩 쓰러졌다. 그는 눈앞에 쓰러진 그자의 어두운 그림자를 잠시 지켰다. 이자는 쓰러졌다. 내가 발사한 총알에 맞아 내 눈앞에서 쓰러진 것이다. 그의 손에 꼭 움켜쥐어졌던 권총은 그 순간 맥없이 마룻바닥에 떨어졌다. 그때서야 그는 자신도 총에 맞은 것을 알았다. 하지만 통쾌하였다.

죽음이 눈앞에서 감도는 지금에도 그 순간만은 통쾌한 것이었다. 김의 맥박은 점점 거세어가고 있었다.

"자기가 믿는 그 하나를 위하여 죽어가는 것이 인간일 것이다. 모든 것을…… 한 번에 모든 것을 위하여 죽기는 불가능하다. 박, 네가 못 쏜 것이 유감일 것이다." 그는 조용히 눈을 감았다. 심장이 가쁘게 파닥이고 있다. 박은 김의 얼굴 위로 조심히 눈 주었다. 희미하게 타들어가는 등잔불 밑에 그의 얼굴은 몹시 어둡게 흐려만 간다. 조용히 내리감았던 눈이 이따금 고통을 이겨가는 듯 경련적으로 부릅떠지고 그 눈동자는 점점 다가오는 죽음을 차가이 재어가고 있는 것 같았다.

"나는 인제 곧 죽어갈 것이다. 통쾌하다는 것뿐, 간단하다. 나는 네 형님을 숭배하고 있었다."
 죽음에 젖어가는 김의 눈동자는 이 순간 더욱 싸늘히 식어가고 있었다. 박은 자기를 곧바로 지키고 있는 김의 시선을 받아가며 그의 손을 가벼이 더듬어주었다. 도리어 숨겨가는 김의 손맥[7]이 자기의 그것보다도 강력하게 느껴졌다.
 "간단하다. 복잡하다면 인간은 싸우다 죽을 수는 없을 것이다. 간단하니까 싸우다 쓰러질 수도 있는 것이지. 이것이 인간이다. 박, 그것뿐이다."
 박은 김의 손맥이 힘없이 점점 풀려가는 것을 알았다. 하지만 그의 부릅뜬 눈은 차가이 박을 언제까지나 주시한 가운데 얼음장처럼 식어가고 있었다.

 어둠이 점점 걷혀가고 희미하게 새벽이 다가오고 있었다. 박은 부당수에게 연락을 취하고 집으로 돌아왔다. 문 뚜드리는 소리에 노파가 나와 빗장을 연다. 손님방에는 아직도 전등이 환히 그대로 켜져 있었다. 방문을 조용히 열고 들어섰을 때 그는 아직도 아버님이 살아 계셔서 자기가 돌아오는 것을 기다리고 있는 것만 같이 느껴졌다. 안락의자에 조용히 눈을 감고 앉아서 날이 샐 때까지라도 두 아들이 돌아오는 것을 기다리는 겿이었다. 하지만 지금 안락의자에는 누구도 없었다. 휑하니 빈 방 안 다만 전등불만이 그전처럼 방 안을 쓸쓸히 지키고 있을 뿐이다.
 이십유여 년[8] 전 그의 부친은 독립단에 가입하여 만주로 망명, 항일 투쟁에 전력을 기울여 싸우다가 일관헌(日官憲)에게 체포되어 갖은 악형에 못 이겨 끝내는 종신 불구자로서 가출옥되어 집으로 이송되었던 것이었다. 집에 돌아오자 아내는 이미 병사하였고 어린 두 아들이 눈앞에 있을 뿐이었다. 노인은 그때부터 모든 것을 잊고 남은 재산을 의지하고 오직 두 아들을 키워 그야말로 가정의 따뜻한 물결 속에 젖어보려 하였다. 완전히 부자유한 몸이 되어버린 노인에게 여생(餘生)을 즐길 길이라고는 그것뿐이었다. 아이들은 자랐다. 해방이 되었다. 두 아들은 이미 삼십 대에 이르러 있었다. 곧 그들은 난립하는 정계로 뛰어들어갔다. 노인은 말렸다. 그러나 두 아들은 듣지 않았다. 노인은 두 아들에게 다시금 자기와 같은 길을 걷게 하고 싶지 않았다. 하지만 젊음은 노인의 심경을 이해하기에는 너무나 정열에 넘쳐 있었다.

과도기의 정계, 노인은 잘 알고 있다. 밤마다 살기 어린 총성은 요란스러이 노인의 가슴속에서 울리고 있었다.

손님방 안락의자에 노인은 조용히 눈을 감고 앉아 있었다. 조용히 걷는 발자국 소리가 연달아 들리면 두 아들이 돌아온 것을 알고 가벼이 숨길을 돌리며 그대로 눈을 감는 것이었다. 아무리 밤이 늦어도 이렇게 아들들이 돌아오기를 기다리고 앉아 있는 것이었다. 그러나 두 아들은 아버지가 그대로 안락의자에서 잠들고 계신 줄만 알고 잠이 깨실까 하여 그들은 조용히 방문을 열고 자기 방으로 들어가는 것이다. 노인은 문이 조용히 닫히는 소리를 듣고 눈을 떴다. 또 무사하였다는 것, 그 이상을 노인은 바라고 싶지도 않았다. 하지만 노인의 마음은 날이 갈수록 무겁게 어두워만 가는 것이었다. 그리하여 맏아들이 피살당하던 날 노인은 안락의자에서 그대로 졸도하여 쓰러졌던 것이다.

그는 아버지의 최후가 눈앞에 떠오르자 더욱 마음이 무거워져 자기 방으로 물러갔다.

그는 피곤에 젖어 잠시 눈을 붙였다. 열 시가 가까웠을 무렵 희미한 기억 속에 몹시 문을 뚜드리는 소리가 들려오고 있었다. 문 열리는 소리를 듣고야 그는 자리에서 벌떡 일어섰다. 부당수다. 둘은 잠시 긴장 속에 얼굴만 마주 보았다.

그자는 살아 있다. 다만 바른팔과 왼다리에 부상을 입었을 뿐.

놀라운 사실이었다. 도리어 이쪽에서 억울하게 희생을 내었을 뿐이다. 그의 눈앞에는 마지막 숨져가던 김 동지의 눈동자가 똑똑히 떠오르고 있었다.

그자는 내 눈앞에서 털썩 맥없이 쓰러졌다. 나는 그자가 눈앞에서 쓰러지는 것을 끝까지 지키고 있었다. 하면서 믿고 죽어가던 김…… 네가 못 쏜 것이 유감일 것이다. 네가 못…… 이 말이 확 떠오르자 그는 다시 일종의 강박관념에 사로잡혀갔다. 나는 다시 쏘아야만 한다. 무의미해도 쏘지 않으면 안 되는 것이다. 어쩌면 나도 김처럼 죽어갈지 모른다. 하지만 김처럼 죽어서는 안 된다. 쏘는 한 그것이 무의미할지라도 정확히 쓰러트려야만 한다.

다시금 계획은 치밀히 진행되었다. 저쪽의 경계는 더욱 삼엄하여갔다. 이쪽도 그에 따라 치밀히 전개된다. 하지만 조건은 역전(逆轉)되어가고 있다. 저쪽을 쏘기 위해선 이쪽의 희생은 절대적이다. 그러나 될 수 있는 한 희생을 피하여야 한다. 퇴원하는 날 병원 입구에서, 모든 배치와 조건은 부당수가 맡았다. 맞은편 상점에서 발사하면 그 후 도피가 곤란하다. 또 대기하는 차가 병원 앞에 설 것이므로 정확히 상대를 총구 속에 포착하기가 힘들다. 그 곁 가구상에서 대기하였다가 나오는 즉각에 쏘아 넘기고 바로 옆 골목으로 빠진다. 그러면 곧 배후에 배치된 동료에 의하여 감쪽같이 자취를 감출 수 있다. 그는 며칠을 두고 병원 주변의 지리를 낯익혔다. 그리고 가구상에서 나와 총을 가장 정확히 발사할 위치까지도 잡았다.

날은 왔다. 하오 정각 세 시.

한 시간쯤 여유를 두고 모든 준비를 갖춘 다음 그는 손님방 안락의자에 앉아 잠시 생각에 잠겨 있었다. 형의 피살로 졸도하여 쓰러졌던 이틀 후 아버지는 이 방에서 영원히 눈을 감으신 것이었다.

그는 아버지의 조용히 내리감은 눈과 주름살에 여윈 얼굴을 내려다보고 있었다. 조용한 노인의 표정에는 아무런 변화도 없었다. 이윽고 가늘게 뜬 노인의 시선이 차갑게 그를 지켰다. 그는 아버지 곁으로 다가갔다.

"한 가지 마지막으로 이야기할 것이 있다. 아버지의 말이 옳을지 그를지는 네 판단에 따라 결정된다. 결코 나는 네게 강요하는 것은 아니다."

그 음성은 몹시 부드러운 것이었으나 폐부를 찌르는 듯한 쓰라림이 있었다.

"인간이란 충실히 자기를 살아가는 것을 의미할 것이다. 사상을 위한 것도 좋다. 주의를 위한 것도 좋다. 하지만 그것이 인간의 전부는 아니다. 하나를 위하여 인간을 버려서는 안 된다. 생활의 한 조건을 위하여 자기를 불구로 만들고 죽여서는 안 된다. 인간의 가치는 하나를 위하여 자기를 죽이는 것이 아니라 자기에게 부여된 생명을 끝까지 손색없이 충실히 살려가는 데 있을 것이다. 그런 것이 아닐까? 인간에게는 인간으로서의 더 든 그 무엇이 있는 것이 아닐까?"

노인은 눈을 감았다. 그것은 자기 자신을 뒤돌아보며 인간으로서의 패배를 믿어가는 모습이었다.

이것이 노인의 최후였던 것이다. 그는 다시금 마음이 무거웠다. 하지만 모든 것은 이미 결정되어 있다. 병원 앞, 세 시, 쏠 것, 이 순간을 향하여 그는 다가가지 않으면 안 되었다. 물러서면 비겁자요 배반자다. 쏘는 것, 이것은 나에게는 무의미하다. 그렇다고 머물러 설 수도 없다. 나는 자립당 당원이며 당원들은 내가 지금 그자를 쏠 것을 믿고 있다. 이것이 또한 정당한 도리라고 그들은 생각하고 있는 것이다. 나는 이미 모든 것에 의하여 결정되어 있다. 오직 이 결정 속에서만 움직일 수 있는 것이다. 지금 나는 이 결정 속에 사로잡혀 있다. 이 속에서 빠져나가는 순간은 방아쇠를 당기는 그 순간뿐이다. 일발의 총성과 함께 한 자가 쓰러지는 그 순간이다. 그 순간에만 모든 제약 속에 사로잡혀 있던 '내'가 '나'를 찾아 진실히 돌아올 수 있는 것이다. 그는 안락의자에서 일어섰다.

그는 집을 나서자 서서히 의주(義州)통 쪽을 향하여 걸음을 옮졌다. 두터운 오버의 목덜미 속에 깊숙이 얼굴을 묻고 낡은 중절모를 눈썹까지 내려 쓰고 있었다. 모래를 뿌려오는 북쪽 바람은 맵다. 그는 아무런 잡념도 없었다.

쏘는 것뿐, 그 이외의 아무것도 없었다.

그는 곧바로 의주통로 길을 따라 올라가다 역전(驛前)통로와의 교차점에서 시계를 더듬었다. 두 시 반. 여기서 병원까지 삼 분이면 된다. 아직 이르다. 먼저 가서 주위를 배회한다는 것은 위험한 짓이다. 그는 바로 두 집 밑에서 선술집을 발견하고 그 안으로 쑥 들어섰다. 스토브에서는 불이 이글거리며 타고 있었다. 손님이라고는 어둑시근한 구석지에 허술히 입은 두 사람이 마주 술을 나누고 있을 뿐이었다. 그들은 문이 열리자 힐끗 한 번 꼭같이 그에게로 눈 주고 나서 다시 자기들의 이야기를 계속하였다. 음성으로 보아 술이 엔간히 기울어진 모양이다. 그는 배갈 한 잔을 시키고 자기도 모르는 사이에 오버 포켓 속에서 권총을 어루만지고 있었다.

"그래서 튀어나왔지 뭐야. 정당이란 게 묘하더란 말야. 들어가서 몇 주일 훈련을 받고 보니 그렇게 다정하던 친구 녀석들이 모두 원수처럼 눈앞에 어른거리거든. 핫핫핫…… (뚱뚱한 편은 말끝에 이렇게 껄껄 웃고 나서 다시 말을 이었다.) 또 정치란 게 뭔지 알어. 결국은 인간을 죽이는 것이거든, 사람을 죽이지 않고는 해 나갈 수가 없으니까. 그러니까 정치가 대대적으로나 소규모적으로나 인간을 학살할 때에는 다 눈을 감고 정당하다고 묵인해야 된단 말이다. 그야말로 묵인…… 역사가 그렇게 걸어왔거든. 아니

역사가 그렇게 되어먹었는지, 인간이 그렇게 되어먹었는지 둘 중에 하날 테지. 핫핫핫하…… 하지만 역사는 항상 정직한 것이라니! 웃후후후……"

뚱뚱한 편은 배를 안고 늘어지게 웃어댔다.

술잔을 입술 위에 기울이면서 그는 무심히 이야기에 귀를 모아 가지고 있다가 문득 무언지 모르게 마음이 헝클어지기 시작하는 것 같았다. 생각을 해서는 안 된다. 생각을 해서는. 모든 것은 결정되었고 지금 나에게는 쏘는 것만이 남아 있다. 그 이외의 것은 아무것도 없다.

그는 곧 술집을 나섰다. 십 분 전. 그는 병원 쪽으로 걸음을 옮겼다. 전신에서 술기운이 얼굴 위로 확 퍼져 오르는 것 같았다. 그는 급히 걸음을 멈추었다. 무엇이 앞에 마주 다가서 있었다. 모자와 오버 속에 얼굴이 푹 파묻혀 누군지 알아볼 수가 없다. 그는 길을 비키려 하였다.

"잠깐."

그는 전 신경이 긴장에 확 조여드는 것 같았다. 상대는 나직이 말을 이었다.

"성냥을 가지셨는지요?" 두 손가락 끝에 잡힌 담배를 입가로 옮겨가는 한편 성냥을 제 손으로 그어대고 있다.

"그자의 두 사복 호위가 병원 주위를 배회, 신중을 기할 것. 기회가 없으면 쏘지 말라." 바람에 불이 꺼지므로 상대는 간신히 불을 붙였다. "감사합니다." 이 상대는 성냥을 그에게 주고 지나가 버렸다. 성냥갑 위에는 '신(申)'이라고 낙서처럼 씌어져 있다. 자립당 선전부장이다. 변장(變裝)으로 알아볼 수가 없었던 것이다.

  속히 걸음을 옮겨 예정의 병원 앞길로 접어들려고 하였을 때 그는 주춤하였다. 병원 앞에 자동차가 대기하고 있다. 그리고 현관 쪽에서 사람들이 웅성거리며 나오고 있는 것이다. 늦었다. 아니 자식들이 빨리 나온 것이다. 신진당 당수가 곧 눈에 띄었다. 그러나 간호부와 호위가 그 곁에 다가서서 계단을 내려서는 것을 부축하고 있다. 쏠 수가 없다. 간호부가 막아서 있다. 쏘아도 헛되다. 그러나 자동차에 오르면 기회는 아주 없어진다. 그는 자동차 앞으로 다가가지 않으면 안 되었다. 위험은 결정적이다. 그는 사오 미터까지 육박하여갔다. 쏘는 이상 죽여야 한다. 그의 걸음이 멈춰지는 것과 동시에 몇 발의 총성이 요란하게 울렸다. 눈앞에는 신진당 당수가 맥없이 점점 쓰러져가고 있었다. 또 연발하여 총성이 울렸다. 커다란 몸집이 털썩 쓰러지며 계단을 미끄러져 떨어졌다. 그는 또 당겼다. 현관 유리창이 요란하게 부서져 날아갔다. 동시에 모든 것이 깨어져 나가는 것만 같았다. 모든 것이 산산이 깨어져 나간 눈앞에는 아무것도 없었다. 또 몇 방의 총성이 거리를 두고 측근에서 울려왔다. 그는 경련적으로 몸을 떨었다. 그리고 뜨거운 무엇이 주르르 이번에는 그의 내부에서부터 흘러내리는 것 같았다.

  모든 것은 그의 주위에서부터 깨어져 나갔다. 무의미하지는 않았다. 이 순간을 위하여 그는 다가온 것이다. 무의미하지는 않은 것이다.

죽어살이

 하늘은 먹물을 칠해놓은 것처럼 캄캄하다. 그 한가운데 태양은 빛을 잃고 달처럼 창백하게 머물러 있다. 태양이 빛을 잃은 지는 이미 오랜가 보다. 거리에는 인적 하나 없고 집집마다 겹겹이 드리운 창문에는 어둠만이 무겁게 지키고 서 있다.
 총성이라도 몇 방 울려야 할 것만 같다. 그리하여 총탄이 뚫고 지나간 찢어진 구멍을 통하여 몇 군데나마 푸른 하늘이 내다보일 것만 같다. 그리하여서만이 태양은 다시 열을 토하고 번잡한 거리마다 인간의 웃음이 터져 나올 것만 같다.
 긴 혼돈과 번뇌 속에서 깨어나자 그는 마치 이러한 기적이라도 기다리는 듯이 잠갔던 문을 열고 거리로 나섰던 것이다. 기적이 없이는 살 수 없을 것만 같았다. 그러나 거리는 주검처럼 차갑게 식어만 가고 겹겹이 잠겨진 문 앞에는 어둠뿐, 가냘픈 숨소리 하나 없다. 역시 기적은 있을 수 없는 것이다. 마치 빛을 잃고 공중에 머물러 서 있는 태양에게 기적이 있을 수 없듯이 이 거리에도 기적은 있을 수 없는 것이다.

사람이 그리워서 나왔었다. 사방 거리를 돌아다녀도 사람이라곤 그림자도 찾아볼 수 없었다. 물론 사람이 그리워서였다. 그는 마치 누구에게 이야기나 하듯이 어둠을 마주 보고 서 있었다. 그리고 하늘을 다시 쳐다보았다. 어둠과 차가움뿐, 아무것도 있을 수 없는 것이다. 그는 잠시 어두움처럼 거리를 지키고 서 있다가 그곳에서 가까운 친구가 문득 생각나자 걸음을 돌렸다.

한잔 마실까? 아니, 나는 술보다도 계집이 좋더라. 부드러운 살결에 몸을 비비대며 킥킥거리는 순간처럼 산다는 맛이 멋들어지게 느껴지는 순간이란 없더군. 항상 계집 이야기만 나오면 신이 나서 지껄이며 킥킥대던 친구다. 그는 그 친구의 말투와 킥킥거리는 표정이 떠오르자 자기도 모르게 계집과 몸을 비비대며 킥킥대던 생각이 나서 쿡쿡 속으로 웃었다. 자식은 요즘 더 신이 날 거다. 어두움만이 연속되고 있으니 말이다.

그는 십자로를 건너 이윽고 골목길로 접어들었다. 그의 마음은 점점 뒤 밀려 이어오는 생각으로 흐뭇해지는 것 같았다. 문을 뚜드린다. 그러면 네, 하고 안방 문 열리는 소리와 함께 누구시냐고 묻는 야무진 여인의 음성이 뒤이어 울려 나올 것이다. 신발 끄는 소리가 가볍게 들려오고 문이 열리는 순간 두 시선이 거의 서로 마주칠 것이다. 그러면 입가에 흐르는 가벼운 웃음과 함께 여인은 눈을 살포시 내리깔고 나에게 추파(秋波)를 던져줄 것이다. 속눈썹이 길고 키가 몹시도 작은 여인이었다. 그래서 자식은 항상 나와 자기 여편네를 딴 친구들까지도 이상스럽게 느껴지리만큼 괴이한 눈으로 힐끔거리며 엿보는 것이었다.

"너한테라면 계집 하나쯤 사 댈 용의는 얼마든지 있어. 그러니 말이다. 그리웁다면 어느 때고 계집을 댈 테니 남 보기에 이상한 짓은 하지 말란 말이다. 알 테지 응?"

그러기에 자식은 슬슬 이렇게 말을 돌리며 나에게 술을 처먹이고는 사창굴로 끌고 가서 계집을 하나 떠맡기고는 부리나케 엉덩이를 빼고 도망치는 것이었다.

그러나 점점 그 친구의 집이 가까워오자 이러한 생각과는 달리 자기도 모르게 마음이 무거워지는 것이었다. 이윽고 문 앞에 이르렀을 때 그는 일종의 공포와 불안에 사로잡혀 문을 뚜드린다는 것에 대하여마저 더없는 무서움을 느끼고 쳐들었던 손을 맥없이 떨구고 말았다. 꽉 잠겨진 문 틈 사이로 넘겨다보이는 창문에도 겹겹이 어두움만이 내리고 있다. 문을 열 리는 만무인 것이다. 결코 하는 생각이 떠오르자 그는 실망에 가득 찼다. 그러나 혹시 하는 마음이 실망에 뒤이어 떠올랐다. 그는 문을 뚜들겼다. 귀를 기울인 속에 잠시 침묵이 흘렀다. 그러나 아무런 대답이 없다. 실망이 다시 뒤따랐다. 하지만 혹시 하는 마음이 못 잊힐 계집처럼 다시금 머리를 든다. 또 문을 뚜드렸다. 어두움뿐, 문 뚜드리는 소리만이 무거운 마음속에 되돌아온다. 자식은 지금 안방 깊숙이 들어앉아 여편네와 함께 숨을 죽여가며 문 뚜드리는 소리에 귀를 모으고 있을 것이다. 그리고 어두운 마음으로 여편네와 얼굴을 마주 보았을 것이다. 문 뚜드리는 소리가 커지면 커질수록 더욱 그들의 표정이 어둡게 흐려갈 것이 뻔하다. 그러면서 그들은 문 문마다 하나도 틀림없이 꼭꼭 잠겨 있기를 마음 졸이며 바라고 있는 것이다. 결코 문을 열 리는 만무인 것이다. 내가 여기서 소리를 지르며 내가 찾아온 것이라 외쳐도 그들이 문을 열 리는 없는 것이다. 이미 친구를 믿을 수는 없는 것이다. 술을 나누고 킥킥거리며 계집 이야기를 하고 사창굴을 이리저리 뒤지고 다니던 때와는 문제가 달라진 것이다. 내가 문을 열어달라고 소리를 지르고 자식이 나라는 것을 안다면 더욱 자식은 마음이 두려워질지도 모르는 것이다. 그리고 내가 문을 부수고 들오지나 않을까 하여 여편네를 숨길 장소를 찾게끔 서둘게 될 수도 있는 것이다.

그 순간 나의 머릿속을 한 줄기 어두움이 스치고 지나갔다. 알 수 있는 일이었다. 문을 열어줄 리는 만무인 것이다. 정변(政變)[1]이 일어난 수일 후 자식과 극진하던 한 친구가 살해되고 말았던 것이다. 그 친구는 정치가도 사상가도 아니었다. 다만 돈이 많았을 뿐이었다. 그리하여 돈이 많았기 때문에 어떤 동료의 음모에 의하여 모살(謀殺)되었던 것이다. 그 어떤 동료란 정치적인 색채를 다분히 띠고 움직이던 자인데 정변이 일어나자 모 파에 가담하여 그 정치 자금을 획득기 위하여 그 친구를 살해하여야 하였던 것이다. 내가 자식의 계집이 탐이 나서 파당[2]에 뛰어들어 자식을 살해하고자 지금 찾아온 것이라고 자식이 생각해서는 안 된다고 어떻게 말할 수 있을 것인가, 더욱이 그 계집은 나에게 추파를 보내곤 하였던 것이다. 그리하여 자식은 나에게 계집을 사서 붙였던 것이다. 자식이 만일 나의 음성을 듣는다면 자기의 여편네까지 의심하게 될지도 모를 일이다. 돌아가야 하는 것이다. 자식이 그리워서 찾아왔다고 설명할 필요도 없는 것이다. 또 설명을 하였댔자 무슨 필요가 있을 것인가.

 그는 무거운 마음으로 걸음을 돌렸다. 큰길가에 나왔을 때 그는 실신한 사람처럼 잠시 하늘을 쳐다보았다.

 캄캄한 하늘 한가운데 빛을 잃고 희미하게 떠 있는 태양처럼 나도 어둠 속에 무의미하게 머물러 있어야 하는 것이다. 그는 무겁게 한숨 죽였다. 그리고 윗길로 접어들었으나 몇 걸음 못 가서 걸음을 멈추었다.

 "누가 정권을 잡건 나에겐 아랑곳없는 거야, 똑똑한 자식이 잡건 되지 않은 자식들이 정권을 휘어잡건 내 생활이 그렇다고 백팔십도로 전환될 리야 없지 않나 말이다. 어쨌든 간에 아침 여섯 시만 되면 나는 일어나서 부지런히 일을 시작해야 하고 저녁이면 진종일 피로에 지친 몸이라 막걸리라도 한잔 들이켜야 되는 거거든, 덩치 좋은 놈이 정권을 잡았기로 그놈이 나를 공으로³ 멕여 살릴 리는 만무니까."
하고 누구, 누구 손을 꼽아가며 지껄인 후 한 시간이 못 되어 이 친구는 골 밖에 구멍을 하나 남긴 채 길가에 쓰러져 있었던 것이었다.

 그야말로 그 친구는 아무것도 아닌 채 맞아 죽은 것이다. 그는 다시 걸음을 돌렸다. 또 한 친구가 문득 생각나므로 그를 찾을까 하다가 그는 망설였다. 정변 후 돈을 두둑이 모았다는 무서운 친구다. 그전만 해도 이리저리 굴러다니며 공술 잔이나 얻어먹고 친구를 만날 때마다 담배를 한 개비씩 구걸하였었다. 정치고 뭐고 아무것도 모르는 친구였다. 그러하던 친구가 정변과 더불어 모 비밀결사(秘密結社)에 뛰어든 후 사람을 몇 죽이더니 일약 공포의 대상이 되고 돈이 그의 수중으로 막 굴러들어갔던 것이다.

그는 다시 주춤하였다. 찾아보고 싶은 마음이 썩 내키지를 않았다. 어디로 걸음을 돌릴 것인가? 찾아갈 친구 하나, 찾아가 다정하게 마음 붙일 그 어느 곳도 있을 수 없는 것이다. 그렇다고 집에 돌아가기는 싫었다. 아니 무서웠다. 캄캄한 어두움뿐, 무덤 속 같은 싸늘한 차가움만이 네모진 벽에 둘러싸여 어두움을 지키고 있는 것이다.

정변 이후 수개월 총성과 살육 속에 이 거리는 이어져왔던 것이다. 총성이 일어날 때마다 사람은 다자꾸 쓰러져갔다. 이글이글 타오르던 태양은 빛을 잃고 주검처럼 어둠만이 내리는 거리에는 번잡한 소음 속에 오고 가던 인간의 웃음마저 찾아볼 길 없었다. 활짝 열어젖혔던 집 문은 하나, 둘 닫히기 시작하고 끝내는 앞을 다투어 다시는 열어볼 날이 없는 듯이 꽉 잠겨져버렸던 것이다. 그리고 인간의 손에 의하여 인간을 노리는 총구만이 어둠 속에서 무기미하게 이 거리를 지켰던 것이다.

급진파(急進派)의 '쿠데타'로 중앙파(中央派)가 쓰러지던 날 시민들은 일종의 흥분과 긴장 속에 도리어 정치를 이야기하고 수군거리며 수물거렸었다.[4] 그도 길에서 친구를 만나면 되지 않은 수작을 지껄이고 친구들이 모여 앉은 속에 한자리 끼어서 차를 마셔가며 연상 자기 딴의 정견(政見)[5]을 늘어놓았다. 그러나 해가

지기 무섭게 중앙 광장에 나부끼던 기치(旗幟)는 바꾸어지고 곧 뒤따르는 격렬한 총성에 뒤이어 아침이 오기 전에 집권자는 바뀌어지는 것이었다. 이러한 속에 날이 밝고 밤이 왔다. 어제의 집권자는 날이 밝음과 동시에 살해당하고 오늘의 집권자는 해가 떨어지기 무섭게 참살되었던 것이다. 그때마다 어제의 집권자를 지지하던 시민은 날이 밝음과 동시에 오늘의 집권자를 재빠르게 지지해야 하는 것이다.

  시민들은 입을 다물었다. 그도 입을 다물어야 했다. 수군거림도 흥분도 긴장도 있을 수 없었다. 날이 갈수록 짙어지는 공포와 강압만을 가슴속에 지녀야 했다. 길가에서 만나도 한자리에 모여 앉아도 모두 벙어리처럼 상대방의 표정만 더듬어야 했다. 그리고 상대방의 눈치만 슬슬 보아야 하는 것이다. 흥분과 긴장은 완전히 불안과 공포로 뒤바뀌어진 것이다. 말을 한다는 것이 무서워지고 드디어는 서로 안다는 것이 무서워졌다. 알기 때문에 모함이 있을 수 있고 살해가 논의될 수 있는 것이다. 서로 모른다면 문제는 일어날 수 없는 것이다. 서로 알기 때문에 무서움은 더욱 심하여졌고 서로 알기 때문에 의심은 품어지는 것이다. 친구는 있을 수 없었다. 절친하면 절친한 사이일수록 무서워하여야 하는 것이다. 사람들은 서로 모이기를 원했다. 그리하여 집 문은 점점 닫히고 드디어는 창문마저 겹겹이 어둠 속에 드리워지고 말았다. 인간과 인간과의 접촉은 어둠을 깔고 완전히 차단되어야 하였던 것이다. 그렇다고 그는 집에 들어박혀 있을 수는 없었다. 그는 매일같이 불안과 공포에 싸이면서도 집 문을 나서야 했다. 등 뒤에 총구의 위협을 느끼면서 마치 뒤쫓기듯 살아가야 하는 것이다.

그러던 어느 날 그는 밖에서 돌아오자마자 아주 문을 봉하고 말았다. 그는 전신에 식은땀을 철철 흘리면서 이불 속에 쓰러졌던 것이다. 그리하여 여기에 수개월, 무덤 속과 같은 어둠과 네모진 벽으로 둘러싸인 이 싸늘한 속에서 주검처럼 숨길을 이어온 것이다. 여기에는 어두움뿐, 밤도 낮도 없었다.

돌아와 방 안에 쓰러지던 순간부터 악몽은 계속되었다.

간단없이 이어오는 악몽의 연속. 전신에 식은땀이 축축 흘러내리고 숨이 지는 듯한 가쁜 신음 속에 소리를 지르며 눈을 뜨는 것이다. 그러나 악몽은 눈앞에서 그대로 계속된다. 고막을 꿰뚫는 듯 모질게 이어오는 총성, 비명과 함께 벽이 무너지듯이 털썩 쓰러지던 청년의 창백한 모습, 뒤이어 잠시 혼돈된 상태가 계속된다. 그러나 또다시 다가서는 악몽의 기습, 총성, 또 총성, 피를 흘리며 쓰러진 얼굴이 흰 이빨을 드러내며 그 일그러진 입가에 뺄쭉 무기미한 웃음을 담아가고 있다.

눈앞을 혼돈된 수많은 그림자가 교착되며 지나간다. 둘, 셋, 조급히 달려오는 구둣발 소리, 가쁜 숨결, 뒤이어 오는 총성, 막 달려오는 구둣발 소리가 수없이 어둠 속에 흩어진다.

죽었어? 제기랄 아까운 걸 죽였군! 가쁜 숨결 속에 오고 가는 대화. (그는 숨죽인 채 담벽에 붙어 서 있었다.) 다리를 쏜다는 것이 그만 정통으로 맞았어. 제기. 가쁜 숨결 속에 죽이는 한숨. 하여튼 몸을 샅샅이 뒤져. 어둠 속에 살기가 흐른다. 누구야? 침묵. 움직이면 쏜다! 어두움뿐 아무것도 보이지 않는다. 손을 들고 돌아서서 뒷걸음질로 음성 나는 데로 오라. 하라는 대로 안 하면 쏜다. 가슴이 몹시 가쁘게 뛴다. 가쁜 숨소리가 전신에 파도처럼 울리고 있다. 절대로 돌아서면 안 된다. 다시 음성이 울려왔다. 그는 하라는 대로 했다. 그리고 손을 들고 뒷걸음질로 한 걸음 한 걸음 음성 나는 쪽으로 걸어갔다. 자식들은 자기네의 위치를 나에게 포착 못 하게 하기 위해서인 것이다. 그리고 불의의 기습을 두려워하고 있는 것이다. 지금 총구는 어둠 속에서도 나의 등 뒤를 정확히 노리고 있을 것이다. 무겁게 옮겨지는 발자국 소리만이 주위를 덮어갔다.

  하라는 대로 하여야 하는 것이다. 한 걸음이라도 실수를 하여서는 안 된다. 실수를 하여 손을 내린다든가, 뒤뚝 쓰러진다든가, 나도 모르게 공포에 떨며 정신없이 몸을 약간이라도 돌린다면 나는 죽는 것이다. 이런 조그마한 실수라도 이 순간에는 나의 생명을 결정짓는 것이다. 잠시 후 그는 등 뒤에 딱딱한 감촉이 와 닿는 것을 직각하자 걸음을 멈추었다. 총구인 것이다. 굵은 손길이 전신을 샅샅이 쓸어내려간다. 몸수색이 끝난 후 그는 십자로까지 연행되었다. 어둠 속에 몇 사람의 그림자가 어른거린다. 그들 앞에 이르렀을 때 뭇 시선이 일시에 그를 날카로이 위아래로 흘러내려갔다. 심문이 시작되었다. 그중 심문을 하던 자는 눈살을 찌푸리며 멋쩍다는 듯이 입맛을 한 번 다시고 무겁게 한숨을 죽였다. 급진이냐 중앙이냐 문제는 간단한 것이다. 그리고 나의 이 답변 하나로 나는 죽을 수도 있고 살 수도 있는 것이다. 그러나 나는 급진도 중앙도 아무것도 아닌 것이다. 다만 평범한 아무것도 아닌 일개 시민인 것이다. 그러한 나에게 이자들은 이 물음을 강요하고 있고 내 답변으로 나를 결정지으려 하고 있는 것이다. 나에게는 더없이 억울한 노릇이지만 그들에게는 그러한 것이 문제될 수는 없는 것이다. 아무것도 아닌 내가 지금 나의 이 답변 하나로 만일 살해된다고 해서 그들에게 나의 죽음 하나쯤이 무슨 문제가 될 수 있단 말인가. 그러나 아무리 아무것도 아닌 죽어살이일지라도 그대로 죽음을 당할 수는 없는 것이다. 어디에서고 설명은 필요 없는 것이다. 하지만 나는 설명을 해야만 한다. 그들에게는 설명이 필요 없다는 것을 알면서도 나는 그럴 수 없는 것이다.

"항상 어디에서고 억울한 죽음은 있는 거야. 아무것도 아닌 너 같은 자식들에게만은 더욱 있을 수 있는 거다."

심문을 하던 친구는 귀찮다는 듯이 이렇게 툭 쏘아붙이고 나서 픽 웃었다. 사실 그런 것이다. 이 자식들이 나를 반대파의 탐색원으로 인정하고 쏘아버리면 그만인 것이다. 결국 내가 불행히도 문제가 일어난 이 지대를 이 시각에 걸어가고 있었다는 것이 오해일 수밖에 없는 것이다. 어쨌든 간에 나는 이자들의 손에 달려 있는 것이다. 어찌할 수 없는 것이다. 죽이면 죽어야 하고 가라면 가는 수밖에 없는 것이다. 지금 이 자리에서는 나 스스로 나를 어찌할 수는 없는 것이다. 나는 이미 없는 것이다. 다만 이자들에게만 내가 문제 될 수 있는 것이다. 아무것도 아닌 나, 그러면서 (아무것도 아닌) 나마저 나는 이미 잃어버리고 만 것이다.

그때 어둠 속에서 또 한 그림자가 다가왔다.

"뭐 하는 자식이야?"

"아무것도 아냐. 우리 근처에 사는 얼치 같은 홀애비 녀석이야."

그 순간 이웃 홀아비라는 말이 그의 마음을 사로잡았다. 그는 어둠 속에서 그렇게 말한 사람의 얼굴을 유심히 살펴보았다. 그러고 보니 어둠 속에서도 낯이 익은 성싶었다. 요행히 곧 생각이 떠올랐다. 둘째 집 건너편에 살고 있는 사람인 것이다. 그는 지기(知己)라는 의미에서 웃음을 띠어 보였다. 그러자 그자는 불쾌하다는 듯이 양미간을 찌푸렸다. 그는 일종의 분노를 느꼈으나 꾹 참을 수밖에 없었다. 정변 전에는 서로 이웃이라는 의미에서 길가에서 만나면 인사를 하고 지냈던 것이었다. 그리고 때로는 몇 마디 말도 건네고 정다운 웃음마저 주고받았었다. 그러하던 이자한테 치욕을 당하였다는 것을 다시금 깨닫게 되자 더욱 마음이 불쾌하여졌다. 그러나 참아야 하는 것이다. 이자가 개새끼 모양 엉덩이를 차도 나는 그것을 받아야 하고 얼치라고 경멸을 던지면 나는 얼치처럼 바보가 되어야 하는 것이다. 그 이외에 아무것도 나는 할 수도 없고 해서는 안 되는 것이다.

그리하여 그날 밤 집에 돌아오자 그는 아주 문을 봉하고 만 것이었다.

낮도 밤도 없이 어둠만이 계속되었다. 악몽, 신음, 뒤따르는 공포의 짙은 암영(暗影), 그러나 그것도 점점 사라지고 싸늘한 차가움만이 남게 되었다. 눈을 뜨나 눈을 감으나 무덤 속 같은 차가움과 어둠만이 네모진 벽에 둘러싸여 있었다. 실토 인간과의 접촉이 완전히 차단되어버린 이 속은 무덤 속 바로 그것이었다.

그 옛날 이 방에는 부드러운 아내의 살결이 있었고 살결과 살결이 스쳐가는 속에 마음을 조용히 적시어가던 따뜻함이 있었다. 눈을 뜨면 곁에서 아내의 부드러운 시선이 나를 조용히 지키고 가벼운 웃음과 입술이 나에게로 다가오는 것이었다. 그리고 뜨거운 포옹이 두 마음을 적시어가고 파도처럼 물결치는 마음과 마음의 율동(律動)이 있었다. 밝음이 오며 걷어 젖힌 커튼 너머로 아침이 다가오고 따뜻한 태양이 유리창 너머로 솟아오는 것이었다.

그러나 지금은 어둠과 차가움과 고독뿐, 따뜻함이란 찾아볼 수도 없는 것이다.

아내가 죽은 후 한동안은 외로웠다. 그러나 친구들이 찾아오고 술을 논고[6] 왁자지껄하며 떠들어대는 속에 외로움을 잊고 날이 흘러갔던 것이다. 술에 취하여 돌아오는 길로 쓰러지면 날은 무심히 밝고 햇볕이 따스히 창가에 부서지면 문밖에서는 친구의 음성이 울려오는 것이었다. 그리고 부드러운 살결이 그리우면 사창가로 가서 마음껏 몸을 비비대며 감각의 율동 속에 마음을 묻고 아내가 그리워지면 사창가를 샅샅이 찾아다니며 아내를 닮은 계집을 골라 하룻밤의 정을 나누고 밤을 보냈던 것이다. 매일같이 친구를 찾고 차를 마시고 그러한 속에 오고 가는 따뜻한 감정을 더듬으며 살아왔었다. 그는 인간이 왜 있어야 한다는 것, 그리고 왜 살아야 하며 무엇을 위함이란 것 등을 한 번도 생각하여본 적이 없었다. 다만 그에게는 인간과의 접촉에서 이어오는 따뜻함만이 있었던 것이다. 서로 마주 보는 시선과 시선 속에 웃음이 오고 가고, 주고받는 이야기와 시시덕거리고 킥킥거리는 속에 품어져오는 따뜻한 감정이 무엇보다도 기꺼웠다. 따뜻함, 여기에는 아무런 의미도 없는 것이다. 나는 의미를 위하여 살아온 것이 아닌 것이다. 따뜻함, 다만 그 속에서 살아온 것이다. 반드시 의미가 있어서만이 인간이 살아간다고 할 수는 없는 것이다. 또 그것을 강요할 수도 없는 것이다.

그러나 정변 이후 이러한 그의 생활은 완전히 깨어지고 만 것이었다. 무덤 속 같은 이 어둠과 차가움과 고독 속에서 불안과 공포에 뒤쫓기며 이어져온 수개월 그는 더 참을 수가 없었다. 그것은 오히려 죽음보다도 더 무서운 것이었다. 그는 친구가 그리웠다. 부드러운 여자의 살결이 그리웠다. 인간의 웃음이 가벼운 미소가 그리고 인간과 인간과의 접촉에서 이어지는 따뜻함이 한없이 그리웠다. 그리하여 그는 문을 열고, 어둠을 열고 나온 것이다. 하지만 거리는 죽음처럼 캄캄한 어둠 속에 잠겨 있고 그 누구 하나 만날 수도 찾아갈 수도 없는 것이다. 다만 빛을 잃고 창백하게 떠 있는 태양만이 있을 뿐인 것이다.

그는 힘없이 걸음을 돌렸다. 무덤 속처럼 어둠만이 차갑게 이어가는 집으로 돌아가야 하는 것이다. 이러한 생각이 떠오르는 순간 그는 전신이 분노에 후르르 떨렸다.

아무것도 아닌 나는 언제껏 아무것도 아닌 나이어야 하는 것인가, 빛을 잃은 태양에게 반드시 무엇이 일어나야만 하듯이 나에게도 무엇이 일어나야만 하는 것이다.

긴장과 흥분이 파도처럼 밀려왔다. 확실히 그의 주위에서는 어둠을 뚫고 무엇이 일어나고 있었다. 나만이 아니라 이 거리에도 꼭같이 일어나야 하는 것이다. 그는 미친 사람처럼 중앙 광장을 향하여 달렸다. 달려가는 그의 뒤에는 어둠만이 물결처럼 수없이 뒤 밀려 왔다. 중앙 광장 가까이에 이르렀을 무렵 급히 뒤쫓는 수다한 발자국 소리가 아스팔트 위에 흩어져갔다.

암호? ……정지! 서지 않으면 쏜다! 가쁜 숨결 속에 이어지는 음성과 음성, 그것은 확실히 인간의 음성임에는 틀림이 없었다. 그러나 그 조급한 음성 속에는 살기(殺氣)가 먼저 앞서고 있는 것이다. 무기미한 음향과 함께 세찬 바람결이 전신을 확 스쳐가는 순간 그는 뒤 밀려 가던 어둠과 어둠이 콱 눈앞에 머물러 서는 듯하였다. 그리고 몸의 한 부분이 무엇에 꿰뚫리는 듯한 충격을 느꼈다. 두 번 세 번 싸늘한 바람결이 살기 속에 다시 스쳐갔다. 그 순간 눈앞에 정지되었던 어둠은 빙그르르 호를 그리며 밑으로 확 퍼지고 전신이 산산이 조각 져 부서져가는 듯하였다. 머릿속이 쩡하고 무겁게 울린다. 수다한 발자국 소리가 급히 달려오고 있다. 그는 정신이 몽롱하게 어두워지는 것 같았다. 끈적끈적한 속에 따뜻한 감촉이 이어져온다. 나를, 나의 생활을 산산이 부숴버린 자식들한테 나는 나의 이 마지막 순간마저 죽어살이여야 하는 것인가. 그는 전신이 분노와 울분에 차서 부르르 떨고 있었다.

그는 무엇에 끌리는 듯이 고개를 드는 순간 눈을 떴다. 살기 띤 시선과 시선이 어둠 속에서 마주 선다. 눈썹이 가늘고 턱이 빤[7] 얼굴이다. 목덜미를 움켜쥐어 일으키고 있는 것이다. 발자국 소리가 두셋 급히 주위로 다가선다. 목덜미에 힘이 축 늘어지는 순간 그는 다시 딱딱한 아스팔트의 감각을 뺨에 느꼈다. 뭐야? 숨죽인 음성과 함께 다시 누가 목덜미를 움켜쥐어 일으키는 것 같았다. 몸수색을 해. 빨리! 그리고 경계를 더욱 엄중히 해야 한다. 살기 속에 오고 가는 대화. 그러나 나는 급진파도 중앙파도 아무것도 아닌 것이다. 다만 따뜻한 인간의 웃음이 그 속에 오고 가는 대화가 그리워서 나왔을 뿐인 것이다. 그리고 이러한 기대를 조각도 없이 부숴놓은 이자들에 대하여 더없는 분노를 느꼈을 뿐인 것이다.

그는 눈을 부릅떴다. 살의(殺意)만이 짙게 떠도는 눈길이 그의 얼굴을 무기미하게 흘러가고 있다. 자식들 같으니! 그 순간 그는 얼굴 전면에 강한 충격을 받고 거꾸러졌다. 거센 구둣발이 다시 그의 옆구리를 질렀다. 긴 신음 소리가 사이를 두고 연덩어리처럼 무겁게 이어져갔다.

그는 잠시 의식을 잃었다. 씨근거리는 숨결 소리가 머리 위에서 희미하게 이어온다. 목과 가슴이 짓눌리는 것 같다. 그리고 어둠 속으로 어둠 속으로 몸이 당겨져가는 것만 같았다. 어둠 속을 질질 무엇에 이끌려가고 있는 것이다. 질질 끌려가는 속에 어둠은 연방 계속된다. 그 후 또 얼마나 계속되었는지 모른다. 무엇이 몸에 탁 부딪치는 순간 혼돈 속에 다시 그는 정신을 잃었다. 다만 주위에 흩어지는 발자국 소리만이 희미하게 건지처럼 떠오르고 이윽고 점점 멀어져가는 듯 어렴풋이 머릿속에서 사라져갔다.

코도 입도 눈도 볼 나위 없이 일그러졌을 것이다. 그리고 그 일그러진 곳마다 검붉은 피가 끈적끈적 흘러내리고 먼지와 흙이 축축이 얼룩졌을 것이다. 자식들은 나를 쏘고 어디론가 끌어다 팽개친 다음 유유히 사라져갔다. 나를 쏜 자식이나 나를 구둣발로 찬 자식이나 원래부터 나에게 살의를 가지고 있었던 것은 아닐 것이다. 우리는 서로 얼굴을 마주친 적이 있었을지도 모른다. 나를 쏜 바로 그 사람이, 또 나를 발길로 모질게 차야만 하던 그 사람이 한길 가에서 문득 지나는 길에 나에게 담뱃불을 빌린 일이 있었을지도 모르고 나는 점잖이 불을 빌렸을지도 모른다. 또는 다방에서 꼭 같은 시각에 서로 등을 마주 대고 차를 마셨을지도 모르고 선술집에서 서로 외로움에 겨워 술잔을 들며 우연히 얼굴을 마주 보았을지도 모른다. 또는 사창굴에서 내가 끼고 잔 계집과 몸을 비비대며 내가 킥킥거리듯이 킥킥거렸을지도 모르는 일이다. 그리고 내 입술이 닿았던 그 계집의 입술 위에 그도 입술을 가벼이 보내었을지 모른다. 또는 단 한 번도 길을 서로 비껴간 일조차 없는 전혀 모르는 사람들이었을지도 모른다. 어떠한 인연이 있었건 없었건 간에 그들과 나 사이에는 아무런 감정도 살의도 없었던 것이다. 그러나 태양이 빛을 잃고 어둠만이 차가이 죽음처럼 이어가던 그날 그 순간부터 우리는 서로 적의를 품어야 하고 서로를 무서워하여야 하고 쏘아 죽여야 했던 것이다.

 그는 일그러진 눈을 간신히 떴다. 하늘은 먹물을 칠한 것처럼 캄캄하다. 그리고 빛을 잃은 태양만이 희미하게 그 한가운데 머물러 있다. 그의 눈은 점점 맥없이 크게 뜨여갔다. 그리고 그 뜨인 눈 위로 싸늘한 차가움이 다가가고 있었다. 그는 점점 전신에서 모든 것이 어둠 속으로 빠져나가는 것만 같았다. 그리고 파도처럼 밀려오는 어둠을 타고 그도 어둠 속으로 다가가고 있는 것만 같았다. 언제까지나 이 어두움은 계속될 것이다. 무덤 속과 같은 결코 다시는 파헤칠 수 없는 어둠인 것이다.

  인간이 그리워서였다. 인간의 웃음이 그리워서였다.

  어둠 속에 차가움은 급속도로 내린다. 총성이라도 몇 방 울려야 할 것만 같다. 그리하여 총탄이 뚫고 지나간 찢어진 구멍을 통하여 그나마 몇 군데 푸른 하늘이 내다보일 것만 같다.

모반 謀反

 4279년 늦가을, 해방 만 일 년의 환희가 혼돈된 갈등 속에 기울어져가던 어느 날 저녁이었다. 커다란 벽보가 신문사 게시판마다 나붙고 가는 곳마다 커다랗게 쓴 먹글씨 위에 수없이 줄을 긋고 내려간 붉은 잉크의 무질서한 자국이 시민들의 시선을 사로잡고 있었다. 벽보를 급히 읽어내려가는 의문에 가득 찬 시민들의 표정은 삽시간에 창백하게 질리고 불안한 듯 서로 말없이 얼굴들만 마주 보고 있었다. 호외! 호외! 네모진 종잇장은 특호 활자를 신고 가두에서 가두로 쏜살같이 퍼져가고 있었다.

 여기는 어느 뒷골목에 들어앉은 조그만 선술집, 술 취한 실없는 친구들이 문을 나서기가 바쁘게 벽에 대고 오줌을 흘린 탓인지 구석지마다 해가 바뀌어도 축축이 습기가 떠돌고 퀴퀴한 냄새가 풍기고 있다. 아직도 시간이 이른 탓인가, 호젓하다. 다만 삼십이 넘어 뵈는 두 남자가 아까부터 술잔을 기울이며 무언지 조용히 서로 이야기하고 있었다. 틈틈이 정객들의 이름이 그들의 입 사이로 오르내리는 것을 보아 정담(政談)을 하고 있는 모양이었다. 그들과는 달리 테이블을 하나 건너서 이쪽 구석지에 혼자 앉아 술을 마시고 있던 이십오륙 세가량의 청년은 자주 그들의 이야기에 귀를 기울이다가는 또 술잔을 훅 들이켜곤 하는 품이 보기에도 초조한 인상을 주고 있었다. 청년의 눈가에는 일종 불안한 그림자가 이따금 스쳐 지나가고마저 있었다.

"그러니까 삼팔선 철폐 운동을 전국적으로 전개해야 돼."

마주 앉아 술을 기울이고 있던 둘 중 키꼴'이 장대한 친구가 이렇게 말을 하고 나서 술에 젖은 입술을 손등으로 쓱 문질렀다.

"그렇지만 우리는 이것을 알고 움직여야 하거든. 지금 삼팔선 철폐 운동을 극구 주도하고 있는 자들 말이야. 실은 겉으로는 그러지만 그들 중에는 실지 마음속으로는 삼팔선이 그대로 어느 정도의 시기까지 지속되기를 원하고 있는 자들도 있거든. 특히 이것은 좌익 계열 중에 농후한데 말이지, 결국 자기들의 세력 기반을 어느 정도 만들 기간이 있어야 한다는 거거든."

둥근 얼굴에 비하여 어울리지 않을 정도로 가느다란 눈을 가진 상대방은 그 어울리지 않는 눈처럼 음성도 가늘었다.

"그러나 그런 자는 그 즉시즉시로 해치우면 되는 거야."

가느다란 눈을 가진 상대방은 보기에도 날카로이 얼굴을 찌푸렸다.

"테러가 정치의 전부는 아니야. 정치를 위해서 필요 불가결한 한 요소일 뿐이지. 그것도 이용을 위한 요소일 뿐이야."
　그 순간 이쪽 구석지에서 술을 먹고 있던 청년이 힐끔 그들을 한 번 노려보았다. 청년의 얼굴은 어둡게 흐려가고 있었다.
　그때였다. 술집 시근부리² 아이가 네모진 종이쪽지 한 장을 들고 헐레벌떡거리면서 뛰어들어왔다.
　"아저씨, 큰일 났어요. 길거리마다 사람들이 막 웅성거리고 야단이에요."
　주인 할아버지가 주춤거리며 종이쪽지를 받아 들었다. 술을 먹고 있던 삼십이 넘어 뵈는 두 남자도 고개를 들고 주인을 쳐다보았다. 주인 할아버지는 돋보기안경 너머로 종이쪽지를 읽다 말고 혹 한숨을 내쉬었다. 주인 할아버지에게 시선을 모아가고 있던 가느다란 눈을 가진 친구가 곧 그 종이쪽지를 받아 들고 읽었다. 키꼴이 장대한 친구도 곧 따라 읽었다. 호외였다. 그들은 호외를 다 읽기가 바쁘게 거의 충동적으로 그것을 꾸겨 쥐었다.
　"아까운 인물이 또 하나 죽었군!"
　잠시 그들 사이에는 말이 없었다. 긴장이 그들의 얼굴을 가로덮고 있었다.
　"누가 쏘았을까?"
　"물론 적대방이겠지. 알 수 있어. 결국 그자들일 거야."
　그러나 잠잠히 생각에 잠겨가던 눈이 가느다란 친구는 곧 입을 열었다.
　"하지만 반드시 적대방이라고 단정할 수는 없는 거야. 암살이란 반드시 정적(政敵)에 의해서만 행해지는 건 아니니까. 어쩌면 가장 긴밀히 손잡았던 쪽일지도 모르지. 조건도 유리하거든. 자기네가 죽이고 나서도 표면적으로는 최대의 애도를 표시하고 나오는 거니까. 결국 민중만이 속는 거지. 정치란 게 원래 그런 거거든……"

이렇게 말하는 그의 얼굴은 심각하게 물들어가고 있었다. 구석지에 앉아서 혼자 술을 먹고 있던 청년이 그때 고개를 들고 힐끗 또다시 두 사람을 쳐다보았다.

호외를 꾸겨 쥐었던 키꼴이 장대한 친구가 청년의 시선과 마주치는 순간 그는 꾸겨 쥐었던 호외를 다시 펼쳐 들고 청년 앞으로 다가와서 테이블 위에다 아직 주름살이 펴이지 않은 호외 쪽지를 내려놓았다.

"여보시오. 이걸 좀 읽어보시오."

그러나 청년은 호외 쪽지를 보려고도 하지 않고 나머지 술을 죽들이켜고 난 다음 무표정하게 돈을 치르고는 이야기를 해온 사람에게 한눈도 주지 않고 그대로 나가버리는 것이었다.

지저분하게 책상과 걸상이 흩어진 사무실, 어둠침침하고 한길가의 소음이 먼 거리를 두고 뜨음히 들려오는 것을 보아 쑥 들어박힌 방임에 틀림이 없다.

"자, 건배다. 인제 오겠지."

맑은 액체를 담은 투명한 유리컵과 유리컵은 경쾌한 음향을 남기며 서로 가벼이 부딪쳤다.

"멋진 놈이야. 가뜬하게 해치워버리곤 하거든. 난 실패할까 봐

몹시 초조했었는데, 내가 담배를 붙여 무는 순간 총성이 두 발 귓전을 울리고 지나가는 거야. 내가 담배를 꺼내어 물 때까지도 그 친구는 담배 가게 앞에서 건들먹거리고 서 있었는데 어느 사이에 쏘았는지 바람 같거든…… 그런데 이 친구가 왜 이렇게 늦어……"

세모진 얼굴에 눈이 가늘게 찢어진 게 날카롭다기보다는 독기가 엿보이는 이 친구는 팔뚝시계를 들여다보았다. 그러나 시계를 들여다보던 시선을 곧 창문 쪽으로 옮겼다.

문을 열고 들어선 친구는 눌러쓴 중절모자를 가볍게 위로 추켜올리면서 실내에 있는 두 친구를 마주 보고 고개를 한 번 끄떡한 다음 손에 들었던 신문지를 그들에게 훅 내던졌다.

"기사를 좀 읽어봐. 하여튼 만사 오케야."

하고 이 친구는 또 한 번 고개를 혼자 끄떡하였다. 실내에 있던 두 친구는 신문을 곧 펼쳐 들었다.

범인은 무직 청년, 의식 불명으로 배후 수사 불능, 사진은 상금[3]도 의식을 잃고 얼굴의 형체도 갖추지 못하고 쓰러져 누워 있는 범인. 큰 제목과 사진 설명만을 급히 읽어내려가던 세모진 얼굴의 청년은 훅 얼굴에 미묘한 웃음을 터뜨렸다.

"하여튼 이번도 멋진 성공이야!"

"그런데 다음 신문을 또 봐요."

중절모를 쓴 친구는 벗어진 이마 위에 잔주름을 지으면서 눈매를 한 번 씰룩해 보였다. 그러나 세모진 얼굴의 입가에는 미묘한 웃음이 상기 그대로 떠돌고 있었다. 딴 친구가 곧 다음 신문을 펼쳐 들었다. 과연 범인은 누구? 체포된 피의자는 진범이 아닌 듯. 손수건으로 얼굴을 가리고 흐느끼는 소녀는 체포된 범인(?)의 여동생. 아래는 아들의 소식을 듣고 실신한 노모.

"기사를 읽어 봐."

"여동생의 이야기…… 어머니의 오랜 병환으로 오빠는 오늘도 돈을 구하러 간다고 거리에 나갔습니다. 오빠가 그런 일을 결코 할 리가 만무입니다. 하느님 앞에 맹서합니다. 결코 오빠가 범인이 아니라는 것을……(소녀는 울음에 목메어 기자 질문에 말을 더 계속하지 못하고 있었다)."

기사의 내용을 들으면서도 세모진 날카로운 청년의 입술에선 연방 미묘한 웃음이 떠나지를 않고 있었다.

"하여튼 일은 끝났어. 그 이외의 일은 상관할 바 없거든. 자, 김도 한잔 들어."

중절모를 쓴 친구는 잔을 받아 들었다. 세모진 얼굴의 청년은 술을 잔에 따르고 나서 신문을 들여다보고 있는 친구를 잠깐 눈주고 섰다가 빼앗듯이 신문장을 끌어당겨 차곡차곡 개어서 그의 포켓 속에 집어넣어주었다.

"자식이 보면 좋잖어. 주머니에 넣어두었다가 집에 가서 봐요. 그런데 김?"

중절모를 쓴 친구는 술을 훅 들이켜고 잔을 내려놓으며 세모진 얼굴을 마주 보았다.

"정선생한테 연락 취했어? 준비는 됐겠지?"

중절모는 고개를 끄덕였다.

"여자도 건사한 걸로 골라다 놨을 테지, 응?"

중절모는 대답 대신 씩 웃었다. 세모진 얼굴의 가느다란 눈 가장자리에도 웃음이 훅 스쳐가고 있었다. 그러나 곧 그 눈 가장자리에는 어두운 그늘과 함께 수없는 물결이 주름 잡혀갔다.

"요즘 자식 태도가 좀 이상해 뵈지 않아?"

"자기 어머니가 죽은 다음부터 좀 저조해지긴 했어."

포켓 속에 구겨 넣은 신문을 다시 끄집어내어 들던 신경질적인 빼쪽 마른 친구가 시원찮은 어조로 중얼거렸다. 세모진 얼굴은 입맛이 쓰게 침을 마룻바닥에 뱉었다.

"그것보다도 주관에 동요가 생긴 게 아냐, 응?"

그 순간 세모진 얼굴은 급히 말을 끊고 문 쪽으로 시선을 돌렸다. 문이 드르륵 열렸기 때문이었다. 찬 바람이 쏜살같이 훅 방 안을 휩쓸고 지나갔다.

"왜 이렇게 늦었어? 하여튼 축하해."

세모진 얼굴은 술컵을 쳐들고 입술 가득히 웃음을 보냈다. 그러나 들어온 청년은 아무 대답도 없이 문간에 우뚝 선 채 동료들을 잠시 마주 보고 있다가 테이블 앞으로 터덕터덕 걸어왔다. 그러고는 주위 사람들에게는 한눈도 주지 않고 술병을 들고 그대로 한두 모금 꿀컥꿀컥 마셨다. 바로 아까 선술집에서 혼자 술을 마시던 청년이었다. 술기가 불그레 젖어가는 눈 가장자리에는 어딘지 어두운 빛이 떠돌고 있었다. 그리고 막 술에 젖은 붉은 입술이 눈 가장자리에 뒤덮인 어두운 그늘과 이상한 대조를 이루고 있었다.

"벌써 어디서 한잔 걸쳤군, 응? 우리는 지금껏 너하고 한잔하려고 기다렸었는데……"

세모진 얼굴은 넌지시 그에게 술잔을 내밀었다. 그러나 그는 술잔을 받으려고도 하지 않고 세모진 얼굴과 자기 앞에 내민 술잔을 한 번 훑어보았다.

"자, 한잔 더 들고 여자한테로 가는 거야. 그러면 기분이 가라앉을 테니까…… 준비는 이미 다 되었고, 지금 여자 혼자서 쓸쓸히 너 오기를 기다리고 있을 거야."

세모진 얼굴은 그의 감정을 몽땅 자기 손아귀에 쥐고나 있는 듯한 어조로 지껄이며 입가에 버릇처럼 떠도는 미묘한 웃음을 흘렸다.

"격렬한 순간이 지나간 뒤에 일어나는 초조감, 그리고 그 다음에 내리덮이는 어두운 그늘, 사람을 죽인 다음엔 반드시 뒤따르는 감정이거든. 그럴 땐 여자가 제일인 거야. 즉 여자의 살결 속에다 채 가시지 않은 나머지 정열을 다 배설해버리는 거지. 그러고 나면 폭 잠이 쏟아져오거든. 다음에는 모두가 다 평상시처럼 가뿐해지는 거야."

말끝과 함께 세모진 얼굴은 힐긋 그를 노렸다. 청년의 얼굴은 더욱 어둡게 흐려가고 있었다.

"자, 한잔 더 들고 여자한테로 가요. 부드러운 살결이 침대 위에서 기다리고 있어, 응?"

그 순간 청년의 날카로운 시선이 세모진 얼굴을 마주 지켰다. 그러나 청년은 곧 멋쩍은 듯이 숨을 훅 죽이고 입을 열었다.

"여자를 돌려보내줘."

말이 떨어지기도 전에 이미 세모진 얼굴의 입가에는 일종 조소에 가까운 웃음이 떠돌고 있었다.

"그럼 어디로……?"

"집으로."

"집?"

의문에 찬 가느다란 시선과 어둡게 흐려가는 두 시선이 조용히 마주쳤다.

"농담은 그만둬. 집이라니?"

청년의 눈앞을 한 줄기 어둠이 스치고 지나갔다.

"집……"

청년은 세모진 얼굴을 다시 한 번 올려 치어다보며 입속에서 중얼거렸다. 세모진 얼굴은 가느다란 눈을 깜작거리며 가볍게 한숨을 속으로 죽이고 있었다.

그들 사이에는 더 이상 말이 오고 가지 않았다. 청년은 술을 한 잔 더 따라 단숨에 마신 다음 돌아서 나와버렸다. 세모진 얼굴은 잠시 그가 나간 문 쪽을 바라보며 무거운 침묵을 씹고 있다가 술병을 들고 그대로 죽 들이켰다. 그의 입술 언저리에서 흘러내리는 술의 여적이 턱을 스쳐서 목줄기로 주르르 흘러내리고 있었다. 그는 잠시 숨을 쉬고 난 다음 또 꿀컥꿀컥 마셨다. 그리고 다 마시고 난 빈 병을 화풀이나 하듯이 멋쩍게 한구석지로 굴려 팽개쳤다.

어둠이 쪽 깔려간 밤하늘에는 별들이 빙판(氷板)에 얼어붙은 구슬들처럼 반짝이고 있었다. 찬 바람이 나뭇가지를 흔들고 지나갈 때마다 낙엽이 우수수 발밑으로 떨어져 흩어졌다. 그는 지금 가로수에 기대어 서서 하늘을 쳐다보고 있었다. 무거운 마음이 좀처럼 가라앉지가 않았다. 그는 즈봉 포켓 속에 꾸겨 넣은 신문지를 다시금 손으로 꾸겨 쥐었다. 어머니, 그는 마음속으로 이렇게 부르짖었다. 그 순간 '아래는 아들의 소식을 듣고 실신한 노모'라는 신문 구절과 함께 노파의 주름진 얼굴이 어더니 얼굴과 겹쳐서 떠올랐다. 그러나 곧 '모두가 다 조국을 위해서다' 하는 음성이 그의 마음을 뒤덮고 지나갔다.

'이미 우리는 조국을 위해서만이 있는 몸이다. 지금의 네 심정을 모르는 바 아니지만 보다 더 보람 있는 하나를 위해서 하나를 버려야지.'

약 이 개월 전 일이었다. 그가 투신하고 있는 비밀결사에서는 한 사람을 암살하지 않으면 안 될 경지에 놓여 있었다. 그리고 바로 계획된 그날 밤 오랜 신병[4] 끝에 오직 한 분밖에 없는 그의 어머니가 숨져가고 있었던 것이었다.

클랙슨 소리가 짧게 밖에서 또 한 번 울려오고 있었다. 정각에서 삼십 분 전. 야광 초침이 파란 빛깔을 그으면서 아라비아 숫자가 나열된 동그란 원반 위를 움직이고 있었다. 클랙슨 소리가 다시 짧게 울렸다. 그는 묵묵히 고개를 들고 어둠과 마주 섰다.

"연기는 안 돼. 생각해봐. 우리가 오늘 이 기회를 잡기 위해서 얼마나 시간과 정력을 소비했나를…… 그것뿐만이 아니라 오늘 실패하는 경우엔 이미 우리들의 계획은 모두 수포로 돌아가야 하는 거야. 그렇게 되면 우리는 하나에서부터 다시 시작해야 하는 거야. 지금 우리들은 삼이라는 성공 숫자 앞에 와 있다. 알겠지? 어머니는 우리가 맡을 테다. 조국을 위해서 이미 모든 것을 버리기로 한 우리들이 아니냐."

나직하면서도 몹시 초조한 음성이었다. 그는 조용히 문을 닫았다. 어머니의 신음 소리가 무겁게 방 안에서 울려 나오고 있었다.

해방과 더불어 난립(亂立)하는 정당, 무질서한 사상의 혼돈된 갈등 속에 청년들의 정치의식은 더욱 강력히 자극되고 범람하는 정쟁(政爭)의 전위(前衛)로 청년들은 모든 것을 버리고 뛰어들어 갔다. 누구나가 조국을 위해서였다. 중학을 마치고 조그만 회사에서 꾸준히 일하고 있던 그는 중학 동창생인 세모진 얼굴에 여러 번 자극되어 비밀결사에 가담하였다. 비애국자들에 의하여 조국은 늘 굴욕과 타락의 길을 걸어왔던 것이다. 그러한 비애국자를 색출하여 사전에 제거하여버리는 것이 이 비밀결사의 목적이었다. 조국을 위해서다. 죽여야 할 자는 마땅히 조국의 이름과 명예를 위하여 죽여야 하는 것이다. 그는 사격을 배웠다. 운동 신경이 예민한 그의 사격은 어느 사이엔지 목표에 거의 적중되어 들어가고 있었다. 목표물이 파열되며 쓰러질 때마다 일종의 흥분과 보람을 갖는 것이었다. 이윽고 토론이 거듭되었다. 진주(進駐)한 미군 사령관은 한국 실정에 어두웠다. 그에 대하여 한국의 실정을 왜곡되게 주입시키고 제멋대로 조종하고 있는 자가 누구냐? 그자의 이름이 자주 토론 석상에서 오르내렸다. 치밀한 계획이 다시금 다시금 거듭되었다. 그는 거의 집을 잊어버려가고 있었다. 어머니의 병환은 점점 더 무거워갔다. 모든 계획과 저격수로서 그가 지명된 날 밤 그는 밤늦게야 집으로 돌아왔다.

의식을 잃고 누워 있던 어머니는 방문이 부스스 열리는 소리에 눈을 떴다. 천장이 툭 처져서 내려앉은 방 안은 더욱 답답하고 어두웠다. 그는 어머니 앞으로 조용히 다가가서 꿇어앉았다. 고개를 약간 모로 눕히면서 아들 모습을 더듬어가고 있는 그 눈빛은 다 꺼져가는 모닥불처럼 희미하게 등잔불 빛에 반사되어 빛나고 있었다.

"어머니……"

노파는 아들의 음성을 알아들었는지 고개를 간신히 흔들어 보이는 것 같았다.

"어머니, 의사가 왔댔어요?"

그러나 노파는 가만히 있었다. 그는 어머니가 말귀를 못 알아들었는가 하여 다시 한 번 어머니 귀 가까이에 입을 대고 물어보았다. 그러고 나서 어머니 표정을 조용히 지켰다. 험하게 주름져간 입술이 움직거리는 것 같았다. 어머니 손이 무엇인가를 찾아 헤매는 듯하므로 그는 어머니의 손을 마주 잡으며 물었다.

"왜 그러세요?"

어머니는 아무 말 없이 아들의 손만을 꾹 움켜쥐는 것이었다. 어머니는 곧 아들의 손을 끌어당겨 자기 뺨 위로 가져갔다. 그리고 이미 시선과 손의 감각만으로서는 아들을 느껴볼 수가 없는 듯이 아들의 손을 자기 입술에 가져다 대어보는 것이었다. 그는 가슴이 뭉클 뜨거운 물결 속에 휩쓸려 들어가는 것 같았다. 그는 순간 며칠 전 집을 나갈 때 간신히 입을 열고 중얼거리던 어머니 말씀이 눈앞에 또렷이 아로새긴 것처럼 떠오르는 것이었다.

"언제 돌아오냐?"

"오늘은 못 돌아올 것 같아요. 저 옆집 아주머니한테 부탁을 했어요. 그리고 좀 돌봐달라고 돈도 드렸으니까 근심 마세요. 의사도 이따 저녁에 다시 한 번 들를 거예요."

"오냐."

그러고 나서 어머니는 잠시 멍하니 허공에 눈 주고 있다가 혼잣말처럼 이렇게 중얼거리는 것이었다.

"어머니는 아들만을 위해서 있단다. 나이 들면 들어갈수록…… 그러나 아들이야 그럴 수 있겠니, 제 할 일이 더 중한데……"

그 말을 듣는 순간 노쇠한 어머니의 애틋한 기대를 깨닫지 못하는 바 아니었으나 그는 자리에서 일어섰던 것이었다.

그는 지금 이러한 생각에 사로잡힌 채 자기 손을 끌어당겨다 입술 위에 대고 어루만지고 있는 어머니의 모습을 잠시 지켜보고 있었다. 얼마 후 자기 손을 어루만지던 어머니의 손은 맥없이 그대로 멈추어졌다. 그는 뼈만이 앙상한 여윈 어머니의 손가락으로부터 어머니 눈 위로 시선을 옮겼다. 자기를 쳐다보고 있는 희미한 어머니의 눈빛, 마치 그것은 먼지 속에 퇴색하여버린 유리알처럼 빛을 잃고 있었다. 그 순간 어머니는 지금 아들의 모습을 바라다보고 있는 것이 아니라 다만 마음속에서 느끼고 있을 뿐이라는 생각이 그의 마음에 어두운 선을 그으며 지나갔다.

다음 날 그는 밀회 시간을 어기고 그대로 어머니 곁에 있었다.

정오가 가까워서였다. 자동차의 엔진 소리가 요란하게 들리더니 집 앞에서 급히 브레이크 밟는 소리가 났다.

"어떻게 된 노릇이야?"

문을 열고 들어서며 조급히 지껄여대는 동료의 말을 손짓으로 막으면서 그는 밖으로 나갔다.

"그래?"

동료는 곧 그의 말이 떨어지기 무섭게 안색을 흐렸다.

"그럼 내가 의사를 불러다 네 대신을 할 테니 곧 그리로 가야 할 거야. 모두 기다리고 있으니까."

"지정된 장소로 정각까지 직행할 테니 모두에게 그렇게 일러 줘."

동료의 얼굴 위에 다시금 초조한 긴박감이 스치고 지나갔다.

"왜?"

동료는 마치 그의 마음이 동요를 일으킨 것이나 아닌가 하고 짧게 의문을 남기며 그를 날카로운 시선으로 마주 지켰다.

"다만……"

"다만?"

"나는 다만 내게 용납될 수 있는 순간까지만이라도 어머니 곁에 있어주고 싶어서야."

그는 어두운 표정으로 약간 말을 흐렸다.

"하지만……"

"알고 있어. 결정된 하나만을 위해서 나는 있어야 한다는 것을……"

그는 어머니 곁에 앉아 있었다. 의사가 여러 번 왔다 갔다. 햇볕이 점점 창문가에서 멀어지고 잔광(殘光)이 높은 축대 위 옆집 담 너머로 뚝 떨어지자 회색빛 그늘이 나지막한 이 집 마당으로 넘어지듯 내려섰다. 그리고 곧 창문가로 밀려오는 어둠의 연한 물결과 함께 혼돈된 의식이 어머니 입가에 떠돌기 시작하였다. 하얀 가운에 너무도 어울리지 않게 검은 가방을 들고 의사가 찾아왔다. 맥을 짚고 조용히 머리를 떨구고 앉아 있는 의사의 손가락 사이로 노파의 맥박은 희미하게 이어가고 있었다.

이윽고 밖에서 요란스럽게 자동차의 클랙슨 소리가 울려왔다. 그러나 그는 움직이려 하지 않았다. 끊일 듯 이어가는 어머니의 숨결, 어머니의 주름진 눈까풀 위로 죽음의 그늘은 서서히 내리덮여가고 있었다. 그때 클랙슨 소리가 짧게 또 한 번 밖에서 울렸다.

그날 밤 어머니는 임종하였던 것이었다. 지금 그의 눈앞에는 그날 밤 숨겨가며 자기의 이름을 부르던 어머니의 모습이 그대로 눈물에 젖어 떠오르고 있었다. 그리고 어머니께서 임종할 때의 광경을 이야기해주던 한 동료의 말을 잊어버릴 수가 없었다. 울음에 목멘 그의 어깨 위에 손을 얹으면서 그 동료는 이렇게 말하였다.

"그렇게 서러워하지 말어요. 어머니는 눈을 감으시면서도 만족해하시는 것 같았어. 거의 숨겨갈 임박에 자주 네 이름을 부르더군. 그래 내가 네 대신을 했었지. 잠시 후 무엇을 자꾸 더듬기에 내가 손을 잡았더니 내 손을 간신히 끌어당겨 자기 입술에 가져다 대시고 오래도록 부벼보시더군. 그러고 나서 곧 운명하셨어.

그러니까 네가 없었다 해도 어머니는 네가 자기 곁에 있는 줄 아시고 눈을 감으셨던 거야. 물론 네가 아닌 나였다고는 하지만 어쨌든 어머니는 너로 믿고 만족하며 눈을 감으셨으니까 다행이었다고 할 수 있지 않아. 자— 그만 해요."

그는 차가운 밤하늘에 총총히 늘어붙은 별들을 쳐다보며 이처럼 무거운 생각에 잠겨가고 있었다. 그는 다시금 포켓 속에 꾸겨넣은 신문지를 만지작거려보았다. 뒤얽히는 여러 가지 생각에 빠져나갈 한 가닥 틈을 찾아 허덕이는 자신을 눈앞에 그리면서 그는 묵묵히 발밑에 흩어진 담배의 아직 꺼지지 않은 불빛을 내려다보았다. 어머니— 그는 마음속으로 부르짖었다. 아들의 소식을 듣고 실신한 노파의 얼굴이 어머니 얼굴과 겹쳐지면서 다시금 눈앞을 스치고 지나갔다. 그 순간 그는 자기도 모르게 꾹 꾸겨 쥐고 있던 신문지를 꺼내어 들었다. 그리고 사방을 한 번 휘둘러본 다음 가로등이 눈에 띄자 그쪽으로 터벅터벅 걸어갔다. 그는 곧 신문지를 펼쳐서 삼면을 뒤집었다. 급히 띄엄띄엄 기사를 이리저리 눈 주어가다가 한 구절을 입속에서 두세 번 중얼거렸다.

택시! 올라타자마자 뒤를 돌아보며 방향을 묻는 운전수의 시선을 향하여 "한강로 쪽으로" 하고 그는 조용히 말했다. 차가 U자(字)형으로 오던 길을 돌아 달리기 시작하였을 때 그는 다시 어두운 생각에 잠겨가고 있었다.

어머니가 돌아가신 다음부터 약간 그에게는 마음의 동요가 일어나고 있었다. 자기가 한 행위는 하나의 의의를 갖는 반면 하나의 의의를 상실하고 있었던 것이었다.

날이 갈수록 정치적 혼돈은 더욱 극심하여져가고 있었다. 저명한 애국 투사들 간에 일어나는 분열과 반목, 집회 석상에서의 노골적인 폭행과 선동. 복잡 미묘한 배후와 배후는 서로 얽히면서 모반(謀反)은 거듭되어가고 있었다.

비가 막 쏟아지던 어느 날 저녁이었다. 사무실 안에는 음산하고 무기미한 기분이 서로의 시선과 시선 속에 스쳐가고 있었다. 세모진 얼굴의 눈매는 더욱 날카로이 독기를 뿜고 있었다. 그리고 그 유달리 미묘한 웃음을 자주 쿡쿡 입가에 터트리고 있었다.

비좁은 지하실 쪽 문을 통하여 한 친구가 걸레 조각 같은 것으로 손을 문지르며 올라왔다. 그 손가락 사이에는 검붉은 혈흔이 끈적끈적하게 말라붙어 있었다.

"어때?"

세모진 얼굴이 힐끗 그에게로 시선을 던졌다. 갓 올라온 친구는 다만 멋쩍게 입맛을 한 번 다셨다.

허리를 구부리고 비좁은 계단을 조심스럽게 밟으면서 민은 어두컴컴한 지하실로 내려갔다. 땅과 잇대어 구형으로 뚫린 조그만 철창 사이로 흘러들어오는 희미한 광선 속에 한 청년이 벽에 기대어 죽은 듯이 쓰러져 누워 있었다. 민은 잠시 걸음을 멈추고 서 있다가 청년 앞으로 다가갔다. 인기척을 채었음인지 청년은 간신히 고개를 들고 급히 반항적인 몸짓을 했다. 그리고 입술을 부르르 떨었다. 그 순간 입술 사이로 검붉은 핏물이 주르르 흘러내렸다. 그 눈은 저주와 항거에 불타오르고 있었다. 민은 묵묵히 그를 내려다보았다. 왼쪽 귀 밑으로 흩어진 머리카락은 핏물에 젖어 얼룩지고 목줄기에도 핏덩어리가 엉켜 있었다.

"또 심문을 하려는 거야? 아여⁵ 죽여줘!"

청년이 입을 움직거리자 다시금 입술 사이로 핏물이 주르르 흘러내렸다. 민은 아무런 표시도 없이 다만 그를 조용히 지키고 섰다가 양쪽 손을 펼쳐 보였다. 그 손에는 아무것도 든 것이 없었다.

"그럼?"

민은 다만 가볍게 입속으로 숨을 죽였다. 그의 이지러진 모습과 다시는 햇볕을 보지 못하고 죽어갈 이 동료의 얼마 남지 않은 종말을 생각할 때 민은 이상 더 그 앞에 머물러 서 있을 수가 없었다. 그는 무거이 걸음을 돌렸다. 계단을 한 걸음 올라서려는 순간 그는 걸음을 멈추었다. 다시금 서로 시선이 마주치자 청년은 뭐라고 핏물을 입가에 튀기면서 중얼거렸다.

"너도 나를 배반자라고 생각하고 있니?"

민은 아무런 표시도 주지 않았다. 상대방의 마음을 꿰뚫듯이 노려가던 청년의 시선 속에 한 줄 그늘이 다시 스쳤다.

"나는 다만 반대 정당 친구들과 이야기를 자주 나눴을 뿐이야. 물론 그들과의 접촉은 빈번했어. 그러나 그것은 '나'를 더 명확히 알고 싶어서였어. 내가 그들에게 기밀을 팔았다고? 제기랄!"

청년의 시선은 점점 저주스러이 불타오르고 있었다. 그는 핏물에 젖은 입술을 질근질근 깨물고마저 있었다.

"정치 강령은 그야말로 근사했어. 그래 들어왔거든. 나만이 아닐 거야. 누구나 다 그럴 거야. 결국 우리 이십 대가 너무도 정치의식이 박약했던 때문이야. 정치적 훈련이 없었던 탓이거든. 조국, 조국 하고 있지만 우리들은 조국이 무엇인지를 기실은 모르고 있어. 즉 맹목적인 정열뿐이지. 이것을 이용하고 있는 것이 정치가들이거든. 나는 처음에는 몰랐어. 하지만 내 의지에 혼돈이 일어나기 시작했단 말이야. 우리만이 아니거든. 어느 정당 단체를 막론하고 그 강령은 다 멋진 바 있어. 내가 반대 당 친구들과 자주 이야기하게 된 게 뭔지 알아?"

청년은 피거품을 입가에 가득히 문 채 정치적 거물들의 이름을 죽 나열하였다.

"자, 봐요. 그들은 과거에 모두 애국자였어. 그러나 지금부터의 애국자는 그들 중 누구인지 우리는 지금 알지 못하고 있는 거야. 과연 지금부터의 애국자가 그들 중의 누구라고 할 수 있겠어? 우리들이 그야말로 생명을 내걸고 따를 수 있는…… 일본 제국주의에 대항해서 싸웠다는 그 공적, 즉 과거에 애국자였다는 이름을 내걸고 지금 그들은 각자 자기 밑에 누구보다도 많은 당원을 흡수하여 자기 정권을 수립하려는 판국이거든. 그러나 우리 청년들은 그러한 의미에서 정계에 투신한 건 아니야. 그야말로 우리들 손에 돌아온 조국을 순수한 입장에서 확립해보자는 거였지. 그러나 그들은 그야말로 정권욕뿐이야. 하루해가 지기 무섭다고 무질서하게 난립하는 정당들의 동태를 보란 말이다. 그 속에 우리들은 휩쓸려 들어가서 조종되고 있거든. 다시 말하면 우리들의 조국에 대한 순결한 정열이 더럽혀져가고 있단 말이야. 청년 단체들의 충돌과 그 빈발하는 유혈극을 봐도 알 수 있는 거거든. 그 미묘한 배후와 배후에 얽히면서 충돌하는……"

그는 한입 물었던 피거품을 뱉었다. 그리고 핏덩어리 같은 것을 줄줄 흘리면서 그래도 말을 이었다.

"너희들은 처음 집에서부터 나를 고이 유인해냈어. 그러나 내가 모든 것을 버리고 다시 집으로 되돌아가려 할 때 그것을 용서하지 않았어. 나는 이상 더 내 정열을 헛되게 더럽히고 싶지 않았을 뿐이야. 나는 누구와도 이야기를 나눠야 했어. 나와 같은 동세대의 친구들과…… 그것뿐이야. 그러나 너희들은 나를 오해했어!"

여기까지 이야기하였을 때였다. 이 동료는 갑자기 잔기침을 하다가 그냥 피를 연거푸 토했다. 그리고 얼굴이 창백해지면서 저주스러이 눈을 부릅뜨며 피거품을 입가에 가득히 문 채 미끄러지듯 벽을 스치며 쓰러졌다. 그 순간 민은 눈을 꾹 내리감았다.

정쟁의 도(度)는 어두운 그림자를 마치 태양의 그림자처럼 배후에 서로 드리우면서 가열하여져가고 있었다. 정치적 결탁은 모반을 끼고서만 이루어져갔다. 이윽고 ×××를 죽여야 한다는 말이 튀어나왔다. 그자는 겉으로는 우리와 손을 잡고 있으면서 실은 우리의 정적인 ×파와 협상 중에 있다. 그자의 이름은 날이 갈수록 시선과 시선, 입과 입을 따라 오르내렸다. 그리고 드디어는 ×××에 대한 암살이 계획되었다. 사수(射手)의 부주의로 인한 실패. 계획은 다시 어그러졌다.

"민, 너는 요전번처럼 멋지게 해치울 수 있을 거야. 할 수 있겠지?"

민은 그리 자신이 서지 않는 표정을 하였다.

"왜?"

"그를 죽여야 한다는 자신이 서지를 않기 때문이야."

왜? 왜? 왜? 하는 질문이 그가 미처 입을 열기도 전에 연거푸 떨어졌다. 세모진 날카로운 시선…… 그는 그 날카로운 시선을 대수롭지 않게 곁으로 받아넘겼다. 날카롭던 상대방의 시선이 곧 부드럽게 개어갔다.

"또 어머니 생각이 난 모양이군, 응? 그러나 우리는 하나만을 위해서 있지 둘을 위해서 있는 것이 아니란 것을 알아야지."

"그만!"

민은 상대방의 말을 급히 가로막았다.

"다만 쏘아달라고만 해. 그 이상의 이야기는 듣고 싶지 않아."

수다한 난관이 겹쳐서 일어났다. 십육 시, 대낮이다. 쏘는 것은 문제없지만 도망하는 것이 곤란하다. 다만 유리한 조건이란 인적이 드문 한길이라는 것뿐이다. 그러나 곧 묘안이 제의되었다. 즉 정각 이십 분 전부터 한 동료와 함께 담배 가게 앞에 서 있는다. 그는 될 수 있는 한 담배 가게 쪽을 향하여 서 있고 한 동료는 길 건너편 건물 입구 쪽을 향하여 서 있는다. 만일 그자가 나오면 그에게 암시를 주고 길을 건너간다. 곧 뒤따라 길을 건너가다 앞서가는 그 동료를 은폐물로 이용하며 틈을 보아 상대방을 쏘아 넘기고 맞은편 골목길로 뛴다. 그러면 그 주위에 대기시켰던 동료들이 그자의 호위 경관이 달려오기 전에 범인을 잡는 듯이 보이며 그 골목으로 추격한다. 다행히 그 시각에 골목 안을 지나가고 있는 청년이 있으면 무조건 그를 때려눕힌다. 그리고 그를 범인처럼 만든다. 그런데 될 수 있는 한 수사 기간을 연장시키기 위하여 의식 불능케 만들어야 한다. 그러나 만일 불행히도 그 시각에 그 골목 안을 통과하는 청년이 없으면 비상수단으로 추격하는 척하며 길을 방해하다 도주한 방향을 모호하게 만들어놓는다.

계획은 그대로 이루어졌다. 그리고 다행히도 그 시각에 그 골목을 지나가던 청년이 있었던 것이었다. 그 청년은 계획대로 범인으로 체포되고 신문은 그대로 보도하였다.

그는 저격 후 그곳에서 가까운 한 동료의 집에 들르자마자 옷을 벗어 던지고 잠시 쓰러져 누워 있었다. 그는 아무런 생각도 없었다. 얼마 후 그는 가슴이 답답하여 거리로 나왔다. 그리고 선술집에 들렀다가 나오던 길에 석간 신문을 사 보았던 것이었다.

자동차가 갑자기 끽 소리를 무겁게 남기며 정거하였다. 그러나 그는 정신 잃은 사람처럼 쿠션에 그대로 파묻혀 생각에 잠겨 있었다.

"한강론데요?"

하고 운전수가 일깨워주어서야 비로소 그는 차에서 내렸다. 차에서 내려서도 그는 마치 길을 잃은 사람처럼 멍하니 서 있다가 신문지를 꺼내어 펼쳤다. 그리고 주소를 다시금 재확인한 다음 조그만 구멍가게에 들러 방향을 물었다. 그는 약 한 시간가량이나 이렇게 길을 물으며 골목길을 배회하다 드디어 철로 변에 내려앉은 다 쓰러져가는 오두막집 앞에서 걸음을 멈추었다.

얼기설기 퇴색한 신문장으로 풀칠되어 있는 문을 열고 나서는 소녀는 분명히 무모하게 범죄자로서 체포된 청년의 여동생임에 틀림이 없었다.

그를 보자마자,

"경찰에서 오셨어요?"

하고 대번에 말을 더듬는 소녀의 얼굴에는 두려움이 가득 차 있었다.

"……"

그는 대답 없이 시선을 떨구었다.

"오빠는……"

소녀는 입을 열려다 곧 울음이 복받치는 듯 입술을 꾹 깨물었다. 간신히 말을 이었다.

"오빠는 범죄자가 아니에요. 오빠를 놓아주세요, 네? 선생님!"

민은 무겁게 입을 열었다.

"아니, 그런 것 때문에 온 것이 아닙니다."

"그럼……? 그럼…… 신문사에서 오셨군요?"

소녀의 눈에서는 눈물이 주르르 흘러내리고 있었다.

"오빠가 범인이 아니라고 좀 써주세요, 네? 오빠가 범인이 아니라는 것을 곧 아시게 될 거예요. 오빠가 결코 범인이 아니라고 한마디만이라도 좀 써주세요. 어머니가 불쌍해요. 어머니가 불쌍해 못 보겠어요. 오빠는 어머님 약값을 구하러 나갔던 거예요. 어머니는 이대로 돌아가셔요."

 소녀는 흑흑 소리 죽여 흐느꼈다. 그러나 잠시 후 눈물을 닦고 고개를 들었다. 그리고 고개를 드는 순간 소녀의 시선은 놀랍게 빛났다. 낯선 이 청년의 두 눈에서 눈물이 소리 없이 흘러내리고 있기 때문이었다.

 민은 소녀에게 자기의 눈물을 뵈지 않으려고 약간 시선을 밑으로 떨구었다.

 "그래 의사가 왔었소?"

 민은 간신히 입을 열었다. 소녀는 말을 잊어버린 듯이 의아한 시선으로 다만 그를 마주 볼 뿐이었다. 민은 포켓에서 돈을 꺼내어 소녀의 손에 쥐여주었다. 소녀의 손은 차돌처럼 싸늘히 식어 있었다. 소녀는 너무도 뜻밖의 일이라 아무런 반응도 없이 다만 그가 쥐여주는 돈을 그대로 받아 들고 마치 넋을 잃어버린 사람처럼 멍하니 그를 쳐다보고 섰을 뿐이었다. 그는 너무도 가슴이 벅차서 그대로 돌아섰다. 소녀는 무슨 말을 하려는 듯이 몸을 움직거렸다.

 "저, 누구신지······"

 그는 대답 없이 소녀를 잠시 돌아보았다.

 "오빠는 곧 돌아올 거요. 안심하고 어머님 잘 돌보고 있어요."

 그러고 나서 그는 가볍게 머리를 한 번 숙이고 걸음을 옮겼다. 소녀의 눈에서는 눈물이 다시 흘러내리고 있었다.

 다음 날 저녁 민은 동료들과 함께 사무실에 앉아 있었다. 분위기가 몹시 초조스럽게 서로의 호흡을 죽여가고 있었다.

"그래서?"

세모진 날카로운 시선이 반득 빛났다.

"나는 너한테 심문을 받고 있는 게 아니야!"

민은 그의 발언을 묵살이나 하듯이 쿡 찔렀다. 그 순간 세모진 얼굴은 그 미묘한 웃음을 또 입가에 훅 날렸다.

"신경이 몹시 날카롭군, 응? 너와 나와는 그러한 사이가 아닐 텐데…… 그렇잖어? 왜 너는 아홉이라는 숫자 앞까지 와서 마지막 한 숫자를 스스로 버리려나 말이다. 눈앞에 점점 트여가는 큰길을 못 보고 있는 건 아닐 테지……?"

그러나 민은 그 말을 상대도 하지 않았다.

"잘 들어둬. '내일에 화려한 도시를 건설하기 위해서 오늘 한 평범한 인간의 뺨을 치고 싶지 않다'는 말을 아직 못 들어본 모양이군. 위대(?)한 하나의 일의 성공보다는 나는 오히려 소박하게 살아가는 인간의 모습들이 하나라도 더 소중스러워졌단 말이다."

"너는 아직 역사라는 것을 모르고 있군."

"나는 너희들이 말하는 그러한 희생을 강요하는 역사를 요구치 않아."

"그럼 너는 의의라는 것을 부인한단 말이냐?"

"인간의 의의를 묻고 살기보다는 나는 오히려 묻지 않고 살기를 원해."

"변절이야?"

"아무렇게 생각해도 좋아. 나는 돌아가겠어."

"어디로?"

"집으로."

"집?"

세모진 얼굴에 경멸적인 조소가 어두운 그늘을 깔며 스쳐갔다.

"자수할 생각이냐?"

"그처럼 어리석진 않아."

민이 일어서는 것과 동시에 상대방이 벌떡 일어서며 권총을 빼어 들었다. 순간 긴장이 물결처럼 쫙 깔려갔다. 그러나 민은 한 점 표정의 동요도 없이 침착한 태도로 돌아서서 문 쪽으로 걸어 나갔다. 문을 열고 나서려는 찰나 총성이 요란하게 주위를 뒤흔들었다. 민은 멈칫했다. 머리가 갈래갈래 부서져서 공중으로 획 날아가는 것 같았다. 아무것도 없는 하얀 공간만이 남아 있는 것 같았다. 그리고 다음 순간 총성이 까마득히 외부의 세계의 일만 같이 사라져버리자 다시금 부서졌던 머리 조각들이 제자리로 모여오는 것만 같았다. 그는 잠시 그대로 문간에 서 있다가 아무 일도 없었던 것처럼 걸어 나갔다. 긴장이 아직 풀리지 않은 동료들의 시선은 천천히 걸어 나가는 민의 뒷그림자를 묵묵히 지키고 있었다. 그의 뒷그림자가 까마득히 사라지자 그들은 총탄에 파열된 마룻바닥을 무기미하게 내려다보고 있었다.

"이만한 위협으로 그가 돌아올 리는 만무다."

세모진 얼굴은 혼자 입속으로 중얼거리고 있었다.

민은 침착한 걸음걸이로 길 한복판을 서서히 걸어 내려가고 있었다. 그의 눈앞에는 소녀의 얼굴과 앓아누워 있다는 소녀 어머니의 모습이 돌아가신 어머니 얼굴과 겹쳐져서 떠돌고 있었다. 마치 그는 오래간만에 집으로 돌아가는 듯한 마음이었다.

부동기 浮動期

 한쪽으로 기울어져 내려앉은 대문, 벌레가 숭숭 사이 없이 좀먹어 들어간 퇴색한 기둥은 이미 주춧돌 위에서 제자리를 잃고 한 귀로 비긋이 물러나 앉은 지도 오랜 성싶다. 들어서면 코밑에 껍질만 남은 빈대처럼 안채가 엎드려 있다. 계절이 바뀌어도 햇볕이라고는 구경도 할 수 없을 조그만 방들, 그러나 그것도 단둘뿐이다. 한쪽 방에 삼십 촉 등이 희미하게 켜져 있다. 그 희미한 불빛 속에서 마치 석고상처럼 창백한 얼굴을 한 여인이 조용히 앉아 있다. 마치 죽은 듯이 조용히 앉아 있다. 손만이 움직인다. 그 손은 보기에도 지루하리만치 느릿느릿 움직이고 있다. 바느질을 하고 있는 모양이다.
 하늘에는 짓눌리는 가슴처럼 무겁게 구름이 깔려 있다. 조금 있으면 둘째 아들인 영식이가 돌아올 것이다. 축 지쳐 늘어져서 어쩌면 손때가 묻고 찢어져서 팔다 남은 신문장을 하나 꾸겨 쥐고 돌아올지도 모른다. 그가 돌아와서 그 조그만 두껍지[1]에서 꾸겨진 십 환짜리들을 꺼내어 차곡차곡 개키며 헤고 있으려면 아버지가 술에 얼근해서 저벅저벅 돌아온다. 그 육중한 체구에 비하여 땅을 짚는 아버지의 발자국 소리가 왜 그렇게 늘 잘못 허공을 짚는 것같이 허청거리는지 그 발자국 소리를 들을 때마다 영식은 불안스러워지는 것이었다. 그래서 영식은 아버지가 좀 그 육중한 몸집처럼 의젓하게 땅바닥을 콱콱 밟고 다녀주었으면 하고 늘 불안스럽기도 하였다. 어쩌면 이 집 맏아들은 오늘 밤도 안 돌아올지 모른다. 그에게는 집보다도 더 중대한 것이 있었다. 그 때문에 영식은 형이 싫었다. 형을 볼 때마다 영식은 무엇이 왈칵 형을 향하여 쏟아져 나올 것만 같은 충동을 느끼곤 하였다. 그럴 때면 형은 늘 동생더러 아무것도 모르는 탓이라 하였다. 그는 제법 으스덕거리기도 하였지만 동생은 하나같이 믿기지가 않았다. 그러므로 영식은 아버지가 때때로 몹시 원망스럽고 미웠다가도 형을 볼 때면 아버지가 더없이 가여워지고 좋아지는 것이었다. 이 집 딸은 통행금지 시간이 지나서야 돌아오기 마련이다. 가냘픈 꽃잎처럼 해사한 여자였다. 영식은 이 누나가 왜 그런지 모르게 그저 좋았다. 누나— 너무 쌀쌀하다. 그리고 어머니처럼 말이 없어 어딘지 좀 야속스러우면서도 그래도 그저 좋았다. 누나가 왜 이토록 늘 통행금지가 지나서 돌아오는지를 영식은 모른다. 누구 하나 가르쳐주지도 않거니와 그 또한 묻지도 않았다.

희미한 촉광 밑에서 아직도 여인은 죽은 듯이 앉아서 느릿느릿 바느질손을 놀리고 있다. 아직 이들 가족 중에 누구 하나 돌아온 사람이라곤 없었다. 마치 이들 가족은 영 햇볕을 등지그 폭삭 내려앉을 듯 기울어진 그네들의 집처럼 그 속에서 살고 있었다.

거뭇거뭇 버섯이 돋고 잔주름이 겹쳐 굵게 패어 들어간 얼굴처럼 이미 영락할 대로 영락하여버렸다고는 하지만 아버지에게는 그래도 그 한때의 의젓하던 체구만은 남아 있었다. 그 어느 날도 하는 것 없이 꾸역꾸역 역겹도록 썩혀 보내야 하는 나날이었지만 그래도 아버지는 마치 그 어느 날도 꼭같이 무슨 일이라도 있는 것처럼 날이 밝기가 무섭게 부성대며 일어나 앉는 것이었다. 그러나 일어나 앉기는 하였으나 다음에 할 바를 몰라 그는 멍하니 허수아비처럼 천장이나 담벽만을 마주 보고 언제까지나 앉아 있는 것이다. 영식은 눈을 뜰 때마다 자리맡에 아버지가 그러하고 있는 것을 보았다. 아버지는 무엇을 생각하고 있는 것도 아니었다. 그저 멍하니 벽만을 쳐다보고 앉아 있는 것이다. 결코 자기의 과거를 생각하고 몰락해버린 현재의 자기를 발견하고 한숨짓는다든가 하는 그러한 일이란 전연 없었다. 그렇기 때문에 맏아들에게 경멸을 받고 있었다. 맏아들은 아버지 얼굴을 보기만 하여도 구역질이 난다고 하였다. 그리고 울컥 밸이 뒤틀려 다구 아버지에게 해대는 것이었다. 그러나 아버지는 그가 무어라건 끙 소리 한마디 없이 그대로다.

사변 전, 아버지는 큰 공장을 경영하고 있었다. 폭격으로 공장시설은 홀랑 형체도 없이 올라가버렸지만 그 대지, 바로 아들이 아버지를 해대게 되는 것이 이 대지에서 시작되는 것이다. 아버지, 그래 그 땅이 아깝지 않단 말이오? 뻐젓하게 자기 건데도 왜 머저리처럼 남에게 빼앗기나 말이오? 지금 그쪽 땅값이 얼마나 오른지 모르슈? 기실 아들은 그 좋은 대지를 뺏기면서도 멍청하게 벽만 쳐다보고 앉아 있는 아버지의 그 허수아비 같은 몰골을 볼 때마다 분통이 터지는 것이었다. 정치적 배경으로 인하여 이미 빼앗겨버린 땅, 사회적으로 한낱 길바닥에 뒹구는 휴지 조각에도 비할 나위 없이 무기력하여진 지금의 아버지로서는 아무런 도리도 없었다. 그 땅을 찾으려면 나에게도 배경이 필요하다. 피난살이에서 돌아와 보니 이미 그 대지는 남의 손에 쥐어져가고 있었다. 불순한 몇 공장 직공 녀석들이 빨갱이 치하에서 그 공장 터를 어떻게 농락질하였는지는 모른다. 하여튼 그것은 별문제다. 그 땅을 다시 찾으려면 그것을 찾을 수 있을 만치 강한 배경이 필요하다. 그 배경에 줄을 대려면…… 이러한 길이 있다. 또 이러이러한 길도 있다. 아니, 그와는 방도를 달리할 수도 있을 게다. 그러나 상대 쪽이 타고 있는 줄이 그 어느 쪽으로 어느 만치의 넓은 세력 분포를 갖고 있는 것일까. 그러고 보면 ……들 것이 많다. 이렇게 이렇게 다리를 거쳐야 한다. 그뿐이랴— 그럴 바에는…… 아니 포기하는 편이 나을 것이다.

  그러나 아들은 아버지의 그러한 약수[2]가 더욱 마음에 거슬렸다. 그건 약수가 아니라 비겁이지요. 비겁입니다. 빈주먹이면 어떻습니까. 끝까지 그런 자와는 싸워야 합니다. 소크라테스의 죽음을 위대하다고 생각지 않으십니까. 아버지는 바보입니다. 드디어는 이렇게 아들 입에서 터지고야 마는 것이었다. 그러면 아버지는 벽만 멍청히 쳐다보고 있다가 고개를 끄덕이며 자기는 '바보'라고 중얼거리며 그 육중한 몸집에 어울리지 않게 허풍처럼 맥없이 어깨를 들먹이며 후후후 웃음을 터뜨리는 것이다. 그대의 그 웃음! 그것은 마치 찢어진 북 소리처럼 덧없이 허무한 것이었다. 영식은 옆에서 그러한 아버지의 웃음소리를 들을 때마다 울음이 울컥 목구멍에서 솟아오르는 것을 금할 수가 없었다. 아버지가 불쌍하였다. 아버지를 확 밀어 팽개치고 밖으로 뛰어나가고 싶을 만치 아버지가 뭔지 모르게 역겹도록 불쌍하였다.

기실 아버지가 그러하기 때문에 형이 지금의 그러한 길로 뛰어들었을지도 몰랐다. 웬만하면 자기가 이 무너져가는 집을 다시 바로잡기 위하여 직업을 갖고 온갖 고초를 한 몸에 지니고 나가야 할 입장이었다. 그러나 그와는 정반대였다. 새벽녘이 되어 집에 돌아오는가 하면 그냥 이불을 뒤집어쓰고 곯아떨어졌다가는 눈이 뜨기 바쁘게 얼굴을 마른 수건에 비비대고 휑 나가버리는 것이다. 어떤 때는 삐라 같은 것을 한 아름 끼고 와서는 동네마다 밤이 늦도록 뿌리고 돌아가는 것이다. 때로는 동생더러 시키는 수도 있었다. 영식은 그게 싫었다. 신문을 저녁 늦게까지 팔고 다니다가 피로에 지친 때문에서라기보다는 뭣 때문에 아무런 소득도 없이 그러한 짓을 해야 하는지 어처구니가 없기 때문이었다. 아버지도 이따금 푼돈을 벌어 오신다. 누나도 돈벌이에 나섰다. 심지어는 나까지도 신문팔이로 길거리에 나선 것이 아니냐. 그런데 형은 한 푼 벌기는커녕 우리한테 얹혀 먹고 있다.

"형?"

"뭐 말이냐?"

어느 날 영식은 삐라를 들고 나가려는 형에게 왈칵 터져 나오려는 감정을 억제하면서 말을 걸었다.

"그런 것 밤낮 갖고 돌아가면 누가 돈을 준대……?"

"돈?"

하고 형은 의외라는 듯이 동생을 잠깐 지켜보다가 쓴웃음을 입가에 흘렸다.

"돈 때문에 이러는 줄 아니?"

"그럼 뭐야."

"이 자식아, 아무것도 모르면 가만있어. 넌 아버지가 부러우냐?"

"흥, 나는 그런 얘기가 아냐. 우리는 누구 하나 놀지 않고 돈을 벌고 있어, 그런데 형은 뭐 하는 거야."

형은 돌연한 동생의 항의에 적이 마음이 동요되는 듯 씩 그냥 웃었다.

"형이 지금 하고 있는 일은 그런 값싼 돈에 비할 게 아니란 말야. 알겠어?"

"흥, 난 아무것도 몰라. 하지만 우리 집에는 지금 단 한 푼이라도 돈을 버는 사람이 필요해."

동생의 이 원망스러운 말투에 형은 약간 불쾌해진 모양이었다.

"이 자식, 아무것도 모르면 가만있어."

그러고 나서 형은 그냥 휑 나가버리는 것이었다. 그때만 해도 그리 형에 대한 감정이 나쁜 것은 아니었다. 영식이가 참으로 형을 밉게 생각하기 시작한 것은 어느 날 형이 녹초가 되도록 두들겨 맞고 질질 끌려서 집으로 들어오던 그때부터였다.

영식이가 신문을 팔고 늦게 돌아오자 어머니는 거의 시커멓게 죽은 얼굴을 하고 형님 머리맡에 앉아 있었다. 벽을 마주 보고 멍하니 앉아 있는 아버지의 얼굴도 어둡게 흐려 있었다. 영식은 가슴이 덜컥 내려앉았다. 형의 얼굴은 이루 말이 아니었다. 그것뿐이랴. 온몸이 성한 데가 없었다. 영식은 그러한 형의 꼴을 보자 눈시울이 뜨거워지고 가슴이 꽉 메는 것 같았다. 신음 소리마저 간신히 내고 있는 형편이었다. 누가 그리하였을까. 영식은 분노에 전신이 후들후들 떨렸다. 그러나 다음 순간 이러한 분노는 곧 형에 대한 저주로 바뀌어가고 말았다. 삐라를 붙이다가 낯모를 청년들과 시비가 벌어진 끝에 두들겨 맞았다는 것이다. 영식은 도리어 그러한 형을 간호하고 있는 어머니가 불쌍하였다. 그리고 밤을 꼬빡 새우다시피 하며 입에 물을 떠 넣어주고 이마에 수건을 갈아주는 어머니를 볼 때마다 형에 대한 불쾌한 감정이 더 치솟았다. 더욱이 이 주일쯤 후 형이 일어나 앉아서 제 딴에 잘한 듯이 중얼거리고 있을 때는 더욱더 그러한 감정이 무겁게 엉덩어리처럼 가슴을 짓누르는 것이었다. 필경 자기를 이유 없이 집단 폭행한 그 괴한들은 반대 정당의 그늘 밑에서 서식하고 있는 폭력배에 틀림없다는 것이다. 두고 보라지. 폭력배를 끼고 노는 그런 놈의 정당이 그래 세도를 부리면 며칠이나 갈 테야. 흥! 내가 고만 폭력에 치를 떨고 끽소리도 없이 물러설 줄 알아. 천만에, 내 모가지가 열두 번 부러지는 한이 있더라도 해볼 참이다. 그러고 나서 그는 채 몸도 제대로 가누지 못하면서 또 나간다는 것이었다. 어머니는 눈물을 흘리면서 말렸다.

"물론 정치를 잘하게 하기 위해서 네가 나가 일하는 것도 좋지만 집도 좀 생각해보고 이 늙은 에미나 애비도 좀 생각해보려무나. 그러다 이 무서운 세상에 귀신 모르게 맞아 죽을까 두렵구나, 응, 이놈아."

그러나 아들의 고집은 말이 아니었다. 이미 정치에 미쳐버린 그에게는 아버지도 어머니도 안중에 없었다.

"차라리 싸우다 죽는 편이 나은 겁니다. 어머니, 어머니는 나도 아버지처럼 멍청하니 벽이나 쳐다보고 앉아 있어야 만족하단 말입니까. 만약 이 세상 사람들이 다 저 아버지처럼 된다면 어떻게 될 것 같습니까. 못 삽니다, 못 살아."

"그렇다고 아버지가 돌아가셨단 말이냐? 사람이란 그러지 않고라도 다 그저 살아가게 되는 거란다."

"아닙니다. 어머니, 그러니까 이렇게 우리가 고생하게 되는 거야요."

"그럼 네가 밤낮 그 쫓아다니는 정당인지 뭔지가 득세를 하면 누가 공으로 다 멕여 살린다더냐. 어느 때든 다 제 할 일 해서 제 밥 먹고 사는 거지."

형은 어쨌든 어머니의 이야기엔 귀도 기울이지 않았다.

몸이 어느 정도 완쾌되자 형은 또 여전하였다. 동생은 점점 형이 아니꼽고 미웠다. 그리고 형을 볼 때마다 자기도 모르게 왈칵 무엇이 형을 향하여 가슴속에서 터져 나오는 것만 같았다.

영식이가 저녁을 먹고 노곤히 피로에 떨어져 멍하니 천장을 바라보고 누워 있을 때 아버지가 술이 얼근해서 저벅거리며 돌아왔다. 늘 이렇게 술이 얼근해서 돌아올 때면 아버지의 기분은 의외로 좋았다. 술을 안 먹었을 때는 허수아비같이 벽만 쳐다보고 말이 없는 아버지였지만 술을 먹으면 공연히 어깨를 으쓱으쓱 들먹이고 한 눈을 지그시 감아 보이며 싱긋이 웃어도 보는 것이다. 아버지는 늘 점심때까지 집에 있다가 밖에 나가곤 하였다. 나갔다가는 으레 어둡게야 술이 얼근해서 돌아오는 것이다 집에서 나간 이후 다시 돌아올 때까지의 아버지의 행적을 자신 이외에 아는 사람이라곤 하나도 없었다. 그는 통 자기에 관해서 말을 하지 않았다(아는 사람도 없었지만). 그는 이따금 들어오는 길에 기천[3]환의 돈을 호주머니에서 꺼내어 지그시 입가에 웃음을 죽여가면서 어머니 앞에 내어놓기도 하였다. 어디서 어떻게 그러한 돈이 생겼는지 물론 알 수 없는 노릇이었다. 그는 오늘 더욱이 기분이 좋았다. 소고기 한 근을 사들고 너털거리며 들어온 것이었다. 그는 지금 끓여서 당신도 좀 먹고 애들도 나누어 먹이라고 하였다. 그는 의젓이 앉아서 필터가 달린 양담배를 꺼내어 피워 물고 발목을 슬슬 쓰다듬으면서 방 안을 휘휘 둘러보았다. 그야말로 가장으로서의 위풍이 의젓하게 서 보였다.

영식은 늘 그러하였지만 이럴 때면 무언지 모르게 가슴이 흐뭇해져서 아버지를 물끄러미 쳐다보게 되는 것이었다. 영식은 집에서만이 아니라 이처럼 의젓한 아버지의 위풍을 골목을 둘 건너 언덕 밑에 있는 선술집에서도 본 적이 있었다. 그 선술집 주인은 옛날에 아버지가 경영하던 공장 직공이었었다. 사변 통에 어쩌다 술장수를 시작했다는 것이었다. 그 선술집 주인은 늘 아버지가 그쪽으로 지나가는 것을 보았을 때는 꼭 쫓아 나와서 공손히 인사를 하고는 부득부득 아버지를 모시고 들어가 술을 대접하는 것이었다. 선술집 주인은 아버지를 반드시 '사장 영감'이라고 불렀다. 사장 영감같이 착하신 어르신이 이게 웬 말입니까. 다 세상을 못 만난 탓이지요. 좋지 못한 술이지만 마음 놓고 들어주세요. 그러면 웬 당치 않은 말이란 듯이 고개를 저으며 술잔을 받아 들고자, 그러면 먹겠노란 듯이 잔을 조금 들어 보였다가 죽 들이켤 때 아버지의 모습은 비록 하꼬방 선술집에서일망정 그 의젓한 체구처럼 한 점도 나무랄 데가 없었다. 더욱이 술이 거나해서 상대방의 말에 대하여 응, 그러냐는 듯이 고개를 끄덕일 때의 그 품이라든가 또는 무슨 말끝에 껄껄거리고 웃음을 터뜨릴 때의 그 허탈한 웃음소리는 자다가 생각하여도 너무도 흐뭇하여서 '아버지—' 하고 불러보고 싶은 그러한 것이었다. 결코 그것은 덧없이 터뜨려보는 어딘지 한쪽이 텅 빈 듯한 공허한 웃음은 아니었다. 그렇기 때문에 영식은 이따금 아버지의 그러한 허탈한 웃음소리가 듣고 싶어 그 선술집 창가에 숨어서 안을 들여다보곤 하였던 것이었다. 그러나 아버지는 아무리 술이 얼근히 취하여 들어와서도 집에서 그러한 웃음을 웃어보는 적은 없었다. 다만 기분이 좋아서 의젓이 발목이나 무릎을 쓰다듬으며 앉아 있을 따름이었다.

오늘도 영식은 그러한 아버지의 얼굴만 쳐다보고 있었다. 이따금 아버지도 영식의 얼굴을 내려다보는 주름진 눈가에 은근히 웃음을 지어 보이곤 하였다.

그러나 이것도 그리 오래 지속될 수는 없었다. 통행금지 시간이 지나고 딸의 발자국 소리가 문간에서 들려오면 아버지의 얼굴빛은 갑자기 얼음장처럼 식어지고 굳어버리는 것이었다. 누나는 집에 돌아와도 전연 누구와도 말을 하지 않았다. 누나는 아버지를 정면으로 본 적이 없었다. 아버지도 딸을 결코 마주 보지 않았다. 술이 얼근해서 기분이 좋았다가도 딸이 돌아오면 벽간 멍하니 마주 보기 시작하는 것이다. 조금 전 가장으로서의 그 의젓하던 위풍도 다 스러지고 마치 허수아비처럼 멍청히 앉아 있는 것이다.

누나는 자기 방으로 그대로 들어가버린다. 무거운 침묵과 싸늘함만이 그 뒤에 남는 것이다. 옷 갈아입는 소리가 들리고 요 펴는 소리가 나면 잠시 후에 불이 깜박 꺼진다. 그 뒤에 다시 뒤덮이는 침묵의 그늘. 아버지는 여전히 벽만 쳐다보고 앉아 있다. 영식은 이 시각이 제일 싫었다. 이 시각처럼 집이 싫어질 때가 없었다. 형은 오늘도 돌아오지 않았다. 형이 돌아와도 이 마지막 시각은 마찬가지다. 이 집의 마지막 하루는 이처럼 끝나는 것이었다.

어제 저녁부터 가슴이 짓눌리게 구름이 깔려 있던 하늘은 다음 날 제만 때[4]가 되어서야 비를 퍼붓기 시작하였다. 영식은 신문을 채 반도 팔지를 못하고 억수를 만났다. 신문을 옷자락 속에 집어넣고 다방을 이리저리 돌아다녔으나 그만 몇 집 못 가서 옷이 흠빡 젖어버리고 말았다. 그치기를 기다리는 수밖에 없었다. 하는 수 없이 영식은 오색 등불이 반짝이는 어느 문간에서 비를 피하였다. 비는 마구 문간에까지 퍼부어 어느덧 영식의 바짓가랑이에서 빗물이 철철 흘러내리고 있었다. 영식은 문 안으로 들어섰다. 안에서는 율동적인 음악이 흘러나오고 간드러지게 웃어대는 여자의 웃음소리와 함께 남자들의 음성이 섞여 나오고 있었다.

　아스팔트 위에 세차게 내리치는 빗발은 삽시간에 홍수를 이루고 하수도구로 쾅쾅 흘러내리기 시작하였다. 영식은 몸을 후르르 떨었다. 오한이 나는 듯 오싹 전신에 소름이 끼치기도 하였다. 이러한 상태로는 도저히 비가 언제 그칠지 알 수도 없었다. 영식은 우두머니 몸을 쪼그리고 문간에 서서 비 내리는 거리를 바라보고 있다가 등 뒤에 인기척을 느끼고 길을 비키며 돌아보았다. 어떤 젊은 신사 뒤에 양장을 한 여자가 따라 나오며 그 신사의 옷소매를 부여잡고 있었다. 그들은 뭐라고 잠깐 속삭이다가 같이 웃었다. 그리고 나서 신사가 입을 쭝긋해 보였다. 그는 여자와 함께 다시 돌아 들어갔다. 영식은 그 바람에 안을 슬금시[5] 들여다보았다. 안에는 색색가지 등불이 희미하게 켜진 가운데 남녀가 어울려 앉아서 술을 먹고 있었다. 조선 옷을 입은 여자, 양장을 한 여자, 모두 짙은 화장에 잠시도 그들은 입가에서 웃음을 잃어버릴 새가 없다. 무엇이 저들은 저토록 즐거울까. 어떤 여자는 사내에게 꼭 껴안겨서 무엇인가를 속삭이고 있다. 영식은 이러한 것들을 무심히 바라보고 있다가 깜짝 놀라 자신의 눈을 한번 의심하여보았다. 아니다. 그럴 리가 없다. 영식은 다시 한 번 자세히 들여다보았다. 어쩌면…… 영식은 전신이 불더미 속에 휩싸여 들어가는 것처럼 확 타오르는 것 같았다. 그리고 동시에 가슴이 확 무너져 내리는 것 같았다.

영식은 옷이 홈빡 젖고 옷 속에 감춘 신문까지 전부 젖는 것도 모르고 마구 비를 맞으며 집으로 달렸다. 어쩌면 그럴 수 있는 것일까. 어쩌면…… 그는 속에서 다자꾸 이렇게 부르짖고 있었다. 비는 사정없이 퍼부어 소년의 머리에서 이마에서 물줄기를 이루고 흘러내리고 다시 그것은 목덜미를 거쳐 가슴팍으로 겨드랑으로 사정없이 흘러내리고 있었다.

그는 집에 들어서자마자 확 울음이 터져 나오는 것을 참을 수가 없었다.

"아이구머니나―"

어머니는 비에 홈빡 젖은 아들을 보자 뛰어나와 아들을 끌어안았다.

"어머니."

"오냐, 어서 옷을 벗어라."

소년은 흑흑 느껴 울었다. 빗물과 눈물은 서로 어울려 그의 뺨을 스치고 흘러내렸다.

"어머니."

"응?"

"……"

"자, 어서 옷을 벗으래두."

영식은 옷을 벗을 생각도 하지 않고 있었다.

"어머니."

"응?"

"아버진 어디 계셔요?"
"왜 그러니?"

영식은 다음 순간 어머니의 대답도 기다리지 않고 그대로 다시 어둠 속으로 뛰어나가며 흐느꼈다. 어머니는 깜짝 놀라 아들을 부르며 뒤쫓아 나갔으나 이미 영식은 비를 그대로 맞으며 어두운 골목길을 뛰쳐나가고 있었다.

선술집 가까이에 이르렀을 때 영식은 자기도 모르게 울음을 머금으며 걸음을 멈추었다. 분명히 아버지였다. 아버지는 비를 축축 맞으며 그 선술집을 슬며시 들여다보며 지나갔다가는 또 잠시 저쪽 집 처마 밑에 서 있다가 그 선술집 앞을 또 지나오는 것이었다. 몇 번씩이나 이렇게 되풀이하고 있었다. 더욱이 허리를 꾸부정하고 비를 축축 맞아가며 허청거리고 걸어오다 선술집 안을 힐끔 들여다보는 모양이란 참으로 가련한 장면이었다. 아버지는 또 이쪽 나무집 처마 밑에 와서 비에 쫓기는 개처럼 멍청히 쭈그리고 서 있다가 다시 또 선술집 앞을 천천히 어깨를 푹 늘어뜨리고 지나갔다. 영식은 어느덧 울음마저 잊어버리고 있었다. 그는 아버지의 그러한 거동이 무엇 때문인지를 알 수가 없었다. 영식은 자기도 모르게 아버지에 대한 역겨움이 가슴을 쿡 찌르고 마음을 어지럽히는 것이었다.

영식은 자리에 누웠다. 오한에 턱이 다자꾸 덜덜 떨렸다. 아무리 눈을 붙이려 하여도 잠들 수가 없었다. 그처럼 냉정하고 말이 없는 누나가 어쩌면 그렇게…… 누나가 집을 나갈 때는 화장하지 않았었다. 그런데 어디서 그렇게 화장을 한 것일까. 하지만 집에 돌아올 때는 또 말끔한 얼굴을 늘 하고 있었다. 아버지와 어머니는 그러한 사실을 알고 있는 것일까. 알고 있으면서도 모르는 척하고 있는 것일까. 비를 축축 맞으며 선술집 앞을 저벅거리며 왔다 갔다 하던 아버지의 꼴이 확 뿌리쳐보고 싶도록 밉기 한이 없다. 그처럼 그저 좋고 가엾어 뵈던 누나도 짓밟아버리고 싶은 버러지처럼 밉기만 하다. 영식은 이렇게 집이 싫어지기가 처음이었다. 아버지가 술에 취하여 저벅거리며 돌아오는 것을 알고도 영식은 돌아보지 않았다.

열한 시가 훨씬 넘어도 누나는 돌아오지 않았다. 비가 멎은 지도 이미 오랬고 밖에는 낙숫물 떨어지는 소리만이 침묵을 깨뜨리고 들려올 뿐이었다.

열두 시를 치는 이웃집 괘종 소리가 조용히 울려왔다. 그래도 누나는 돌아오지 않았다. 아버지는 자리에 누울 생각도 없이 허수아비처럼 멍청히 벽을 마주 보고 앉아 있었다. 밤은 낙숫물 떨어지는 소리와 함께 더욱 깊어만 갔다. 이윽고 어머니가 흑흑 느껴 우는 소리가 들렸다. 숨죽이며 속으로 흐느끼는 울음소리였다. 아버지는 여전히 실신한 사람처럼 앉아 있었다. 그러나 영식은 누나가 기다려지지도 않았다.

다음 날 아침 영식이가 눈을 떴을 때에도 아버지는 그냥 그 자리에 앉아 있었다. 어머니의 눈시울은 통통 부어 있었다. 그대로 꼬박 밤을 새운 것이었다.

이날 아침 맏아들이 휭 하고 나타났을 때에도 그들은 아무 말 없이 그대로 앉아 있었다. 맏아들은 여동생이 어젯밤 안 들어온 것을 알자 흥! 하고 코웃음을 쳤다. 그리고 멍청히 앉아 있는 아버지를 저주스러운 듯이 노려보다가 그대로 획 또 어디론지 나가버렸다. 어머니는 또 숨죽여 울기 시작하였다.

해낮이 되어도 누나는 돌아오지 않았다. 아버지와 어머니는 밥 먹는 것마저 잊어버리고 있었다. 벽을 마주 보고 있는 아버지의 눈은 그슬린 유리알처럼 희미한 게 힘이 없었다. 모든 것이 다 무너져버린 뒤의 공허 그것이었다.

누나는 저녁 늦게야 집으로 돌아왔다. 누나가 돌아와서도 아버지는 멍하니 그대로 담벽만 쳐다보고 앉아 있었다. 어머니도 고개를 떨군 채 가만히 있었다. 누구 하나 입을 여는 사람이란 없었다. 누나는 더욱 창백하게 얼굴이 질려 있었다. 누나가 이처럼 밖에서 자고 들어오는 것은 이것이 처음이었다. 누나도 고개를 들고 어머니나 아버지를 보려고 하지 않았다. 그녀는 그냥 묵묵히 흐트러진 걸음걸이로 들어와서 자기 방으로 들어가버렸다. 그리고 옷을 갈아입고 그냥 자리에 누워버리는 모양이었다.

잠시 무거운 침묵이 흐른 후였다. 방 안에서 조용히 숨을 죽이고 흐느끼는 누나의 울음소리가 들릴락 말락 하게 새어 나왔다. 그것은 분명 이불을 뒤집어쓰고 소리를 죽여가며 흐느끼는 울음소리였다. 그러자 어머니가 또 흑 하고 느껴 울기 시작하였다.

아버지는 묵묵히 일어섰다. 그리고 허청거리며 밖으로 걸어 나갔다. 저벅거리며 걸어 나가는 발자국 소리. 마치 그것은 예전보다도 더 맥없이 공중에서 허우적거리는 것 같았다. 허수아비 같은 아버지의 그림자가 어두운 문간 쪽에서 사라지자 어머니는 더욱 흑흑 느껴 울기 시작하였다.

영식은 갑자기 수없이 어두운 반점(斑點)들이 어지럽게 눈알을 스치고 지나가는 것 같았다. 영식은 자기도 모르는 중에 밖으로 뛰어나갔다. 그리고 어두운 골목길을 달음질쳐 나가며 아버지를 찾았다. 선술집 쪽으로 달려가보았으나 아버지의 그 허수아비 같은 그림자는 눈에 띄지 않았다. 이 골목 저 골목 찾아보았으나 역시 마찬가지였다.

영식은 곧 언덕길로 빠지는 큰길 쪽으로 가보았다. 인적이라곤 하나도 없었다. 예전 여기는 호화로운 양옥 주택들이 늘어서 있던 곳이었으나 사변 때 폭격으로 홀랑 모두 그 잔형도 없이 무너져버리고 지금은 높이 올려 쌓았던 축대들만이 엉성히 남아 있는 폐허였다.

영식은 걸음을 멈추었다. 그 무너져버린 폐허 위에 어두운 그림자를 발견하였기 때문이었다. 분명 아버지에 틀림이 없었다. 그는 한 걸음 한 걸음 그 어두운 그림자 쪽으로 갔다. 무너진 축대와 다 허물어져 없어진 벽돌담, 지금은 그 벽돌담이 있었던 것마저 알 길 없이 희미해져버린 그 담 위에 아버지는 멍청히 서 있는 것이었다. 마치 이 폐허화한 땅 위에 어쩌다 남아버린 담벽의 한 귀퉁이처럼 서 있었다. 그는 폐허화해버린 이 주택가처럼 폐허화한 자신을 지금 들여다보고 있는지도 몰랐다.

영식은 아버지 가까이로 다가갔다. 영식은 아버지가 돌아서주기를 잠시 기다렸다. 한동안이 지나갔다. 그러나 아버지는 한자리에 무너져버린 채 영 굳어버린 돌담처럼 움직일 줄을 몰랐다. 흐트러진 머리카락, 굵게 수없이 패어 들어간 주름살들, 마치 그것은 이 폐허처럼 황량한 것이었다. 영식은 아버지의 손을 잡았다. 매듭마다 딱딱하게 굳어버리고 피부가 거칠어버린 손가락이었다.

"아버지—"

영식은 불러보았다. 그러나 입속에서 불러본 것이 아니라 마음속에서 이렇게 불러본 것이었다. 영식은 아버지 얼굴을 올려 쳐다보았다. 그 눈빛, 황량하게 무너져버린 이 폐허 위에 겹겹이 내리는 어둠을 묵묵히 지키고 있는 그 눈빛 속에도 어두운 그늘이 무겁게 젖어 있었다.

아버지— 영식은 아버지의 손을 끌었다. 그리고 조용히 아버지를 그곳에서부터 물러서게 하였다.

잠시 후 아버지는 아들에게 손을 잡힌 채 어두운 언덕길을 내려오고 있었다. 저벅거리는 아버지의 발자국 소리, 그것은 산 사람이 옮기는 발자국 소리가 아니라 마치 속이 텅 빈 고무다리를 옮겨놓고 있는 듯한 그러한 것이었다. 아버지— 영식은 이처럼 아버지의 발자국 소리를 가까이에 들어본 적이 없었다. 영식은 아버지 얼굴을 돌아보았다. 흐트러진 머리카락— 아버지, 저처럼 땅을 좀 콱콱 밟아보세요, 네, 아버지, 부탁이에요, 땅이 울리도록 한 번만이라도 좀 콱 하고 밟아보세요, 아버지를 지키고 있는 영식의 눈빛은 진정 이렇게 아버지에게 애타는 마음으로 속삭이고 있는 것 같았다. 그러나 아버지의 걸음걸이는 이러한 영식의 마음은 알 길도 없다는 듯이 그대로였다. 영식은 다시 아버지를 돌아보았다. 아버지의 손을 다시 한 번 꾹 움켜쥐어보는 영식의 눈에는 눈물이 콱 젖어가고 있었다.

집 문 앞에 이르자 이미 그곳에는 한 그림자가 경멸적인 태도로 그들을 기다리고 서 있었다. 형이었다. 아버지는 그냥 묵묵히 그 앞을 지나쳤다. 흥! 하고 역겹다는 듯한 아들의 비웃음도 못 들었는지 아버지의 표정에는 아무런 동요의 빛도 없었다.

아버지는 마루에 걸터앉아 멍하니 허공에 눈 주었다. 부엌 속에서 흑 또 느끼는 어머니의 울음소리가 들렸다. 형은 아버지 앞에 떡 버티고 섰다. 그리고 크게 한숨을 내쉬면서 아버지를 노렸다.

"훌륭한 아버지렷다. 딸도 잘 뒀군요."

짓눌렸던 침묵이 이렇게 탁 깨어지는 순간 아버지 얼굴에는 험악한 물결이 스치고 지나갔다. 아버지의 턱이 경련적으로 꿈틀하고 움직이는 것 같았다. 그 순간 아버지와 아들의 저주스러운 시선이 어두운 공간 한가운데서 마주쳤다 곧 다시 비켜섰다.

"딸이란 건 제 애비 나이가 다 된 늙은이와 붙어먹고 애비란 건 공술 잔을 얻어먹으려고 기신거리며⁶ 돌아가고…… 글판이 잘 어울리는군요. 나는 인제 구역질이 나는 이 집의 끝판을 봐야겠습니다."

형의 두 시선은 경멸에 이글이글 타오르고 있었다. 이렇게 말이 떨어지는 순간 아버지는 눈을 꾹 지르감았다가 곧 기운 없이 눈을 뜨고 마주 보았다. 그리고 무겁게 고개를 끄덕였다.

"물론 부인 못 하시겠지요. 나는 여러 번 저 골목길 선술집 앞에서 아버지를 보았습니다. 아버지는 그 선술집 주인 녀석이, 아버지, 그놈이 옛날에 뭐 하던 놈인지 아십니까. 아버지 공장에서 직공 노릇 하던 자예요, 직공 노릇 하던…… 그 녀석이 지나가는 것을 알아채고 공술 잔이나 멕여줄까 하고 그 집 앞을 슬금슬금 왔다 갔다 하는 그 꼴을, 아, 나는 그러한 아버지의 꼴을 먼 길가에서 목격할 때마다 동정은커녕 저주스러웠습니다. 아시겠지요, 왜 내가 아버지를 저주하게 되었나를. 또 그것뿐인가요. 아버지가 기천 환씩, 이따금 갖고 들오는 그 돈을 어떻게 구걸하여 갖고 오는지도 알고 있습니다."

아버지는 벽으로 고개를 돌렸다. 그 표정은 차마 볼 수 없이 무거운 것이었다.

"그래 너는?"

비로소 아버지가 입을 열었다. 아버지의 음성은 그 표정처럼 무거웠다.

"흥!"

비웃음이 아들의 입가에 곧 감돌았다.

"아버지는 내가 노동을 해서라도 이 집을 짊어지고 모두 벌어 멕여주었으면 싶었겠지만 이 저주스러운 식구들 때문에 내 나이를 썩히기는 아까웠습니다. 나는 나로서 할 일이 있으니까요."

잠시 무거운 침묵이 흘렀다. 이윽고 아버지는 혼잣말처럼 무엇을 중얼거리며 무겁게 고개를 끄덕였다.

"다시는 이런 집안 꼴 보기도 싫습니다. 낯짝을 들기조차 부끄러워요."

말이 떨어지는 것과 동시에 아들은 휙 그냥 어둠 속으로 꺼져버리듯이 집을 뛰쳐나가버리고 말았다. 이렇게 저주를 퍼붓고 아들이 뛰쳐나가버린 다음 다시금 무거운 침묵이 되돌아오자 아버지는 마치 미친 사람처럼 갑자기 후후후 웃음을 터뜨리는 것이었다. 그리고 마치 이 웃음은 주인 없이 터뜨려버린 웃음처럼 기괴하게 언제까지나 어둠 속에서 감돌고 있었다. 어딘지 공허한, 그러나 오늘따라 이 웃음은 뼈저리면서도 싸늘한 바람처럼 영식의 가슴을 스치고 지나가는 것이었다.

다음 날 새벽 어머니는 가슴에 칼을 꽂은 채 부엌 구석지에 쓰러져 있었고 누나 방에서는 쥐 죽은 듯이 차가운 침묵만 계속되고 있었다.

두 사람의 재를 한강 기슭에 뿌리고 돌아오던 날도 형은 나타나지 않았다. 영식은 눈이 퉁퉁 부어서 부석부석한 아버지의 손을 잡고 집으로 돌아왔다. 문 앞에 이르렀을 때 아버지는 영식의 어깨 위에 손을 얹고 힘없이 쓰다듬으며 이렇게 혼자 중얼거리는 것이었다.

"죽기는 왜 죽어. 다 스러져가는 집이라도 사람이 들어 있는 동안에는 무너지지 않는 법인데."

보수 報酬

 굵게 못이 박인 손가락 사이에서 까맣고 기다란 투전목[1]이 서로 대각선을 지으며 얼크러졌다가는 잡아 흔들 때마다 경쾌한 소리를 일으키며 한일자로 겹쳐진다. 어두컴컴한 방 안, 담배 연기가 자욱한 속에 등잔불만이 양쪽에서 까물거리고 있다. 한 사나이가 투전목을 잡은 그 사나이 손에서 패짝을 갈랐다. 하나같이 충혈된 눈들, 죽이는 호흡들이 비좁은 방 안의 탁한 공기처럼 무겁다. 순서대로 기다란 패짝이 뽑혀 나간다. 양쪽 끝을 겹쳐 모아 쥐고 한쪽 끝을 약간 비껴 보는 눈과 눈. 기중[2] 한 사나이만이 패짝을 모아 쥔 채 자기 것은 보지도 않고 상대방들의 표정만을 훑어가고 있다.
 오천 환, 만 환, 판 위에 돈뭉치가 쌓이기 시작하였다. 질식할 듯한 무거운 침묵이 잠시 흘렀다.
 "민규, 너는?"

"나머지 전부를 걸 테다."

"패도 보지 않고……?"

"보았댔자 매한가지다. 나머지 이걸로 아득바득 싸움을 계속하기엔 지쳤어. 그럴수록 비굴해지는 자신에 경멸을 느낄 뿐이지……"

"그럼 걸겠다."

투전목을 쥔 친구가 말했다.

"또 걸 사람……?"

판에 쌓이는 돈뭉치, 등잔불은 그대로 조용히 타고 있다. 마치 이 수많은 돈뭉치를 두 장의 패짝에 걸고 숨죽이는 이들의 초조한 마음과는 아랑곳없다는 듯이…… 희미한 등잔불 밑에 펼쳐지는 패짝, 집중되는 시선, 목을 쥐었던 친구가 패짝을 엎으며 그 돈뭉치를 자기 앞으로 끌어당겼다.

밖은 제법 공기가 싸늘하였다. 민규는 마음껏 싸늘한 공기를 들이마셨다가 길게 내뿜었다. 돈은 몽땅 잃었지마는 마음은 도리어 밀폐되었던 질식 상태로부터 개방된 듯 후련하였다. 그는 하늘을 쳐다보았다. 초승달이 구름을 베일처럼 감고 은은히 그 빛을 하늘 한가운데 내던지고 있었다.

멀리 국도 상을 쏜살같이 달려가고 있는 지프차와 GMC의 헤드라이트 불빛이 길게 선을 그으며 꾸부러져 언덕 밑으로 사라지곤 한다. ××역으로 통하는 길이다.

그는 천천히 감자밭 길을 걷고 있었다. 우거진 잎들이 제법 알맹이가 들 계절이다. 민규는 얼마 안 가서 감자밭 한가운데서 두 조그마한 그림자가 허리를 구부리고 급히 도망치는 것을 보았다. 그 조그만 그림자들은 곧 둑 밑으로 사라졌다. 감자를 훔치러 온 이 근방 빈민굴 어린애들인 것이다. 환도[3]와 함께 갑자기 늘어가는 이 근방의 빈민굴로 인하여 경작인들의 피해란 말이 아니다. 아무리 눈을 부릅뜨고 지켜도 허기진 빈민굴 악동들에겐 당해낼 도리가 없는 것이다. 민규는 감자밭을 지나 둑을 내려섰다. 잡초들이 우거진 속에 물이 잠방히 괴어 있는 개천을 건너 둑을 다시 하나 넘어섰을 때 멀리 어둠 속에 까물거리는 불빛이 보였다. 바라크촌이었다.

전쟁이 낳은 유일한 부산물인 것이다. 그리고 이 부산물은 외군에 의하여서만이 그 명맥이 이어져가고 있었다. 모든 것으로부터 제외된 영역, 그러나 그곳처럼 살기 위하여 자기에게 충실한 곳은 없었다. 더욱이 낮과 밤이 바꾸어진 이 제외된 영역 속에서는…… 지금 이 바라크촌에서는 생활을 위한 거래가 한창인 때였다.

한 외국 동료가 허리띠를 채 챙기지도 못하고 방문을 나서기가 바쁘게 또 다음 동료가 들어선다. 그리고 갓 나간 동료가 퍼부은 정욕의 불길이 채 가시지도 않은 그 여자의 살결 위에 자기의 욕정을 퍼붓기 시작하는 것이다. 마치 그녀들에게 도덕이란 것이 없듯이 그들에게도 있을 수 없었다.

민규는 천천히 바라크촌으로 들어갔다. 그리고 어떤 바라크 앞에서 걸음을 멈추었다. 일고여덟 살쯤 되어 보이는 사내놈들이 모닥불 속에서 연방 시커먼 덩어리를 꺼내서는 껍질을 벗겨가며 먹고 있었다. 훔쳐 온 감자를 구워 먹고 있는 것이다. 기중 한 놈이 민규를 보자 시커먼 입을 비죽거리며 웃어 보였다. 그리고 고갯짓을 해 보였다. 고갯짓을 한 쪽에는 그의 아버지인 윤 씨가 어떤 나이 어린 외국 군인과 열심히 흥정을 하고 있었다. 나이 어린 미국 군인은 얼마나 기다려야 하느냐는 모양이었다. 윤 씨는 연방 손짓을 해가며 멋진 여자라는 둥, 나이가 몇 살이라는 둥 주워 넘기고 있었다.

그러고 있는 참에 문이 열리며 한 외국 군인이 나오고 문 너머로 얼굴만 힐끗 내다보이며 윤 씨에게 다음 차례라는 듯이 손짓을 해 보였다. 바로 윤 씨의 아내인 것이다.

어린 외국 군인이 방으로 들어가고 문이 닫히자 윤 씨는 슬그머니 방 쪽으로 다가서며 찢어진 벽 구멍으로 안을 들여다보기 시작하였다.

민규는 천천히 그의 곁으로 가서 윤 씨의 어깨를 가벼이 쳤다. 사람이 자기 곁에 다가온 줄도 모르고 열심히 방 안의 거동에 정신이 팔려가던 윤 씨는 흠칫하고 겁먹은 얼치기 개 모양 민규를 돌아다보고는 머저리처럼 입을 비죽이 벌리며 콧구멍을 벌름거렸다.

"며칠 만인데……"

"여전하군그래."

"참 그 청년 말인데……"

윤 씨는 말하면서도 방 안의 동정에 더 정신이 쓸리고 있었다. 그러면서 민규의 눈치를 힐끗 살펴보는 것만은 잊지 않고 있었다.

그리고 약간 둘 사이가 어설퍼지자 '헷헤' 하고 웃었다. 오늘만이 아니었다. 윤 씨는 늘 그러한 자기의 태도가 쑥스러운 것인 줄을 알고 있기 때문에 그럴 때마다 그러한 자기를 모호화하려는 듯이 '헷헤' 하고 웃어넘겨야 할 줄도 알고 있었다. 윤 씨는 확실히 모자라는 데가 있었다. 그리고 으레 그렇듯이 모자라는 데서 오는 선량함이 있었다. 윤 씨에 비하면 아내는 훨씬 똑똑하였다. 그렇기 때문에 그의 아내는 윤 씨를 늘 머저리 취급을 하고 있었다.
"그 청년 말이지……"
윤 씨는 또 말을 더듬으며 방 안의 동정에 전 신경을 모아가고 있었다.
방 안에서는 가쁜 숨결 소리가 고비를 넘고 있었다. 윤 씨는 눈을 끔벅이며 비시시 웃었다.
"그 청년 지금 네 토막⁴ 속에서 혼자 자고 있단 말이다."
"그것보다도 일은……?"
윤 씨는 대답 대신 방 안을 가리켰다. 방 안에서 부스럭거리는 소리가 났다. 윤 씨는 벽 구멍으로 안을 힐끗 들여다보았다.
방문이 비시시 열리며 미 군인이 주섬주섬 옷을 챙기며 나왔다.
"구 형이 왔어."
윤 씨가 방 안을 힐끗 들여다보며 말하였다.
"들어오라고 해."
윤 씨 아내의 음성이 방 안에서 울려 나왔다.
민규는 방 안으로 들어갔다. 지저분한 방 안, 값싼 화장품 냄새와 외국 군인들이 떨구고 간 지릿한 체취가 흐트러진 요와 벌려진 파자마 사이로 들여다보이는 그녀의 허벅다리 사이에서 풍겨 오고 있었다. 그녀는 약간 직업적인 육욕에 지친 듯 덧없이 다리를 벌리고 벽에 기대어 앉아 있었다.

"보지 않고 또 다 말렸지."

그녀는 민규를 보자마자 이렇게 말을 뱉으며 픽 웃었다.

"누가 돈을 따려고 투전을 하나……"

민규는 흥미 없다는 듯이 대답하였다.

"밤을 밝혀가며 산더미 같은 돈을 그냥 버릴 바에야 나나 다 주지. 좀 멋들어지게 살아나 보게. 묘한 추미지……"

그러나 '헷헤' 하고 옆에서 윤 씨가 소갈머리 없이 웃었다.

"헤헤……? 다시 한 번 웃어봐, 이 못난아."

약간 노기 띤 말투로 아내가 말하였다. 윤 씨의 입가에 금시 떠돌던 웃음이 늦가을 차가운 햇살에 쓰러지는 풀잎처럼 빛을 잃고 잦아들었다.

"그래 일은?"

민규가 물었다.

"늘 사업이 먼저 앞서는군. 내 얼굴의 화장이 좀 지워졌나 보지……"

그녀는 곧 거울을 들고 자기 얼굴을 들여다보며 화장을 고쳤다. 윤 씨는 힐끔힐끔 아내의 그러한 거동을 지켜보며 흐트러진 요와, 벌려진 파자마 사이로 들여다보이는 허벅다리의 희끄무레한 살결을 훔쳐보고 있었다. 호기심에 가득 찬 윤 씨의 그러한 눈동자는 갓 외국 병사와의 사이에 오고 간 정욕의 여운을 그 속에서 찾아보고 있는 듯한 눈빛이었다. 윤 씨는 또한 샅샅이 방 안에 흐트러진 지저분한 물건들을 묘한 눈초리로 훑어보기도 하였다. 마치 자기가 갖지 못하였던 욕망의 여운을 그 속에서 찾기나 하려는 듯이……

그러한 윤 씨의 거동엔 눈썹 하나 까딱하지 않고 그녀는 민규의 태도가 불만스럽다는 듯이 고개를 돌리며 담배를 꺼내어 입에 물었다. 그리고 매정스럽게 성냥을 그어 담배를 붙이고 나서 재떨이에 비벼 껐다.

"그래 어찌 되었어?"

민규가 드디어 입을 열었다. 그녀는 대답 없이 담배 연기만 길게 내뿜었다.

"인제 나하고는 거래를 끊기로 했나?"

"……"

그때서야 그녀는 담배 연기를 짧게 혹 뱉으며 의미 있게 싱긋이 웃었다.

"그럼……?"

"보수는……?"

"다 알고 있지 않나?"

"그것만으로 될까?"

"그러면……?"

"내가 바라는 건 그게 아닌데……"

말끝과 함께 요염하게 던져오는 그녀의 시선을 받으며 민규는 혼자 빙긋이 웃었다.

"닥치는 대로 여자를 사귈 줄만 알지 말고 한 여자만을 귀여워할 줄도 좀 알아둬요."

그녀는 담배를 한 모금 빨고 느릿느릿 이렇게 천장으로 시선을 던져가며 말하였다. 그러자 윤 씨가 언짢은 듯 입맛을 쩍 다셨다. 입맛을 다시는 소리에 그녀의 음성이 갑자기 변하며 담뱃재가 손 끝에서 요 위로 흩어져 내렸다.

"이 못난아, 넌 좀 나가 있지 못해?"

윤 씨는 이미 다 내용을 짐작하고 있다는 듯이 싱긋이 웃고 너털거리며 방문을 열고 나갔다.

윤 씨가 나간 다음 그녀는 피우던 담배를 다시 한 모금 길게 빨고 나서 민규의 입에다 물려주었다. 담배 끝에는 그녀의 침이 축축이 젖어 있었다. 담배 끝에 젖은 침의 촉감, 그것은 강력한 그 무엇을 그에게 요구하고 있는 것이었다.

"그래 문제는?"

이렇게 물으면서도 민규는 지금 벽 구멍을 통하여 분명히 들여다보고 있을 윤 씨의 시선을 정면으로 받는 것만 같이 쑥스러웠다.

그녀는 점점 민규에게 음탕하게 다가오고 있었다. 그녀는 파자마 아래쪽을 훌떡 걷어 헤치며 하반신을 내던지듯 민규에게 맡겼다.

눈앞에 내던져진 그녀의 육체, 이미 민규에게는 벽 구멍으로 들여다보는 윤 씨의 시선도 마음에 없었다. 며칠 밤을 두고 투전판에서 피로에 지쳤다고는 하지만 지금 민규에게는 투전목을 조이는 듯한 승패를 떠난 욕망이 솟구치고 있었다.

 조용히 이어가던 율동은 점점 숨 가쁘게 한 곬[5]으로 몰려갔다. 호야등[6] 속에서 불심지가 푸지락 하고 크게 타오르다 다시 제자리로 돌아왔다. 최후의 경련이 민규의 전 신경을 뚫고 발끝으로 스쳐 지나갔다. 이 순간을 위하여 마련되었던 모든 감정의 눈짓과 몸짓, 지나가고 나면 아무것도 아니다. 그러나 인간이란 지나가고 나면 아무것도 아닌 그 하나를 위하여 부단히 모든 것을 오늘도 내일도 마련해가고 있는 것이다. 민규는 여자와 살결을 마주칠 때마다 그러한 감정에 사로잡히는 것이었다.

 산다는 것 그 자체가 이미 그러한 것이다. 죽는다는 것 또한 마찬가지다. 인간이란 결국 사는 그 순간을 위하여 모든 것을 자기 행위 속에서 마련하고 동시에 이것은 죽는 순간을 위하여 마련되어지기 마련이다.

 그의 가슴 밑에서 그녀의 몸짓이 크게 한 번 이어왔다. 눈을 가늘게 뜨고 지친 듯이 그를 올려 치어다보고 있는 그녀의 시선이 다시 스르르 감기는 것과 함께 어느덧 그녀의 손이 굵다란 억센 팔의 근육을 어루만지고 있었다.

 "이번엔 멋진 구찌[7]야."

 그녀가 나직이 입을 열었다. 그 순간 허탈한 감정에 사로잡혀 있던 민규는 다시 현실 속에 내던져지는 자기를 발견하고 몸을 일으켰다. 그녀의 입에서부터 떨어진 다음 말을 기다리는 그의 시선은 이미 다음 순간을 마련하는 현실 속에 놓여 있었다.

 "그게 또 왔었어. 미키란 일등 상사 말야. 요전에 하던 말이 틀림없대."

"제4선로(線路), 차량 번호 바, 자 13045-78."

민규는 다시 혼잣말처럼 입속에서 중얼거렸다. 그의 말을 들으면서 그녀는 연방 그의 거무튀튀한 억센 팔의 근육을 가벼이 어루만지고 있었다.

"시각은?"

"오늘 세 시에 벌써 들어왔다던걸."

"틀림없을까?"

"근심 말어요. 그 미키란 녀석 말이지, 나한테는 오금을 못 써요. 내가 살살 몸짓을 하면 그냥 미쳐 날뛰지. 자기 속 뽑히는 줄도 모르고. 사내란 왜 다 그 모양이야. 한번 슬쩍 던지는 눈짓, 그리고 한번 정다운 듯이 목덜미를 쓰다듬어주어도 그냥 눈을 탁 감고 좋아 죽어가니 말이야."

"딴 패 중에서 아직 정보를 입수한 덴 없겠지?"

"……"

그녀는 대답 대신 자신 있게 고개를 끄덕였다.

"내용은?"

"모두 일등 사치품, 피엑스 물자야."

민규가 일어서려 하자 그녀는 민규를 자기 품속으로 끌어당겼다.

"가도 좋아. 그러나 한마디만…… 이번 일이 끝나면 어디라도 좋으니 나를 데리고 가준다고 해줘."

그는 멋쩍게 입을 다셨다.

"거짓말이라도 좋아. 나는 거짓말이라도 꼭 한 번만 그 말을 들고 싶어."

그는 문 쪽을 가리켰다.

"그깟 못난이."

그녀는 대수롭지 않게 말을 받았다. 그가 일어서려 하자 그녀는 또 그를 붙잡았다.

"또 한 가지만…… 그 청년하고 같이 하는 게 좋을 것 같지 않어……"

"왜?"

"나도 모르긴 하지만 그놈이 궁극에 달하면 어떤 수법을 쓴다는 걸 알고 있는 것 같아. 그러면 도리어 위험하지 않어. 그러니 차라리 저 못난이가 나을 것 같아. 일도 수월할 테니……"

"내가 얼마나 잔인하다는 걸 모르나?"

"내가 좋아하는 건 바로 그건데."

밖에 나왔을 때 윤 씨가 히죽거리며 민규를 보고 웃었다. 민규는 싱겁게 웃음을 남기고 토막 쪽으로 갔다.

초승달이 서쪽으로 기울어가고 있었다.

민규가 토막 문을 열고 안으로 들어갔을 때 희미한 호야등 밑에서 잠자고 있던 청년이 푸시시 눈을 뜨며 일어났다.

방에 들어선 윤 씨는 히죽이 웃음을 죽이며 아내를 넌지시 내려다보았다. 그녀는 자리에 그대로 쓰러져서 담배를 태우고 있었다. 윤 씨는 호주머니 속에서 돈을 꺼내어 아내에게 주었다. 한화와 미 군표가 엇섞여 있었다.

"이것 다야?"

"……"

윤 씨는 대답 대신 고개를 끄덕였다. 그리고 아내의 눈치를 슬슬 살펴가며 옷 단추를 끌렀다. 처음 윤 씨는 아내로부터 멀찌감치 누웠다가 슬금슬금 곁으로 다가 누웠다. 우선 아내의 반응을 알기 위하여 넌지시 손끝으로 아내의 살결을 스쳐보았다. 어쩌면 이렇게도 아내의 살결에 탐이 나게 되는 것일까. 윤 씨는 전에 아내와 고향에서 살던 때를 생각하여보았다. 그때는 아내의 살결에 한 번도 탐을 내어본 적이 없었다. 아무렇지도 않게 잠자리를 같이할 그것뿐이었다. 사변 통에 조금 있던 재산과 면소 서기란 하찮은 직위까지 잃어버리고 전전(轉轉)하던 끝에 아내의 몸에 기식하게 되고부터 윤 씨는 아내의 살결에 비로소 탐을 내기 시작한 것이다.

윤 씨의 손이 점점 징그럽게 살결을 헤치며 기어들기 시작하게 되자 아내는 표독성이 난 몸짓으로 윤 씨의 손을 뿌리쳤다.

"왜 이래!"

"내가 뭐 어떡했나?"

윤 씨는 이루어지지 못하고 죽어버려야 하는 욕구에 전신을 웅크려가며 벌쭉 웃음을 혼자 죽이고는 그녀를 힐끔 훔쳐보았다.

"그럼 대신 내가 하라는 대로 하겠어?"

그녀는 윤 씨가 지금 절실히 갈구하는 것이 무엇인가를 알고 있기 때문에 거기에 하나의 흥정을 충분히 붙일 수가 있었다.

"뭐 말인데?"

윤 씨는 다시 솟구치는 욕구에 마음을 조이면서 그녀 가까이로 몸을 밀어댔다.

"싫으면 관둬두 좋아."

이렇게 말은 하면서도 그녀는 속으로 웃었다.

"웬 말도 하지 않고 관두란 소리부터 앞세우니……"

그녀의 손이 슬쩍 돌아가며 윤 씨의 귀밑으로 갔다. 그리고 잠시 윤 씨의 뒤통수와 귀밑 사이를 부드러이 어루만지다가 목덜미를 스쳐 어깨 밑으로 옮아져갔다. 윤 씨의 눈이 점점 불그레 타오르기 시작하였다.

"알지 않어 왜?"

"흥, 난 싫어. 누굴 진짜 바보로 아나…… 체!"

"그럼 한평생 내가 이 꼴로 지내야 좋겠어? 한밑천 거두면 이 지랄 안 하고도 살 수 있잖아."

"누구는 그걸 모르나. 그러나……"

"그러나 뭐?"

"이래 봬도 무슨 꿍꿍이속인지 다 알고 있어."

윤 씨는 히물적거리며 아내의 얼굴을 슬쩍 훔쳐보았다.

"꿍꿍이? 네깐 놈 가지고, 홍!"

토막 안, 까맣게 연기가 그을어 불빛이 어두운 호야등 밑에 두 그림자가 마주 앉아 조용히 얘기를 나누고 있다. 민규와 해사한 얼굴을 가진 이십 세가량밖에 안 되어 보이는 청년이었다.

무슨 말끝에서인지 청년이 무겁게 한숨을 죽였다.

"흔히 있었던 일이니까……"

민규가 말하였다.

"물론 나의 경우만이 아니겠죠. 그러나 나의 부모는 너무도 무참하게 살해되었습니다. 어린 가슴을 찢고 울려오던 총성이 아직도 가슴속 어느 한구석에 잠겨 있다가는 귓전을 울리며 들려오곤 합니다."

청년은 말끝과 함께 가슴을 찢고 그때의 그 무자비하였던 총성이 울려오는 듯 얼굴이 하얗게 질리며 후르르 입술을 떨었다.

"몇 살 때였지?"

"육 년 전, 그러니까 열세 살 나던 여름이었죠. 면장을 지내신 것뿐이었었는데……"

민규는 묵묵히 담배를 꺼내어 청년에게 권하였다. 청년은 고개를 저었다. 민규는 청년의 이야기에 기실 흥미가 없었다. 민규에게 감상(感傷)이란 있을 수 없기 때문이다. 잔인한 생활만이 민규의 전부인 것이다. 민규의 과거가 그러하였고, 지금 민규가 이 청년에게 걸고 있는 그 자체도 그러한 잔인한 생활인 것이다. 더욱이 민규는 지금껏 걸어온 잔인한 자기 생활에 대하여 돌이켜 생각해본 적도 없고 또한 인제부터 시작될 잔인한 그 생활에 대하여도 생각해본 적이 없었다. 잔인 그 자체가 민규 자신인 이상 그것은 생각할 필요가 없는 것이다.

가느다란 성냥불이 담배 연기와 함께 나부끼다 꺼졌다.

"자, 과거 얘긴 그만하고 우리 얘기나 하지. 우리 일을 이해하기 위해서는 내 취미부터 알아두는 것이 나을 거야."

민규는 담배를 길게 한 모금 빨고 나서 말을 이었다.

"나는 몹시 투전을 좋아해. 자네 투전해본 적이 있나? 흐흥, 아직 없겠지. 두 패짝을 모아 쥐고 그것을 훑어가는 그 순간 그 두 패짝 위에 자기가 결정된단 말이야. 내가 돈을 따기 위해서 투전을 하는 줄 아나? 승패엔 흥미가 없어. 다만 자기가 결정되는 그 순간 자기에 대하여 묘한 의미를 느낀단 말야. 이만하면 내 취미가 어떤가를 알겠지?"

"……"

청년은 대답 대신 무겁게 그를 지켜보고만 있었다.

"그 다음에는 그 패짝에서부터 결정되는 잔인성이야. 한 치의 양보도 있을 수 없는 잔인성, 알겠나? 자기를 양보할 수 없는 이 잔인성 말야. 부모가 잔인하게 살해되었다고 했지만 인간에겐 산다는 그것부터가 잔인한 거야."

청년의 시선 속에 공포의 그늘이 바람처럼 스치고 지나갔다. 청년은 민규에게서부터 어떤 위협이나 받고 있는 듯이 주저하며 고개를 끄덕였다.

"그러면 됐어."

민규는 대수롭지 않게 말을 던지고 담배 연기를 훅 내뿜었다. 그 순간 청년의 입가에 무거운 한숨이 묵묵히 흘러갔다.

"왜 아직도 모르겠나?"

"다 알고…… 있습니다."

청년이 주저하며 말을 입술 사이에서 더듬었다.

"아직 다 알고 있는 게 아니겠지. 아마 추측으로겠지. 내일 우리 일이 끝나갈 그 무렵에야 알게 될 거야. 그때야 비로소 내가 한 모든 말들이 다시 가슴속에 못 박힐걸. 그렇다고 누구를 후회해선 안 되지. 결국 나쁘건 좋건 자기가 한 데서부터 돌아오는 보수니까."

"물론…… 그것도 알고 있습니다. 그렇기 때문에…… 저는…… 의욕을 잃었습니다."

처음에는 주저하다 청년은 분명하게 급히 말을 끊었다.

민규는 몹시 의외였다는 듯 청년을 쳐다보며 거의 다 타버린 담배 끝을 모아 쥐고 마지막 한 모금을 빨고 나서 그것을 발밑에 떨구고 뒤꿈치로 비벼 껐다.

"왜, 무서워졌나?"

"전 그만두겠습니다. 윤 씨하고 하십시오. 윤 씨가 이용하기 더 쉬울 겁니다."

이제는 말을 주저하지는 않았으나 청년은 몹시 불안한 표정이었다.

"돈을 위해 나선 놈이 그렇게 두려워서야 무슨 일을 하겠나. 윤 씨가 바보인 줄 아나? 물론 모자라기는 하지만…… 자기가 뚜쟁이[8]를 하고 그 사내가 자기 아내를 끼고 누웠을 때 벽 구멍으로 들여다보곤 하는 그자가 결코 머저리이기 때문에 그러는 건 아닐 거야. 자기 아내가 남의 남자하고 자는 것을 보는 순간처럼 자기 아내에 대한 욕망을 강력하게 느낄 때란 없거든. 평범하게 자기 아내가 자기에게만 매어달려 있을 때는 자기 아내에 대한 욕망 같은 것은 그리 못 느끼는 법이지. 윤 씨는 머저리라도 자기 딴엔

사는 욕망을 아는 놈이야."

민규의 음성에는 불쾌한 감정이 구름처럼 무겁게 깔려 있었다. 무거운 침묵이 잠시 흐른 후 청년이 불안한 듯 주저하며 입을 열었다.

"저는 형씨가 무서워졌습니다. 저는 무자비하게 살해되는 것이 무서워서입니다."

민규는 그냥 멋쩍게 입맛을 다셨다.

"목숨을 걸지 않고 어떻게 돈을 탐낼 수 있겠어?"

"나는 이미 다 들었습니다. 형씨하고 얌생이를 갔던 사람은 십 중 칠까지는 모두 도주하다 보초병에게 살해를 당하였다는 말을…… 그리고 형씨만이 돌아올 수 있었다는 것을…… 지금 내 가슴속에서는 부모가 놈들에게 무참히 살해당하던 때의 총성이 이번에는 가슴을 찢고 나를 향하여 울려오려는 것 같습니다."

청년은 말을 끝맺자마자 전신을 후르르 떨며 공포가 쪽 깔린 시선으로 민규를 쳐다보고 있었다.

"그럼 왜 며칠 전 나를 만나자마자 따라왔지?"

"그때는 이렇게 무서운 일인 줄 몰랐습니다. 밥을 굶고 길가에 쓰러지는 한이 있더라도 인제는…… 어젯밤 형씨에 대한 그러한 말을 듣고부터는 종일토록 누워서도 악몽에 시달렸습니다."

"그럼 왜 그 즉시로 이곳을 떠나지 않았어?"

"처음 저는 형씨한테 강한 매력, 즉 삶에 대한 강한 의지 같은 매력을 느꼈었습니다. 그렇기 때문에 그 말을 듣고도 설마 하고 다시금 다시금 생각하여보았습니다. 그래 형씨가 돌아온 다음 그

전부를 알고 싶었습니다. 지금 저는 모든 것을 다 알았습니다. 형씨 말 속에서……"

"누구한테서 그런 소릴 들었지?"

"……"

다음 날 해낮이 되어서야 민규는 일어났다. 청년은 이미 어디론가 사라지고 없었다. 민규는 곧 윤 씨 집으로 갔다. 방 안에는 윤씨 아내 혼자 자리에 펄쩍이 머리카락을 헝클어뜨린 채 누워 있었다.

하로운,' 마치 다정한 애인처럼 부르는 그녀에게는 흥미도 안 간다는 듯이 한쪽에 주저앉으며 민규는 입을 열었다.

"네가 말했지, 그 청년에게……?"

"……"

그녀는 대답 대신 얄밉게 눈웃음을 쳐 보였다.

"일은 틀렸어."

"그 애송이 같은 청년을 죽이긴 가엾잖어. 저 우리 집 못난이를 죽이는 편이 낫지. 나에게도 속 편하고…… 그래야 또……"

그녀는 의미 있는 시선을 넌지시 민규에게 던지며 말끝을 흐렸다. 그때 이 집 아들놈과 또 한 사내놈이 너털거리며 들어왔다. 그들은 곧 두껍지에서 찢어진 종잇장을 하나 꺼내어 놓았다. 그 종잇장 위에는 ××역 구내의 각 선로 위에 머물러 있는 화차량의 수가 정확히 거친 솜씨로써 그려져 있었다. 사전에 그들로 하여금 탐지시킨 것이었다. 민규는 그 종잇장을 펼쳐놓고 섬세하게 검토를 시작하였다.

"그런데 윤 서방이 뻔히 알면서 그런 모험을 하려 할까?"

"그건 염려 말아요."

밤 새로 한 시가량 되어 민규는 만반의 준비를 한 다음 윤 씨 집으로 갔다. 윤 씨를 데리고 일을 감행한다는 것이 썩 마음에 내키지는 않았지만 어쩌면 도리어 그편이 나을지도 모른다는 생각도 들었다.

윤 씨 집에서는 한창 말다툼이 벌어지고 있었다.

"이 못난아, 그래 내 밥을 그만큼 얻어먹었으면 좀 생각이 있어야 할 게 아냐. 이 곰팽이만도 못한 것아."

"흥, 누가 그 꿍꿍이 뱃속을 모르는 줄 알고. 청년을 떼놓고 왜 날 끌어넣는지 다 알고 있어, 왜 이래."

"고 꼬락서니로 늙어 죽을래. 한밑천 해얄 게 아냐."

"그래 좋아. 내가 너희들한테 어수룩하게 속을 것 같아도 속지 않을 테니 두고 봐."

"어이구, 등신 분수 찾기 일쑤지."

"흥, 두고 보라니까, 네년이 하나는커녕 둘 다 놓칠 테니. 나도 다 생각이 있어. 한밑천 하면 너한테로 돌아올 줄 알어."

민규는 무언지 모르게 갑자기 마음이 어두워지는 것 같았다. 그러나 이미 일은 시작된 것이다. 민규는 문을 열고 윤 씨에게 곧 나오라고 손짓했다. 윤 씨 등 뒤에서 그의 아내가 민규를 보고 의미 있게 눈알을 굴리며 말하였다.

"멋지게 해 와야 해, 응?"

윤 씨는 혼자 입속말로 투덜거리며 민규를 뒤따라 섰다.

잠시 후 둘은 ××역을 향하여 어두운 둑길을 걷고 있었다. 하늘에는 엷게 구름이 깔리고 그 구름 사이로 초승달 빛이 희미하게 빛나고 있었다. 둘 사이에는 통 말이 없었다. 감자밭 길을 지나자 밀밭이 나왔다. 민규는 무릎에 스치는 밀잎 소리를 들으며 걸었다. 둑길을 내려선 다음 개천을 지나서 다시 둑길을 올라섰다. 윤 씨는 둑 밑에서 어청거리며[10] 개천을 더듬고 있었다. 그리고 가장 건너기 쉬운 곳을 택해 그것도 뒤뚝거리며 넘어왔다. 윤 씨가 둑 위로 올라서자 그들은 다시 걷기 시작하였다.

한참 후 그들은 다시 둑길을 내려서고 잘박하게 물이 괸 습지를 지났다. 습지를 지날 때 윤 씨가 절버덕하고 물이 괸 데를 밟았다. 민규는 그대로 걸었다. 윤 씨는 한참 뒤에서 엉거주춤하고 풀 위에 신발을 문지르고 있다가 곧 뒤따라왔다. 그들은 둑길로 다시 올라갔다.

멀리 ××역이 환한 전등불 밑에 바라다보였다. 물이 들어간 듯 윤 씨의 신발 속에서는 걸음을 옮길 때마다 절벅절벅 소리가 났다. 그 소리에 민규는 몹시 마음이 불안해지기 시작하였다. 그러나 윤 씨는 태연스럽게 절벅절벅 소리를 내며 따라오고 있었다. 민규는 걸음을 멈추었다. 윤 씨도 곧 걸음을 멈추었다. 한동안이 지나도 민규는 걸음을 옮기지 않았다. 멍청히 그대로 윤 씨는 민규를 바라다보고만 있다가 비로소 내용을 알아차린 듯 머뭇머뭇 신을 벗어 들었다. 그리고 인제 됐느냐는 듯이 비죽 웃었다. 신을 들고 갈 모양이었다. 민규는 하는 수 없이 포켓 속을 뜯었다.
"이걸 신 속에다 깔어."
"아 참 그러면 소리가 안 나겠군."
그들은 다시 걷기 시작하였다. ××역 구내가 빤히 눈앞에 바라다보였다. 선로 근처에 이르러서 그들은 엎드렸다. 그들은 기어서 철조망 가까이로 갔다. 역 구내에는 사방 촉광이 높은 전등이 환히 주위를 대낮처럼 비추고 있었다. 그들은 죽 늘어선 창고 뒤를 돌아 교차 포인트 있는 쪽으로 갔다. 그쪽으로 뚫고 들어가는 것이 제4선로가 가까운 것이다. 그들은 그곳 둑 밑에서 약 이십 분가량 기다렸다. 두 시에 보초의 교대가 있는 것이다. 그들은 몸을 경사진 둑에다 꼭 붙이고 나란히 누워 있다.

민규는 생각하였다. 일이 제대로 진행되면 다행이다. 그러나 안 되면 하는 수 없는 것이다. 이 친구를 희생시키는 수밖에 없다. 지시할 필요도 없는 것이다. 발각되는 순간 못난 제멋에 헐레벌떡하며 마구 도망치며 달아날 것이다. 그러면 일은 제대로 되는 것이다. 이 친구는 총탄에 맞아 쓰러진다. 좋아할 건 그의 아내다. 나에게는 매한가지다.

이렇게 생각을 더듬어가다가 갑자기 민규는 윤 씨에 대하여 측은한 생각이 들었다. 십여 차례나 이런 일을 겪었으나 한 번도 이런 생각을 하여본 적은 없었다. 민규는 윤 씨를 돌아보았다. 윤 씨는 뒤룩뒤룩 눈을 굴리며 하늘만 멍하니 쳐다보고 있었다. 도대체 이 친구는 지금 무엇을 생각하고 있는 것일까. 그렇게 생각이 들자 민규는 자기의 생각과는 비교도 안 될 만큼 단순한 것이리라고 생각하고 혼자 속으로 웃었다.

두 시 가까이 되어 민규는 윤 씨를 밑에 남겨놓은 채 포복으로 둑을 기어 올라갔다. 차량 꼭대기를 거닐며 감시하던 보초병이 보이지 않았다. 교대 시간인 모양이었다.

민규는 급히 준비하였던 펜치를 꺼내어 철조망을 끊었다. 그리고 윤 씨에게 손짓을 하였다. 윤 씨는 곧 맹꽁이 헤엄치듯 양발을 쩍 벌리고 경사진 둑에 배를 밀면서 기어서 올라왔다. 그들은 곧 구내로 기어 들어갔다. 선로마다 아까 종이에 표시된 이상으로 차량이 꼬빡 들이박혀 있었다. 그 이후에 또 화차가 연결된 모양이었다. 그들로서는 더없이 유리한 조건이었다.

그들은 선로 쪽을 향하여 급히 기었다. 차량 밑으로 몸을 숨기자 곧 주위를 살폈다. 차바퀴와 바퀴 새로 멀리 바라보이는 플랫폼 위에서 네 명의 미군 보초병이 막 교대를 하고 자기의 위치로 헤어지는 참이었다. 그들은 차량 밑을 횡단하여 제4선로로 다가갔다. 선로 끝에 이르러 급히 차바퀴에 몸을 숨기고 잠시 숨죽였다. 목구멍에서 숨죽이는 소리가 가슴속에서 울리고 있었다. 멀리서 보초병의 자갈을 울리는 발자국 소리가 점점 가까워지다 다시 사라졌다.

그들은 차 밑을 따라 문제의 차량 밑으로 육박하여갔다. 이윽고 그 차량을 발견한 다음 그 차량 바퀴 밑에서 잠시 보초병의 동정을 살폈다. 제4선로를 감시하는 보초병은 차량 꼭대기에 올라가서 이리저리 거닐고 있었다. 뚜벅뚜벅 화차 꼭대기에 울리는 구두 발자국 소리가 그들 위를 지나갔다. 윤 씨는 어깨를 움츠리며 차바퀴에 찰싹 몸을 붙이고 눈만 끔벅거렸다.

민규는 점점 뒤로 멀어가는 발자국 소리를 들으며 윤 씨를 힐끗 바라보았다. 민규는 또 생각하였다. 일이 제대로 진행되면 다행이다. 그러나 안 되면 윤 씨를 희생시킬 수밖에 없다. 이십 분 내지 삼십 분 후에 자기가 죽을지도 모르는 이 사실도 모르고 있는 이 친구…… 영락없이 내가 쳐놓은 함정에 그대로 떨어지기 마련이다. 보초병의 구두 발자국 소리가 아득히 사라졌을 때 민규는 차바퀴 밑에서 기어 나왔다. 윤 씨는 바퀴에 딱 달라붙은 채 꼼짝도 않고 허리를 꾸부리고 있었다.

화차 문에 걸린 쇳대 끊기는 소리가 화차 꼭대기에서 울리는 보초병의 구두 소리를 따라, 끊겼다가는 다시 이어오곤 했다. 잠시 후 쇳대 끊기는 소리가 무겁게 둔한 음향을 남기며 주위의 침묵을 깨뜨리고 멎었다. 조금씩 열려가는 둔한 문 소리. 뒤덮이는 무거운 침묵. 뻑뻑 사이를 두고 이어오다가 단절되는 음향. 다시 뒤덮이는 침묵.

윤 씨는 차량 밑만 내다보고 있었다. 윤 씨의 바로 머리 위에서는 덜그럭거리는 소리가 간단없이 울려오고 있었다. 이윽고 차량 밑으로 굵다란 손이 내려왔다. 윤 씨는 그쪽으로 다가가 손을 잡았다. 상자가 하나 또 하나 민규의 손에서부터 소리 없이 윤 씨의 손으로 옮겨졌다. 모두 무겁지가 않았다. 상자를 차바퀴 밑으로 옮긴 다음 윤 씨는 숨죽이며 기다렸다. 민규의 하반신이 차량 밑으로 내려왔다.

그들은 잠시 주위를 살피고 나서 곧 상자를 들고 아까 오던 때처럼 차량 밑을 기어서 빠져나가기 시작하였다. 무난히 제3선로를 횡단하고 제2선로를 넘어왔다. 제1선로만 무사히 횡단되면 그 밑을 쭉 뚫고 나가면 문제의 철조망에 이르는 것이었다. 그들은 긴장에 싸여 제1선로로 횡단하였다. 바로 그 순간이었다. 멀리 플랫폼 쪽에서 요란하게 고함 소리가 연거푸 울렸다. 틀림없이 발각된 것이었다. 멀리 달려오기 시작하는 발자국 소리가 이쪽임에 분명하였다. 민규는 급히 윤 씨를 향하여 나직이 소리쳤다.

"저쪽으로 빨리 뛰어라. 도망쳐야 한다."

그러나 윤 씨는 도리어 차바퀴 밑으로 기어 들어가며 말하였다.

"나는 안 뛴다. 뛰면 총 맞아 죽는 걸 난 알고 있다. 밤낮 네가 하는 수법이다. 상대방을 도망치게 해놓고 그 틈을 타서 너는 늘 도망쳐왔다. 나는 다 이미 안다."

"뭐라고, 안 뛸 테야!"

민규는 급히 펜치를 꺼내어 들었다.

윤 씨는 더욱 바퀴 밑으로 악착같이 기어들었다.

"난 죽기보다 잡히는 게 나아. 어리석은 놈에겐 다 어리석은 만큼 자기 생각이 있는 게야."

뛰닫는 여러 발자국 소리가 점점 그들이 있는 쪽으로 다가오고 있었다. 민규는 펜치를 들었던 손을 맥없이 떨구었다. 이미 승산은 자기에게 없었다. 민규는 윤 씨를 다시 한 번 정면으로 마주 보았다. 힐끔힐끔 자기를 노리며 외면하고 있는 윤 씨의 손에는 한 개의 상자가 꼭 움켜쥐어져 있었다.

막다름, 초조, 승산 없는 싸움을 악착같이 계속한다는 것은 비굴이다. 민규는 그처럼 비굴해지는 자기를 볼 수가 없었다. 민규는 들었던 상자를 윤 씨에게 맥없이 내던지고 쏜살같이 선로를 횡단하여 제2선로 중앙으로 달리기 시작하였다. 그는 전력을 다하여 어둠 속으로 달렸다.

추격하는 발자국 소리가 자기에게로 집중되는 것을 느끼는 순간 그는 어느덧 화차 선로 밖으로 나와 있었고 요란한 총성이 어둠을 뚫고 멀리 뒤에서 뒤흔들었다. 그와 동시에 민규는 총성이 자기 가슴 속에서 울리는 것을 느꼈다. 그는 푹 땅에 얼굴을 박고 뒹굴었다. 달려오는 보초병들의 발자국 소리가 요란하게 귓전을 잠시 맴돌았다. 그는 간신히 고개를 모로 눕히며 뒤를 돌아보았다. 네 명의 보초병이 뒤이어 그를 에워쌌다. 그는 자기를 에워싼 보초병들의 다리 틈 사이로 멀리 윤 씨가 있는 차량 쪽을 지켰다. 슬금슬금 상자를 끼고 철조망 쪽으로 기어 나가는 윤 씨의 그림자가 어렴풋이 보였다.

민규는 눈을 감았다. 보초병들이 뭐라고 떠들어대며 민규를 마구 걷어찼다. 그러나 그런 것은 이미 민규에게는 아무것도 아니었다.

"네년이 하나는커녕 둘 다 놓칠 테니. 나도 다 생각이 있어. 한밑천 하면 너한테로 돌아올 줄 아니."

몽롱해가는 의식 속에 다만 윤 씨가 하던 말이 어슴푸레 떠돌고 있었다. 민규는 간신히 눈을 떴다. 철조망 쪽에는 아무런 그림자도 없이 어둠만이 조용히 밤을 지키고 있었다.

'세상이란 강한 자만이 살 수 있는 게 아니다. 어리석은 자는

어리석은 대로 다 저대로 살아가기 마련이다.'
 끝으로 민규는 이렇게 마음속에서 중얼거리며 다시 눈을 감았다.

현실現實

 어깨가 무겁게 축 늘어져서 한 병사가 남쪽으로 험한 산길을 걸어 내려오고 있었다. 헬멧이나 어깨에 둘러멘 총의 무게조차 감당하기에도 지친 걸음걸이였다. 퇴색한 군복은 나뭇가지에 걸려 찢길 대로 찢기고 얼굴에도 수많은 상처가 핏자국을 남기고 있었다. 그는 눈앞을 막아서는 무성한 나뭇가지를 기운 없이 손으로 걷어 헤쳤다. 그리고 마치 연덩어리처럼 무겁게 처져 내리는 다리를 끌어당기듯이 옮겨놓으며 그곳에서 약간 떨어진 큰 바위 밑으로 나와 허리를 그 바위에 기대었다.
 그는 지친 듯 잠시 바위에 기댄 채 눈을 감고 있다가 푸시시 뜨며 하늘을 쳐다보았다. 훤칠하게 거칠 것 없이 트여 나간 맑은 하늘…… 그는 마치 그 하늘처럼 모든 것을 잊어버린 그러한 태도였다. 그는 잠시 후 눈을 돌려 자기가 기대어 선 바위의 표면을 쳐다보았다. 바위 표면을 덮고 있는 버짐 같은 이끼, 그것은 다갈

색으로 메말라 있었다. 그는 무심히 손끝으로 그것을 건드렸다. 메마른 이끼는 푸슬거리며 부스러져 나가고 회색 자국을 바위 위에 남겼다. 얼마 후 그는 손끝으로 연방 주위의 이끼들을 이렇게 부스러뜨리고 있는 자신을 발견하였다. 왜 그래야 하는지도 모르고…… 그는 손끝을 멈추었다. 그의 피로한 시선 속에는 고독과 적막이 심연 속의 그늘처럼 잠겨 있을 뿐이었다.

바로 그저께 밤이었다. 중부 전선, ××고지에서 아근의 방위진중 측면의 일각이 무너지자 가열하게 공격을 계속하며 육박하여 오는 적의 포위망을 벗어나고자 후퇴가 시작되었다. 혈공으로 비오듯 퍼부어오는 총탄을 뚫고 험한 산줄기를 타고 후퇴하던 도중 이 병사는 그만 길을 잃고 낙오하여버린 것이었다. 캄캄한 산속, 아무리 방향을 더듬었으나 알 길이 없었다. 그는 밤을 꼬박 새우며 산길을 탔다. 동이 훤하게 트기 시작하였을 때 혹 자기처럼 낙오한 동료가 없는가 하여 사방을 두루 살폈으나, 산속에 내리는 깊은 적막뿐, 흔들리는 나뭇가지 소리 하나 들리지 않았다. 완전히 혼자 낙오된 것이었다.

불안에 뒤이어 공포가 왔다. 어떻게 하여야 할 것인가. 인제는 혼자 아군이 있는 곳까지 뚫고 나갈 수밖에 없었다. 그는 하늘을 덮은 나무 그늘 사이로 간간이 흐르는 햇빛을 바라보며 남쪽으로 걸음을 옮겼다. 종일 걸어도 험준한 산맥은 그치지를 않았다. 산속의 밤은 급히 다가왔다. 그러나 그는 걷기를 계속하였다. 어둠과 적막, 꺼멓게 수없이 솟은 아름드리나무, 캄캄한 숲, 점점 양 어깨를 내리누르는 듯 가중하여오는 피로와 굶주림, 밤은 그 속에 새고 새벽이 왔다.

그는 그냥 걸었다. 뒤덮이는 피로와 굶주림. 질질 끌며 옮겨 짚는 다리는 땅속으로 끌려 들어가는 것과 같았다. 그는 왜 자기가 이렇게 걷고 있어야 하는 것마저 잊고 있었다. 그는 지칠 대로 지쳐 있었다. 아무런 의식도 없었다. 다만 남쪽으로 걷고 있는 것, 그것뿐이었다.

그는 대학 재학 중 소집당하여 이번 전투에 처음 참가하였었다. 그는 이것이 전쟁인가 싶었다. 그것은 참으로 무의미한 것이었다.

바위에 기댄 채 잠시 의식을 잃고 있던 그는 서서히 고개를 들어 저 멀리 밑을 내려다보았다. 나무가 우거진 사이로 계곡이 돌아선 것이 눈에 띄었다. 그 순간 그는 견딜 수 없는 허기와 갈증을 느끼고 그쪽으로 걸음을 옮겼다.

계곡 가까이에 이르러 그는 밑을 다시 내려다보았다. 푸른 나뭇잎 사이로 흐르는 물줄기가 바위에 부딪쳐 흰 물거품을 일으키며 밑으로 떨어지는 골짜기 옆, 큰 바위로 가리어 전부는 보이지 않으나 그쪽에는 큰 여울의 일부분이 내려다보였다. 그리고 그 여울 일대를 둘러싼 편평한 잔디밭을 그는 볼 수가 있었다. 그는 더욱 견딜 수 없는 갈증을 느끼며 슬슬 미끄러지듯 비탈을 내려섰다.

푸르게 물결치며 굽이도는 여울을 보자 그는 정신없이 다가갔다. 그리고 총을 한 곁에 내동댕이치며 그대로 엎드려 물을 마셨다. 한참 정신없이 물을 마시고 난 다음 그는 의식을 잃고 그 자리에 그대로 쓰러졌다.

얼마나 시간이 흘렀는지 알 수 없었다. 정신이 돌아오자 그는 고개를 들고 비로소 자기가 여울 곁에 그대로 잠들어 쓰러져 있었다는 것을 깨달았다. 상반신을 푸시시 들고 일어섰을 때였다. 그는 이상한 예감이 들어 급히 주위를 둘러보았다. 그는 반사적으로 급히 일어났다. 약 십 미터가량 떨어진 뒤에 사오 명의 군인을 발견하였기 때문이었다.

지칠 대로 지친 그는 그들이 아군인가 적군인가 구별할 의식의 여유조차 없었다. 아무래도 좋았다. 전쟁, 그것마저 그에게는 염두에 없었다. 한동안 그는 그들을 멍청히 그대로 쳐다보고만 있었다.

자식 봐라, 하는 듯이 그들은 서로 자기들끼리 얼굴을 한 번 마주 보고 나서 그중 한 명이 그에게로 벌쭉거리며 다가왔다.

"임마!"

그자는 이렇게 그를 한 번 부르고 나서 잠시 아래위로 훑어본 다음 다시 그 우락부락한 얼굴에 벌쭉 웃음을 날리며 자기들 동료에게 고갯짓을 하였다. 네 명의 병사가 어슬렁거리고 총대를 끌며 그들이 있는 곳으로 왔다. 모두 피로에 지쳐 어깨가 하나같이 축 늘어져 있었다.

"임마! 어디서 낙오했어?"

아까 그자가 또 물었다. 우락부락 거무튀튀한 그의 얼굴 위에서 뻘겋게 충혈된 눈만이 두리번거렸다.

그는 후퇴한 장소를 말했다.

"흐흥, 몇 중대 몇 소대야?"

그는 소속을 말하였다.

"그럼, 임마, 나를 알아봐야 할 게 아냐. 임마, 사단 내에서도 선임 하사 백곰 하면 알아보는데 같은 대대에 있었으면서도 날 몰라봐."

그자는 억센 양어깨를 추켜올리면서 마치 기합이라도 넣을 자세를 하였다. 그러나 곧 입맛을 쯧 다시며 말하였다.

"신병야?"

그는 그렇다고 대답하였다.

"그럼 잘됐어. 남은 총알을 인 내놔. 인제부터는 내 부하가 되는 거야, 임마!"

그는 탄대를 풀어 주었다. 남은 총알은 삼십 발 정도였다. 선임 하사는 자기가 기대하였던 것과는 너무도 어긋났다는 듯이 뻘겋게 충혈된 눈을 이맛살과 함께 찌푸리며 그를 잠시 쏘아보고 나서 말하였다.

"요것밖에 안 남았어? 임마, 신병은 첫 번 전투에서 총알 다섯 방만 쏘면 똥을 싸고 뭉개는데, 임마, 요것밖에 안 남았단 말야? 지금 우리에게 총알 한 방이 어떻게 귀한지 알아? 임마, 어디다 내버렸어?"

선임 하사는 그에게 십 발만을 주고 나머지는 자기네끼리 나누었다. 모두 이삼십 발씩은 가지고 있는 것 같은데도 그의 총알을 빼앗아 딴 동료들에게 나누어 주는 것을 보자 그는 일종의 모욕감을 느끼면서도 참았다.

"자, 그럼 인제부터 너는 내 부하가 된 거야, 배속[1] 보고를 해."

총탄을 분배한 다음 선임 하사는 이렇게 말하며 정색을 하였다.

참으로 어처구니없는 일이었다. 그러나 그는 하는 수밖에 없었다. 그도 몇 번 해본 적이 있었다. 그러나 그것은 엄연히 한 부대에서 한 부대로 전속될 때에 규율에 의하여 행해진 것이나 지금 규율도 아무것도 남지 않고 더욱이 이 몇 명의 패잔병이 모인 이 속에서 그러한 것이 무슨 소용이 있을 것인가. 전쟁, 아니 총 쏘는 것에 대하여마저 의미를 잃은 그에게 이것은 참으로 참을 수 없는 굴욕이었다. 그러나 그는 하는 수밖에 없었다. 그것은 적군을 만났다기보다는 이들 아군을 만났다는 다행, 그것에서였다.

그는 힘없이 내팽개쳤던 총을 들고 일어서서 보고를 하였다. 선임 하사는 정식으로 그것을 받았다.

신병철 이등병, 재학 중 입대…… 선임 하사는 고가를 끄덕였다. 선임 하사에 대한 신 이등병의 경멸은 적이 컸다.

선임 하사는 고열에 몹시 시달리고 있었다. 그는 여울 속에 머리를 박고 마구 발광적으로 휘두르는 것이었다. 모두는 수통에다 물을 넣었다.

"김 이등병!"

선임 하사는 고함을 질렀다.

"네!"

그러나 선임 하사는 충혈된 눈으로 마치 실신한 사람처럼 멍하니 김 이등병을 쳐다보고 있다가 물속에서 철벙철벙 기어 나왔다. 그리고 눈을 꾹 지르감았다.

얼마 후 여섯 명의 낙오병이 산을 타고 내려가는 것이 보였다.

현실 287

해는 어느덧 하늘 한가운데 걸려 있었다. 가던 도중 선임 하사는 자주 얼굴을 감싸고 돌에 기대어 무언가 헛소리를 하곤 하였다. 그럴 때마다 모두 걸음을 멈추고 침통한 표정으로 그를 지키는 것이었다. 으레 김 이등병은 수통의 물을 그의 뒤통수에 끼얹어 주곤 하였다. 선임 하사는 그렇게 고통 속에 놓였다가도 벌떡 일어서며 또 걷기 시작하는 것이었다.

얼마 후 그들은 쑥 평지로 빠지는 어느 고갯길에 다다랐다. 선임 하사는 잠시 걸음을 멈추고 눈앞에 전개되는 지형을 살폈다. 그는 눈앞이 몹시 어지러운지 다자꾸 김 이등병에게 자기가 본 지형이 옳은가 그른가를 물었다.

"이 산이 휘돌아 저 굽어진 끝이 마주 보이는 저 산과 맞닿았나? 또는 떨어졌나?"

"떨어졌습니다."

선임 하사는 잠시 또 그쪽을 바라보고 있다가 물었다.

"그 마주 보이는 산세가 북을 등지고 남으로 흘렀나?"

"네."

그들은 또 걷기 시작하였다. 선임 하사의 이마에서는 구슬 같은 땀이 비 오듯 흘러내리고 있었다. 신 이등병의 마음은 약간 동요되었다. 선임 하사의 관찰은 참으로 치밀한 것이었다. 그리고 그것은 오랜 전투 경험을 말해주는 것이었다. 신 이등병은 아까 자기가 선임 하사에 대하여 가졌던 경멸이 도리어 이상한 신뢰감으로 변하여가는 것을 느꼈다.

거의 앞산이 바라보이는 산록[2]에 다다랐을 때였다. 선임 하사는 급히 모두를 정지시켰다. 그들은 걸음을 멈추고 전방을 바라보았다. 마주 보이는 산 밑에는 옹기종기 초가집들이 조그만 마을을 이루고 있었다. 그들은 묵묵히 마을의 구석구석을 하나하나 조심스러이 살폈다. 사람 그림자 하나 보이지 않았다. 한 병사가 나직이 속삭였다.

"제가 가보고 오겠습니다."

선임 하사는 손짓으로 그를 제지하였다. 선임 하사가 숨죽이며 지키고 있는 한곳으로 모두의 시선이 집중되었을 때 그들의 시선은 이상하게 긴장 속에서 빛났다. 어떤 농부 같은 차림의 한 사람이 터벅터벅 그들이 있는 산비탈을 돌아서고 있기 때문이었다.

그 농부가 거의 그들 앞을 지나치려 할 때였다. 선임 하사는 조그만 오솔길로 내려서며 그 농부를 불렀다. 농부는 깜짝 놀란 듯 주춤하며 몇 걸음 물러섰다. 그리고 선임 하사와 일행을 보자 손을 번쩍 들고 사지를 와들와들 떨었다. 선임 하사는 손짓으로 그 농부를 불렀다. 농부는 손을 든 채 그들에게로 다가왔다. 그 얼굴은 창백하게 질리고 불안에 싸인 퀭한 눈을 연방 두리번거렸다. 선임 하사는 조용히 손을 내리라고 지시하였다.

"저 마을에 사슈?"

농부는 고개를 저으며 산 뒤쪽을 가리켰다. 무명 바지저고리는 흙에 누렇게 얼룩지고 까맣게 탄 얼굴은 말라 비틀어져 있었다.

"여기가 어디쯤 되슈?"

농부는 대답하였다.

"××로 가려면?"

농부는 방향과 거리를 가리켰다.

"아군이 이 지방을 지나간 시간은?"

농부는 모른다는 듯 고개를 저었다.

"인민군이나 중공군이 이곳을 지나간 시간은?"

그러나 농부는 이에 대하여도 모른다고 할 뿐이었다.

"정말 모르슈?"

농부는 겁에 질리며 치를 부르르 떨었다. 그러면서 한 걸음 물러섰다.

"숨기면 좋지 않을 텐데……"

탄환 재는 소리가 절그드럭 하고 울렸다. 농부는 입술이 까맣게 죽으며 손을 번쩍 들고 진짜 모른다고 애원하였다.

선임 하사는 잠시 혼자 고개를 밑으로 떨구고 있다가 농부가 가는 방향을 물었다. 농부는 손을 든 채 방향을 가리켰다. 선임 하사는 가라는 지시를 하였다. 농부는 한숨을 떨며 내쉬고 눈치를 보며 쳐들었던 손을 조심스러이 내리었다. 그리고 발걸음을 돌려 비로소 놓여났다는 듯 뒤도 돌아보지 않고 오솔길을 따라 산턱으로 걸어갔다. 약 삼십 미터쯤 갔을 때였다. 선임 하사는 총을 겨누었다. 충혈된 눈이 가늠쇠[3]에 가닿는 순간 일발의 총성이 울리고 걸어가던 농부가 픽 하고 맥없이 풀숲으로 나뒹굴었다. 그 순간 신 이등병은 눈을 꾹 감았다. 그것은 너무도 잔인하였기 때문이었다. 다시 눈을 떴을 때 선임 하사는 천천히 총을 내리고 구슬같이 흐르는 이마의 땀을 쓱 문지르고 있었다.

질문에 답을 안 했다고 죽인 것인가. 저 소박한 농부…… 그는 사실 실정을 모르기 때문에 모른다고 대답한 것이 아니었던가. 그런데 왜 쏘아 죽여야 하는 것인가. 신 이등병은 도저히 알 수가 없었다. 신 이등병은 곧 동료들을 돌아보았다. 그들의 표정에는 피로가 있을 뿐 그 이외에는 아무런 변화가 없었다. 당연한 일이 그대로 지나갔다는 그러한 태도였다.

 신뢰로 돌아가던 신 이등병의 선임 하사에 대한 감정은 다시 경멸과 저주로 바뀌었다. 지금 막 눈앞에 일어났던 일, 그것은 너무도 무서운 일이었다. 그러나 신 이등병으로서는 어찌할 수 없는 일이었다.

 선임 하사의 지시에 의하여 그들은 곧 높은 지형을 찾아 올라갔다. 그리고 잠시 동작을 중지하고 지금 있었던 총성이 대하여 마주 보이는 마을이나 또는 그 주위에서 어떠한 반향이 있는가를 살폈다. 그러나 아무런 동정도 반향도 없었다. 그들은 산개(散開)하여 마을로 곧 들어갔다. 마을은 텅 비어 있었다. 그들은 그곳에서 먹을 것을 샅샅이 뒤져 가지고 다시 산으로 타고 올랐다. 산속 깊이 들어가서 비로소 그들은 감자와 보리를 그대로 씹었다. 그러자 뒤덮이는 피로에 지쳐 그들은 모두 잠에 떨어졌다. 선임 하사는 자주 잠꼬대 같은 헛소리를 질렀다. 그의 온몸은 불덩어리같이 타고 있었다. 김 이등병만이 선임 하사 곁에서 연신 수통의 물로 그의 입술과 이마를 축여주고 있었다.

 신 이등병은 선임 하사의 헛소리를 들으며 피로에 지쳐 잠에 떨어져가면서도 희미한 의식 속에서 아까 농부를 쏘아 죽이던 선임 하사의 잔인한 행위를 생각하고 있었다. 아무리 하여도 그것은 그의 기억 속에서 지워버릴 수 없는 것이었다. 신 이등병은 선임 하사가 그토록 소박한 농민에게 총구를 겨누고 불을 뿜은 것은 오직 열에 들뜬 그의 정신적 혼란에서 오는 이상 형태라고 생각할 수밖에 없었다. 그렇다면 그것은 너무도 가혹한 짓이었다. 선임 하사의 헛소리는 더욱 그의 몽롱해가는 의식 속에서 마치 아까 선임 하사가 당기던 때의 총성처럼 둔하게 울려오고 있었다.

얼마 후 그는 무엇이 머리를 둔탁하게 뚜드리는 것 같아 눈을 떴다. 선임 하사가 충혈된 눈으로 내려다보며 그의 헬멧을 개머리판으로 뚜드리고 있었다.
"임마, 총을 내버리고 자면 어떡하는 거야. 어떠한 일이 있어도 총을 꼭 가슴팍에다 사랑하는 계집처럼 끼고 자야 하는 거야."
신 이등병은 급히 일어나 앉으며 선임 하사가 사정없이 자기 몸 위로 내던지는 총을 받았다. 주위를 돌아보니 아닌 게 아니라 모두 총을 꼭 가슴과 허벅다리 사이에 끼고 자고 있었다. 선임 하사는 모두를 깨웠다. 해는 어느덧 뉘엿뉘엿 서산마루에 넘어가고 있었다.
약 한 시간 후 그들은 콩밭이 죽 늘어선 둑길을 지나 논길로 내려섰다. 논에는 김을 매지 못한 탓인지 돌피가 벼 포기보다도 더 무성하게 자라고 있었다. 그들은 개천에 이르러 징검다리를 건넜다. 송림이 우거진 언덕을 끼고 다시 논길로 나서려 할 때 그들은 약 삼십 세가량의 헙수룩한 양복 바지저고리를 걸친 청년을 만났다. 그 청년은 이들 낙오병 일행과 마주치자 머리를 꾸뻑 숙였다.

선임 하사는 충혈된 눈을 끔벅거리며 물었다.

"아군이 언제쯤 이곳을 지나갔는지 봤나?"

그의 음성은 몹시 탁하고 호흡이 거칠었다.

"네, 어제 아침 지나갔습니다."

청년은 고분고분 말하였다. 그 순간 선임 하사의 입가에 픽 조소가 감돌았다.

"임마, 내가 말하는 아군이 어느 쪽인지 알고 대답하는 거야."

"……"

청년은 흠칠하였다. 그리고 몹시 당황한 눈초리로 이들 낙오병 일행의 군복과 무기 등을 훔쳐보며 고개를 끄덕였다.

"그래?"

선임 하사는 단 입김을 내뿜으며 말하였다.

"중공군과 인민군 혼합 부대가 어제 저녁 이쪽을 지나갔습니다."

선임 하사는 말을 더듬으며 대답하는 청년을 슬쩍 노려가며 고개를 끄덕였다. 그리고 가던 길을 가라고 지시하였다. 그 청년은 고개를 굽실하고 곧 옆길로 빠져 논둑길로 들어섰다. 청년은 처음 힐끔힐끔 뒤를 돌아볼 기세였으나 곧 안심한 듯 걸음을 빨리하며 걸었다. 약 오십 미터가량 갔을 때였다. 선임 하사는 어깨 위로 개머리판을 가져갔다. 그리고 개머리판이 어깨 위에 닿았다고 생각되는 순간 총성이 울렸다.

청년은 처음 허리를 휘청하며 꺼꺼부정하다⁴ 한 발로 공중을 차면서 그대로 논두렁 속으로 굴러 떨어졌다. 굴러 떨어지는 것을 보고 나서야 선임 하사는 충혈된 시선을 슬며시 떨구며 개머리판을 어깨에서 내려놓았다.
 신 이등병은 그러한 선임 하사의 태도를 보자 또다시 전신이 후르르 떨렸다. 그것은 아까 농부가 맞아 죽었을 때보다도 더 강한 것이었다. 왜 이 청년을 선임 하사는 쏘아 죽여야 하는 것인가, 그에게 무슨 죄가 있단 말인가. 그는 아는 대로 가르쳐주었을 뿐이 아닌가. 신 이등병은 선임 하사의 중복되는 이 잔인한 행위에 대하여 더 참을 수가 없었다.
 "무엇 때문에 이 청년을 죽여야 합니까?"
 신 이등병은 선임 하사에게 쏘아붙이듯 물었다. 선임 하사는 충혈된 눈으로 신 이등병을 힐끗 노리며 대수롭지 않게 벌쭉 웃었다.
 "임마, 모르면 가만있어."
 "정당한 이유 없이 사람을 죽이는 것은 너무 잔인합니다."
 "그것은 저쪽 사회의 얘기지, 임마, 여기는 전쟁판이야."
 선임 하사는 대수롭지 않게 또 입맛을 쩝 다셨다.
 "아무리 전쟁판이라 할지라도……"
 "임마, 학교에서 담배나 피워가며 배운 것이 어디서나 다 통하는 줄 알아?"
 이렇게 말하는 선임 하사의 눈동자는 열에 떠 아까 방아쇠를 당길 때처럼 잔인하게 충혈되어 있었다. 신 이등병은 그것을 보자 자기의 판단이 틀림없다고 자인하였다.
 "저는 알고 있습니다. 왜 농부와 저 청년을 죽여야 하였는지를……"
 "제법 지껄이는데. 그러나 지껄이는 게 전쟁은 아니야, 임마."

충혈된 선임 하사의 시선이 잠시 신 이등병을 노렸다.

"왜 말을 피하려 합니까?"

"피해?"

"선임 하사는 지금 고열에 시달리고 있습니다. 엄습해오는 고통, 이로 인한 정신적인 혼동, 즉 그것에서 자신을 이기기 위하여 자신의 고통을 잔인한 것으로 타인에게 발사하고 있습니다. 뻔한 겁니다. 저는 걸어가는 농부와 청년에게 총을 겨눌 때의 선임 하사의 얼굴에 나타나는 그 잔인한 열에 띤 표정을 두 번씩이나 똑똑히 보았습니다."

"임마! 쉬운 말로 해. 힘든 말은 질색야."

선임 하사는 입술을 꾹 깨물며 신 이등병을 노려보았다. 우락부락한 충혈된 그의 얼굴에는 험악한 물결이 겹겹이 덮여가고 있었다.

그는 곧 어느 나무 밑으로 가서 기대어 앉으며 신 이등병을 불렀다. 선임 하사는 신 이등병을 잠시 묵묵히 쳐다보고 있다가 무겁게 입을 떼었다.

"나는 무식해. 말로 따지면 너한테 질 거야. 그러나 인제 우리는 얼마 안 남았어. 우리는 아군이 있는 곳까지 모두 무사히 가야만 한단 말야. 나는 지금 몹시 열이 심해. 그러나 너는 나를 믿어야 해. 만일 다시 나한테 말을 걸었다가는 용서 안 할 테야. 알겠어?"

"……"

신 이등병은 대답을 하지 않았다. 협박인가…… 그러나 그 협박에 질 수밖에 없었다. 그는 자기의 비굴을 그대로 참았다. 선임 하사에 대한 저주와 경멸, 그것은 더없이 큰 것이었으나 어찌할 수가 없었다.

낙오병 일행은 또 걷기 시작하였다. 그들은 모두 다리를 질질 끌며 산길을 걸어 내려갔다. 어느 지점에 이르렀을 때 그들은 바로 눈앞에 대로를 발견하고 잠시 그쪽에서 대로 상의 동태를 살폈다. 해가 서산에 뚝 떨어지고 잔광(殘光)이 산마루에 붉은 노을을 이루었다. 곧 연한 핏빛을 남기며 사라지고 갑자기 이쪽 산 밑으로 회색빛 황혼이 내려앉았다.

잠시 후 황혼이 짙어질 무렵 일대(一隊)의 마차가 천천히 앞뒤에 병사를 동반하며 느릿느릿 지나갔다.

낙오병 일행은 밤이 이슥해서 출발하기로 하고 모두 자기 자리에 쓰러졌다. 신 이등병은 아까 선임 하사에게서 받은 협박에서 오는 모욕과 불유쾌감을 씻어버릴 수가 없었다. 그는 자기의 생각이 정당하다고만 생각하였다. 그렇기 때문에 그는 그대로 나무에 기대어 앉아 전쟁의 참혹성을 생각하고 있었다. 그는 도리어 이들 일행과 만나지 않았었더라면 하고 후회하고 있었다. 이들은 그야말로 살육을 위하여 존재하는 인간들같이만 보였다. 그리고 그러한 살육의 대열 속에 끼게 된 자신이 고통스러웠다.

선임 하사는 잠시 누워 있다 김 이등병을 불렀다.
참으로 고요한 아늑한 밤이었다.
김 이등병은 곧 선임 하사에게로 갔다. 선임 하사는 조금 열이 내린 모양이었다. 신 이등병은 신기하리만치 고요한 이 자연의 정숙 속에 안기면서 그들의 대화를 듣고 있었다. 총탄과 포연(砲煙)과 살육이 아무리 처참하게 지나갔어도 자연은 역시 자연대로의 신비와 그 고요함을 간직하고 있었다.

"편지 좀 읽어줘."

"네."

김 이등병은 선임 하사가 위 포켓에서 꺼내 주는 몇 장의 편지를 받아 들었다.

"어둡지?"

달이 훤히 동쪽에서 떠오르고 있었다.

"어두워도 인제는 다 외고 있습니다."

선임 하사는 빙그레 웃었다. 글을 몰라서가 아니라 경상도 출신인 김 이등병의 사투리를 통하여 아내의 음성을 듣기 위함이었다. 그렇기 때문에 김 이등병은 거의 편지의 구절을 외다시피 하고 있는 것이었다. 김 이등병은 꾸겨진 봉투 속에서 편지를 꺼내었다.

"그럼 읽습니더."

"응."

김 이등병은 읽기 시작하였다. 그것은 순 경상도 사투리로 쓴 편지였다. 그 내용은 참으로 소박하였다.

민식 아비 보이소. 편지 받고 기뺐습니다. 와 이번에는 그리 편지가 늦었능기요. 참 기다렸습니더. 그리 안 해도 어제 꿈에 당신을 보지 않았능기요. 그렇더니 오늘 아침 편지가 왔습니다. 당신이 참 보고 싶소. 전방은 그럭저럭 개않고 마아 둘이 먹기는 개않습니다. 안심하이소. 자야 집 오천 환 빚도 인제 다 갚고 없습니다. 지 할미가 돼지를 사 키우자고 하지 않능기요. 마아 해볼까 하는 중입니더.

김 이등병은 경상도 사투리 그대로 편지를 읽어내려갔다. 선임 하사는 그 경상도 사투리의 억양 속에서 아내의 음성을, 그리고 아내의 모습을 그대로 자기 곁에 듣는 듯 눈을 푸시시 가늘게 뜨고 있었다. 신 이등병은 선임 하사의 그러한 태도와 편지를 통하여 그 무엇인가 가슴이 뭉클하는 것을 느꼈다. 그는 선임 하사를 쳐다보았다. 편지는 계속되었다.

그런데 지금 당신은 어디 있능기요? 그리고 또 전쟁은 얼마나 오래 가능기요. 민식이도 지금은 퍽 자랐습니다. 어제는 옆집 놈을 돌로 때려서 야단이 나지 않았능기요. 그래 패줬더니 아비를 부르며 울지 않능기요. 참 그놈 귀엽습니다. 빨리 전쟁이 끝나 당신이 돌아와 셋이 같이 살면 얼마나 좋겠능기요. 그럼 몸 성히 잘 싸우이소.

경상도 사투리의 억양, 선임 하사의 입가에는 더없이 부드러운 웃음이 떠돌고 있었다. 편지는 모두 비슷비슷한 내용의 것이었다. 선임 하사가 눈을 드는 순간 시선이 신 이등병과 마주쳤다.

"어때, 임마, 우리 애 에미 편지 솜씨가…… 응?"

선임 하사는 그러면서 김 이등병한테서 편지 쪽지를 받아 신 이등병에게 주었다. 뜯어진 잡기장 조박⁵에 또박또박 연필 조각으로 침을 묻혀가며 정성껏 쓴 글이었다. 그것은 그야말로 그녀의 마음씨처럼 소박하고 따스한 것이었다.

선임 하사는 천천히 아내의 얘기를 하였다.

경상도에 파견되었을 때의 일(사변 전이었다), 거기서 그녀와 처음 만나던 일, 그야말로 그녀는 시골뜨기였다. 그러나 소박한 그녀의 마음씨, 흙냄새가 무럭무럭 풍기는…… 부대장이 주례를 서고 혼례를 올렸다. 첫아이가 생기고 모든 것은 행복스러웠다. 그러나 전쟁…… 지금 아내는 전쟁이 끝나기를 기다리고 있다……

선임 하사의 얼굴은 부드러이 타오르고 충혈되었던 그 눈동자는 잔잔히 가라앉고 있었다. 신 이등병은 갑자기 자기 자신의 마음이 동요되는 것을 느꼈다. 지금 선임 하사의 태도나 그 마음은 그야말로 소박한 인간미에 담뿍 젖어 있기 때문이었다. 이처럼 소박하게 인간미가 풍기는 그가 어쩌면 그렇게도 잔인하게 변할 수 있는 것일까. 지금껏 신 이등병의 눈에 비친 선임 하사는 잔인뿐, 그 이외의 것이란 일부의 여유도 착오도 있을 수 없는 그러한 인간같이만 보였던 것이다. 그러나 그것은 커다란 오산이었다. 그렇다면 무엇이 그로 하여금 그토록 잔인하게 되게 하는 것일까. 신 이등병은 생각하였다. 결국 아무것도 아니었다. 전쟁이 그를 그토록 잔인하게 만들고 있는 것이었다. 그를 사로잡고 있는 고열이나 그로 인한 정신적 혼돈에서 오는 이상 형태도 아니었다. 신 이등병은 그렇게끔 변질되고 만 선임 하사란 인간에 도리어 동정이 쏠렸다. 그러나 그것 또한 큰 착오라는 것을 신 이등병은 알지 못하고 있었다.

밤이 이슥해서 낙오병 일행은 다시 움직이기 시작하였다. 그들은 대로를 우회하여 논둑 밑으로 내려섰다. 그들은 될 수 있는 한 언덕과 산길을 탔다. 그리고 동이 훤히 트기 시작할 무렵 산골짜기 사이로 마을이 멀리 내려다보이는 두 갈림길에 다다랐다. 그들은 잠시 망설였다. 전투 지구에 가까워온 것은 분명하였다. 그러한 이상 어느 방향을 택하는 것이 적군과 충돌이 없이 아군 쪽으로 갈 수 있는지 신중히 고려하여야 할 문제였다.

선임 하사는 김 이등병을 불렀다. 그는 또다시 열이 오르는지 충혈된 눈이 벌겋게 타고 있었다.

"저 마을로 내려가서 잘 살핀 다음 길 안내자를 하나 붙들어 오란 말이야, 알겠어?"

김 이등병은 숲속을 타고 골짜기를 내려갔다. 그들은 사라져가는 김 이등병의 뒷모습을 묵묵히 지키고 있었다.

한참 후 김 이등병이 한 중년 농부를 끌고 올라왔다. 선임 하사는 세세히 아군과 적군과의 동태를 물었다. 바로 마주 보이는 앞산 일대에 지금 중공군이 포진 중이고 아군은 그 너머 능선 일대에 며칠 전부터 포진을 치고 적을 대기 중이라는 것이었다.

선임 하사는 아군 진지에까지 이를 수 있는 상세한 길과 지형을 물은 다음 어느 지점까지의 안내를 부탁했다. 처음 농부는 거절

하는 기세를 보였으나 선임 하사의 위협에 그대로 승낙하였다.

낙오병 일행은 농부를 앞세우고 다시 걷기 시작하였다. 산굽이를 서너 번 돌아섰을 때 또 갈림길이 그들의 앞을 가로막았다. 농부는 거기서 돌려보내주기를 청했다.

선임 하사는 잠시 생각을 하다 고개를 저었다. 농부는 무겁게 입속에서 한숨을 죽이며 또 앞장을 섰다. 산을 완전히 넘어서 그 다음 산기슭까지 내려왔을 때 농부는 세심하게 앞으로의 길을 가르치고 거기서 돌아가게 하여줄 것을 애원하였다. 인제 앞에 보이는 논밭을 건너 왼쪽 언덕만 넘어서면 아군 포진 내에 도달한다는 것이다.

선임 하사는 고개를 끄덕였다. 농부는 무사히 갈 것을 빌며 오던 길을 급히 돌아서 걷기 시작하였다.

농부가 산마루터기로 올라갈 무렵이었다. 농부는 다시 한 번 돌아보며 그들이 무사히 가기를 비는 듯 손을 저어 보였다. 그리고 돌아서는 그 순간 선임 하사는 총을 겨누었다.

일발의 총성…… 신 이등병은 가슴이 찢어지는 것만 같았다. 농부는 산마루턱에 채 올라서기도 전에 고꾸라지며 굴러 떨어졌다.

농부는 우리가 안전지대에 이르기까지 길을 인도하여준 것이 아니었던가. 그 보답이…… 그것은 너무도 처참한 것이었다. 아무리 전쟁이 인간을 잔인하게 만든다 할지라도 그것은 너무한 것이었다. 첫번째 농부, 청년, 그리고 또 지금 막 쓰러진 농부의 모습이 신 이등병의 눈앞에 떠오르는 순간 그는 전신이 부들부들 떨렸다. 죄 없이 죽어간 그들…… 전쟁에 의하여 잔인화된 이러한 선임 하사에 의하여 얼마나 많은 그러한 소박한 인간들이 죽어갈 것인가.

"왜 저 사람을 그냥 돌려보내지 않았습니까? 왜 죽여야 하였습니까?"

신 이등병은 도저히 참을 수가 없었다. 그의 음성은 떨리고 있었다.

"임마, 여기는 전쟁판이야. 학교 교실이 아니란 말야, 임마."

선임 하사는 퉁명스럽게 지껄였다. 그러나 신 이등병은 그대로 물러설 수는 없었다.

"만일 당신 아내가 저렇게 된다면……?"

"……"

선임 하사는 대답을 하지 않았다. 그는 잔인하게 충혈된 눈을 꾹 지르감았을 뿐이었다. 그러나 그는 곧 눈을 뜨고 시선을 떨군 채 말하였다.

"나는 저 농민 하나보다도 내 부하를 더 사랑해. 너는 나를 너무도 잔인하다고 했지? 그러나 잔인한 게 아니야. 만일 저 농민이 돌아가는 도중 적군의 수색대나 유격대에 부딪혔을 때 그는 자기가 살기 위해서 반드시 우리의 행방을 가르치기 마련이야. 총구 앞에 소박한 농민들은 굴복하기 마련이거든. 우리의 행방을 누구에게도 남겨서는 안 된단 말이야. 임마, 전쟁이 나를 잔인하게 만든 게 아니야. 보다도 나를 현실적으로 만든 게야, 임마."

말을 끝낸 선임 하사는 그를 다시 거들떠보지도 않았다. 신 이등병은 마치 굳어버린 인간처럼 잠시 선임 하사를 쳐다보고 있었다. 그는 완전히 자기의 중심을 잃고 만 것이었다. 그는 자기 자신을 어떻게 해야 할지 알 수가 없었다. 그는 갑자기 울음이 확 쏟아졌다. 더 생각할 아무런 여유도 없었다. 신 이등병은 마치 어린애처럼 풀썩 땅바닥에 주저앉으며 울음을 터뜨렸다.

"자, 가자. 인제 마지막 고비다."

선임 하사의 음성이 찡하고 신 이등병의 머릿속에서 울렸다.

논두렁 사이로는 낙오병 일행의 조심스러이 허리를 구부리고 지나가는 모습이 풀잎에 가리어 아른거렸다. 맨 뒤로는 눈물을 손바닥으로 연방 훔치며 따라가는 신 이등병의 뒷모습이 언제까지나 논길 사이에 남아 있었다.

훈장 勳章

좁은 골목길이 비좁은 듯이 절름거리며 걸어 들어가는 '짜리'의 넓은 어깻머리는 비에 함빡 젖어 있었다. 골목길은 흙탕으로 발을 옮길 때마다 절버덕거린다.

그는 어깨를 으쓱이고 묵묵히 짜리의 뒤를 따라 걸었다. 좀처럼 불쾌한 기분은 내리는 비와 함께 가라앉지가 않았다.

골목 양쪽에는 판자나 보르바꼬[1] 쪼각으로 얼기설기 엮어놓은 집들이 툭 치면 나가자빠질 듯이 우중충하게 꽉 차 있었다. 이윽고 짜리는 메뉴통으로 둘러친 조그만 집으로 들어갔다. 안은 몹시 비좁았다. 한쪽 귀퉁이에서는 시커멓게 때가 오른 가마 속에서 싯누런 가마부꾸[2]가 부글부글 끓고 있었다. 천장에서 처지는 빗방울이 툭툭 그 가마부꾸가 끓는 속으로 떨어지고 있었다. 빗물은 사방에서 이렇게 처지고 있었다. 그는 자기 손등에 떨어진 빗방울을 쳐다보았다. 그 빗방울은 먼지 낀 메뉴 껍질을 통하여

오느라고 누렇게 물들어 있었다. 그는 옷깃에다 손등을 쓱쓱 문질렀다.

그는 몹시 불쾌하였다. 이 불쾌한 감정은 좀처럼 그의 마음에서 떠나지를 않았다. 그는 조금 전에 받은 수모를 삭일 수가 없기 때문이었다. 짜리도 그러하였을 것이다. 그렇기 때문에 술이나 먹고 그러한 감정을 잊어보고자 나를 이 선술집으로 끌고 왔는지도 모른다.

그는 분했다. 어쩌면 이럴 수가 있단 말인가. 참으로 분한 노릇이었다. 밖에는 철 늦은 비가 아직껏 주룩주룩 내리고 있었다. 두 사람의 옷은 비에 함빡 젖어 있었다. 그는 커다란 대접에 가득 넘치는 막걸리를 그대로 죽 들이켰다. 텁텁한 누룩내가 확 내장으로 스미자 그는 역겨움을 느꼈으나 울컥 올라오는 술을 다시 꿀꺽 삼켰다. 그리고 손등에 떨어진 빗방울을 멋쩍게 옷깃에 문질렀다.

그가 짜리를 알게 된 것은 약 일주일 전 어느 철도 굴다리 밑에서였다. 그날도 이렇게 비가 주룩주룩 내리고 있었다. 그는 허기에 지쳐 거리를 배회하다 그 굴다리 밑으로 비를 피해 들어갔었다. 거기에는 어린 거지 떼와 막벌이꾼들이 여남은 모여 모닥불을 피워놓고 쭈그리고들 있었다. 거기에 짜리가 있었던 것이다.

짜리는 그를 보자 엄지손가락을 세워 자기 쪽을 가리키며 오라는 시늉을 했다. 그는 그에게로 가지 않고 입구에 그대로 서 있었다. 그러자 절름거리며 가까이 오더니 손가락으로 그의 배를 꾹 찌르며

"어디서 온 치야?"

하고 한쪽 눈을 약간 치켜올려 보았다. 육중한 몸집에 터분한 모습이 걸걸해 보였다. 잠시 후 짜리는 다시 그의 배를 손가락으로 꾹꾹 찔렀다. 대답을 하라는 뜻이었다. 위협이 아니었다. 어디까지나 친근미를 띠고 있었다.

그는 다만 입맛을 한 번 멋쩍게 다셔 보였다.

"제대 군인이야?"

짜리가 그의 군복 차림을 위아래로 힐긋 훑어가며 또 물었다. 그는 그렇다고 하였다. 짜리는 알았다는 듯이 자기 혼자 고개를 끄떡하고 눈을 깜작거리며 씩 웃고 자기를 따라오라는 몸짓과 함께 모닥불 쪽으로 절름거리며 돌아갔다. 지금도 그는 그때의 짜리의 뒷모습, 타오르는 모닥불에 육중한 어두운 그림자를 들먹이던 그 뒷모습을 잊을 수가 없는 것이다.

짜리의 과거를 아는 사람은 하나도 없었다. 이 굴다리 밑에 서식하고 있는 사람들도 다만 그가 제대 군인이라는 것과 무릎 위에 부상을 당한 흉한 총탄 자국이 커다랗게 있다는 것을 아는 정도이었다.

짜리는 필요시에는 상대에 대하여 그 부상당한 흉터를 시위하곤 하였다. 특히 불량패와 감정이 어긋쳤을 때는 낡은 군복 바지를 탁 걷어 올려붙이고 그 흉한 상처를 손바닥으로 한 번 보란 듯이 탁 치고는 올 테면 오란 듯이 위엄 있게 상대를 한 번 노리는 것이다. 그러나 그가 어느 전투에서 어떻게 부상을 입었는지는 결코 입 밖에 내지 않았다. 짜리는 다 낡아빠진 군복을 걸치고 있었다. 짜리는 결코 자기에 관한 이야기를 해본 적이 없었다. 자연 짜리의 이름이 무엇인지 아는 사람도 없었다. 그가 절름거린다는 데서 어느덧 서로 간에 짜리라고 불리어지게 된 것이었다. 그가 제대 군인이라고 알려진 것도 결코 그의 입에서 나온 것이 아니라 그의 태도에 의하여 추측된 것뿐이었다.

짜리를 알게 된 순간부터 그는 속으로부터 자기도 모르게 끌리는 인력(引力)을 느꼈다. 비단 자기와 같은 제대 군인이란 데서만이 아니었다. 그는 짜리와 무엇이건 이야기하고 싶은 충동을 자주 느꼈으나 짜리는 그런 것 같지가 않았다.

둘은 한동안 말없이 술만 마셨다. 그는 처음에는 무엇인가가 속에서부터 자꾸 터져 나오는 것만 같았으나 술기운이 적이 풀리기 시작하자 조금 속이 가라앉았다. 침울한 감정은 훅 얼굴로 퍼져 올라오는 술기와 함께 휴— 하고 밖으로 터져 나오기도 하였다.

잠시 후 그는 어깨 위에 짜리의 손을 느끼고 고개를 들었다.

"아까는 불쾌했었지?"

"……"

그는 대답 대신 술기에 불그레 타오르는 짜리의 시선을 다시 한 번 정면으로 마주 보았다. 짜리는 한 눈을 찔끔해 보이고 비죽이 웃었다.

"그깟 것 가지고 신경을 써 뭐 해. 세상이란 힘들게 생각하면 살기가 더욱 힘들어 뵈고 그깟 것 하고 쉽게 생각하면 아무것도 아닌 거야."

그러고 나서 짜리는 또 꿀꺽꿀꺽 목젖을 울리며 술을 들이켜고 손가락으로 깍두기를 하나 집어 입에다 넣고 질겅질겅 씹었다. 그러나 그는 짜리의 이러한 태도에 그냥 수긍할 수가 없었다. 수긍하기에는 아직도 자기 감정이 너무도 벅찼다. 침울하게 술기에 젖어가던 그의 눈앞에 다시금 어두운 그늘이 마주 섰다. 그는 짜리를 다시 한 번 마주 보았다. 그처럼 치욕을 당하고도 어쩌면 이처럼 짜리는 태연할 수 있는 것일까. 그의 얼굴 위에 감정의 어두운 동요가 잠시 물결쳐 지나갔다. 그러나 짜리는 아무렇지도 않게 그의 어깨를 뚜드리며 술을 독촉하는 것이었다.

그는 술을 또 꿀꺽 삼켰다. 마시는 것이 아니라 억지로 삼키는 것이었다.

밖에는 비 내리는 소리가 더욱 요란하게 들려오고 있었다. 사방에서 처지는 빗물도 더 심하여갔다. 이들 낡은 군복 위에 빗물이 처질 때마다 누렇게 빛깔이 번지어갔다.

술기가 두 마음을 어느 정도 홍건히 풀어갈 즈음

"여봐."

하고 짜리가 입을 열었다.

"응."

그는 무겁게 입속에서 대답하였다.

"계집을 좀 사봤어?"

"……"

그는 대답 대신 쿡 속으로 웃음을 그냥 죽였다. 짜리는 비죽이 웃으며 한 눈을 깜작거렸다.

"사람 죽여봤나?"

"일선엔 육 년 복무야."

"멀리서 아니고 말이야. 바로 눈앞에 놓고 상대의 두 눈을 마주 보면서 콱 이렇게 죽여봤나 말이야."

하면서 짜리는 지금 바로 눈앞에 사람을 놓고 그자의 두 눈을 마주 보면서 찌르는 것처럼 콱 손가락을 앞으로 세워 보였다. 그리고 긴장이 지나간 한순간 쑥 빼는 시늉을 해 보였다.

"이렇게 말이야."

짜리는 다시 한 번 이렇게 말하고 그를 보았다. 그 표정은 태연하게 아무런 동요의 빛도 없었다. 그는 이러한 짜리의 태도에 위압된 듯 흠칠하고 몸을 떨었다. 은근히 체내로 스며가던 술기가 그 순간 어디론지 다 날아가버리고 싸늘한 바람이 가슴을 확 스치고 지나가는 것만 같았다.

이러한 그의 감정을 눈치 챈 듯 짜리는 벌쭉 웃고

"자, 술."

하고 잔을 가리켰다. 그는 술을 같이 쭉 들었다.

"지금 몇 살이야?"

"스물다섯."

"아직 멀었군. 서른이 댓 넘어야 알 때가 되지. 아직 세상 살아가려면 멀었어. 고향이 어디지?"

"고향?"

그 순간 그의 얼굴 위에 한 줄기 어둠이 스치고 지나갔다.

"고향 이야긴 묻지 말아줘."

"왜?"

의문에 찬 짜리의 시선이 다시 그에게로 쏟아졌다.
"하고 싶지 않아."
"불우했군."
"응."
그는 고개를 끄덕이고 잠시 생각에 잠겼다가 말을 이었다.
"다 죽었어. 어머니도 아버지도 형도 다 맞아 죽었어. 고향엔 가고 싶지도 않아. 또 생각하고 싶지도 않고."
"흐응."
짜리는 다만 그랬느냐는 표정뿐 아무런 동정의 빛도 없었다.
"전쟁이 지나간 뒷맛은 다 그런 거지."
그러고 나서 짜리는 부상당한 무릎이 저린 듯 잠시 주물렀다.
"왜?"
"제철이 되면 좋지 않아. 더욱이 비나 오는 날이면."
"주물러주까."
"괜찮아 술이나 마셔."
"어디서 부상당했어?"
"부상?"
"어느 전투에서 그랬나 말이야?"
"……"
짜리는 그냥 멋쩍게 웃고 술잔을 기울였다.
"어느 전투에서 부상을 입었다면 제일 좋을까. 피의 능선? 백마고지? 철의 삼각 정도로 해둘까…… 그쯤하면 좀 영웅적이지. 그러나 얼떨결에 아무 데서나 한 방 얻어맞았다고 생각해도 괜찮

아. 그러면 바보가 되나? 응?"

그리고 짜리는 술 트림을 꺽 하고 고개를 저었다.

"그런데 별 흥이 없네. 그런데 언제 제대했어?"

"약 보름 되지."

이렇게 대답은 하면서도 짜리의 그러한 태도에 그는 약간 마음이 좋지 않았다.

"흐음."

짜리는 또 다만 그랬느냐는 듯한 표정이었다.

"부상당한 곳은 없어?"

"왜 없어. 여섯 번이나 당했어. 그러나 정통을 안 당한 거지. 아직도 내 허리엔 파편이 이만한 게 들어박혀 있어."

하고 그는 새끼손가락 중간쯤을 가리키며 말하였다.

"수술 안 했어?"

"수술했지만 빼내지 못한 걸 어떡해. 그러니 생각하면 아까 그런 자식을 그냥 둔 게 분해 죽겠어. 사실 억울해. 억울하지 않아. 그런 자식들한테 이용을 당했으니 말이야. 굶어 죽으면 죽었지 제기랄!"

그는 이렇게 말하는 순간 불쾌한 생각이 다시 치밀어 올라 주먹을 비벼 쥐었다.

"사실 나는 네가 아니었다면 그 자식을 그 자리에서 그냥 한주먹에 때려눕혔을 거야. 사실 그때 나는 네가 원망스러웠어."

짜리는 이렇게 말하는 그의 시선과 마주치자 고개를 떨구며 그냥 술잔을 들이켰다.

오후가 훨씬 지나서 철 늦게 내리기 시작한 비는 저녁이 가까운 무렵이 되어서도 그칠 줄 모르고 주룩주룩 내리고 있었다. 흙탕물이 발을 옮길 때마다 저벅거리는 한길에는 이미 인적마저 끊어진 지 오래였다. 어둠침침한 굴다리 밑에는 어수룩한 그림자들이 이미 웅긋중긋 모여 쭈그리고들 있었다.

짜리와 그는 모닥불을 피워놓고 어린 거지 놈들이 시시덕거리는 잡담에 귀를 기울이고 있었다. 담벽에는 빗물이 줄을 잇고 줄줄 흘러내리고 금이 간 천장에서는 빗물이 뚝뚝 처지고 있었다.

그때 레인코트를 입고 중절모를 깊숙이 내려 쓴 한 어두운 그림자가 이 굴다리 밑에 나타났다. 이 굴다리 밑으로서는 이상하게 어울리지 않는 행인이었다. 짜리는 그 어두운 그림자를 보자 허리를 일으켰다. 그리고 곁에 앉아 있던 그에게 한 눈을 찔끔해 보이고 그 그림자 쪽으로 절름거리며 천천히 다가갔다. 어두운 그림자는 짜리를 보자 입구 밖으로 걸어 나가면서 뭐라고 잠시 서로 말을 주고받은 다음 짜리가 그에게 향하여 엄지손가락을 세우고 자기 쪽으로 오라는 눈짓을 했다. 그는 성큼성큼 짜리에게로 갔다.

그 어두운 그림자는 곧 어둠 속으로 총총히 사라졌다. 그 그림자가 아주 사라져버린 다음 짜리는 늘 하는 것처럼 그에게로 바짝 다가서며 그의 배를 손가락 끝으로 꾹꾹 찔렀다. 그리고 그와 시선이 마주치자 뜻있게 한 눈을 찔끔하였다. 짜리는 다시 오라는 눈짓을 하고 앞서 걷기 시작하였다.

비는 여태 주룩주룩 내리고 있었다. 그들은 비를 그대로 맞아가며 한참 철둑길을 걸었다. 짧은 철교 가까이에 이르자 짜리는 잠시 머물러 서서 앞을 지켰다. 앞에는 아무것도 보이지 않았다. 캄캄한 어둠 속에 내리는 빗소리만이 들릴 뿐이었다.

전방을 지키고 섰던 짜리는 그더러 둑길을 내려서라고 손짓하였다. 그는 비에 축축이 젖은 잔디풀에 미끄러지면서 둑길을 내려섰다. 짜리도 곧 뒤따라 내려왔다. 그들은 잠시 전신주 곁에 서서 비를 맞았다.

멀리서 기적 소리가 울리고 점점 돌진해오는 기차의 고동 소리가 들렸다. 이윽고 어둠 속에서 커다란 괴물처럼 기관차의 전면이 솟아오르고 세찬 바람과 함께 울리면서 그들 앞을 쏜살같이 지나갔다. 기차가 다 지나가고 난 다음에도 땅을 울리는 고동 소리가 그들 발밑에서 잠시 울리고 있었다.

그들은 다시 둑길로 올라갔다. 그리고 또 잠시 걸었다. 벌건 신호등이 멀리 보였다. 역구내(驛區內)에 가까이 온 모양이었다. 그들은 신호등 앞을 곧 지나갔다. 구내에 들어서자 거기에는 화차들이 줄줄이 늘어서 있었다. 화차 사이로 잠시 걷다가 화차 밑으로 기어서 다음 화차 사이로 빠졌다.

한참 후에야 그들은 플랫폼에 다다랐다. 플랫폼에 있는 여객 대기실에서 어두운 그림자가 하나 움직였다. 그들은 빈 화차 칸에 올라 잠시 비를 피했다. 짜리는 대기실에 줄곧 눈 주고 있었다. 대기실 안에는 어두운 그림자가 뒤 번 움직이고 이윽고 그 그림자가 밖으로 나오자 짜리는 화차 칸에서 플랫폼으로 내려섰다. 그도 곧 뒤따라 내려섰다. 그들은 그 그림자 가까이로 갔다. 허수룩한 인부였다. 인부는 짜리가 손짓을 하자 여객 대기실에서 무엇을 적재한 조그만 구루마³를 하나 끌어내었다. 짜리는 그더러 구루마를 뒤서라고 하였다. 그리고 자기는 약 십 미터쯤 앞서 걷기 시작하였다. 짜리가 손짓을 하면 그들은 머물러 섰다. 다시 신호가 오면 걷곤 하였다.

비는 여전히 그대로 쏟아지고 있었다. 그는 어디로 어떻게 돌아가는 것인지 알 수가 없었다. 화차 사이를 건넜다. 다시 건너고 하며 뒤로 옆으로 방향을 여러 번 바꾸었다. 그는 어디를 어떻게 걷고 있는지마저 몰랐다. 그러나 짜리는 조금도 주저 없이 한결같이 앞에서 걷고 있었다.

이윽고 그들이 완전히 화차 사이를 빠져나왔을 때에는 낡은 커다란 창고 곁에 있었다. 짜리는 잠깐 그들을 그곳에 머무르게 한 다음 창고 뒤로 사라졌다. 얼마 후 짜리는 창고 앞으로 나타나서 그들에게 손짓을 하였다. 그들은 곧 구루마를 끌고 나갔다. 몇 걸음 안 가서 그들은 철조망을 발견하였고 이미 뚫어진 쪽으로 구루마를 아무런 지장 없이 끌어내었다.

역구내는 이처럼 문제가 아니었지만 그 다음이 문제였다. 철조망 밖에 이르렀을 때 갑자기 어둠 속에서 한 그림자가 나타나 그들의 길을 제지하는 것이었다. 그러나 곧 뒤미처 나타난 짜리가 그에게 엄지손가락을 세우고 한 번 곁눈질을 하자 그림자는 손을 가벼이 흔들어 보이고 어둠 속으로 사라졌다.

그들은 또 걷기 시작하였다. 한길 가까이에 이르렀을 때였다. 불쑥 이번에는 세 그림자가 그들을 에워쌌다. 항시 이 주위에는 날치기 떼나 또는 공갈패들이 날뛰고 있는 것이다.

"뭐요?"

어둠 속에서 그중 한 놈이 물었다. 짜리는 잠시 그들을 하나하나 노려보고 있었다. 얼굴을 알아볼 수 없게 하나같이 이상한 모자들을 눌러쓰고 있었다.

"장사 보따리요."

짜리가 태연히 대답하였다.

전지가 번쩍하고 켜졌다. 바로 그 순간이었다.

"이걸 모르겠소?"

하는 음성과 함께 짜리는 이미 무릎을 걷어 올리고 있었다. 전짓불[4] 빛에 드러내놓은 짜리의 무릎에는 움푹 패어 들어간 흉악한 총탄 자국 위에 무릎뼈가 괴이하게 톡 도드라져 있었다. 그들은 전지를 껐다. 그리고 슬금시 물러섰다.

잠시 후 그들은 큰길에 이르렀다. 어느 한 지점에 다다랐을 때 아까 그 레인코트의 그림자가 나타났다. 거기에는 이미 지프차가 한 대 불을 끄고 엔진을 건 채 대기하고 있었다. 물건은 곧 지프차에 실리었다. 레인코트의 그림자가 짜리와 마주 섰다. 무엇을 꺼내어 짜리의 손에 쥐여주는 모양이었다.

"얼마야?"

"예상보다 좀 적어졌어."

"왜?"

"다음번에 더 생각하지."

"번번이 다음번이군. 오늘은 한 사람 더 늘었단 것도 알아야지."

"저치도……?"

"물론."

짧게 서로 주고받는 음성이었다.

그 순간 그는 이들 대화 속에서 자기가 악용당하고 있는 것을 알았고 동시에 일종의 모욕감에 뒤따르는 분노를 느꼈다. 그러나 이미 지프차는 소리도 없이 어둠 속으로 쏜살같이 사라져가고 있었다. 결국 싸움터에서 받은 이 상처를 지금에 와서는 이처럼 비굴하게 팔아먹어야 했다는 것이었다. 그는 잠시 자기 자신에 대한 저주보다도 이처럼 당해야 했던 모욕감에 대하여 울적[5] 분노가 솟아오르는 것을 참을 수가 없었다. 비에 젖은 다 낡아빠진 작업복을 걷어 올리고 그 흉한 상처를 드러내 보이던 짜리의 그때의 모양을 그는 도저히 잊을 수가 없었다.

밖에는 점점 깊어가는 밤과 함께 여태 비가 쏟아지고 있었다. 그들은 자기 머리 손등 할 것 없이 마구 터지는 빗물도 이제는 다 잊어버린 듯 술에 취해 있었다.

그는 짜리의 넓은 어깨 위에 마치 옛 전우처럼 손을 얹고 언제부터인가 자기가 겪은 이야기를 두서없이 지껄이고 있었다. 그러면서도 아직 아까 당한 그 불쾌한 일을 잊을 수가 없는 듯 말끝마다 그 이야기를 섞어가고 있었다.

"그런 새끼! 사실 우리가 싸운 것은 결코 그런 게 아니었거던. 중부 전선에서 겪은 일인데 격전 끝에 전우들이 다 죽고 단 세 놈이 남았을 때 우리는 마구 서로 부둥켜안고 목 놓아 울었어요. 엉엉 울었어. 고지를 끝까지 사수는 했지만 말이지."

그의 눈에는 어느덧 눈물이 글썽거리고 있었다.

"내 그때 얘기 더 할까."

그는 술을 죽 들이켜고 턱으로 흘러내리는 술을 손등으로 쓱 문지르고 말을 이었다.

"구름이 무겁게 하늘을 덮고 이따금 빗방울마저 툭툭 쳐지던 음산한 밤이었어. 오늘 밤엔 틀림없이 놈들의 최후적인 발악이 있으리라고 누구나 예감이 갔어. 그렇지 않아도 좌익 전방 일부가 무너졌기 때문에 우리 쪽으로 우회하여 올 줄 알았지. 밤은 점점 깊어갔어. 한 발자국 눈앞도 잘 보이지 않을 만치 어둡고 침울한 밤이었거든. 새벽 두 시쯤 되었을까 할 때야 갑자기 눈앞이 벙긋하더니 총알이 마구 비 오듯 쏟아져오지 않아. 이크 왔구나, 하고 우리 쪽도 막 갈겼지. 자식들은 이 개 대대 병력인데 우리는 불과 일 개 소대란 말이야. 자꾸 옆에서들 쓰러지는 거야. 소대장이 죽었지. 선임 하사도 죽었지. 대대 본부에 응원을 청해도 할 수 없다지 않아. 어쨌든 내일 새벽 동이 틀 때까지 고지를 사수하라는 거지 뭐야. 우리 쪽은 자꾸 전투원이 줄어가는데 자식들의 공격은 점점 더 격화되지 않아. 우리의 화력이 여지없이 약화되는 것을 보자 총성이 좀 잦더니 자식들이 육박해오기 시작했어. 우리는 있는 힘을 다해서 마구 들이갈겼지. 새벽까지. 아— 새벽까지라…… 울고 싶더군. 수류탄을 닥치는 대로 산 밑으로 굴렸지. 굴러 내려가던 수류탄이 작렬할 때마다 기어오다가는 그냥 나가떨어지더군. 그야말로 악전고투였어. 우리도 어떻게 되었는지 모르지. 전신에선 땀이 물 흐르듯 좍좍 흐르고 말이야. 그러노라니까 동녘이 훤히 트이기 시작하더군. 그러자 자식들의 공격이 딱 그치지 않아. 그때 남은 놈이라곤 불과 네 놈이었어. 그런데 그들의 공격이 딱 그치고 동녘이 뿌여니 트여오는 것을 보자 트여오는 동쪽을 향하고 '아—' 하고 소리를 지르며 벌떡 일어서더니 그대로 털썩 쓰러졌어요. 가까이 급히 가보니 전신이 피투성이였어. 기관총수였거던. 그 순간까지 그는 그것을 모르고 악착같이 기관총을 붙들고 갈겨대고 있었단 말이야. 그 친구는 점점 눈을 부릅떠가면서도 '동이 텄어. 동이……' 하고 중얼거리고 있지 않아. 얼마 있으니까 제트기들이 쏜살같이 날아오더군. 그 제트기들을 보았을 때 야— 이젠 됐구나 하고 우리는 셋이서 마구 부둥켜안고 엉엉 울었어. 그 순간의 감격이란 참으로 말할 수 없는 거야. 너도 그런 경우를 많이 당해봤겠지만 말이지. 그런데 아까 일을 생각하면 분하단 말이야. 그까짓 새끼가 그런 걸 알 게 뭐야. 그잖아."

그리고 그는 마치 감개무량한 듯이 짜리의 어깨 위에 다시 손을 얹으며 그러한 뜻에서 건배를 하자는 듯이 짜리를 향하여 술잔을 들어 보였다.

"너는 나보다 더했을 거야. 어느 전투에서 다리를 다쳤어? 그 흉터의 값어치를 말이야. 이게 뭐냐 말이야."

그러나 짜리는 묵묵히 술만 들이켜고 있었다.

"값어치……"

이윽고 천천히 짜리는 입을 열었으나 곧 다물었다.

"그래 바로 그 값어치 말이야."

그는 뱉듯이 말을 하였다. 그러나 짜리는 쓸쓸히 웃고 같이 술이나 들자는 듯이 그를 향하여 잔을 들었다.

그는 술을 반쯤 들고 나서

"그까짓 새끼들!"

하고 픽 웃고

"술이 점점 취해오니까 또 생각나는 게 있어. 한번은 공은 내가 세웠는데 훈장은 소대장이 타고 그 대신 소대장한테 술을 진탕 얻어먹은 적이 있지. 좋은 소대장이었었는데 말이야. 훈장을 탔으면 뭐 해. 죽었으니…… 아까 말한 그 전투에서 죽었거든."

하고 적이 섭섭한 듯 숨을 무겁게 죽였다.

"너는?"

짜리가 물었다.

"나? 나는 살았지."

"아니 훈장 말이야."

"응? 훈장? 나도 탔어."

그는 생각이 난 듯이 급히 가슴팍 주머니를 뒤졌다. 그리고 종이에 싼 것을 끄집어내었다. 그것은 비에 축축이 젖어 있었다. 그는 멋쩍은 듯이 잠시 비에 젖은 그 종이에 싼 것을 내려다보고 있다가 싱긋이 웃으며 그것을 풀었다.

"아까 내가 말하지 않았어. 바로 그때 탄 거야."

그러나 종이 속에서 풀려 나온 그 훈장은 말이 아니었다. 비에 젖어 천이 다 우글쭈글 쪼그라들었고 더군다나 종이 색깔이 번져서 거무스레하게 물들어 있었다. 마치 그것은 비에 흠뻑 젖은 낡은 군복을 걸치고 있는 그와 흡사한 대조를 이루고 있었다. 그러나 그는 그것을 소중하게 고이 폈다. 편다고 하지만 주굴주굴해진 그 훈장은 여전하였다.

그는 짜리를 힐끗 쳐다보며

"다 젖었어."

하고 혼잣말처럼 중얼거렸다. 그리고 술김에서인지 홧김에서인지 훈장을 마구 꾸겨 쥐었다. 잠시 후에 또 펴 보았다. 다시 또 꾸겨 쥐었다. 한동안 멍청히 서 있던 그는 무슨 생각에서인지 술집 노파에게 중얼거렸다.

"할마이 이게 뭔지 알아? 이게 바로 훈장이란 거야. 이거 하나 받기가 쉬운 줄 알아. 그러나 이 꼴이 됐어. 다 젖었어. 할마이한테 이거 드리께 대포 한잔 주겠어? 할마이는 싫을 거야. 그렇지? 이게 할마이에겐 대포 한잔 값도 못 되지 훗훗훗후."

그는 마구 웃어대다 갑자기 머리를 푹 숙이며 침울해졌다. 그리고 짜리를 돌아보며 중얼거렸다.

"실은 내가 이것을 탈 때는 어마어마했었는데. 장성들과 장교 및 사병들이 엄숙하게 정렬하고 있는 가운데서 이것을 받았거던. 내가 이것을 가슴에 달고 돌아섰을 때 수많은 시선이 일제히 나를 우러러봤었어."

그러고는 웃는지 우는지 모르게 입속에서 웃음도 쿡쿡 죽였다. 그때 짜리가 그의 어깨 위에 손을 얹으며

"자 술을 들어. 그만하면 됐어."

하고 그의 손에 술잔을 쥐여주었다. 그는 받았던 잔을 놓고 그 훈

장을 다시 젖은 종이쪽지에 싸서 포켓에 넣었다. 짜리의 눈에도 어느덧 눈물 같은 게 글썽이고 있었다.

 선술집을 나올 때 그의 다리는 몹시 휘청거리고 있었다. 짜리보다도 더 휘청거렸다. 비는 그대로 퍼붓고 있었다. 그들은 비를 맞으며 비좁은 골목길을 절버덕거리며 걸어갔다. 큰길가에 나왔을 때 짜리가 어깨 위에 손을 얹었다. 그도 짜리의 어깨 위에 손을 얹었다.
 "여봐."
 짜리가 입을 열었다.
 "더없이 즐거운 밤이야. 네 밤이자 내 밤이지. 그러나 너도 인제 내 마음처럼 모든 게 식어버릴 게다."
 그는 짜리를 술 취한 눈으로 치어다보았다. 짜리의 얼굴에는 빗물이 수없이 줄줄 흘러내리고 있었다.
 "가자."
 짜리가 또 입을 열었다.
 "계집을 사러 말이야. 그들도 다만 우리같이 '팔_는 몸'이지만 그래도 우리에겐 따뜻한 살결이다."
 그 순간 그는 짜리를 얼싸안고 짜리의 가슴 위에 머리를 묻고 매달리며 엉엉 울기 시작하였다.
 비는 그저 내리퍼붓고 있었다. 인적 하나 없는 뒷길 어둠 속으로 엉엉 우는 울음소리와 함께 비칠거리는 두 그림자가 점점 멀어가고 있었다.

실기 失記

 뒷집 무너진 흙담벽 곁에서 무엇인가 어른거리는 것이 얼핏 눈에 스쳤다. 꼬마는 숨을 죽이고 살며시 총구를 그쪽으로 돌렸다. 이마에서 땀이 흘렀다. 이번에는 꼭 먼저 쏘아 잡아야지. 꼬마는 입술을 꼭 깨물었다. 무너진 담벽 쪽의 동정을 계속 살폈다. 머리 끝이 담벽 끝에서 살금살금 이쪽으로 움직여오고 있다. 꼬마는 총신[1]을 살며시 올리고 표적을 가늠했다. 이번에는 꼭 먼저 쏘아서 놈을 죽여야지. 긴장한 꼬마의 입가에는 어느덧 웃음이 번지어가고 있었다. 필경 이쪽으로 돌아오겠지. 그러나 이쪽 담 모퉁이까지 오기엔 아직 시간이 있었다. 꼬마는 이마의 땀을 손등으로 문질렀다. 그리고 문득 하늘을 쳐다보았다. 흩어지는 담배 연기처럼 뿌연 구름이 속 하늘을 드러낸 채 한쪽으로 비끼고 그 너머로 맑은 하늘이 샛물처럼 시원스레 꼬마의 눈을 적셔주었다.
 야아, 하늘은 언제 봐도 좋다! 꼬마는 들었던 총신을 약간 내리었다. 저토록 푸른데 캄캄하다니…… 아무리 생각해도 이상했다. 그 우주인인가 누군가 머리가 좀 돈 모양이지. 로켓을 타고 하늘에 올라갔다 내려온 우주인이 하늘을 푸르지가 않고 캄캄하기만 했다고 말하더란 얘기를 들었을 때 꼬마는 기분이 잡쳐지고 공연히 우울해지기까지 했다.

그때 어디선가 인기척이 났다. 꼬마는 급히 인기척이 나는 쪽으로 시선을 돌리고 동태를 살폈다. 두부장수 아저씨가 손수레를 끌고 좁다란 골목길을 돌아 나오고 있었다. 벌써 아침들을 다 먹었는데 저렇게 게을러가지고 무슨 장사를 하겠누. 꼬마는 혼자 중얼거렸다. 골목길을 막 돌아섰을 때 길모퉁이 집 옆 창문이 드르륵 열렸다. 머리가 푸수수 헝클어진 색시가 잠이 덜 깬 목소리로 두부장수를 불렀다. 저런 게으름뱅이 여자가 있으니까 게으름뱅이 두부장수도 해먹기 마련이지. 꼬마는 쿡쿡 혼자 웃었다. 그리고 꼬마는 정신이 든 듯 급히 무너진 흙담 쪽으로 시선을 돌렸다. 아무런 기척이 없다. 꼬마는 조심스레 총신을 들고 급히 주위를 살펴보았다. 멀리서 개 짖는 소리가 났다. 그때 구멍가게 곁에서 갑자기 빵빵 총소리를 지르면서 훈이가 기관단총을 휘두르며 달려 나왔다. 꼬마는 반사적으로 그쪽으로 총구를 돌려대고 같이 쏘아댔다. 땅 땅 땅…… 기관단총을 마구 휘두르건 훈이는 성이 난 듯이 우뚝 섰다.

"아냐. 내가 먼저 쏘았다. 넌 죽었어."
"아냐. 난 안 맞았거든. 네가 내 총에 맞았단 말야. 그러니까 네가 죽어야지."

"씨이, 내가 먼저 쏘았는데."
"난 키는 작지만 역전의 용사란 말야. 그러니까 안 죽거든."
둘이서 승강이를 하고 있을 때 이쪽 담 곁에서 총소리가 연방 울렸다. 그리고 한 어린이가 사격 태세를 한 채 으스대면서 한 걸음 한 걸음 앞으로 다가섰다. 짱구였다.
"자, 너희들은 둘 다 죽었단 말야. 죽은 시늉을 빨리 해."
"싫어."
꼬마가 볼멘소리로 말했다.
"나도 싫어."
훈이도 부루퉁했다.
"그럼 전쟁이랄 게 뭐 있니. 죽은 사람도 없는데."
"밤낮 우리만 죽는걸 뭐."
"당연하지 뭐니. 너희들은 죽기로 이미 정해져 있거든. 전쟁이란 늘 그런 건데 뭐."
"그런 전쟁 싫다."
"나도 싫다."
훈이는 이마의 땀을 문지르며 기관단총을 멋쩍은 듯이 어깨에 멨다. 꼬마는 그냥 총을 든 채 서 있었다.
"그럼 다시 하자."
짱구가 말했다.
"싱겁다. 난 안 한다."
꼬마는 총으로 사용하던 막대기를 내던졌다.
"나도 안 한다."

훈이는 기관단총을 어깨에 멘 채 크게 숨을 한 번 내쉬었다.
"그럼 뭐 하고 노니?"
짱구가 말했다.
"……"
"……"

세 어린이는 서로 얼굴만 마주 보고 잠시 말이 없었다. 하고 놀 것이 없었다. 싱거웠다. 무슨 생각을 하고 있는지 눈을 깜박거리던 꼬마가 피식 웃으며 입을 열었다.
"우리 아버지들은 우리처럼 꼬마였을 때 뭐 하고 늘았을까?"
"……?"
"……?"
"우리처럼 전쟁놀이하고 놀았을까?"
"……모르겠다."
"……나도 모르겠다."

꼬마가 먼저 또 피식 웃었다. 훈이가 따라 피식 웃었다. 짱구도 피식피식 웃었다.
"우리 할아버지들은 뭐 하고 놀았을까?"
이번에는 짱구가 말했다.
"글쎄……"
"난 할아버지가 없어 모른다."

세 어린이는 갑자기 아버지와 할아버지들이 자기들처럼 어렸을 때 무슨 놀이를 하고 놀았는지 궁금했다. 알고 싶었다. 그리고 자기들도 그런 놀이를 하며 한번 놀아보고 싶어졌다.

"니 할아버지한테 가서 물어보자."
"그러자."

훈이가 앞장을 서고 꼬마와 짱구가 뒤따랐다. 한길 가에 있는 할아버지 복덕방을 향해 그들은 골목길을 빠져나갔다.

자전거 수선가게 앞에 이르렀을 때였다. 앞서 가던 훈이가 걸음을 멈추고 우뚝 섰다. 뒤따라가던 꼬마와 짱구도 걸음을 멈추었다. 세 어린이는 마치 자기들의 눈을 의심이나 하듯이 서로 얼굴을 마주 보았다. 그리고 꼭같이 다시 자전거 수선가게 안으로 시선을 돌렸다. 세 어린이는 약속이나 한 듯이 또 서로 얼굴을 마주 보았다. 아아 어쩌면…… 그들은 웃었다.

항상 다 낡은 작업복에 기름투성이를 하고 자전거 바퀴를 돌려가며 쓸고 닦고 하던 절름발이 아저씨가 오늘은 그게 아니었다. 희한했다. 가게 안도 마찬가지였다. 여느 때 같으면 기름통과 고무풀통 그리고 부러진 자전거 바퀴살 등 낡은 부속품들이 여기저기 뒹굴어 있고 이러한 것들 사이를 절름발이 아저씨는 기름투성이 걸레를 들고 성큼성큼 기어 다니면서 부지런하게 일을 하고 있어야 할 판인데 오늘은 그게 아니었다. 가게 안도 말끔히 치워져 있었다. 기름투성이 걸레 조각도 땅 위에 흐트러진 기름 자국도 없었다. 더욱이 놀란 것은 절름발이 아저씨의 모습이었다. 어쩌면 저렇게 의젓할 수 있을까. 마치 딴사람만 같았다. 깨끗한 군복에 군모를 쓰고 왼편 가슴팍에는 훈장이 다섯 개나 이쁘장하게 달려 있는 것이다.

절름발이 아저씨는 어린이들을 보자

"오, 우리 꼬마 장군 각하!"

하고 빙긋 웃으며 거수경례를 해 보였다. 참으로 늠름한 모습이었다. 세 어린이는 절름발이 아저씨를 지금까지 너므도 하찮게 보아온 데 대해 부끄럽고 무안한 생각마저 들었다.

절름발이 아저씨는 지팡이를 짚고 절름거리며 걸어 나왔다. 늘 기름투성이던 얼굴은 수염 하나 없이 곱게 다듬어져 있었다. 어디로 보나 자전거 고치는 아저씨 같지가 않았다.

"아저씨!"

세 어린이는 절름발이 아저씨를 둘러쌌다. 군복에서는 장롱에서 갓 꺼내 입었는지 나프탈렌 냄새가 싸하니 아직 풍기고 있었다. 등어리와 팔소매에는 개켰던 자국이 그대로 남아 있었다.

"아저씨!"

"응?"

절름발이 아저씨는 세 어린이의 머리를 번갈아 쓰다듬어주었다.

"아저씨, 어디 가세요?"

"응, 시내에 들어간다."

"아저씨 근사하네요."

"호오, 그래."

"왜 이런 근사한 옷 있으면서 입지 않아요?"

"일 년에 꼭 한 번만 입는단다."

"왜요?"

"오늘만 이걸 입는 날이지. 너희들도 인제 크면 알게 된단다. 자 시간이 늦겠다. 빨리 가야지."

절름발이 아저씨는 지팡이를 짚고 절름거리며 걷기 시작했다. 세 어린이도 앞서거니 뒤서거니 따라나섰다.

"아저씨 가슴에 단 건 뭐예요?"

꼬마가 물었다.

"훈장이지."

"훈장은 누가 주는데요."

"나라에서 주지."

"왜요?"

"전쟁에 나가 잘 싸우고 공을 세우면 누구에게나 주는 거란다."

"근사하네요."

"부러우냐? 그러나 너희들 때엔 이런 것이 필요 없는 세상이 되었으면 좋겠다만."

"아저씬 누구하고 싸웠는데요?"

이번엔 훈이가 물었다.

"너희들은 이 세상에 태어나기도 전이란다. 그때 우리나라에 큰 전쟁이 있었거던. 너희 아버지들도 모두 나가 싸웠단다."

"그런데 우리 아버진 전연 그런 말 안 하시데요."

"슬픈 얘기니까 안 하시겠지. 그땐 수많은 사람들이 죽었으니까. 집집마다 할아버지나 누나나 아버지가 죽어갔단다. 너희들도 집안에 누가 죽으면 슬프지? 그땐 아버지랑, 할머니랑, 엄마랑 모두 슬펐단다."

"그렇지만 우린 하나도 슬프지 않네요?"

"너희는 아직 아무것도 모르니까 그러지. 어른들은 아직도 그때의 일들을 잊지 않고 있단다."

꼬마는 문득 어머니 얼굴이 눈앞에 떠올랐다. 그리고 언젠가 쥐어박히던 생각이 나서 갑자기 마음이 울적해졌다. 어머니는 한때 집에 자주 찾아오던 어떤 남자와 늘 싸움을 했었다. 그러면 야간 고등학교에 다니던 형은 낡은 가구들이 마구 흩어져 있고 먼지가 뽀얗게 앉은 골방에 혼자 들어가서 조그만 사진틀과 태극 무늬가 있는 계급장을 말없이 들여다보고 있곤 했다. 그날도 그랬었다. 형은 골방에 들어가 사진틀을 말없이 들여다보고 있었다. 안방에선 어머니와 그 남자가 서로 다투는 소리가 들려오고 있었다. 꼬마는 살며시 골방으로 들어가 형 곁으로 갔다. 형은 돌아다보지도 않았다. 사진틀에는 군모와 군복을 입은 사람이 정면으로 그들을 바라보고 있었다. 씩씩해 보였다.

"성, 거 누군데……?"

"……"

형은 말이 없었다.

"응? 누구니?"

꼬마가 또 졸라대니까 그때서야

"아버지다."

하고 나직이 입속에서 말했다.

"우리 아버지?"

"아니……"

형은 크게 한숨을 죽이고 사진틀을 서랍 속에다 넣어버렸다. 잠시 무거운 침묵이 흘렀다.

"아버지는 전쟁 때 죽었어."

형은 혼잣말처럼 속삭이고 쓰게 입맛을 다셨다.

"아버지가 죽었어?"

"내 아버지는 죽었어."

"그럼 난?"

"넌 아버지가 없다. 엄마뿐이야."

형은 말끝과 함께 태극 무늬가 있는 계급장을 서랍 속에 집어넣은 후 동생을 쳐다보지도 않고 그냥 쓸쓸히 골방을 나가버렸다.

순간 꼬마는 갑자기 설움이 왈칵 복받쳐 올랐다. 꼬마는 며칠 동안 잠이 안 왔다. 어느 날 꼬마는 골방에서 그 사진틀을 꺼내 갖고 어머니한테로 갔다.

"엄마, 이거 누구니? 우리 아버지?"

그러자 어머니는 사진틀을 휙 빼앗고 꼬마를 마구 쥐어박았다. 왜 어머니가 그랬는지 알 수 없었다. 꼬마는 그때 마구 흐느끼면서 어렴풋이나마 형과 자기와는 다르다는 생각을 하게 되었다.

이런 울적한 생각에 젖어 있던 꼬마는 문득 사진틀 속의 군복이 눈앞에 삼삼하게 떠올랐다.

"아저씨?"

"응?"

절름발이 아저씨는 힘이 드는지 지팡이에 몸을 의지하면서 걸음을 멈추고 이마의 땀을 씻었다. 제법 햇볕이 따가웠다.

"어깨에 태극 무늬가 있는 동그란 거 두 개를 달고 있으면 그게 뭐예요?"

"그게, 옛날 전쟁 때 계급장인데 중령이란다."
"그럼 굉장히 높게요?"
"그럼. 어떻게 그런 걸 다 묻지?"
"아녜요. 그저 물었을 뿐예요."
꼬마는 쓸쓸히 웃었다. 눈물이 나올 것만 같았다.
"높은 사람들도 많이 죽었겠네요?"
"많이 죽었지. 우리 소대장도 대대장도 다 죽었단다."
"누구하고 싸웠는데요?"
"인민군이지, 일요일날 새벽에 모두 잠든 틈을 타서 쳐 나왔거던. 이북에서 말이지."
"이북은 아주 먼 덴가요?"
"아니지. 모두 우리나라란다."
"그 사람들은 어떻게 생겼는데요? 껌어요?"
"우리와 꼭같이 생겼지."
"눈도 코도 입도?"
"그럼. 같은 민족인데."
"말은 어떻게 해요?"
"말도 꼭 같지."
"그런데 싸웠군요."
"나쁜 놈들이니까. 그럼 아저씨도 싸우다가 이렇게 다리를 다쳤단다."
"안됐네요."
절름발이 아저씨는 또 지팡이를 짚어가며 걷기 시작했다. 그들은 무너진 하수도 앞에서 잠시 걸음을 멈추었다. 며칠 전 쏟아져 내린 비로 하수도가 무너진 채 내버려져 있었다.

"아저씨 도와드릴까요?"

"아니 괜찮다. 자 옆으로들 비키렴."

아저씨는 눈가늠으로 무너진 하수구의 폭을 재면서 잠시 몸의 중심을 가다듬고 나서 한쪽 발로 껑충 뛰어넘었다. 그리고 앞으로 쓰러지려는 몸을 급히 지팡이로 가누며 발돋움을 했다.

"아저씨, 그때 싸우던 얘기 해줘요."

짱구가 못 견디게 졸라댔다.

"지금은 안 돼. 시간이 늦음 안 되거든. 오늘은 옛날 싸우다 살아남은 전우들이 모두 한자리에 모이는 날이란 말야."

"우리도 따라가면 안 되나요?"

"안 되지. 자아 너희들은 어서 가서 전쟁놀이나 하렴. 기관단총은 그렇게 메는 게 아니란다. 이렇게 거꾸로 메었다가 재빠르게 두루룩 갈겨야지, 알았지?"

"네."

절름발이 아저씨는 군모를 추켜올리고 이마의 땀을 닦았다. 그리고 지팡이를 짚으며 큰길 쪽으로 걸음을 옮겼다. 세 어린이는 점점 멀어져가는 그 뒷모습을 쓸쓸히 바라보고 있다가 생각이 난 듯이 복덕방이 있는 쪽으로 접어들었다.

복덕방에는 긴 나무 의자만이 동그마니 놓여 있고 아무도 없었다. 여느 때 같으면 할아버지들이 모여 앉아 한참 잡담을 늘어놓고 있을 판인데 오늘은 한적했다.

"할아버지 어디 가셨어요?"

"승길이냐? 동네 어른들하고 모두 시내로 들어가셨단다. 구경들을 하러 가신다더만 사람 구경에 고생들이나 하시지 웬……"

할머니가 옷을 꿰매던 손을 멈추고 돋보기안경 너머로 훈이를 바라보며 말했다.

세 어린이는 적이 실망스러웠다. 하고 놀 것이 없었다. 꼬마가 한길 가에다 고추를 내놓고 오줌을 갈겨댔다. 훈이와 짱구는 고추를 덜렁 내놓고 오줌을 싸 갈겼다.

"뭐 하고 노니?"

"하고 놀 게 없다. 참 싱겁다."

"참 따분하다."

잠시 후 짱구가 좋은 생각이 떠올랐다는 듯이 손뼉을 쳤다.

"뭔데……?"

"우리 데모놀이 하자."

"그러자."

"그래 하자."

"그럼 너희 둘은 학생이고 난 경찰관이다."

"응, 그래."

꼬마와 훈이는 서로 어깨를 단단히 꼈다. 그러나 곧 꼬마가 의아스러운 표정을 했다.

"그런데 무엇을 반대하니?"

"참 반대할 게 없잖어?"

"그런 건 알 필요 없어. 무조건 반대하면 돼. 그리고 마구 소리를 지르면서 데모를 하란 말야."

짱구가 아는 체하고 말했다.

"그러자."

"그럼 너는 골목에 숨어 있다 나와야 해. 데모가 한참 지나갈 때 골목에 있다가 경찰관이 최루탄을 쏘면서 나오는 거거든."

"자 시작이다."

꼬마와 훈이는 어깨를 꽉 끼고 머리를 내저으면서 데모를 하기 시작했다.

"반대! 반대! 모두 무조건 반대다!"

꼬마와 훈이는 길이 좁다는 듯이 갈지자로 왔다 갔다 하면서 전진을 시작했다.

"반대! 반대! 모두 무조건 반대다!"

두 어린이는 서로 소리를 냅다 지르며 달음질쳤다. 골목에 숨어 있던 짱구가 어디서 났는지 신문지로 방독면같이 입을 삐죽하게 만들어 쓰고 뛰어나오며 탕탕하고 최루탄을 쏘아댔다. 길 한가운데는 먼지가 뽀얗게 솟았다. 연탄재 덩이를 최루탄으로 던진 것이었다. 꼬마와 훈이는 먼지 속을 마구 날뛰었다.

"아냐. 최루탄을 쏘면 도망가야 해."

"그래 도망가자."

꼬마와 훈이는 각기 헤어져서 도망치기 시작했다. 짱구는 급히 호주머니에서 호루라기를 내어 냅다 불며 이들을 추격하기 시작했다. 꼬마가 드디어 목덜미를 붙잡혔다. 둘은 서로 어깻숨을 들까불면서 연탄 먼지를 후후 불어 젖혔다.

"에끼 놈들 같으니, 장난도 할 게 있지……"

지나가던 동네 노인이 뽀얗게 흩어지는 연탄재를 피하면서 꾸중을 쳤다.

"왜요? 데모놀이 하면 안 되나요……"

꼬마가 부루퉁해서 노인을 마주 보았다.

"데모놀이라니, 웬. 새 새끼들이나 잡고 놀 일이지…… 쯧쯧."

노인은 혀를 찼다.

"새 새끼가 어디 있길래요?"

꼬마가 입을 삐죽했다.

"그렇군. 허허, 인제 애들 노는 것도 변했다니까, 웬!"

노인은 혼자 중얼거리며 손등짐을 지고 지나가버렸다.

노인의 모습이 저만치 사라졌을 때 꼬마는 화풀이나 하듯 한길에 흩어진 연탄재 덩이를 발길 닿는 대로 차 팽개쳤다. 짱구와 훈이도 뒤따라 연탄재 부스러기들을 마구 차 팽개쳤다.

"데모놀이도 싱겁다."

"참 싱겁다. 그만두자."

"나도 안 한다."

세 어린이는 잠시 동안 말을 잊고 멀리 시내 쪽을 바라보고 있었다.

"시내엔 무슨 구경이 있을까?"

"글쎄……"

"할아버지도 자전거 가게 절름발이 아저씨도 모두 갔거든."

"우리도 가볼까?"

"그러다 엄마한테 야단맞음 어떡해."

"몰래 갔다 오지 뭐."

"들키면 야단맞아."

"그럼 넌 관둬."

"그래 난 안 간다."

꼬마는 돌아섰다. 짱구와 훈이는 큰길 쪽으로 걷기 시작했다. 혼자 돌아서기는 했으나 꼬마는 마음 한구석이 서운했다. 한두 걸음 발을 옮기다 말고 꼬마도 곧 그들을 뒤따라갔다.

"안 간다더니 왜 따라오니?"

"저 큰길까지만 갈 테야."

"그래. 우린 시내까지 들어간다."

짱구와 훈이는 꼬마가 뒤따라오자 더욱 신이 나서 걸었다. 꼬마도 뒤떨어지지 않으려고 바싹 다가서서 따라갔다. 지금까진 꼭같이 어울렸었는데 따돌리우는 것이 어딘가 모르게 분했다.

"시내에는 자동차가 많겠지?"

꼬마가 먼저 입을 열었다.

"그럼, 자동차뿐인 줄 알어. 전차도 다니구 사람들도 많다."

꼬마는 이들이 상대를 안 해줄까 근심이었는데 말대꾸를 해줘 기운을 얻었다.

"높은 집들도 많겠지?"

"십층집도 있다. 하늘 한가운데 우뚝 솟아 있단 말야."

짱구가 제법 아는 듯이 으스댔다.

시내로 통하는 도로에 나서자 세 어린이는 서로서로 손을 꼭 잡았다. 사람들을 가득가득 실은 버스와 합승이 쉴 새 없이 꼬리를 물고 시내로 시내로 들어가고 있었다. 그리고 학생, 어른, 아이들 할 것 없이 줄레줄레 널따란 한길 양쪽을 메우고 시내로 들어가고들 있었다.

"야아, 신난다."

짱구가 소리를 쳤다. 세 어린이는 사람들의 물결 속에 곧 휩쓸려 들어갔다. 꼬마는 엄마한테 야단맞을 일도 까마득히 잊어버리고 덩달아 신이 나 했다. 길 위는 사람들의 발길에서 일어나는 먼지가 뽀얗게 피어오르고 있었다. 꼬마는 그 먼지 때문에 목구멍이 자꾸 칼칼했다. 훈이도 짱구도 마찬가지였다. 땀이 났다. 세 어린이는 연방 이마의 땀을 손등으로 문지르며 서로서로 손을 꼭 잡고 걸었다.

전차 종점에는 수많은 사람이 줄지어 서서 북적대고 있었다. 연방 사람들을 가득 싣고 전차가 떠나도 사람들은 줄어드는 기색조차 없었다. 아니 도리어 자꾸자꾸 불어나고 있는 것 같았다.

세 어린이는 사람들의 물결에 밀려 엉겁결에 전차 속으로 말려들어갔다. 어떻게 타게 됐는지도 알 수가 없었다. 어른들 사이에 묻어 들어간 것이었다. 전차가 움직이기 시작했다. 꼬마는 비로소 덜컥 겁이 났다. 공연히 따라왔다고 후회했다. 엄마가 알면 호되게 야단을 맞을 텐데. 어쩌면 지금쯤 찾고 있는지도 모를 일이었다. 그러나 어른들 허리 사이에 끼어서 씩씩거리며 신이 나서 웃고 있는 짱구와 훈이를 보자 꼬마는 적이 마음이 놓였다. 그리고 짱구와 훈이가 혹시 겁이 나 있는 자기에 대해 눈치를 챘을까

해서 일부러 웃어 보였다.
　교통이 차단된 데서 세 어린이는 모든 사람들과 함께 전차에서 내렸다. 거리에는 전차와 자동차가 수없이 줄지어 이중 삼중으로 늘어섰고 사람들의 물결이 길마다 넘실거리고 있었다.
　"여기가 어디니?"
　꼬마가 연신 두리번거렸다.
　"아저씨, 여기가 어디예요?"
　"바로 저기가 파고다공원이란다."
　한 아저씨가 손가락질하며 가르쳐주었다.
　"아, 저게 파고다공원이다. 내 그림책에 있었다."
　"나도 그림책에서 봤다. 야, 신난다."
　세 어린이는 공원 안으로 들어갔다.
　"아, 거북 비석이다!"
　짱구가 소리쳤다.
　"저기 탑도 서 있다."
　이번에는 훈이가 소리쳤다.
　"그런데 웬 사람이 이렇게 많으니?"
　공원 안에는 여기저기 수많은 사람들이 모여서 시장판처럼 북적거리고 있었다. 팔각정 앞에 모여선 군중들 속에서 함성이 일어났다. 어떤 사람이 열변을 토하자 또 와 함성이 솟아올랐다. 세 어린이는 그쪽으로 가서 어른들 틈을 비비고 들어갔다. 열변은 계속되고 있었다.
　"나는 6·25 나던 날 동두천 최전방에 있었소. 그때부터 나는 사년 동안 최전방에서 공산군들과 싸워왔소. 부상도 여러 번 했소. 그 후 나는 소령으로 제대했던 거요. 그러나 여러분! 국가를 위해 온갖 힘을 다해 싸웠건만 그 후 국가가 나에게 베푼 게 뭐였나 말이오. 지게였소. 하루 사오십 원 벌이를 위해 지게를 져야 하는 것뿐이었소. 지금 시내 한복판에선 성대히 식을 올리고 있소. 누구를 위한 식이냔 말요? 자, 인제 내게 남은 건 이 낡은 세 조각의 훈장뿐이오. 누구도 탐내지 않는 이 세 조각의 낡은 훈장뿐이란 말요."

어린이 놀이터 쪽에선 신나게 불러대는 유행가 소리가 기타의 반주와 함께 들려오고 있었다.

"저쪽이 재밌는갑다."

"그래. 그리로 가자. 뭐라는지 떠들기만 하고 싱겁다."

세 어린이는 그쪽으로 갔다. 사람들이 빙 둘러선 한가운데서 한 사내가 기타를 쳐가면서 구성지게 노랫가락을 주워 넘기고 있었다. 그러나 세 어린이는 다시 그곳을 빠져나왔다. 돌담 곁 잔디밭에는 허름한 옷차림의 노동자들이 떠드는 소리들과는 아랑곳도 없다는 듯이 종잇조각으로 얼굴을 가리고 낮잠들을 자고 있었다.

"쯧쯧, 꼬마 녀석들, 이리 오렴."

누군가가 부르는 소리에 세 어린이는 동시에 걸음을 멈추고 그쪽으로 고개를 돌렸다. 후줄그레한 옷차림의 낯선 어른이 나무 그늘 밑에서 그들을 보고 손짓을 하고 있었다.

"왜요?"

꼬마가 물었다.

"자, 오징어 먹으렴."

낯선 어른 앞에는 소주병과 찢어발긴 오징어가 놓여 있었다. 술기가 눈 가장자리를 불그름히 물들이고 있었다.

"아뇨."

꼬마가 고개를 저었다.

"너 몇 살이니?"

"일곱 살이에요."

꼬마가 대답했다.

"너는?"

"여덟 살이에요."

훈이가 대답했다.

"너는?"

"같아요."

짱구가 무뚝뚝하게 대답했다.

"구경들 나왔니?"

"네."

"집이 어딘데?"

"저기…… 멀어요."

꼬마가 대답했다.

"저기 어디?"

"아주 멀어요."

"그러다 길을 잃을라……"

"아저씬 집이 어딘데요?"

"집?" 낯선 어른은 쓰게 웃었다. "여기지……"

"여기가 집예요?"

꼬마가 눈을 휘둥글리며 말을 받았다.

"그럼."

"여기가 공원이지 어디 집예요?"

"그렇지. 집이 아니지." 낯선 어른은 잠깐 말을 끊었다가 곧 이었다.

"아저씬 그만 길을 잃어버렸단다."

"아유, 우습다. 어른도 길을 잃어버려요?"

"그럼, 어른도 길을 잃어버리지. 아저씬 정말 길을 잃어버렸단다. 길을 잃어버린 어른들처럼 불쌍한 게 없지. 너희들이나 길을 잃어버리지 말렴."

꼬마는 입을 오무락거렸다. 낯선 아저씨가 참으로 우스웠다.

"왜 길을 잃어버렸음 아는 사람에게 물어보지 않아요?"

"너희들은 길을 잃었다가도 찾아가지만 어른들은 길을 잃으면 그것으로 그만이란다. 물어볼 사람도 없고 또 가르쳐주는 사람도 없지."

낯선 아저씨는 소주병을 기울이면서 쓸쓸히 웃었다.

"참 아저씬 이상하네요."

"자, 그럼 어서 가서 구경들이나 하렴."

"아저씨 안녕히 계셔요."

세 어린이는 공원을 나서면서 서로 얼굴을 마주 브며 낄낄거리며 웃었다. 저만한 나이에 길을 잃다니! 참 우스운 아저씨였다.

거리에는 여전히 사람들의 물결이 넘실거리고 있었다. 전차와 버스들은 텅텅 빈 채 길 한복판에 장사진을 이루고 서 있었다. 세 어린이는 사람의 물결 속에 휩쓸려 마냥 걸어가고 있었다. 몹시 땀이 났다. 어느덧 해는 하늘 한가운데 높이 솟아 있었다. 큰 네거리 가까이에 이르렀을 때 지금까지 서서히 흘러가던 사람의 물결은 밀물에 되밀리는 강물처럼 그곳에서 주춤거렸다. 세 어린이는 어른들 틈을 비집고 빠져나왔다. 훤히 트인 차도에는 자동차의 그림자 하나 찾아볼 수 없었다. 헌병과 경찰관이 요란하게 호각을 불어대며 차도로 밀려 내려오는 군중을 정리하느라고 부산하게 법석대고 있을 뿐이었다. 세 어린이가 있는 곳에서부터 네거리까지는 아직도 까마득했다.

"우리 저기까지 가보자."

"그러자."

세 어린이는 살금살금 차도로 빠져나와 네거리 쪽으로 조금씩 다가갔다. 네거리 근처에는 지붕은 물론 가로수 위에까지 구경꾼들이 닥지닥지 매달려 있고 그 밑에서는 밑에서대로 사람들이 서로 앞에 나서려고 밀고 밀리고 있었다. 발자국 하나 옮겨놓을 틈조차 없었다.

이윽고 네거리 건너편에서 행진곡이 우렁차게 울려 나오기 시작했다. 짱구와 훈이는 신바람이 났다. 꼬마도 신이 났다. 자꾸 어깨가 으쓱거려졌다.

앞장선 지프차에 이어 완전 무장한 군인의 대열이 걸음도 당당히 행진해왔다. 동시에 일제히 군중들 속에서 박수갈채가 터져 나왔다. 박수갈채는 그칠 줄을 몰랐다. 완전 무장한 군대의 대열은 계속 지나가고 있었다. 백 명, 이백 명, 천 명……

"아! 군인 아저씨들이 참 많다!"

꼬마가 소리쳤다.

"얼만지 헬 수도 없다."

훈이가 맞장구를 쳤다. 어디서인가 땅을 뒤흔드는 듯한 육중한 소리가 짐승의 울음소리처럼 땅을 구르고 울려오고 있었다.

"그런데 오늘이 무슨 날일까?"

"글쎄……"

사람들이 이렇게 많이 모여 구경을 하고 군인들이 지나가는 걸 보니까 좋은 날인 모양이다.

"아까 자전거 가게 절름발이 아저씨는 슬프다고 했는데?"

"뭔지 모르겠다. 구경이나 실컷 하자."

땅을 뒤흔드는 듯한 육중한 소리가 바로 발밑에서 세차게 울려오고 있었다.

"야! 탱크다!"

꼬마가 소리쳤다. 긴 포문이 하늘을 향해 지그시 비껴 보는 전차 포대(砲臺) 위에는 상반신을 드러낸 탱크병이 빨강과 파랑을 들고 똑바로 앞을 노려보고 있었다.

"또 온다. 또 온다. 아, 참 많다!"

꼬마는 발을 구르며 눈이 휘둥그레져서 좋아했다.

"신난다!"

훈이도 잇달아 소리를 쳤다. 짱구는 짱구대로 발돋움을 하고 정신없이 소리를 지르고 있었다. 전차대에 이어서 각종 대포들의 행렬이 지나갔다. 많은 차량의 엔진 소리에 눌려 그토록 우렁차던 밴드의 행진곡은 모깃소리처럼 간간이 앵앵거리고 있었다. 그때 하늘에서 고막을 찢는 듯한 폭음 소리가 길게 꼬리를 이으며 쏜살같이 지나갔다. 제트기의 편대 비행이었다. 한쪽 획이 짧은 시옷자형으로 네 대의 제트기가 고층 건물 꼭대기를 스칠 듯이 바람을 끊고 지나가자 또 한쪽에서 그들을 가로지르며 네 대가 꼭같이 하늘 높이 치솟았다.

세 어린이에게는 순간순간이 모두 흥분의 연속이었다. 밴드가 불어대는 행진곡이 또다시 우렁차게 들려오기 시작했다. 교통순경의 호각 소리가 요란한 속에 갑자기 군중들이 웅성거리기 시작했다. 식이 모두 끝난 모양이었다. 흰 백차[2]와 사이드카[3]에 둘러싸여 검은 세단 차가 미끄러지듯 네거리 한복판을 지나가자 군중들 속에서 박수갈채가 일제히 터져 나왔다. 이어서 십여 대의 고급 세단 차가 쏜살같이 뒤따랐다.

이윽고 네거리에 모여 섰던 군중들의 물결이 갑자기 무너지면서 차도 위로 일제히 쏟아져 나왔다. 세 어린이는 군중 속으로 삽시간에 휩싸여 들어갔다. 요란하게 울리는 호각 소리, 앞뒤로 밀려 쏟아지는 군중들의 물결, 세 어린이는 이리 밀리고 저리 쫓기고 어디로 어떻게 흘러가는지 알 수가 없었다.

사람, 사람, 사람의 물결, 세 어린이는 서로 놓치지 않으려고 손을 꼭 붙잡고 안간힘을 썼다. 그러나 이들을 휩쓸고 밀려오고 밀려가는 사람들의 물결은 마치 성난 파도처럼 사정없이 소용돌이

치고 있었다. 세 어린이는 이 사람의 급류에 휩쓸려 틈간 있으면 솟구쳐 오르려고 발버둥을 쳤지만 그러면 그럴수록 더 사정없이 휘말려 들어가기만 했다. 이 발길에 차이고 저 발길에 휘감기고 온몸의 근육이 저마다의 균형을 잃고 있었다. 언제 어떻게 손들을 놓아버렸는지도 알 수가 없었다. 꼬마는 급기야 울음을 터뜨렸다. 훈이도 울음을 터뜨렸다. 짱구도 엉엉 울고 있었다. 세 어린이는 저마다 왈칵 겁이 나서 울음을 터뜨리고 있었다. 사람의 물결에 휘말려 이리 밀리고 저리 밀리며 울음을 터뜨리고 있었다. 얼마나 이렇게 뿔뿔이 헤어져 부대끼면서 울었는지 알 수가 없었다. 그들이 길 한 모퉁이에서 다시 만났을 때 세 어린이는 서로 네 탓이라는 듯이 힘없이 주먹질을 하면서 울고 있었다.

"엄마한테 야단맞는다."

"나도 야단맞는다."

"빨리 가아."

그러나 세 어린이는 어디를 어떻게 가야 하는지 알 수가 없었다. 짱구가 훈이 손을 잡았다. 훈도 꼬마의 손을 잡았다. 또 울음이 왈칵 솟아 나왔다. 세 어린이는 아직 사람의 물결이 채 가시지 않은 네거리를 방향 없이 주춤주춤 걷기 시작했다.

"사람들이 모두 나쁘다."

꼬마가 울음을 머금으며 투덜거렸다.

"모두 나쁘다. 우릴 그냥 내버렸다."

짱구도 울음을 씹으면서 말했다.

"치사하다. 모두 치사하다."

훈이도 한마디 했다. 그리고 뺨으로 흘러내리는 눈물들을 닦았다.
세 어린이는 갑자기 세상이 무서워졌다. 사람들이, 군중이 무서워졌다. 그들은 손을 꼭 잡고 연방 훌쩍이면서 하여튼 발길 내키는 대로 걸었다. 이들 세 어린이가 울먹이면서 걸어오는 것을 보자 한 노인이 물었다.
"너희들 왜 울고 있어?"
"길을 잃어버렸어요."
꼬마가 눈물기 어린 목소리로 대답했다.
"쯧쯧."
노인은 혀를 찼다. 길을 메웠던 사람들의 물결은 서서히 이젠 거리에서 걷혀가고 있었다. 빵집 앞을 지났을 때 길모퉁이에서 구멍가게를 지키고 있던 아주머니가 울먹이며 걸어오는 세 어린이를 보고 또 물었다.
"왜들 우니?"
"길을 잃어버렸어요."
이번엔 훈이가 눈물을 닦으며 입속에서 중얼거렸다.
"저런 쯧쯧…… 집이 어딘데?"
"멀어요."
"얼마나?"
"아주 멀어요."
차도의 질서는 인제 회복돼서 전차와 자동차가 서서히 움직이고 있었다. 설렁탕집 앞을 지날 때였다. 이번에는 어떤 젊은이가 물었다.

"왜들 울지?"

세 어린이는 갑자기 더욱 서러워져 왈칵 또 울음을 터뜨렸다. 짱구가 화가 치민 듯이 울먹이며 투덜댔다.

"길을 잃어버렸대두요."

따가운 햇살만이 길 잃은 세 어린이를 쨍하니 내리쬐고 있었다.

| 주 |

황선지대

* 『사상계』, 1960년 4월호 발표. 이 책에서는 『한국현대문학전집』 제7권, 오상원/서기원집(신구문화사, 1966)에 실린 것을 저본으로 한다.

1 메뉴통 미군 군용 식품 상자나 캔 껍데기.
2 구형(矩形) 직사각형.
3 서족(鼠族) 쥐의 족속이라는 뜻으로, 몹시 교활하고 약은 사람을 이르는 말.
4 곤드라지다 몹시 피곤하거나 술에 취하여 정신없이 쓰러져 자다.
5 퀀셋Quonset 길쭉한 반원형의 간이 건물. 상품명에서 온 말.
6 비긋이 남이 느끼지 못하게 슬그머니.
7 얌생이 남의 물건을 조금씩 슬쩍슬쩍 훔쳐내는 짓을 속되게 이르는 말.
8 앙당하다 모양이 어울리지 아니하게 작다.
9 일분(一分) 사소한 부분. 또는 아주 적은 양.
10 네 개 처야 문맥상 부상당한 상처가 네 군데라는 의미로 보임. 이때의 '처'는 '處'를 뜻함. 일부 판본에는 '四개 처야'로 표기되어 있음.
11 군표(軍票) 전지(戰地)나 점령지에서 군대에 필요한 물품을 구입할 때 사용하는 긴급 통화(通貨).

12 일대(一隊) 많은 사람이나 짐승의 한 무리.
13 가께오찌(かけおち, 驅け落ち) '사랑의 도피. 남녀가 눈이 맞아 달아남'을 뜻하는 일본어.
14 스트레처 stretcher 들것. 여기서는 군용 야전 침대를 말함.
15 검수하다 물건의 개수를 헤아려 검사하다.
16 칸델라 kandelaar 금속이나 도기로 만든 주전자 모양의 호롱에 석유를 채워 켜 들고 다니는 등.
17 조마롭다 매우 조마조마하거나 조마조마한 데가 있다.
18 피엑스 PX 일상용품이나 음식물 따위를 면세 가격으로 파는, 군부대 기지 내의 매점. Post Exchange.
19 아마이 '할머니'의 방언.
20 옆치기 새치기.
21 입귀 '입아귀'의 방언. 입의 양쪽 구석.
22 해낮 '대낮'의 방언.
23 건땅 '공것'의 방언. 힘이나 돈을 들이지 않고 얻은 물건.
24 지엠시 GMC 미국 제너럴 모터스사에서 만든 사륜 구동의 트럭.
25 다짜구 '부득부득'의 방언. 억지를 부려 제 생각대로만 하려고 자꾸 우기거나 조르는 모양.

유예

* 한국일보, 1955년 1월 발표. 이 책에서는 발표본을 저본으로 하되 『한국현대문학전집』 제7권, 오상원/서기원집(신구문화사, 1966)에 실린 것을 참고하였다.

1 연덩어리 '납덩이'의 북한어.
2 연하다 잇닿아 있다. 또는 잇대어 있다.
3 엄폐물(掩蔽物) 야전에서, 적의 사격이나 관측으로부터 아군을 보호하는 데에 쓰이는 자연적 또는 인공적 장애물.
4 다그다 물건 따위를 어떤 방향으로 가까이 옮기다.
5 적정(敵情) 전투 상황이나 대치 상태에 있는 적의 특별한 동향이나 실태.
6 남양(南陽) '난양(南陽)'의 잘못. 중국의 허난 성(河南省) 남서부에 있는 도시. 한수이 강(漢水江)의 지류인 바이허 강(白河江)에 있어, 교통의 요지이다.

7 북지(北支) 화베이(華北). 중국의 북부 지방. 베이징과 허베이 성(河北省), 산시 성(山西省), 산둥 성(山東省), 허난 성 등으로 이루어졌다.

8 팔로군(八路軍) 항일 전쟁 때에 화베이에서 활약한 중국 공산당의 주력군. 1937년 제2차 국공 합작 후의 명칭이며, 1947년에 인민 해방군으로 바꾸었다.

9 국부군(國府軍) 중화민국 국민 정부의 군대.

10 군문(軍門) '군대(軍隊)'를 비유적으로 이르는 말.

균열

*『문학예술』, 1955년 8월호 발표.

1 철편(鐵片) 쇳조각.

2 무기미 無氣味. 또는 無機微. 일본어투의 한자말. '아무런 느낌 없이' 또는 '어떤 낌새도 없이' 정도의 뜻.

3 적산(敵産) 자기 나라나 점령지 안에 있는 적국(敵國)의 재산. 1945년 8·15 광복 이전까지 한국 내에 있던 일제(日帝)나 일본인 소유의 재산을 광복 후에 이르는 말. 귀속 재산.

4 안동(安東) '안둥'의 잘못. 안둥은 '단둥(丹東)'의 전 이름으로, 중국 랴오둥(遼東) 반도에 있는 도시. 압록강 유역에 있으며 교통·상업의 요지.

5 일방(一方) 한편.

6 일방(一放) 단방(單放). 단 한 방의 발사.

7 손맥 손의 힘.

8 이십유여 년(二十有餘年) 이십 년 남짓.

죽어살이

*『신세계』, 1956년 4월호 발표. 이 책에서는 오상원 창작집 『백지의 기록』(동학사, 1958)에 실린 것을 저본으로 한다.

1 정변(政變) 혁명이나 쿠데타 따위의 비합법적인 수단으로 생긴 정치상의 큰 변동.

2 파당(派黨) 주의, 주장, 이해를 같이하는 사람들이 뭉쳐 이룬 단체나 모임. 당파(黨派).

3 공으로 힘을 들이거나 대가를 치르지 않고 거저.

4 수물거리다 정확한 뜻은 알 수 없으나 문맥상 '웅성거리고 꿈틀대다'로 보임.

5 정견(政見) 정치상의 의견이나 식견.
6 논다 '노느다'의 준말. 여러 몫으로 갈라 나누다.
7 빨다 끝이 차차 가늘어져 뾰족하다.

모반
* 『현대문학』, 1957년 11월호 발표.
1 키꼴 키가 큰 몸집을 속되게 이르는 말.
2 시근부리 '시굼불' 또는 '시굼불꾼'이라고도 하며, 평북 방언으로 '심부름꾼'을 뜻함.
3 상금(尙今) 지금까지. 또는 아직.
4 신병(身病) 몸에 생긴 병.
5 아여 '아예'의 잘못.

부동기
* 『사상계』, 1958년 12월호 발표.
1 두껍지 '두꺼비집'의 다른 말. '두꺼비집'은 호주머니를 가리키는 평북 방언.
2 약수(弱手) 약한 행동이나 기세.
3 기천(幾千) 천의 몇 배가 되는 수. 또는 그런 수의.
4 제만 때 정확한 뜻은 알 수 없으나 문맥상 '늦은 오후' 혹은 '저녁 무렵'으로 보임.
5 슬금시 '슬쩍' 또는 '슬며시.'
6 기신거리다 게으르거나 기운이 없어 자꾸 느릿느릿 힘없이 행동하다. 굼뜨게 눈치를 보며 반기지 않는 데를 자꾸 찾아다니다.

보수
* 『사상계』, 1959년 5월호 발표. 이 책에서는 『한국현대문학전집』 제7권, 오상원/서기원집(신구문화사, 1966)에 실린 것을 저본으로 한다.
1 투전목 한 벌로 되어 있는 투전(鬪牋). 투전은 노름 도구의 하나, 또는 그것으로 하는 노름. 두꺼운 종이로 손가락 너비만 하고 다섯 치쯤 되게 만들어 인물, 조수(鳥獸), 충어(蟲魚) 따위를 그려 끗수를 나타내서 기름에 결어 만든다. 60장 또는

80장을 한 벌로 하는데, 실제 쓸 때는 25장 또는 40장만을 쓰기도 한다.
2 기중(其中) 그 가운데.
3 환도(還都) 전쟁 따위의 국난으로 인하여 정부가 한때 수도를 버리고 다른 곳으로 옮겼다가 다시 옛 수도로 돌아옴.
4 토막(土幕) 움막집. 땅을 파고 위에 거적 따위를 얹고 흙을 덮어 추위나 비바람만 가릴 정도로 임시로 지은 집.
5 갚 한쪽으로 트여 나가는 방향이나 길.
6 호야등 정확한 뜻은 알 수 없으나 심지에 석유를 묻혀 불을 밝히는 석유등을 가리키는 듯함.
7 구찌(くち, 口) 여기서는 '한몫' '한자리' 또는 '한판'의 뜻.
8 뚜쟁이 부부가 아닌 남녀가 정을 통할 수 있도록 소개하는 사람.
9 하로운 평북 방언에 형용사 '하누하다'라는 말이 있고 '하누스러이' '하누스레'라는 부사어가 있는데, '한가로이' '여유스럽게'라는 뜻이다. 그러나 이것이 '하로운'과 같은 말인지는 확인하기 어렵다.
10 어청거리다 키가 큰 사람이나 짐승이 이리저리 천천히 걷다.

현실

*『사상계』, 1959년 12월호 발표.
1 배속(配屬) 물자나 기구 따위를 배치하여 소속시킴.
2 산록(山麓) 산의 비탈이 끝나는 아랫부분. 산기슭.
3 가늠쇠 총을 목표물에 조준할 때 이용하는 장치. 총구 가까이, 총신 위쪽에 붙어 있는 작은 쇳조각으로, 그 위에 목표물이 놓이게 하여 겨눈다.
4 꺼꺼부정하다 몹시 꺼부정하다. 사람의 몸, 허리, 팔다리 따위가 안쪽으로 꺼부러져 있다.
5 조박 '조각'의 북한어.

훈장

*『세대』, 1964년 1월호 발표.
1 보르바꼬 '상자'를 뜻하는 보드 박스 board box의 일본식 영어.
2 가마부꾸(かまぼこ, 蒲鉾) '어묵, 생선묵'을 뜻하는 일본어. 가마보코.

3 **구루마**(くるま, 車) 짐수레, 자동차 등 탈것을 뜻하는 일본어. 수레, 달구지로 순화.
4 **전짓불** 손전등에서 비치는 불빛.
5 **울적** '울컥'을 잘못 쓴 것으로 보임.

실기

* 『문학』, 1966년 5월호 발표.
1 **총신**(銃身) 총열. 총알이 나가는 방향을 정하여 주는 총의 한 부분. 긴 원통 모양의 강철로 되어 있다.
2 **백차**(白車) 차체에 흰 칠을 한, 경찰이나 헌병의 순찰차.
3 **사이드카** 오토바이 따위의 옆에 사람이나 물건을 싣도록 달린 운반차. 또는 그것이 달린 오토바이.

▌작품 해설

한 전후세대 작가의 전쟁에 관한 기억
── 오상원의 중·단편에 대하여

한수영

1. 전후문학과 전후세대 작가

　오상원은 대표적인 전후세대 작가의 한 사람이다. 우리 문학사에서 '전후세대'는 흔히 말하는 '6·25 전쟁' 즉 한국전쟁이 끝난 직후인 1950년대 초·중반에 등단해서 작가로 활동하기 시작한 사람들을 가리킨다. 출생 연도로 따지면 이들은 대체로 1920년부터 1935년 사이에 태어났으며, 일제 시대에 초·중등학교를 다녔던 사람들이다. 또한 전후세대에 속한 작가들 중 이북 출신이며 해방 직후나 전쟁 기간 동안에 월남한 경력이 있는 사람들이 많다. 오상원은 1930년생이며 평안북도 선천 출신으로 해방 이후 남쪽으로 내려왔다는 점에서 많은 전후세대 작가들과 공통점을 지니고 있다.
　문학사에서 전후세대 작가로 거론되는 사람들은 손창섭·장용학·선우휘·곽학송·이호철·이범선·하근찬·김성한·서기원·송병수·최상규 등등인데, 이들은 대체로 10대 후반에서 20대 중반 사이에 한국전쟁을 경험했고, 청년기에 겪은 전쟁 체험들을 자신들의 중요한 문학적 자산으로 삼고 있다는 점에서 또 다른 공통점을 지니고 있다. 일반적으로 '전후문학'이란, 이러한 전후세대들이 중심이 되어 전개되었던 1950년대의 문학을 가리킨다.

동서고금을 막론하고, 전쟁이란 언제나 사람들의 일상을 뒤흔드는, 엄청난 파괴력을 지닌 '사건'이다. 전쟁이 일어나면 격렬한 전투가 벌어지는 현장뿐 아니라, 전선과는 멀리 떨어진 후방 사회에도 심각한 변화가 일어난다. 사람들의 모든 일상은 갑자기 중단되고, 전쟁으로 인한 새로운 삶이 시작된다. 평온한 일상이 유지될 때에는 결코 쉽게 경험할 수 없는 끔찍한 죽음과 참혹한 부상, 전쟁에 동원되는 성인 남성의 불안과 공포, 그리고 그것을 지켜봐야 하는 남은 가족들의 슬픔, 생산 활동과 소비가 정상적으로 작동되지 않음으로써 야기되는 심각한 경제난, 피난과 후퇴 등으로 생겨나는 가족의 이산 등등, 전쟁은 군인뿐 아니라 모든 사람들의 삶을 뒤흔드는 충격적인 사건이 아닐 수 없다. 그뿐인가. 전쟁이 끝나고 나서는, 그토록 격렬했던 사건의 뒷수습과 마무리, 그리고 전쟁의 충격이 안겨준 후유증을 극복해야 하는 새로운 과제와 부담이 사회적 문제로 떠오른다. 결론적으로 전쟁은, 그것이 진행되는 동안에도, 끝나고 난 이후에도, 전쟁에 직간접으로 개입된 모든 사람과, 그들이 속한 사회에 이루 말할 수 없는 큰 충격과 영향을 안겨준다.

그 점에서, 20세를 전후한 청년으로 한국전쟁을 겪은 전후세대 작가들이 다른 무엇보다 전쟁의 '체험'과 '기억'을, 그들 문학의 출발점이자 '존재 이유'로 삼은 것은 지극히 자연스럽고도 당연한 결과라고 할 수 있다. 오상원 역시 자신의 문학을 통해 '전쟁'의 의미가 무엇인지를 집요하게 따져 물었다는 점에서, 전형적인 전후세대 작가의 한 사람이었다.

그러나 전쟁에 대한 '기억'이 이들 전후세대 문학의 공통적인 근원이자 출발이라는 전제는 그야말로 전후문학을 이해하는 최소한의 필요조건에 불과하다. 왜냐하면 저마다 체험의 내용이 다르고, 그로부터 이끌어내는 '기억'의 편폭이 같지 않기 때문이다. 또한 한국전쟁을 이해하는 맥락이 작가마다 다르기 때문이다. 그러므로 이제 오상원의 소설들을 검토하는 우리에게 남은 문제는, 그가 기억하고 묘사하는 한국전쟁은 과연 어떤 것이었는가, 혹은 그는 한국전쟁을 어떻게 인식하고 있었던가를 살펴보는 일일 것이다.

2. 작가의 항변——인간은 도구적 존재가 아니다

짐작하건대, 이 글을 읽는 독자들의 대부분은 한국전쟁을 직접 겪지 않은 사람들일 것이다. 아니, 한국전쟁뿐 아니라 어떤 전쟁이든 직접 경험한 적이 없는 사람들이 대부분일 것이다. 나이가

50대 후반이 넘는다면 베트남 전쟁에 참전했을 가능성은 있다. 어쩌면 최근 이라크에 파병된 젊은이도 있을 수는 있겠다. 그러나 역시, 필자를 포함하여 대부분의 독자들에게 전쟁이란 직접적인 경험의 영역이 아니라, 거의 대부분 영상이나 활자 등을 통한 간접적인 이미지들로 재구성된 세계의 일이다. 설령, 전쟁을 직접 경험했다고 하더라도 한 개인의 경험이 전쟁에 관한 모든 것을 말해줄 수는 없다. 그는 단지 그가 경험한 범위 안에서만 그 일을 겪었을 뿐이다. 그러므로 어떤 의미에서 모든 것은 다 재현이라고 할 수 있다. 과연 오상원에게 '전쟁'이란 무엇이었을까? 오상원이 소설을 통해 재현하고 있는 '전쟁'이란 무엇일까?

그는 전쟁을 반대하고 싫어했다. 전쟁이 인간을 상황 논리의 도구로 만든다는 것이 그 이유였다. 전쟁이 일어나면 모든 인간은 '적' 아니면 '아군'이 된다. 그리고 '아군'은 무조건 보호해야 하고 '적'은 무조건 죽이거나 없애야 한다. 이것이 전쟁이 만든 상황 논리다. 그 안에서, 나는 '저 사람'을 '적'으로 생각해야 할 아무런 이유도 발견하지 못하겠다고 항변한들 소용이 없다. 혹은 이 전쟁의 명분과 이유를 스스로 찾아내지 못해서 전쟁에 참가할 수 없다고 한들 소용이 없다. 전쟁 중의 이런 태도는 즉각 항명죄나 반역 행위가 되어, '적'과 동등한 취급을 받을 뿐이다. 어떤 사람은 이런 상황 논리를 기꺼이 받아들이지만, 어떤 사람은 그럴 수 없다. 오상원의 소설은, 전쟁이 강요하는 이러한 상황 논리 아래에서 인간이 자신의 실존과 존재 이유를 둘러싸고 어떤 고뇌와 좌절을 경험하는가에 초점을 맞추고 전쟁을 그리고 있다.

그의 등단작인 「유예」에 등장하는 선임 하사와 국군 포로는 '전쟁'과 '인간'을 둘러싼 서로 다른 두 개의 세계관을 대변하고 있다. 화자인 '나'의 소대원인 선임 하사는 인간의 의의를 '싸우다 죽는 존재'로 설정하고 있다. 그래서 그는 죽는 순간에도 일종의 희열을 경험한다.

사람은 서로 죽이게끔 마련이오. 역사란 인간이 인간을 학살해 온 기록이니까요. 그렇게 생각지 않으시오? 난 전투가 제일 재미있소. 전투가 일어나면 호흡이 벅차고 내가 겨눈 총구에 적의 심장이 아른거릴 때마다 나는 희열을 느낍니다. 그 순간 역사가 조각되고 있는 것같이 느껴지거든요. 사람이란 별게 아니라 곧 싸우는 것을 의미하고, 싸우다 쓰러지는 것을 의미할 겝니다.

이런 세계관 덕분에 그는 이념과 정치적 입장과는 아무 상관 없이 일본군, 중국 국민당군, 팔로군을 거쳐 대한민국의 국군에 이르기까지 오로지 전쟁터에서 자신의 청춘을 불사를 수 있었다. 돈에 팔려 다니는 용병이라면 모를까, 실제로 정치적 지향과 관계없이 오로지 '전쟁하는 인간'으로서의 자기 확인을 위해 이렇게 다양한 군대를 옮겨 다니는 사람이 있을 리는 만무하지만, 오상원은 '전쟁'에 임하는 인간의 어떤 '입장'을 표현하기 위해 이런 인물을 만들어냈다고 볼 수 있다.

이런 태도의 반대편에 서 있는 사람이 인민군에 의해 총살되는 국군 포로다. 화자는 비어 있는 농가에 숨어 그의 마지막 모습을 목격하게 되는데, 국군 포로는 죽음을 앞두고 이런 소회를 털어놓는다.

> 생명체와 도구는 다른 것이오. 내 이상 더 무엇을 말하고 싶겠소? 나는 포로가 되었을 때 비로소 내가 확실히 호흡하고 있는 인간이라는 것을 알았을 뿐이오. 나는 기쁘오. 내가 한 개 기계나, 도구가 아니었다는 것, 하나의 생명체인 인간으로서 살아 있었다는 것, 그리고 인간으로서 죽어간다는 것, 이것이 한없이 기쁠 뿐입니다.

선임 하사는 인간의 의의를 전쟁(혹은 역사)의 도구적 존재로 한정하고, 그것을 충족하면서 죽어가는 데 기쁨을 느끼고 있다면, 국군 포로는 그와는 반대로 전쟁의 도구나 기계로서가 아니라 한 인간으로서 존엄을 회복하고 죽는 것에 희열을 느끼고 있다. 국군 포로의 이러한 성격이 소설 속에서 풍요롭게 형상화되었다고 보기는 어렵지만, 소설을 통해 전쟁에 관한 두 개의 인간형 혹은 인간관이 어떻게 다르게 제시되고 있는가를 확인하는 것은 그다지 어려운 일이 아니다. 전쟁에 대한 이런 두 개의 세계관적 원형이 오상원 문학의 뿌리를 형성하고 있으며 오상원은 전자를 비판하고 후자의 편에 서서 전쟁을 그려나갔다.

당시에 유행했던 사상인 실존주의가 오상원의 이런 세계관 형성에 적지 않은 영향을 주었을 것이다. 산업혁명 이후 과학 기술과 대규모 공업이 눈부시게 발전할수록 인간은 점점 왜소해지고 기술과 산업의 도구로 전락해가는 현상이 점차 심각하게 부각되기 시작했다. 그리고 20세기 들어와 두 차례나 유럽을 뒤흔들었던 세계대전을 치르면서, 인간이란 과연 무엇인가 하는 근본적인 질문들이 여러 형태로 제기되었다. '실존주의'는 그러한 고민의 결과로 등장한 철학의 한 흐름이라고 할 수 있다.

실존주의의 교의를 오상원의 소설에 대입해서 풀이하자면, 인간은 그것이 아무리 위대하고 성스럽다고 하더라도 어떤 목적과 대의를 위해 쓰이는 '도구적 존재'가 아니라는 것, 다만 그 스스로가 하나의 의의이자 의미로 존재할 뿐이라는 것이다. 다시 말하면, 전쟁이 아무리 크고 위대한 의의를 지니고 있다고 하더라도, 인간이 그것을 위해 기꺼이 죽거나 희생해야 하는 건 아니라는 것이다. 한국전쟁 당시는 남북한 가릴 것 없이 많은 주민들이 해방 직후 서둘러 만든 국가에 의해 전투에 동원된 처지였다. 그들은 그 의미와 명분을 충분히 납득하지 못한 채 전쟁의 소용돌이에 휘말려야 했다. 따라서 전쟁에 대해 비판적일 수밖에 없었을 것이다. 따지고 보면, 전쟁에 동원되는 일반 국민들이 충분히 그 의의와 명분을 납득하고 참가하는 전쟁이란 있을 수 없다. 언제나 전쟁은 갑자기 일어나며, 동원 주체는 다양한 명분과 이유를 대지만, 동원되는 대상인 국민들은 어떻게든 전쟁을 피하고 싶은 것이 인지상정이 아니겠는가.

모든 전쟁은 참혹하고 비참한 것이지만, 그중에서 가장 곤혹스러운 경우는, 왜 적을 죽여야 하느냐 하는 뚜렷한 이유와 명분도 없이, 다만 내가 어떤 집단의 구성원이라는 이유로 동원되어 그런 행위를 저질러야 하는 때이다. 문명을 이루고 있는 모든 인류 사회는 예외 없이 '살인'을 가장 무서운 죄로 규정한다. 그런데 집단과 집단(가장 흔한 경우가 '국가'라는 집단이다)이 충돌할 경우에, 즉 '전쟁'이라는 이름의 폭력이 자행될 때에는 적을 '살인'하는 행위는 훌륭한 일로 칭송받고, 그런 행위를 많이 한 자일수록 자기가 속한 집단에서 '영웅' 대접을 받게 된다. '어떤 경우에도 사람이 다른 사람을 죽여서는 안 된다'는 윤리와 '한 나라에 속한 사람이 다른 나라에 속한 사람을 죽여도 된다'는 국가 윤리가 충돌할 때, 과연 인간은 어떤 것을 따라야 하는가? 오상원의 소설에서 우리가 마주하게 되는 문제 제기의 바탕에는 이런 의문이 깔려 있으며, 이것은 오상원 소설에서 다양한 변주를 통해 반복적으로 나타난다. 오상원의 소설에 자주 등장하는 '전쟁'과 '조국' 그리고 '역사'는 하나의 의미로 수렴되는 일종의 계열체라고 할 수 있다. 즉, 전쟁이나 조국, 역사는 개인의 가치와 존재 이유를 오로지 집단의 논리를 관철하는 도구로 삼을 뿐이라는 점에서 한결같은 것이며, 이에 대한 저항으로서 인간에 대한 옹호가 오상원 소설의 주제부를 형성하고 있다고 할 수 있다. 단편「모반」이나「균열」은 전쟁터가 아닌 해방 직후의 혼란한 정치 현실이라는 배경만 다를 뿐, 상황 논리나 관습적인 윤리의 도구가 되기를 거부하는 인간의 고뇌와 갈등이 그려져 있다는 점에서는 같은 맥락에서 이해해도 좋은 작품들이다.

3. 국가의 전쟁, 개인의 희생

전쟁에 대한 오상원의 이러한 비판의식은 점점 발전되어, 전쟁 동원의 주체인 '국가'에 대해 냉소적인 태도를 취하는 쪽으로 나아가게 된다. 그의 평판작으로 널리 알려진 「유예」나 「모반」에 가려 별로 알려져 있지 않지만, 「훈장」이나 「실기」는 오상원 문학의 그런 면모를 여실히 보여준다.

「훈장」은 국가가 젊은 청년들을 전쟁에 동원하면서 부여한 대의적인 명분과 논리가 참전세대 스스로에게도, 그리고 사회에도 아무런 실효성을 갖지 못하는 일종의 '부도 수표'에 불과하다는 사실을 폭로하고 있다. 이 소설에는 참전세대가 간직한 두 개의 '훈장'이 등장한다. 하나는 '짜리'라는 인물이 전쟁의 상흔으로 지니고 있는 무릎에 난 끔찍한 흉터다. 그는 범죄가 난무하는 뒷골목 무법 지대에서 살아남기 위한 그 나름의 독특한 생존 방법을 터득하고 있는데, 자신을 과시할 일이 있을 때마다 바지를 걷어 올리고 깊이 팬 무릎의 흉터를 상대에게 보여주는 것이다. 이런 자학적인 방식의 자기 과시와는 구별되는 다른 '훈장'이 있다. '짜리'와 어울리면서 조금씩 전후 현실에 적응해나가는 방법을 배우는 제대 청년 '그'가 간직하고 있는 진짜 무공 훈장이다. '그'는 소대원 전부가 희생당하는 처절한 전투에서 고지를 사수한 대가로 이 훈장을 받고 제대했다. 그러나 '그'의 유일한 자존심이자 보상이기도 했던 이 '훈장'이 사실은 다른 이에게는 물론 그 자신에게조차 아무런 긍지와 보상이 되지 못한다는 사실을 인정하는 순간은 참담하다. 선술집에서 비에 젖어 볼품없이 젖은 훈장을 내려다보면서 '그'는 서글프게 중얼거린다.

할마이 이게 뭔지 알어? 이게 바로 훈장이란 거야. 이거 하나 받기가 쉬운 줄 알어. 그러나 이 꼴이 됐어. 다 젖었어. 할마이한테 이거 드리게 대포 한잔 주겠어? 할마이는 싫을 거야. 그렇지? 이게 할마이에겐 대포 한잔 값도 못 되지 훗훗훗후.

표면적으로 이런 독백은 참전세대를 제대로 인정해주지 않는 '전후 사회'에 대한 불만이 표현된 것으로 읽히지만, 그 내면엔 '전쟁'에 대한 환멸이 깊이 각인되어 있다. 전쟁에 대한 환멸이 국가와 매개되면서 좀더 극대화한 것이, 단편 「실기」라고 할 수 있다. 이 작품은 어린아이들의 시선을 빌리고 있어 얼핏 동화풍의 분위기를 띠는데, 비판의 내용은 몹시 엄중하다. 변두리에 살고 있던 일고여덟 살 된 세 명의 어린이는 사람들에 휩쓸려 자기들도 모르는 새에 국군의 날 시가행진이 벌어지고 있는 도심으로 들어오게 된다. 군인들의 시가행진을 구경한 여운이 사라지기도 전에, 이 아이들은 불구가 된 상이용사와 공원 벤치에 몸을 파묻은 노숙자 제대 군인을 만난다. 이들은 잔치판 같은 시내의 분위기와 사뭇 대조적이다. 상이용사는 구경꾼들을 향해 절규한다.

나는 6·25 나던 날 동두천 최전방에 있었소. 그때부터 나는 사년 동안 최전방에서 공산군들과 싸워왔소. 부상도 여러 번 했소. 그 후 나는 소령으로 제대했던 거요. 그러나 여러분! 국가를 위해 온갖 힘을 다해 싸웠건만 그 후 국가가 나에게 베푼 게 뭐였나 말이오. 지게였소. 하루 사오십 원 벌이를 위해 지게를 져야 하는 것뿐이었소. 지금 시내 한복판에선 성대히 식을 올리고 있소. 누구를 위한 식이냔 말요? 자, 인제 내게 남은 건 이 낡은 세 조각의 훈장뿐이오. 누구도 탐내지 않는 이 세 조각의 낡은 훈장뿐이란 말요.

「실기」는 어린아이의 시선을 빌림으로써, 국가와 전쟁 동원, 그리고 그 책임에 대한 물음을 끝까지 추구하기 어려운 소설적 장치를 미리 마련해두었다는 점에서 작가의 치밀한 계산이 엿보이는 소설이다. 하고 싶은 문제 제기는 하되, 그것이 검열 당국의 시빗거리가 되도록 만들지는 않겠다는 것. 그러나 당시의 정치적 상황이나 이데올로기적 지형으로 미루어 짐작하건대, 이 정도의 문제 제기도 결코 쉬운 일이 아니었다. 동원 주체로서의 국가, 그 대상으로서의 국민 개인, 그리고 동원 논리의 무책임성을 정면에서 제기하고 나선, 전후문학에서 그 예를 쉽게 찾을 수 없는 숨은 가작(佳作)이 아닐까 한다.

4. 잃어버린 유토피아──전후 재건의 논리

전쟁 체험의 문학화가 전후세대에게 떠맡겨진, 혹은 전후세대 스스로 떠안은 문학적 과제의 하나였다면, 전후의 복구나 재건은 또 하나의 문학적 과제라고 할 수 있다. 작가라면 너나없이, 폐허와 잿더미에서 어떻게 다시 일상의 질서와 삶의 가치를 복원하고 새로운 사회를 만들어나갈 것인가를 고민하지 않을 수 없었다. 그러기 위해서는 무엇보다도 전쟁이 인간 개개인의 삶을 얼마나 피폐하게 만들었는가, 혹은 사람들에게 어떤 상처를 남겼는가를 주목해야 했다.

오상원의 역작인 중편 「황선지대」는 전쟁이 할퀴고 간 상처를 부여안고, 재기를 위해 몸부림치는 젊은 군상들을 통해, 오상원이 꿈꾸는 전후 재건의 논리를 엿볼 수 있는 작품이다. 미군 부대 인근의 한 빈민가를 배경으로 한 이 소설은 우선 제목부터 대단히 상징적이다. 부대 앞 철책에 씌어진 "OFF LIMITS YELLOW AREA"는 '노란 선 안으로 들어오지 말라'는 경고문인데, 노란 선 안쪽은 '미군 부대 안'을 가리키는 동시에, 소설 속에서는 풍요롭고 따뜻하고 행복한 세계의 상징이기도 하다. 소설에서 '길 건너편'으로 묘사되는 '노란 선 저쪽'과 달리, 이른바 '황선지대'란 노란 선 '저편의 세계'로 진입할 수 없는, 그러나 항상 그쪽으로 편입되기를 갈망하는 '이쪽의 세계'를 가리킨다. 소설은 황선지대인 '이쪽의 세계'에 속한 사람들의 비참한 삶과 그들의 욕망을 보여준다. 예컨대 소설 속에서 '길 건너 저쪽'의 세계를 동경하는 열두 살 난 소년 '철이'는 종종 이렇게 묻는다. "큰길 건너 저쪽에도 그런가요? 그쪽에선 그럴 것 같지가 않아요." 전쟁으로 식구들과 뿔뿔이 헤어지고, 단 하나 남은 혈육인 누이가 동거하는 남자에게 항상 두드려 맞는 것을 지켜봐야 하는 어린 소년에게는 '길 건너편'이 일종의 유토피아로 다가온다.

　소년은 갑자기 울고 싶었다. 마구 울음을 터트리고만 싶었다. 모든 것이 다 실망스러웠다. 그리고 짜증이 났다. 소년은 되는대로 터벅터벅 걸음을 옮겼다. 〔……〕 큰길 건너 저쪽, 그쪽이 자꾸 눈앞에서 아물거렸다. 거기에는 자기가 찾고 있는 모든 것이 따뜻하게 자기를 기다리고 있는 것만 같았다. 그러나 갈 수 없는 그곳……

　황선지대의 젊은 남자들은 하나같이 참전으로 인한 육체적·정신적 상처를 안고 이 지대로 흘러들어왔다. 전쟁의 날카로운 발톱은 여성이라고 비켜갈 리 만무다. '영미'는 꽃다운 여학생이었건만, 전쟁 통에 군인들에게 집단 강간을 당하고 급기야 황선지대의 사창가에서 몸을 파는 신세로 전락해버렸다. 그러므로 노란선을 중심으로 '길 건너'와 '길 이쪽'으로 나누어지는 소설의 공간 구분은 시간의 차원에서도 '전쟁 이전'과 '전쟁 이후'를 나누는 분계선이 된다. 모든 비극은 전쟁으로 인해 생겨났으며, 사람들은 전쟁 이전의 시간으로 다시 복귀하기를 원한다. 미군의 군수품 보관 창고 중 가장 큰 걸 털어 한밑천 장만한 후, 황선지대를 떠나 새로운 삶을 도모해보겠다던 세 남자, '정윤'과 '병삼' 그리고 '곰새끼' 등의 계획은 허망하게 수포로 돌아간다. 오상원의 첫 장편인 『백지의 기록』(1957)이 지나치게 안이한 방식으로 전후 재건의 가능성을 보여주어, 참전세대의 고통과 전후 현실의 진면목을 충분히 그려내는 데 실패했다면, 그로부터 3년 뒤에 발표된 「황선지대」는 긍정적인 결말 구조를 포기함으로써, 오히려 전후 현실의 진면목에 육박하는 어떤 핍진성을 보여주고 있다는 점에서 좀더 나은 평가를 내릴 수 있는 작품이다.

단편 「부동기」는 전후 현실이 안고 있는 부정적 측면을 극대화함으로써, 그의 다른 어떤 소설보다도 리얼리티를 확보하고 있다는 점에서 각별한 작품이다. 이 소설은 짧은 단편 분량임에도 불구하고, 전후의 한국 사회가 노정하고 있는 다양한 측면들을 효과적으로 담아내고 있다. 예컨대 이 소설에는 전전(戰前)세대라고 할 '아버지 세대'와 전후세대인 '아들 세대'의 갈등과 대립——이런 대립은 전후소설에서는 전전세대의 무능과 부패 혹은 권위의 상실로 귀결될 때가 많다——, 전후 한국의 권력형 부패, 도덕적 타락, 경제적 궁핍 등이 한 가족을 통해 압축적으로 묘사되고 있다. 사실상 「부동기」는 전후소설의 고전의 반열에 올라서 있는 이범선의 「오발탄」에 버금가는, 보기에 따라서는 상당히 유사한 구조와 성격화로 구성된, 오상원의 또 다른 수작(秀作)이라고 할 수 있다. 술 한잔을 얻어먹기 위해, 빗줄기 속에서 옛날 부하 직원이 운영하는 막걸리집 앞을 계속 왔다 갔다 하며, 주인의 눈에 띄어 그가 어서 불러주기를 간절히 원하는 아버지. 그리고 그 장면을 목격하는 어린 아들. 이 대목은 이 소설 속에서 가장 압권을 이루는 부분이 아닐 수 없는데, 마치 전후의 이탈리아 사회를 다룬 비토리오 데시카의 걸작 영화 「자전거 도둑」의 마지막 장면을 연상하게 만드는 대목이기도 하다. 생계를 위해 자전거를 훔치다가 사람들에게 붙들리고 경찰서로 끌려가는 아버지. 그리고 그 아버지를 실망과 연민, 충격이 뒤범벅된 표정으로 지켜보는 어린 아들. 이 두 장면은 전후를 맞은 한국과 이탈리아 사회의 비참이 교직되는 지점이기도 하다. 끝부분에 두 모녀가 자살로 삶을 마감하는 대목은, 이 소설이 잘 유지해온 긴장을 일순에 무너뜨리는 흠결이 아닐 수 없지만, 「부동기」는 「유예」나 「모반」의 작가로만 알려져 있는 오상원의 다른 면모를 확인할 수 있는 작품이다.

5. 추상화와 보편성의 미망

오상원은 전쟁의 비참함과 전후 사회의 고통을 부각하기 위해, 전쟁 이전을 지나치게 이상화하거나 미화하는 방식을 종종 선택하는데, 이러한 소설 구성은 그의 시간관이나 역사관에서 다소 문제를 야기한다. 왜냐하면 전쟁이 사람들의 삶을 어떻게 변화시켰는가에 주목하기보다는, '전쟁'을 기점으로 그 이전은 '유토피아적 시간/공간' 그 이후는 '디스토피아적 시간/공간'으로 구분해 버림으로써, 전쟁이 유토피아를 디스토피아로 변질시키고 파괴해 버렸다는 단순한 이원 논리에 빠질 가능성이 크기 때문이다. 이런 논리는 '전쟁 이전'의 역사적 시간을 공허하게 만들고 '탈역사'한다. 그러나 우리가 잘 알다시피, 전쟁 이전에도 사람들의 삶은 결코 행복하거나 즐겁지만은 않았다. 아무리 '전쟁'의 폭력성과 비참함이 크다고 하더라도, 그러한 유토피아적 시간 설정은 오상원 소설의 리얼리티를 다소 떨어뜨리는 결과를 낳게 된다.

소설의 구성 원리를 중심으로 얘기하자면, 오상원의 소설은 '리얼리티'보다는 성격의 대립을 통한 '극적 갈등 구조'를 선호하는 쪽이라고 할 수 있다. 그러므로 그의 소설은 인물의 성격이 뚜렷하게 전경화되는 대신 세부 묘사나 사건을 둘러싼 핍진한 맥락들이 종종 생략되거나 추상화되는 특징을 보인다. 다시 말하면, 그의 소설은 역사적 맥락이나 상황에 그다지 구속받지 않는다는 것이다.

전쟁(을 포함하여 어떤 특수한 문학적 사건)을 다루거나 배경으로 삼은 문학 텍스트, 특히 소설의 경우에는 대체로 다음과 같은 두 가지 방법 중 하나를 선택하게 된다. 즉, 전쟁을 '전쟁 일반'의 차원에서 묘사하는 방식과, 그 텍스트가 다루고 있는 '바로 그 특수한 전쟁'의 관점에서 접근해 들어가는 방식. 이러한 형상화 방식은 리얼리즘 미학의 원리와도 상관되는 것이라고 할 수 있는데, 오상원의 소설은 비록 '한국전쟁'을 다루고 있지만, 그의 소설이 드러내는 주제적 특징이나 갈등 구조는, 굳이 '한국전쟁'이 아니더라도 모든 전쟁에서 일반적으로 나타날 수 있는 주제와 갈등을 다룬다는 점이 특징적이다. 그리고 그 점이 그의 개성이자 동시에 한계이기도 하다.

모든 전쟁은 폭력을 수반하며, 강제로 사람들을 동원하고, 그를 위해 다양한 동원 이데올로기를 만들어낸다. 비자발적이며 강제된 폭력에 노출될 때, 이성을 가진 인간이면 누구나 이러한 상황과 논리에 대해 의문을 제기한다. 이 자명한 이치는 모든 전쟁에 두루 해당된다. 동시에 모든 전쟁은 따로 그것만의 인과 관계와 배경, 그리고 역사적 맥락 안에서 존재한다. 이를테면, '제2차 세계대전' '베트남전쟁' '한국전쟁'은 '전쟁'이라는 측면에서 보편적인 속성을 지니고 있지만, 그와 동시에 서로 섞일 수 없는 고유한 맥락과 배경을 가지고 있다. 전쟁이 지닌 폭력성을 전면에 배치하기 위해서는 이 세 전쟁 중 어느 것을 선택하더라도 별반 차이가 없다. 그러나 이 세 전쟁을 둘러싼 역사적 맥락과 전후의 인과 관계는 사뭇 다르다. 오상원 소설에서는 전자, 즉 전쟁의 폭력성이 강하게 부각되는 반면, '한국전쟁'이 지닌 역사적 특수성은 충분하게 드러나 있지 않다. 이 점은 오상원 문학의 한계인 동시에, 정도와 개인의 차이는 있지만 전후세대 문학에서 자주 목격하게 되는 현상이기도 하다. 따옴표로 그 강조점을 구분해서 표시해보자면, 오상원 소설이 주로 다루는 한국전쟁은 한국'전쟁'(전쟁 일반의 특징들을 내포한)인 동시에 '한국'전쟁(다른 전쟁이 아니라 한반도에서 1950~53년에 일어난 개별 사건으로서의)이기도 한 것이다. 그런 점에서, 오상원의 소설은 앞의 경우에 대한 탁월한 묘사와 비판의식이 돋보이는 대신, 후자의 경우가 제대로 드러나지 않는 아쉬움이 있다.

그럼에도 불구하고, 전쟁 미체험 세대가 대부분인 오늘날의 독자들에게 오상원의 소설은 20세기 중반에 우리의 부모나 조부모 세대가 경험한 미증유의 폭력적 경험들을 환기하고, 그것에 대한 존재론적이고 철학적인 질문들을 제기할 수 있도록 만드는 값진 독서의 기회를 제공해주는 훌륭한 문학사적 유산이라는 점은 의심할 여지가 없다.

작가 연보

1930년(1세) 음력 11월 5일, 평북 선천군 신부면 안산리에서 아버지 오태홍, 어머니 전문춘 사이에 3남 2녀 중 막내로 태어남.
1945년(16세) 중학교 3학년으로 신의주에서 해방을 맞이함.
1949년(20세) 서울 용산고등학교 졸업.
1953년(24세) 서울대 문리대 불문학과 졸업. 극협(劇協)의 장막 희곡 모집에 「녹스는 파편」이 당선되어 문단에 데뷔함.
1955년(26세) 한국일보 신춘문예에 단편 「유예(猶豫)」가 당선되어 소설가로 다시 정식 등단함. 단편 「균열」을 『문학예술』 8월호에, 「죽음에의 훈련」을 『사상계』 12월호에 발표함.
1956년(27세) 희곡 「이상(裏像)」(『문학예술』 2월호)과 「잔상(殘像)」(『현대문학』 9월호) 발표. 단편 「증인」(『사상계』 8월호), 「죽어살이」(『신세계』 4월호), 「난영(亂影)」(『현대문학』 3월호), 「탄흔」(『현대문학』) 등을 발표.

1957년(28세) 첫 장편 『백지의 기록』을 『사상계』(5~12월호)에 연재함. 단편 「모반」(『현대문학』 11월호), 「사상(思像)」(『문학예술』 9월호), 「잃어버린 에피소드」(『문학예술』 12월호) 등을 발표.

1958년(29세) 단편 「모반」으로 제3회 동인문학상을 받음. 단편 「사이비」(『현대』 4월호), 「내일쯤은」(『사상계』 7월호), 「위치」(『신태양』 7월호), 「부동기(浮動期)」(『사상계』 12월호), 「피리어드」(『지성』 하계호) 등을 발표. 장편 『백지의 기록』(동학사)을 단행본으로 출간함.

1959년(30세) 단편 「보수(報酬)」 「현실」 「표정」 등을 『사상계』에 발표. 「대립」(『여원』 12월호) 등을 발표. 조선일보 기자로 입사함.

1960년(31세) 중편 「황선지대」를 『사상계』 4월호에 발표. 동아일보 사회부 기자로 입사함.

1961년(32세) 장편 『무명기(無明記)』를 『사상계』 8월호부터 11월호까지 연재, 미완성으로 그침. 단편 「야반(夜半)」을 『사상계』 증간호에 발표.

1963년(34세) 단편 「분신(分身)」을 『전후 신예작가 신작 15인집』(육민사)에 발표.

1964년(35세) 단편 「훈장」(『세대』 1월호), 「봉변」(『문학춘추』 6월호), 「암류(暗流)」(『세대』 9월호), 「거리」(『사상계』 9월호) 등을 발표.

1965년(36세) 단편 「담배」 「그 어느 주변」 등을 『사상계』에 발표. 다큐멘터리 「목격자」(동아방송 연속극) 집필.

1966년(37세) 단편 「지루한 이야기」(『현대문학』 7월호) 발표.

1970년(41세) 남태평양 기행 「땀 흘리는 한국인」을 동아일보에 연재.

동아일보사 지방부장이 됨.

1974년(45세) 단편 「모멸(侮蔑)」(『문학사상』 3월호) 발표. 동아일보사 논설위원이 됨.

1976년(47세) 단편 「어떤 죽음」을 『신동아』 9월호에 발표.

1977년(48세) 단편 「하오」를 『한국문학』에, 「잃어버렸던 이야기」를 『세대』에 각각 발표.

1978년(49세) 『오상원 우화집』(삼조사) 간행

1981년(52세) 단편 「산」(『소설문학』 5월호) 발표.

1985년(56세) 단편 「겹친 과거」를 『북한』 12월호에 발표. 12월 3일에 서울대 병원에서 숙환으로 세상을 떠남. 경기도 안산시 수암면에 묻힘.

작품 목록

1. 소설

작품명	발표지	발표 연도
유예	한국일보	1955. 1. 1
균열	문학예술	1955. 8
죽음에의 훈련	사상계	1955. 12
난영	현대문학	1956. 3
죽어살이	신세계	1956. 4
시차	문학	1956. 7
증인	사상계	1956. 8
탄흔	현대문학	1956. 11
백지의 기록(장편)	사상계	1957. 5~12
사상	문학예술	1957. 9
모반	현대문학	1957. 11
잃어버린 에피소드	문학예술	1957. 12
사이비	현대	1958. 4
매연	한국평론	1958. 5
피리어드	지성	1958. 6

작품명	발표지	발표 연도
내일쯤은	사상계	1958. 7
위치	신태양	1958. 7
부동기	사상계	1958. 12
암시	신문예	1959. 1
보수	사상계	1959. 5
표정	〃	1959. 8
현실	〃	1959. 12
대립	여원	1959. 12
황선지대(중편)	사상계	1960. 4
무명기(장편, 미완)	〃	1961. 8~11
야반	〃	1961. 증간호
여상	전쟁문학집	1962. 육군본부
분신	(전후 신예작가) 신작 15인집	1963. 육민사
훈장	세대	1964. 1
봉변	문학춘추	1964. 6
암류	세대	1964. 9
거리	사상계	1964. 9
담배	〃	1965. 2
그 어느 주변	〃	1965. 10
실기	(월간)문학	1966. 5
지루한 이야기	현대문학	1966. 7
모멸	문학사상	1974. 3
어떤 죽음: 회색지대 서장	신동아	1976. 9
하오	한국문학	1977. 7
잃어버렸던 이야기	세대	1977
산	소설문학	1981. 5
훈장	신동아	1981
겹친 과거	북한	1985. 12

2. 희곡

작품명	발표기관 / 공연단체	발표 / 공연 연도
녹스는 파편	극협	1953
이상	문학예술	1956. 2
잔상	현대문학	1956. 9
즐거운 봉변	희곡선집(어문각)/ DBS 성우	1970
묵살된 사람들	제작극회	미상
지하실	서울대 연극부	제2회 대학연극경연대회
이상	극예술협회	미상

3. 수필 · 번역 · 평론 · 동화 · 기타

작품명 (장르)	발표지	발표 연월일
나의 문학수업(수필)	현대문학	1956. 5
악의 계절(번역, 安岡章太郞 원작)	세계수상소설선집 (신구문화사)	1960
의자들(번역, 이오네스코 원작)	세계전후문제희곡 · 시나리오(신구문화사)	1960
앙드레 말로와 행동주의 문학(평론)	문예	1960. 6
오상원 우화집(정치우화집)	삼조사	1978
늙은 여우의 배신(수필)	월간 독서	1978. 12
개구리의 후회(동화)	소년	1982. 5
내 삶 속의 그 6월(수필)	문학사상	1984. 6
아직도 1천만 이산가족의 한은 맺혔는데(수필)	북한	1984. 7
어느 북한 주민의 하루(세미다큐)	북한	1984. 12

참고 문헌

　오상원의 소설은 그가 등단한 이후부터 주로 당대의 평론가들에 의해 다양한 각도에서 평가가 이루어졌다. 소설가로서 오상원의 전성기에 해당하는 1950~60년대의 문학이 연구자들의 본격적인 탐구 대상으로 부각되기 시작한 것은 1990년대 중반 이후부터라고 할 수 있다. 그러므로 오상원에 관한 참고 문헌은 시기별로 크게 차이를 보인다. 그가 왕성하게 활동할 무렵의 단평들이 초기의 참고 문헌들에 속한다면, 1990년대 중반 이후부터는 연구 논문과 단행본의 비중이 압도적으로 높아졌다.

　오상원은 초기부터 주로 행동주의나 실존주의와의 연관 아래 해석되었으며, 이러한 해석 경향은 1990년대 이후의 연구에도 적지 않은 영향을 미치고 있어서 대부분의 연구들이 그의 소설에 나타나는 실존주의적 성향이나 죽음, 혹은 상황에 맞서는 '행동'에 초점을 맞추어 분석하고 있다.

1950~60년대 오상원에 관한 글로 주목할 만한 것으로는, 유종호의 「도상의 문학」과 염무웅의 「상처 받은 세대의 후일담―『백지의 기록』」, 홍사중의 「폐허의 지적도―「황선지대」」, 그리고 이어령의 「휴머니티에의 긍정」 등을 들 수 있다. 비교적 이른 시기의 연구로는 김상선의 『신세대작가론』(1964)이 있으며, 김우종의 『한국현대소설사』(1966)나 이재선의 『한국현대소설사 1』(1979) 등에서도 오상원을 다루었다. 김현의 「허무주의와 그 극복―동인문학상 수상 작가를 중심으로 한 시론」도 비교적 초기의 오상원론에 속한다.

1990년대 들어와, 1950년대 문학에 대한 연구가 양적·질적으로 굉장한 발전을 보였는데, 우선 이 시기 문학의 전반적인 경개를 이해할 만한 단행본으로는 『1950년대 남북한 문학 연구』(1991)와 『한국전후문학연구』(1993), 『1950년대의 소설가들』(1994) 등을 들 수 있다. 그리고 오상원을 전후 소설사의 전체 맥락에서 접근한 연구서들로는 정희모의 『1950년대 한국 문학과 서사성』(1998)을 필두로, 배경열의 『한국 전후 실존주의 소설 연구』(2001), 최근의 성과로는 최예열의 『1950년대 전후소설의 응전의식』(2005), 이정석의 『전후소설 담론의 이데올로기와 유토피아』(2005) 등에서 오상원을 비중 있게 다루고 있다.

오상원은 희곡 창작과 공연에도 각별한 관심을 기울였는데, 드물게 이에 접근한 논문들도 있다. 예컨대 박신헌의 「오상원 희곡 연구」와 이철우의 「오상원 희곡의 연극성 연구」 등이 그러하다. 오상원의 소설에 나타난 극적 기법 등에 주목해 서사 기법의 차원에서 접근한 논문도 있다. 하정일의 「1950년대 단편소설 연구」나 김진기의 「극적 구성의 변화와 그 의미」 등이 이에 속한다고 할 수 있다.

오상원에 관한 참고 문헌을 단행본과 일반 논문, 그리고 학위 논문으로 구분하여 다음과 같이 정리했다.

1. 단행본

김상선, 『신세대작가론』, 일신사, 1964.
배경열, 『한국 전후 실존주의 소설 연구』, 태학사, 2001.
신경득, 『한국전후소설연구』, 일지사, 1983.
이정석, 『전후소설 담론의 이데올로기와 유토피아』, 새미, 2005.
정희모, 『1950년대 한국 문학과 서사성』, 깊은샘, 1998.
최예열, 『1950년대 전후소설의 응전의식』, 역락, 2005.
한국문학연구회 편, 『1950년대 남북한 문학』, 평민사, 1991.

2. 일반 논문

김교선, 「오상원의 「모반」 소고」, 한국언어문학회, 『한국언어문학』 제13집, 1975.
김도희, 「허무, 죽음과 맞서기—오상원 단편 「유예」의 의미」, 한국문학회, 『한국문학논총』 제29집, 2001.
김장원, 「전쟁 상처의 잔혹성과 상처 치유의 가능성」, 국제어문학회, 『국제어문』 제35집, 2005.
김진기, 「극적 구성의 변화와 그 의미—오상원론」, 건국대 인문과학연구소 편, 『인문과학논총』 제33집, 1999.
김현숙, 「오상원 소설의 반전성 연구」, 『성신논총』 제14집, 1992.
박신헌, 「오상원 희곡 연구」, 한국문학언어학회 편, 『어문논총』 제27호,

1993.

배경열, 「행동적 휴머니즘—오상원론」, 한국언어문학회, 『한국언어문학』 제43집, 1999.

손광식, 「오상원론」, 『한국전후문학연구』, 성균관대 출판부, 1993.

손정수, 「전후세대 작가들의 소설에 나타난 장편화 경향에 대한 고찰」, 한국현대문학회, 『한국현대문학연구』 제17집, 2005.

송태욱, 「휴머니즘과 도피의 메커니즘—참전세대의 논리」, 『한국소설문학대계 36: 오영수/오상원』, 동아출판사, 1995.

염무웅, 「상처 받은 세대의 후일담—『백지의 기록』」, 『현대한국문학전집 7: 오상원/서기원』, 신구문화사, 1966.

유임하, 「전쟁 체험과 시대의 문학적 증언」, 『동서문학』, 2003년 가을호.

유종호, 「도상의 문학」, 『현대한국문학전집 7: 오상원/서기원』, 신구문화사, 1966.

유태수, 「오상원론」, 『한국현대작가연구』, 민음사, 1992.

이봉범, 「젊음과 패기의 문학—오상원론」, 『작가연구』 제3호, 1997.

이어령, 「휴머니티에의 긍정—「모반」」, 『현대한국문학전집 7: 오상원/서기원』, 신구문화사, 1966.

이철우, 「오상원 희곡의 연극성 연구」, 『작가연구』 제17호, 2004.

이평전, 「1950년대 소설의 주체 문제」, 한국어문학연구학회(구 동악어문학회), 『한국어문학연구』 제44집, 2005.

장윤수, 「6·25, 그 문학적 대응의 한 양상」, 『1950년대의 소설가들』, 나남, 1994.

정희모, 「오상원 소설의 새로움과 『황선지대』」, 상허학회, 『상허학보』

제13집, 2004년 8월.

최수정, 「오상원 소설에 나타난 죽음의식 연구」, 한양어문학회 편, 『1950년대 한국 문학 연구』, 보고사, 1997.

한수영, 「1950년대 한국 소설 연구: 남한 편」, 한국문학연구학회 편, 『1950년대 남북한 문학』, 평민사, 1991.

홍사중, 「폐허의 지적도―「황선지대」」, 『현대한국문학전집 7: 오상원/서기원』, 신구문화사, 1966.

3. 학위 논문

강희숙, 「1950년대 행동적 휴머니즘 소설 연구」, 인하대 석사학위 논문, 1998.

고민정, 「오상원 소설 연구」, 인천대 석사학위 논문, 2005.

고현목, 「1950년대 한국 행동주의 소설 연구」, 대구대 석사학위 논문, 2003.

권창협, 「오상원 소설 연구」, 인천대 석사학위 논문, 2004.

김경미, 「오상원 소설의 서술 기법 연구」, 경북대 석사학위 논문, 1999.

김경숙, 「오상원 소설 연구」, 전북대 석사학위 논문, 1996.

김경중, 「오상원 소설 연구」, 전북대 석사학위 논문, 1989.

김양호, 「전후 실존주의 소설 연구―손창섭/장용학/오상원을 중심으로」, 단국대 박사학위 논문, 1992.

김장원, 「1950년대 소설의 트로마 연구」, 서강대 박사학위 논문, 2004.

김종일, 「1950~60년대 장편소설에 나타난 시공간성 연구」, 건국대 석사학위 논문, 1998.

김태연, 「1950년대 신구세대 작가의 전쟁인식 연구」, 경북대 석사학위 논문, 1996.

김학현, 「분단체제 소설 연구―해방 이후 60년대 소설 주체의 세계인식을 중심으로」, 성균관대 박사학위 논문, 2003.

김현실, 「1950년대 리얼리즘 단편소설 연구」, 덕성여대 석사학위 논문, 1994.

김형규, 「1950년대 한국 전후소설의 서술행위 연구―전쟁 기억의 의미화를 중심으로」, 아주대 박사학위 논문, 2004.

박경선, 「오상원 소설 연구―공간에 따른 현실인식을 중심으로」, 안동대 석사학위 논문, 2006.

박기려, 「오상원 소설에 나타난 주제의식 연구」, 한국교원대 석사학위 논문, 1997.

박훈하, 「1950년대 소설의 주체 형식 연구」, 부산대 박사학위 논문, 1997.

백우흠, 「오상원 소설 연구」, 계명대 석사학위 논문, 1994.

서덕순, 「전후 문학의 인물 유형 연구―1950년대 단편소설을 중심으로」, 경희대 석사학위 논문, 1987.

손종업, 「1950년대 한국 장편소설 연구―전후의 근대성과 언어형식」, 중앙대 박사학위 논문, 1998.

송태욱, 「오상원 소설 연구」, 연세대 석사학위 논문, 1993.

신지현, 「오상원 소설 연구」, 경남대 석사학위 논문, 2002.

오나영, 「오상원 소설 연구」, 성신여대 석사학위 논문, 2001.

오영미, 「1950년대 한국 희곡 연구」, 경희대 박사학위 논문, 1996.

오은엽, 「한국 전후소설 연구―오상원/서기원/강용준 소설을 중심으로」, 이화여대 석사학위 논문, 1997.

유승환, 「오상원 문학의 현실인식과 담론연구」, 서울대 석사학위 논문, 2006.

이형우, 「오상원 연구」, 경기대 석사학위 논문, 1998.

임준호, 「오상원 소설 연구」, 서울대 석사학위 논문, 1996.

정희모, 「한국 전후 장편소설 연구」, 연세대 박사학위 논문, 1995.

조보연, 「오상원 소설 연구」, 성균관대 석사학위 논문, 2001.

최강민, 「한국 전후소설의 폭력성 연구」, 중앙대 박사학위 논문, 2000.

최선호, 「전후 성장소설의 유년 주인공과 서술 시점 연구」, 한남대 석사학위 논문, 1995.

하정일, 「1950년대 단편소설 연구―장르적 특성을 중심으로」, 연세대 석사학위 논문, 1987.

한명섭, 「오상원 전후소설 연구」, 경원대 석사학위 논문, 2000.

한수영, 「1950년대 한국 문예비평론 연구」, 연세대 박사학위 논문, 1996.

현덕구, 「1950년대 한국 소설에 나타난 죽음의식 연구」, 국민대 석사학위 논문, 1995.

■ 기획의 말

한국문학전집을 펴내며

    오늘의 한국 문학은 다양한 경험과 자산에서 비롯된 것이지만, 그중에서도 우리 앞선 세대의 문학 작품에서 가장 큰 유산을 물려받고 있다. 그럼에도 우리는 가끔 우리의 문학 유산을 잊거나 도외시한다. 마치 그것 없이는 살아갈 수 없는 소중한 물을 쉽게 잊고 사는 것처럼 그동안 우리는 우리가 이루어놓은 자산들을 너무 쉽게 잊어버리고 있었는지도 모르겠다. 인기 있는 외국 작품들이 거의 동시에 번역 출판되고, 새로운 기획과 번역으로 전 세계의 문학 작품들이 짜임새 있게 출판되고 있는 요즈음, 정작 한국 문학 작품들을 체계적으로 정리하지 못하고 있었다는 점을 최근에 우리는 깊이 반성하게 되었다. 그리고 이러한 때늦은 반성을 곧바로 '한국문학전집'을 기획하는 힘으로 전환하였다.

    오늘의 시점에서 '한국문학전집'을 기획한다는 것은, 우선 그동안 양적으로나 질적으로 괄목할 만한 수준에 이른 한국 문학 연구 수준을 반영하는 새로운 시각이 전제되어야 할 것이다. 그리고 '우리 것을 지키자'는 순진한 의도에서가 아니라, 한국 문학이 바로 세계 문학이 되는 질적 확장을 위해, 세계 문학 속에서의 한국 문학의 정체성을 찾는 일을 간과해서는 안 될 것이다.

이번 기획에서 우리가 가장 크게 신경 썼던 점은 크게 두 가지이다. 하나는, 그동안 거의 관습적으로 굳어져왔던 작품에 대한 천편일률적인 평가를 피하고 그동안의 평가에 대한 비판적 평가와 더불어 새로운 평가로 인한 숨은 작품의 발굴이었다. 그리하여 한국 문학사를 시기별로 구분하여 축적된 연구 성과들 위에서 나름대로 중요한 작품들을 선별하는 목록 작업에 가장 큰 공을 들였다. 나머지 하나는, 그동안 여러 상이한 판본의 난립으로 인해 원전 텍스트가 침해되고 있는 심각한 상황을 고려하여 각각의 작가에게 가장 뛰어난 연구자들을 초빙하여 혼신을 다해 원전 텍스트를 확정하였다는 점이다.

장구한 우리 문학사의 주옥같은 작품들을 한자리에 모아, 세대를 넘고 시대를 넘어 그 이름과 위상에 값할 수 있는 대표적인 한국문학전집을 내놓는다. 이번에 출간되는 한국문학전집은 변화된 상황과 가치를 반영하는 내실 있고 권위를 갖춘 내용으로 꾸며질 것이며, 우리 문학의 정본 전집으로서 자리매김해 한국 문학의 전통을 계승하고 발전시키는 데 기여하고자 한다. 이 기획이 한국 문학의 자산들을 온전하게 되살려, 끊임없이 현재성을 가지는 살아 있는 작품들로, 항상 독자들의 옆에 있게 되기를 기대한다.

(주)**문학과지성사**

01 감자 김동인 단편선
최시한(숙명여대) 책임 편집 | 값 9,000원

수록 작품 약한 자의 슬픔 / 배따라기 / 태형 / 눈을 겨우 뜰 때 / 감자 / 광염 소나타 / 배회 / 발가락이 닮았다 / 붉은 산 / 광화사 / 김연실전 / 곰네

극단적인 상황과 비극적 운명에 빠진 인물 군상들을 냉정하게 서술해낸 한국 근대 단편 문학의 선구자 김동인의 대표 단편 12편 수록. 인간과 환경에 대한 근대적 인식을 빼어난 문체와 서술로 형상화한 김동인의 주옥같은 작품들을 만날 수 있다.

02 탈출기 최서해 단편선
곽근(동국대) 책임 편집 | 값 9,000원

수록 작품 고국 / 탈출기 / 박돌의 죽음 / 기아와 살육 / 큰물 진 뒤 / 백금 / 해돋이 / 그믐밤 / 전아사 / 홍염 / 갈등 / 먼동이 틀 때 / 무명초

식민 치하 빈궁 문학을 대표하는 최서해의 단편 13편 수록. 식민 치하의 참담한 사회적 현실을 사실적으로 전해주는 작품들. 우리 민족의 궁핍한 현실에 맞선 인물들의 저항 정신과 민족 감정의 감동과 울림을 전한다.

03 삼대 염상섭 장편소설
정호웅(홍익대) 책임 편집 | 값 10,000원

우리 소설 가운데 서울말을 가장 풍부하게 살려 쓴 작품이자, 복합성·중층성의 세계를 구축하여 한국 근대 장편소설의 대표작으로 꼽히는 염상섭의 『삼대』. 1930년대 서울의 중산층 가족사를 통해 들여다본 우리 근대의 자화상이다.

04 레디메이드 인생 채만식 단편선
한형구(서울시립대) 책임 편집 | 값 8,500원

수록 작품 논 이야기 / 레디메이드 인생 / 미스터 방 / 민족의 죄인 / 치숙 / 낙조 / 쑥국새 / 당랑의 전설

역설과 반어의 작가 채만식의 대표 단편 8편 수록. 1920~30년대의 자본주의적 현실 원리와 민중의 삶을 풍자적으로 포착하는 데 탁월했던 채만식. 사실주의와 풍자의 절묘한 조합으로 완성한 단편 문학의 묘미를 즐길 수 있다.

05 비 오는 길 최명익 단편선
신형기(연세대) 책임 편집 | 값 8,500원

수록 작품 폐어인 / 비 오는 길 / 무성격자 / 역설 / 봄과 신작로 / 심문 / 장삼이사 / 맥령

시대를 앞섰던 모더니스트 최명익의 대표 단편 8편 수록. 병과 죽음으로 고통받는 인물 군상들을 통해 자신이 예감한 황폐한 현대의 징후를 소설화한 작가 최명익. 너무나 현대적이어서, 당시에는 제대로 평가받을 수 없었던 탁월한 단편소설들을 만난다.

06 사하촌 김정한 단편선
강진호(성신여대) 책임 편집 | 값 9,500원

수록 작품 그물 / 사하촌 / 항진기 / 추산당과 곁사람들 / 모래톱 이야기 / 제3병동 / 수라도 / 인간단지 / 위치 / 오끼나와에서 온 편지 / 슬픈 해후

리얼리즘 문학과 민족 문학을 대표하는 김정한의 대표 단편 11편 수록. 민중들의 삶을 통해 누구보다 먼저 '근대화의 문제'를 문학적으로 제기하고 예리하게 포착한 작가 김정한의 진면목을 본다.

07 무녀도 김동리 단편선
이동하(서울시립대) 책임 편집 | 값 8,000원

수록 작품 화랑의 후예 / 산화 / 바위 / 무녀도 / 황토기 / 찔레꽃 / 동구 앞길 / 혼구 / 혈거부족 / 달 / 역마 / 광풍 속에서

한국적이고 토착적인 전통 세계의 소설화에 앞장선 김동리의 초기 대표작 12편 수록. 민중의 삶 속에 뿌리 내린 토착적 전통의 세계를 정확한 묘사와 풍부한 서정으로 형상화했던 김동리 문학 세계를 엿본다.

08 독 짓는 늙은이 황순원 단편선
박혜경(인하대) 책임 편집 | 값 9,000원

수록 작품 소나기 / 별 / 겨울 개나리 / 산골 아이 / 목넘이마을의 개 / 황소들 / 집 / 사마귀 / 소리 / 닭제 / 학 / 필묵장수 / 뿌리 / 내 고향 사람들 / 원색오뚝이 / 곡예사 / 독 짓는 늙은이 / 황노인 / 늪 / 허수아비

한국 산문 문체의 모범으로 평가되는 황순원의 대표 단편 20편 수록. 엄격한 지적 절제와 미학적 균형으로 함축적인 소설 미학을 완성시킨 작가 황순원. 극적인 사건 전개 대신 정적이고 서정적인 울림의 미학으로 깊은 감동을 전한다.

09 만세전 염상섭 중편선
김경수(서강대) 책임 편집 | 값 9,500원

수록 작품 만세전 / 해바라기 / 미해결 / 두 출발

한국 근대 소설의 기념비적 작품인 「만세전」, 조선 최초의 여류화가인 나혜석의 삶을 소설화한 「해바라기」, 그리고 식민지 조선의 현실을 담아내고 나름의 저항의식을 형상화하기 위한 소설적 수련의 과정을 단적으로 보여주는 「미해결」과 「두 출발」 수록. 장편소설의 작가로만 알려진 염상섭의 독특한 소설 미학의 세계를 감상한다.

10 천변풍경 박태원 장편소설
장수익(한남대) 책임 편집 | 값 9,500원

모더니스트 박태원이 펼쳐 보이는 1930년대 서울의 파노라마식 풍경화. 근대 자본주의 사회의 이데올로기와 일상성에 대한 비판에 몰두하던 박태원 초기 작품의 모더니즘 경향과 리얼리즘 미학의 경계를 넘나드는 역작. 식민지라는 파행적 상황에서 기형적으로 실현되던 근대화의 양상을 기층 민중의 생활에 초점을 맞춰 본격화한 작품이다.

11 태평천하 채만식 장편소설

이주형(경북대) 책임 편집 | 값 8,000원

부정적인 상황들이 난무하는 시대 현실을 독자적인 문학적 기법과 비판의식으로 그려냄으로써 '문학적 미'를 추구했던 채만식의 대표작. 판소리 사설의 반어, 자기 폭로, 비유, 과장, 희화화 등의 표현법에 사투리까지 섞은 요설로, 창을 듣는 듯한 느낌과 재미를 선사하는 작품. 세태풍자소설의 장을 열었던 채만식이 쓴 가족사소설의 전형에 해당한다.

12 비 오는 날 손창섭 단편선

조현일(홍익대) 책임 편집 | 값 9,500원

수록 작품 공휴일 / 사연기 / 비 오는 날 / 생활적 / 혈서 / 피해자 / 미해결의 장 / 인간동물원초 / 유실몽 / 설중행 / 광야 / 희생 / 잉여인간 / 신의 희작

가장 문제적인 전후 소설가 손창섭의 대표 단편 14작품 수록. 병적이고 불구적인 인간 군상들을 통해 전후 사회 현실에서의 '절망'의 표현에 주력했던 손창섭. 전쟁 그리고 전쟁 이후의 비일상적 사태를 가장 근원적인 차원에서 표현한 빼어난 작품들을 선별했다.

13 등신불 김동리 단편선

이동하(서울시립대) 책임 편집 | 값 8,000원

수록 작품 인간동의 / 흥남철수 / 밀다원시대 / 용 / 목공 요셉 / 등신불 / 송추에서 / 까치 소리 / 저승새

「무녀도」의 작가 김동리가 1950년대 이후에 내놓은 단편 9편 수록. 전기 작품에 이어서 탁월한 문체의 매력, 빈틈없는 구성의 묘미, 인상적인 인물상의 창조, 인간에 대한 깊이 있는 통찰이라는 김동리 단편의 미학을 다시 한 번 경험할 수 있는 기회이다.

14 동백꽃 김유정 단편선

유인순(강원대) 책임 편집 | 값 9,500원

수록 작품 심청 / 산골 나그네 / 총각과 맹꽁이 / 소낙비 / 솥 / 만무방 / 노다지 / 금 / 금 따는 콩밭 / 떡 / 산골 / 봄·봄 / 안해 / 봄과 따라지 / 따라지 / 가을 / 두꺼비 / 동백꽃 / 야앵 / 옥토끼 / 정조 / 땡볕 / 형

고단한 삶을 살아가는 순박한 촌부에서 사기꾼에 이르기까지 다양한 삶의 모습을 문학 속에 그대로 재현한 김유정의 주옥같은 단편 23편 수록. 인물의 토속성과 해학성, 생생한 삶의 언어와 우리 소리, 그 속에 충만한 생명감을 불어넣은 김유정 문학의 정수를 맛본다.

15 소설가 구보씨의 일일 박태원 단편선

천정환(성균관대) 책임 편집 | 값 9,500원

수록 작품 수염 / 낙조 / 소설가 구보씨의 일일 / 애욕 / 길은 어둡고 / 거리 / 방란장 주인 / 비량 / 진통 / 성탄제 / 골목 안 / 음우 / 재운

한국 소설사상 가장 두드러진 모더니즘 작품으로 인정받는 「소설가 구보씨의 일일」을 비롯한 박태원의 대표 단편 13편 수록. 한글로 씌어진 가장 파격적이고 실험적인 작품으로 주목 받은 박태원. 서울 주변부 중산층의 삶이라는 자기만의 튼실한 현실 공간을 구축하여 새로운 소설 기법과 예술가소설로서의 보편성을 획득한 작품들이다.

16 날개 이상 단편선

김주현(경북대) 책임 편집 | 값 9,000원

수록 작품 12월 12일 / 지도의 암실 / 지팡이 역사 / 황소와 도깨비 / 공포의 기록 / 지주회시 / 동해 / 날개 / 봉별기 / 실화 / 종생기

근대와 맞닥뜨린 당대 식민지 조선의 기념비요 자화상 역할을 하는 이상의 대표 단편 11편 수록. '천재'와 '광인'이라는 꼬리표와 함께 전위적이고 해체적인 글쓰기로 한국의 모더니즘 문학사를 개척한 작가 이상. 자유연상, 내적 독백 등의 실험적 구성과 문체로 식민지 근대와 그것에 촉발된 당대인의 내면을 예리하게 포착해낸 이상의 문제작들을 한데 모았다.

17 흙 이광수 장편소설

이경훈(연세대) 책임 편집 | 값 12,000원

한국 최초의 근대 장편소설 『무정』을 발표하면서 한국 소설 문학의 역사를 새롭게 쓴 이광수. 『흙』은 이광수의 계몽 사상이 가장 짙게 깔린 작품으로 심훈의 『상록수』와 함께 한국 농촌계몽소설의 전위에 속한다. 한국 근대 문학사상 가장 많이 연구되고 있는 작가의 대표작답게 『흙』은 민족주의, 계몽주의, 농민문학, 친일문학, 등장인물론, 작가론, 문학사 등의 학문적·비평적 논의의 중심에 있는 작품이다.

18 상록수 심훈 장편소설

박헌호(성균관대) 책임 편집 | 값 9,500원

이광수의 장편 『흙』과 더불어 한국 농촌계몽소설의 쌍벽을 이루는 『상록수』. 심훈의 문명(文名)을 크게 떨치게 한 대표작이다. 1930년대 당시 지식인의 관념적 농촌 운동과 일제의 경제 침탈사를 고발·비판함으로써, 문학이 취할 수 있는 현실 정세에 대한 직접적인 대응 그리고 극복의 상상력이란 두 가지 요소를 나름의 한계 속에서 실천해냈고, 대중적으로도 큰 호응을 불러일으킨 작품이다.

19 무정 이광수 장편소설

김철(연세대) 책임 편집 | 값 9,000원

20세기 이래 한국인이 가장 많이 읽고 가장 자주 출간돼온 작품, 그리고 근현대 문학 가운데 가장 많이 연구의 대상이 된 작가 이광수의 대표작 『무정』. 씌어진 지 한 세기가 가까워오도록 여전히 읽히고 있고 또 학문적 논쟁의 중심에 서 있는 『무정』을 책임 편집자의 교정을 충실하게 반영한 최고의 선본(善本)으로 만난다.

20 고향 이기영 장편소설

이상경(KAIST) 책임 편집 | 값 11,000원

'프로문학의 정점'이자 우리 근대 문학사의 리얼리즘의 확립을 결정적으로 보여주는 이기영의 『고향』. 이기영은 1920년대 중반 원터라는 충청도의 한 농촌 마을을 배경으로 봉건 사회의 잔재를 지닌 채 식민지 자본주의화가 진행되어가는 우리 근대 초기를 뛰어난 관찰로 묘파한다. 일제 식민 치하 근대화에 대한 문학적·비판적 성찰과 지식인의 고뇌를 반영한 수작이다.

21 까마귀 이태준 단편선

김윤식(명지대) 책임 편집 | 값 8,000원

수록 작품 불우 선생 / 달밤 / 까마귀 / 장마 / 복덕방 / 패강랭 / 농군 / 밤길 / 토끼 이야기 / 해방 전후

'한국 근대소설의 완성자' '단편문학'의 명수. 이태준은 우리 근대 문학의 전개 과정에서 결코 간과할 수 없는 역할을 담당했던 작가 가운데 한 사람이다. 문학의 자율성과 예술성을 상실하지 않으면서도 현실 문제에 각별한 관심을 보여주었던 그의 단편은 한국소설사에서 1930년대를 대표하는 것으로 인정받고 있다.

22 두 파산 염상섭 단편선

김경수(서강대) 책임 편집 | 값 9,500원

수록 작품 표본실의 청개구리 / 암야 / 제야 / E선생 / 윤전기 / 숙박기 / 해방의 아들 / 양과자갑 / 두 파산 / 절곡 / 얼룩진 시대 풍경

한국 근대사를 증언하고 있는 횡보 염상섭의 단편소설 11편 수록. 지식인 망국민으로서의 허무적인 자기 진단, 구체적인 사회 인식, 해방 후와 전후 시기에 대한 사실적 증언과 문제 제기를 포함한 대표작들을 통해 횡보의 단편 미학을 감상한다.

23 카인의 후예 황순원 소설선

김종회(경희대) 책임 편집 | 값 10,000원

수록 작품 카인의 후예 / 너와 나만의 시간 / 나무들 비탈에 서다

인간의 정신적 순수성과 고귀한 존엄성을 문학의 제일 원칙으로 삼았던 작가 황순원. 그의 대표작 가운데 독자들의 가장 많은 사랑을 받은 장편소설들을 모았다. 한국전쟁을 온몸으로 체득하면서 특유의 절제되고 간결한 문장으로 예술적 서사성을 완성한 황순원은 단편에서와 마찬가지로 변함없는 감동의 세계를 열어놓는다.

24 소년의 비애 이광수 단편선

김영민(연세대) 책임 편집 | 값 9,000원

수록 작품 무정 / 소년의 비애 / 어린 벗에게 / 방황 / 가실 / 거룩한 죽음 / 무명 / 꿈

한국 근대소설사와 이광수 개인의 문학 세계에서 중요한 의미를 갖는 단편 8편 수록. 이광수가 우리말로 쓴 최초의 창작 단편 「무정」, 당시 사회의 인습과 제도를 비판한 「소년의 비애」, 우리나라 최초의 서간체 소설인 「어린 벗에게」, 지식인의 내면적 갈등과 자아 탐구의 과정을 담은 「방황」, 춘원의 옥중 체험을 바탕으로 씌어진 「무명」 등 한국 근대문학의 장르와 소재, 주제 탐구 면에서 꼼꼼히 고찰해야 할 작품들이다.

25 불꽃 선우휘 단편선

이익성(충북대) 책임 편집 | 값 9,000원

수록 작품 테러리스트 / 불꽃 / 거울 / 오리와 계급장 / 단독강화 / 깃발 없는 기수 / 망향

8·15 해방과 분단, 6·25전쟁으로 이어지는 한국 근현대사의 열병을 깊이 있게 고찰한 선우휘의 대표작 7편 수록. 평판작 「불꽃」과 「깃발 없는 기수」를 비롯해 한국 근현대사의 역동성과 이를 바라보는 냉철한 작가의식이 빚어낸 수작들을 한데 모았다.

26 맥 김남천 단편선
채호석(한국외대) 책임 편집 | 값 9,000원

수록 작품 공장 신문 / 공우회 / 남편 그의 동지 / 물 / 남매 / 소년행 / 처를 때리고 / 무자리 / 녹성당 / 길 위에서 / 경영 / 맥 / 등불 / 꿀

카프와 명맥을 같이하며 창작과 비평에서 두드러진 족적을 남긴 작가 김남천. 1930년대 초, 예술운동의 볼세비키화론 주장과 궤를 같이하는 「공장 신문」, 「공우회」, 카프 해산 직후 그의 고발문학론을 담은 「처를 때리고」, 「소년행」, 「남매」, 전향문학의 백미로 꼽히는 「경영」, 「맥」 등 그의 치열했던 문학 세계의 변화를 일별할 수 있는 대표작 14편 수록.

27 인간 문제 강경애 장편소설
최원식(인하대) 책임 편집 | 값 9,000원

한국 근대 여성문학의 제일선에 위치하는 강경애의 대표작. 일제 치하의 1930년대 조선, 자본가와 농민·노동자의 대립 구조 속에서 농민과 도시노동자가 현실의 문제를 해결하고자 하는 주체로 성장하는 과정과 그들의 조직적 투쟁을 현실성 있게 그려낸 작품. 이기영의 『고향』과 더불어 우리 근대 소설사에서 리얼리즘 소설의 수작으로 꼽힌다.

28 민촌 이기영 단편선
조남현(서울대) 책임 편집 | 값 9,500원

수록 작품 농부 정도룡 / 민촌 / 아사 / 호외 / 해후 / 종이 뜨는 사람들 / 부역 / 김군과 나와 그의 아내 / 변절자의 아내 / 서화 / 맥추 / 수석 / 봉황산

카프와 프로문학의 대표 작가 이기영. 그가 발표한 수십 편의 단편소설들 가운데 사회사나 사상운동사로서의 자료적 가치가 높으면서 또 소설 양식으로서의 구조미를 제대로 보여주는 14편을 선별했다.

29 혈의 누 이인직 소설선
권영민(서울대) 책임 편집 | 값 9,500원

수록 작품 혈의 누 / 귀의 성 / 은세계

급진적이고 충동적인 한국 근대의 풍경 속에 신소설이라는 새로운 서사 양식을 창조해낸 이인직. 책임 편집자의 꼼꼼한 텍스트 확정과 자세한 비평적 해설을 통해, 신소설의 서사 구조와 그 담론적 특성을 밝히고 당시 개화·계몽 시대를 대표하는 서사 양식에 내재화된 일본적 식민주의 담론을 꼬집는다.

30 추월색 이해조 안국선 최찬식 소설선
권영민(서울대) 책임 편집 | 값 8,500원

수록 작품 금수회의록 / 자유종 / 구마검 / 추월색

개화·계몽시대의 대표적인 신소설 작가 3인의 대표작. 여성과 신교육으로 집약되는 토론의 모습을 서사 방식으로 활용한 「자유종」, 구시대적 인습을 신랄하게 비판한 「구마검」, 가장 대중적인 신소설 가운데 하나로 꼽히는 「추월색」, 그리고 '꿈'이라는 우화적 공간을 설정하여 현실 비판의 풍자적 색채가 강한 「금수회의록」까지 당대의 사회적 풍속과 세태의 변화를 민감하게 반영한 작품들을 수록했다.

31 젊은 느티나무 강신재 소설선
김미현(이화여대) 책임 편집 | 값 9,500원

수록 작품 안개/해방촌 가는 길/절벽/젊은 느티나무/양관/황량한 날의 동화/파도/이브 변신/강물이 있는 풍경/점액질

1950, 60년대를 대표하는 여성 작가 강신재의 중단편 10편을 엄선했다. 특유의 서정적인 문체와 관조적 시선, 지적인 분석력으로 '비누 냄새' 나는 풋풋한 사랑 이야기에서 끈끈한 '점액질'의 어두운 욕망에 이르기까지, 운명의 폭력성과 존재론적 한계를 줄기차게 탐문한 강신재 소설의 여정을 한눈에 볼 수 있는 기회다.

32 오발탄 이범선 단편선
김외곤(서원대) 책임 편집 | 값 8,500원

수록 작품 일요일/학마을 사람들/사망 보류/몸 전체로/갈매기/오발탄/자살당한 개/살모사/천당 간 사나이/청대문집 개/표구된 휴지/고장난 문/두메의 어벙이/미친 녀석

손창섭·장용학 등과 함께 대표적인 전후 작가로 꼽히는 이범선의 대표작 14편 수록. 한국 현대사의 비극에 대한 묘사를 바탕으로 하면서도 잃어버린 고향, 동양적 이상향에 대한 동경을 담았던 초기작들과 전후의 물질적 궁핍상을 전통적 사실주의에 기초해 그리면서 현실 비판적 성격을 강하게 드러낸 문제작들을 고루 수록했다.

33 메밀꽃 필 무렵 이효석 단편선
서준섭(강원대) 책임 편집 | 값 10,000원

수록 작품 도시와 유령/깨뜨려지는 홍등/마작철학/프레류드/돈/계절/산/들/석류/메밀꽃 필 무렵/삽화/개살구/장미 병들다/공상구락부/해바라기/여수/하얼빈산협/풀잎/낙엽을 태우면서

근대 작가의 문화적 정체성이 끊임없이 흔들렸던 식민지 시대, 경성제대 출신의 지식인 작가로서 그 문화적 혼란기를 소설 언어를 통해 구성하고 지속적으로 모색했던 이효석의 대표작 20편 수록.

34 운수 좋은 날 현진건 중단편선
김동식(인하대) 책임 편집 | 값 9,000원

수록 작품 희생화/빈처/술 권하는 사회/유린/피아노/할머니의 죽음/우편국에서/까막잡기/그리운 흘긴 눈/운수 좋은 날/불/B사감과 러브 레터/사립정신병원장/고향/동정/정조와 약가/신문지와 철창/서투른 도적/연애의 청산/타락자

한국 근대 단편소설의 형식적 미학을 구축하고 근대적 사실주의 문학의 머릿돌을 놓은 작가 현진건의 대표작 21편 수록. 서구 중심의 근대성과 조선 사회의 식민성 사이에서 방황하는 지식인의 내면 풍경뿐만 아니라, 식민지 조선의 일상을 예리하게 관찰함으로써 '조선의 얼굴'을 담아낸 작가 현진건의 면모를 두루 살폈다.

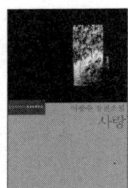
35 사랑 이광수 장편소설
한승옥(숭실대) 책임 편집 | 값 12,000원

춘원의 첫 전작 장편소설. 신문 연재물의 제약에서 벗어나 좀더 자유롭고 솔직한 그의 인생관이 담겨 있다. 이른바 그의 어떤 장편소설보다도 나아간 자유 연애, 사랑에 관한 작가의 생각을 엿볼 수 있는 작품. 작가의 나이 지천명에 이르러 불교와 『주역』 등 동양고전에 심취하여 우주의 철리와 종교적 깨달음에 가닿은 시점에서 집필된, 춘원의 모든 것.

36 화수분 전영택 중단편선
김만수(인하대) 책임 편집

수록 작품 천치? 천재?/운명/생명의 봄/독약을 마시는 여인/화수분/후회/여자도 사람인가/하늘을 바라보는 여인/소/김탄실과 그 아들/금붕어/차돌멩이/크리스마스 전야의 풍경/말 없는 사람

1920년대 초반 자연주의, 사실주의적 색채가 강한 작품 세계로 주목받았던 작가 전영택의 대표작선. 이들 작품에서 작가는, 일제 초기의 만세운동, 일제 강점기하의 극심한 궁핍, 해방 직후의 사회적 혼돈, 산업화 초창기의 사회적 토폐상에 대한 자신의 경험을 소박한 형식 속에 담고 있다.

37 유예 오상원 중단편선
한수영(동아대) 책임 편집

수록 작품 황선지대/유예/균열/죽어살이/모반/부동기/보수/현실/훈장/실기

한국 전후 세대 문학의 대표 작가 오상원의 주요작 10편을 묶었다. '실존'과 '행동'에 초점을 맞춘 그의 작품은, 한결같이 극한 상황에 처한 인간 존재의 의미를 묻는 데 천착하면서 효과적인 주제 전달을 위해 낯설고 다양한 소설적 실험을 보여준다.

38 제1과 제1장 이무영 단편선
전영태(중앙대) 책임 편집

수록 작품 제1과 제1장/흙의 노예/문 서방/농부전 초/청개구리/모우지도/유모/용자소전/이단자/B녀의 소묘/O형의 인간/들메/며느리

한국 농민문학의 선구자로 평가받는 이무영의 주요 단편 13편 수록. 이들 작품에서 작가는, 농민을 계몽의 대상이 아닌, 흙을 일구는 그들의 삶을 통해서 진실한 깨달음을 얻는 자족적 대상으로 바라본다. 이무영의 농민소설은 인간을 향한 긍정적 시선과 삶의 부조리한 면을 파헤치는 지식인의 냉엄한 비판 의식이 공존하고 있다.

39 꺼삐딴 리 전광용 단편선
김종욱(세종대) 책임 편집

수록 작품 흑산도/진개권/지층/해도초/GMC/사수/크라운장/충매화/초혼곡/면허장/꺼삐딴 리/곽 서방/남궁 박사/죽음의 자세/세끼미

1950년대 전후 사회와 60년대의 척박한 삶의 리얼리티를 '구도의 치밀성'과 '묘사의 정확성'을 통해 형상화한 작가 전광용의 대표 단편 15편 모음집. 휴머니즘적 주제 의식, 전통적인 서사 형식, 객관적이고 냉철한 묘사 태도, 짧고 건조한 문체 등으로 집약되는 전광용의 작품 세계를 한눈에 살필 수 있는 계기.

40 과도기 한설야 단편선
서경석(한양대) 책임 편집

수록 작품 동경/그릇된 동경/합숙소의 밤/과도기/씨름/사방공사/교차선/추수 후/태양/임금/딸/철로 교차점/부역/산촌/이녕/모자/혈로

식민지 시대 신경향파·카프 계열 작가로서 사회주의 리얼리즘 문학을 추구한 작가 한설야의 문학적 특징을 잘 드러내는 단편 17권을 수록했다. 시대적 대세에 편승하며 작품의 경향을 바꾸었던 다른 카프 작가들과는 달리 한설야는, 주체적인 노동자로서의 삶을 택한 「과도기」의 '창선'이 그러하듯, 이 주제를 자신의 평생 과제로 삼아 창작에 몰두했다.

41 사랑손님과 어머니 주요섭 중단편선

장영우(동국대) 책임 편집

수록 작품 추운 밤/인력거꾼/살인/첫사랑 값/개밥/사랑손님과 어머니/아네모네의 마담/북소리 두둥둥/봉천역 식당/낭랑고분의 비밀

주요섭이 남녀 간의 애정 문제를 주로 다룬 통속 작가로 인식되어온 것은 교정되어야 마땅하다. 그는 빈민 계층의 고단하고 무망(無望)한 삶을 사실적으로 재현하는 데 탁월한 기량을 보였으며, 날카로운 현실인식과 객관적 묘사의 한 전범을 보여주었고 환상성을 수용함으로써 보다 탄력적인 소설미학을 실험하기도 하였다.

42 탁류 채만식 장편소설

우찬제(서강대) 책임 편집

채만식은 시대의 어둠을 문학의 빛으로 밝히며 일제 강점기와 해방기의 우리 소설사를 빛낸 작가다. 그는 작품활동 전반에 걸쳐 열정적인 창작열과 리얼리즘 정신으로 당대의 현실상을 매우 예리하게 형상화했다. 특히 『탁류』는 여주인공 봉의 기구한 운명의 족적을 금강 물이 점점 탁해지는 현상에 비유하면서 타락한 당대의 세계상을 여실하게 드러내주고 있다.

43 벙어리 삼룡이 나도향 중단편선

우찬제(서강대) 책임 편집

수록 작품 젊은이의 시절/별을 안거든 우지나 말걸/옛날 꿈은 창백하더이다/여이발사/행랑 자식/벙어리 삼룡이/물레방아/꿈/뽕/지형근/청춘

위험한 시대에 매우 불안하게 살았던 작가. 그러나 나도향은 불안에 강박되기보다 불안한 자유의 상태를 즐기는 방식으로 소설을 택한 작가였다. 낭만적 환멸의 풍경이나 낭만적 동경의 형식 등은 불안에 대한 나도향 식 문학적 향유의 풍경으로 다가온다.

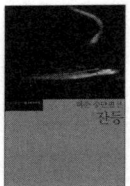
44 잔등 허준 중단편선

권성우(숙명여대) 책임 편집

수록 작품 탁류/습작실에서/잔등/속습작실에서/평대저울

한국 근대소설사에서 허준만큼 진보적 지식인의 진지한 자기 성찰을 깊이 형상화한 작가는 없었다. 혁명의 연성을 기꺼이 인정하면서도 혁명과 해방으로 인해 궁지와 비참에 몰린 사람들에 대해 깊은 연민과 따뜻한 공감의 눈길을 던진 그의 대표작 다섯 편을 한데 모았다.

45 한국 현대희곡선

김우진 김명순 유치진 함세덕 오영진 차범석 최인훈 이현화 이강백

이상우(고려대) 책임 편집

수록 작품 산돼지/두 애인/토막/산허구리/살아 있는 이중생 각하/불모지/옛날 옛적에 훠어이 훠이/카덴자/봄날

한국 현대희곡 100년사를 대표하는 작품 아홉 편. 1920년대부터 1980년대까지 각 시기의 시대 정신과 연극 경향을 대표할 만한 희곡들을 골고루 선별하였고, 사실주의 희곡과 비사실주의희곡의 균형을 맞추어 안배하였다.

46 혼명에서 백신애 중단편선

서영인 책임 편집

수록 작품 나의 어머니/꺼래이/복선이/채색교/적빈/낙오/악부자/정현수/학사/호도/어느 전원의 풍경—일명·법률/광인수기/소독부/일여인/혼명에서/아름다운 노을

일제강점기 한국문학을 대표하는 여성 작가이자 사회운동가인 백신애의 주요 작품 16편을 묶었다. 극심한 가난과 봉건적 인습의 굴레에 갇힌 여성들의 비극, 또는 그로부터 벗어나고자 하는 의지를 섬세한 필치와 치열한 문제의식으로 그려냈다. 그의 소설을 통해 '봉건적 가족제도와 여성의 욕망'이라는 해묵은 주제가 오늘날에도 여전히 풀리지 않는 과제로 존재하고 있음을 알게 된다.

47 근대여성작가선

김명순 나혜석 김일엽 이선희 임순득

이상경(KAIST) 책임 편집

수록 작품 의심의 소녀/선례/돌아다볼 때/탄실이와 주영이/경희/현숙/어머니와 딸/청상의 생활—희생된 일생/자각/계산서/매소부/탕자/일요일/이름 짓기/딸과 어머니와

일제강점기 한국문학을 대표하는 여성 작가들의 주요 작품 15편을 한 권에 묶었다. 근대 여성의 목소리로서 여성문학은 봉건적 가부장제에서 벗어나고자 개인으로서 여성의 자유로운 선택을 가로막는 온갖 질곡에 저항해왔다. 여성이 봉건적 공동체를 벗어나 개성을 찾아 나서는 길은 많은 경우 가출, 자살, 일탈 등으로 귀결되었지만, 그럼에도 여성 자신의 힘을 믿으면서 공동체의 인습에 저항하고 새로운 공동체를 지향하는 노력이 있었다. 여기에 식민지라는 조건 속에서 민족의 해방은 더 큰 과제이기도 했다. 이 책에 실린 여성 작가의 작품들은 신여성의 이러한 꿈과 현실, 한계를 여실히 드러내 보여준다.

48 불신시대 박경리 중단편선

강지희(한신대) 책임 편집

수록 작품 계산/흑흑백백/암흑시대/불신시대/벽지/환상의 시기/약으로도 못 고치는 병

여성의 전쟁 수난사를 가장 탁월하게 그려낸 작가 박경리의 대표 중단편 7편 수록. 고독과 절망의 시대를 살아내면서도 현실과 타협하지 못하는 결벽성으로 인간의 존엄을 고민했던 작가의 흔적이 역력한 수작들이 담겼다.